Michael G. Manning
Das Erwachen

PIPER

Zu diesem Buch

Nachdem seine Eltern bei einem Attentat ums Leben kamen, wächst der junge Mort bei einem Hufschmied auf. Seine wahre Herkunft kennt er nicht. Doch bald erwachen in ihm magische Fähigkeiten – lebensgefährlich in einer Welt, die die Magie längst verbannt hatte. Gemeinsam mit seinen Gefährten Dorian und Penny erlernt Mort das magische Handwerk – und gerät damit dem finsteren Lord Devon in die Quere, der nicht nur für Mort, sondern auch für Penny zur größten Bedrohung wird. Dabei ist Devon nicht ihr einziger Gegner. Denn bald findet Mort heraus, dass er sich gegen eine schier unbesiegbare Macht gestellt hat: einen dunklen Gott.

Michael G. Manning liest seit seiner Jugend Science Fiction und Fantasy. Er hat sich in der Kunst des Software-Designs ebenso wie im Fantasy Artwork versucht und ist außerdem ein begeisterter Baumkletterer. Er lebt in Texas, gemeinsam mit seiner Frau, zwei Kindern und zahlreichen phantastischen Mitbewohnern, wie einem Elchpudel, einem bösartigen Terrier und einer gigantischen urzeitlichen Schildkröte. Seine Romane um die »Dunklen Götter«, die er selbst zunächst als E-Books veröffentlichte, wurden zu Bestsellern.
Weiteres zum Autor: facebook.com / MagebornAuthor

Michael G. Manning

DUNKLE GÖTTER

Das Erwachen

Aus dem Amerikanischen
von Jürgen Langowski

Piper München Zürich

Entdecke die Welt der Piper Fantasy:

Piper-Fantasy.de

Von Michael G. Manning liegen bei Piper vor:
Das Erwachen. Dunkle Götter 1
Der Bund. Dunkle Götter 2
Der Erzmagier. Dunkle Götter 3

FSC www.fsc.org
MIX
Papier aus verantwortungsvollen Quellen
FSC® C014496

Ungekürzte Taschenbuchausgabe
November 2014

Titel der englischen Originalausgabe: »Mageborn. The Blacksmith's Son«, CreateSpace, 2011

Umschlaggestaltung: Guter Punkt, München / www.guter-punkt.de
Umschlagabbildung: Sabine Dunst unter Verwendung von Motiven von Shutterstock und Thinkstock
Satz: psb, Berlin
Papier: Pamo Super von Arctic Paper Mochenwangen GmbH, Deutschland
Druck und Bindung: GGP Media GmbH, Pößneck
Printed in Germany ISBN 978-3-492-28011-2

Prolog

Elena di'Cameron war in tiefer Unruhe. Nach dem Abendessen hatte sich ihr Mann zunächst noch gut gefühlt, aber jetzt war er erkrankt. Sie waren zu Besuch bei ihren Eltern, Graf und Gräfin di'Cameron, und normalerweise hätte auch Elena mit ihm und ihrer Familie in der Haupthalle gespeist, doch ihr Baby hatte ihre Aufmerksamkeit verlangt. Statt mit dem Kleinen nach unten zu gehen, hatte sie ihn in ihrem Zimmer gefüttert und dort auch gleich selbst eine leichte Mahlzeit eingenommen.

Tyndal, ihr Gatte und Ratgeber des Königs von Lothion, war sofort nach dem Essen zurückgekehrt, hatte über nichts anderes als Müdigkeit geklagt und sich früh schlafen gelegt. Ein paar Stunden später erwachte sie jedoch und hörte ihn würgen. »Tyndal?« Sie richtete sich auf und zündete eine Lampe an. Er saß auf dem Boden und hielt das Nachtgeschirr, in das er sich gerade übergab, zwischen den Händen. Der Anblick erschreckte sie. Er war kreidebleich – und das schwarze Haar feucht vor Schweiß. Schon wieder würgte er, obwohl sein Magen längst leer sein musste.

Sogleich sprang sie zu ihm und wischte ihm mit einem Handtuch das Gesicht ab. »Du siehst nicht gut aus. Lass mich den Arzt rufen.«

Er winkte ab. »Gib mir nur etwas Wasser. Einen Heiler brauche ich nicht.«

»Ich hol es dir.«

Es war sinnlos, mit ihm zu streiten. Sie würde den Arzt einfach rufen, wenn sie das Wasser holte. Der störrische Narr konnte sich später immer noch darüber beschweren. Sie durchquerte das Vorzimmer und trat in den Flur hinaus. Die Gemächer ihrer Eltern lagen gleich gegenüber, die Tür stand ein Stück offen. *Wie seltsam*, dachte sie, als sie es bemerkte. Doch sie musste sich um ihren Mann kümmern und ging weiter den Flur hinunter.

Als sie um die Ecke bog, sah sie zwei schwarz gekleidete Männer eines der leeren Zimmer betreten. Sie wich zurück. Jetzt wusste sie, dass etwas Schlimmes geschehen sein musste. Dann erinnerte sie sich an die Tür ihrer Eltern. Binnen Sekunden war sie zurückgeeilt, stieß sie auf und platzte hinein. Die Tür führte zu einem kleinen Salon, der dem ihren sehr ähnlich war. Hier wirkte zwar alles leer, doch auf einmal schrie jemand im Schlafzimmer, und die Tür flog auf. Ihre Mutter erschien und versuchte verzweifelt, einem weiteren schwarz gekleideten Mann zu entkommen. Vorn war ihr Nachthemd bereits mit Blut getränkt, aber nun musste Elena auch noch zusehen, wie der Mann den Kopf ihrer Mutter zurückriss und ihr mit einem kurzen Messer blitzschnell die Kehle durchschnitt.

Das Blut spritzte aus der klaffenden Wunde, während die Gräfin di'Cameron zusammenbrach. In Elenas Herz schrie eine Stimme, doch kein Laut kam über ihre Lippen. Sie biss die Zähne zusammen und reckte das Kinn. Der Meuchelmörder sah sie grinsend an, denn er betrachtete eine Frau, die unbewaffnet und im Nachthemd vor ihm stand, offenbar nicht als Bedrohung. Zwei rasche Schritte, und schon hatte er sie erreicht und wollte sie bei den Haaren packen. Doch er lebte nicht einmal lange genug, um seinen Fehler noch bereuen zu können.

Elena gehörte den Anath'Meridum an, den geheimen Wächtern, die Illeniels Nachfahren schützten, und war sowohl bewaffnet als auch unbewaffnet eine gefährliche Kriegerin. Sie trat auf ihn zu und schlug ihm die flache Hand mit einer solchen Heftigkeit unter das Kinn, dass sein Kopf nach hinten flog. Die Wucht ließ ihn dabei rückwärtstaumeln, bis er das Gleichgewicht ganz verlor. Sie setzte sofort nach, ließ ihm, als er stolperte, keinen Raum, sondern hielt ihn am Hemd fest, riss den Dolch aus seiner Scheide und stieß ihn zu Boden, während sie ihm die Klinge in den Leib jagte, direkt unter dem Brustbein. Ein zweiter Stoß unter das Kinn sorgte dafür, dass er ganz sicher nicht mehr aufstehen würde.

Ihre Mutter war tot, so viel wusste sie, ehe sie zu ihr trat. Doch auch ihr Vater, der Graf, lag im Schlafzimmer tot auf dem Boden, die Blutlache schimmerte schwärzlich im Kerzenschein. Elena wäre beinahe zusammengebrochen, weil ihr der Anblick schier das Herz brach. Aber ein Blitzen, das sie aus dem Augenwinkel wahrnahm, erinnerte sie daran, dass sie ihren Gefühlen jetzt nicht nachgeben durfte. Sie kehrte auf dem Weg, den sie gekommen war, zurück und sah, wie sich der Flur mit gleißendem Feuer füllte. Nun drangen auch die Schreie sterbender Männer bis an ihre Ohren.

Die Flammen verschwanden so schnell, wie sie entstanden waren. Vorsichtig streckte sie den Kopf hinaus und überblickte den Gang. Vor ihrem eigenen Zimmer stieg von zwei verbrannten Männern Rauch auf. Hinter ihnen stand Tyndal und hielt sich am Türrahmen fest. Er konnte sich kaum auf den Beinen halten. Langsam sank er in sich zusammen, eine Hand auf den Bauch gepresst. Weitere Männer kamen angerannt. Einer sprang über Tyndal hinweg und wollte in ihr Schlafzimmer eindringen, während die beiden anderen noch innehielten, um dem sterbenden Magier den Garaus zu machen. Sie bemerkten nicht, dass Elena gerade aus dem anderen Zimmer trat.

Einer hob das Schwert und wollte Tyndal erschlagen, der andere sah nur zu. Hinter ihnen erhob sich ein Racheengel im weißen Nachtgewand, das blonde Haar umrahmte die blitzenden blauen Augen, als Elena zuschlug. Der Dolch traf die Niere des zuschauenden Mannes, während die freie Hand den anderen, der mit dem Schwert ausholte, am Kragen zurückzog. Sie versetzte ihm einen Tritt gegen die rechte Wade. Er knickte nach hinten um und hatte keine Zeit mehr, sich noch einmal aufzurichten, denn der Dolch war schon wieder frei und fuhr ihm in die Kehle, ehe er auf den Boden schlug.

Tyndal starrte sie an, als sie den Kopf hob. Das lose Haar fiel wie eine goldene Kapuze auf ihre Schultern. Sie suchte seinen Blick, während er sich zu sprechen mühte. »Unser Sohn …« Seine Stimme war heiser und schwach. Sie nahm dem Toten das Schwert ab und lief ohne ein weiteres Wort an Tyndal vorbei. Die Tür des Kinderzimmers stand offen, und drinnen entdeckte sie eine dunkle Gestalt. Gerade holte der Mörder vor der Krippe zum Hieb aus.

Als dieser Gegner sie kommen hörte, ließ er sein eigentliches Ziel vorerst in Frieden und begegnete ihrem

Angriff frontal. Einige angespannte Sekunden lang, die sich wie Stunden anfühlten, blitzte der Stahl im Zwielicht des Raumes. Zwar verteidigte er sich nicht einmal schlecht, nur wenige Schwertkämpfer hätten sie so lange in Schach halten können, doch war ihm längst klar, dass er verlieren würde. Noch ein kurzer Augenblick, und sie hätte ihn bezwungen. Dann jedoch wich er verzweifelt seitlich aus, täuschte an und schlug nicht nach ihr, sondern nach dem kleinen Kind in der Wiege. Elena traf die Entscheidung, die in diesem Fall jede Mutter getroffen hätte, nur dass es keine Entscheidung war, weil sie gar keinen bewussten Gedanken dazu fassen musste. Der Instinkt traf die Entscheidung für sie, und sie hätte nichts daran ändern wollen. Sie sprang und versuchte das Schwert abzufangen, das ihrem Sohn nach dem Leben trachtete. Beinahe hätte sie es auch geschafft, doch verlor sie das Gleichgewicht dabei und war plötzlich ohne Deckung. Die Riposte des Gegners traf ihren Bauch, der Stahl zerfetzte das Nachtgewand und verletzte sie schwer. Zugleich aber zog sie im Rückzug die eigene Klinge herum und schlitzte dem Angreifer das Gesicht auf.

Der Mörder schrie auf, als er das rechte Auge verlor. Die Schmerzen und das Blut störten ihn aber nur einen Moment lang. Er ging zur Verteidigung über, sobald Elena nachsetzte. Die linke Hand presste sie sich auf den Bauch, um die Gedärme drinnen zu halten, während sie ihn mit dem Schwert in der Rechten erbarmungslos vor sich hertrieb. Ihre Miene war wutentbrannt, als sie ihn bedrängte. »Du wirst meinen Sohn nicht bekommen!« Wieder und wieder schlug sie zu, und nun erlahmte seine Gegenwehr allmählich. Sie fegte seine linkische Verteidigung hinweg und durchbohrte sein Herz, trieb ihm das Schwert so zwischen die Rippen, dass die Spitze zwischen den Schulterblättern wieder zum Vorschein kam, und nagelte den Toten damit an die Wand.

Elena hatte keine Zeit zu sterben. Sie ging zur Wiege und bemühte sich verbissen, den eigenen geschundenen Leib zusammenzuhalten. Da ihr Bauch eine Hand beanspruchte, musste sie das Schwert fallen lassen und versuchen, ihren Sohn mit der freien Hand zu trösten. Hinter sich hörte sie ein Geräusch. Wäre es ein weiterer Angreifer gewesen, so hätte sie nun ein leichtes Opfer abgegeben. Doch es war Tyndal. Er sah wie der leibhaftige Tod aus, als er die kleine Kammer betrat. »Dein Bauch …« Keuchend schnappte er nach Luft.

»Kümmere dich nicht darum. Du bist schlimmer dran als ich, und das will etwas heißen.« Sie schenkte ihm das Lächeln, mit dem sie Jahre zuvor bereits sein Herz erobert hatte, lehnte sich an die Wand und rutschte zu Boden. Vom Blutverlust wurde ihr schwindlig.

Tyndal hockte sich neben sie und half ihr, sich flach auf den Boden zu legen, doch sobald sie sich streckte, öffnete sich die Bauchwunde, was ihr einen erstickten Schrei entlockte. »Bei den Göttern, Elena, das kann ich nicht in Ordnung bringen. Es ist zu viel …« Tyndal Ardeth'Illeniel war der mächtigste lebende Magier, doch sein Wissen in den Heilkünsten war begrenzt, und schließlich lag er selbst im Sterben. Die Mahlzeit auf der Burg Cameron war vergiftet gewesen, und alle Männer, Frauen und Kinder im Burgfried, die davon gekostet hatten, waren ebenfalls dem Tod geweiht.

Doch er verdrängte die eigenen Schmerzen und konzentrierte sich auf den Finger, den er ihr wie ein Messer über den Bauch zog. Die Haut fand zusammen und schloss sich unter der Berührung. Gleich darauf verriet nur noch eine silberne Linie die Stelle, wo sie verletzt worden war. Sobald Elenas Schmerzen nachließen, betrachtete sie Tyndals Gesicht. Es war schweißüberströmt und vor Schmerz und Erschöpfung verzerrt. Trotzdem erkannte sie in den strahlend blauen Augen den scharfen Verstand, den sie stets so faszinierend gefunden hatte. Dieser Mann, ihr Gatte, musste jetzt sterben, und sie konnte nichts dagegen tun.

Immerhin war sie nun in der Lage, sich wieder aufzurichten und ihn mit tränenvollen Augen an sich zu ziehen. So verharrten sie eine ganze Weile, bis er erneut würgte und sie wegstieß. Dieses Mal war der Auswurf blutig. Nach einer Ewigkeit hörte er zu husten auf und konnte wieder sprechen. »Du musst unseren Sohn nehmen und weggehen.«

Eine andere Frau hätte sich jetzt widersetzt oder geweint, doch Elena di'Cameron tat nichts dergleichen. Sie war eine Anath'Meridum und wusste sich in eine Notwendigkeit zu fügen. Nickend stand sie auf und überprüfte ihre Verletzungen. Haut und Muskeln waren anscheinend in Ordnung, aber das Brennen tief im Bauch verriet ihr, dass die inneren Wunden nicht geheilt waren. Tyndal beugte sich über die Wiege und hob ihren Sohn heraus. Leicht schwankend stand er da, bis sie sich sorgte, er könnte mit dem winzigen Kind ins Straucheln geraten. Er blieb jedoch auf den Beinen. »Werde stark, mein Sohn, lebe und mach mich stolz!«

Er küsste sein Kind auf die Wange. »Ich liebe euch beide.«

»Für immer«, antwortete sie und gab ihm einen raschen Kuss.

Dann nahm Tyndal sie bei der freien Hand und führte sie ins Schlafzimmer. Sie ließ ihn einen Augenblick allein, suchte einige Sachen zusammen, streifte eilig einfache Hosen und ein schlichtes Hemd über und warf sich den Mantel über die Schultern. Schließlich gürtete sie ihr Schwert und gesellte sich zu ihrem Gatten, der auf den Balkon hinausgetreten war.

So stand sie vor dem Mann, den mit ihrem Leben zu beschützen sie geschworen hatte. Vor jenem Mann, den sie nun zurücklassen musste. Zweifel nagten an ihr. »Bist du sicher?«

»Es gibt keinen anderen Weg. Ich sterbe, und du musst dein Gelübde brechen. Dir bleibt nichts, als zu fliehen, wenn unser Sohn überleben soll«, erwiderte er. Die Tränen standen ihm in den Augen.

Elena wandte den Blick ab und ging wieder nach drinnen. Im Vorraum schob sie einige Möbel vor die Tür und barg das Schwert des Mörders. Sie zog es ihm aus dem Leib, wischte es ab und steckte es in die Scheide, während sie die eigene Klinge in der Hand behielt. Schließlich kehrte sie zu Tyndal zurück. Mit erhobener Waffe suchte sie seinen Blick. »Ich, Elena di'Cameron, hebe die Bindung auf und bitte dich, mich freizugeben.« Damit sprach sie die Worte aus, die keinem Anath'Meridum bisher je über die Lippen gekommen waren.

Tyndal legte eine Hand auf die Klinge. »Ich, Tyndal Ardeth'Illeniel, gebe dich frei.« Als er sprach, glühte die

Klinge einen Augenblick lang auf, ehe sie dunkel wurde. Danach zersprang sie wie Glas. »Meine Kräfte verlassen mich, Elena. Du musst dich beeilen.«

Sie warf das nutzlose Heft zu Boden und umarmte ihn, dann nahm sie das Kind. »Wie soll das gehen?« Sie war nicht sicher, wie er sie nach unten bekommen wollte, denn der Balkon befand sich fast zwanzig Mannslängen über dem Hof.

»Du wirst so leicht sein wie Distelwolle. Du musst springen, aber meine Magie wird dich behüten, bis du den Boden erreichst. Es tut mir leid, aber meine Kraft reicht nicht aus, um noch mehr zu tun.« Er sprach einige Worte in der alten Sprache und legte ihr die Hand auf die Stirn.

»Ich liebe dich«, sagte sie und ergriff die Brüstung. Mit der anderen Hand hielt sie ihren Sohn fest.

»Ich weiß. Du trägst mein Herz in dir und mein Leben in deinen Armen. Ich kann nicht sterben, solange du lebst.« Er küsste sie, dann sprang sic und schwebte wie eine Feder in einem leichten Wind hinab. Als sie nach unten trieb, hörte sie über sich ein Getöse in dem Raum. Tyndal drehte sich um und stellte sich den Männern, die die Tür inzwischen mit Gewalt aufgedrückt und die Möbel zur Seite geschoben hatten. Als er ihnen entgegenging, tropfte flüssiges Feuer von seinen Händen. Einen Augenblick später war Elena schon zu tief und verlor ihn aus den Augen.

Kurz danach wurde die Nacht zum Tag: Die Flammen schossen vom Balkon nach draußen. Größer und heller wurde das Feuer, immer heller, bis es mit der Sonne hätte wetteifern können. Es verzehrte das Schlafzimmer und einen großen Teil des betreffenden Stockwerks. Endlich verblasste es und wich einem orangefarbenen Glühen, da nun das Innere des Burgfrieds in Flammen stand. Tyndal Ardeth'Illeniel, der letzte Magier von Lothion, war nicht mehr.

Elena erreichte den Boden und blickte ein letztes Mal hinauf, dann wandte sie sich ab und rannte zu den Stallungen. Lautlos weinte sie, während sie ihren kleinen Sohn festhielt. Es wäre eine Schande gewesen, wenn jemand eine Angehörige des Ordens hätte weinen sehen, aber schließlich war sie ja auch keine Anath'Meridum mehr.

Keine Minute später erreichte sie den Stall und schlich sich geduckt hinein. Erstaunlicherweise war das Gebäude verlassen. Sie verlor keine Zeit und sattelte ein Pferd ihres Vaters, ein schnelles, vor allem für die Jagd gezüchtetes Tier. Es war nicht leicht, mit dem Säugling auf dem Arm aufzusitzen, doch irgendwie gelang es ihr, und dann war sie auch schon draußen und stürmte mit wehenden Haaren davon.

Sie ritt über den Burghof und durchs Torhaus hinaus. Dort drängten sich Männer und Pferde, allerdings waren die Feinde viel zu verblüfft, um sie aufzuhalten. Ein kurzer Blick zurück über die Schulter verriet ihr jedoch, dass die Mörder bereits aufsaßen, um sie zu verfolgen, und ihr nachriefen, sie solle anhalten. Sie achtete nicht darauf, sondern eilte weiter und galoppierte Hals über Kopf davon.

Sie ritt die ganze Nacht hindurch und verlangte ihrem Pferd das Äußerste ab, um den Verfolgern zu entkommen. Irgendwann kurz vor der Morgendämmerung strauchelte das Tier und wäre fast gestürzt. Nun musste sie anhalten. Bevor das Pferd, das sie gewiss längst zu

Tode geritten hatte, ganz zusammenbrach, stieg sie hastig ab. Es schnaufte schwer und hatte Schaum vor dem Maul, doch sie hatte jetzt keine Zeit, um das Tier zu trauern. Es sank auf die Knie, während Elena sich innerlich ganz hart machte und dem Tier die Halsschlagader öffnete, um das geschundene Geschöpf rasch zu erlösen.

Heute Nacht sehe ich nichts als den Tod, und vor mir liegt schon wieder genau das Gleiche, dachte sie. An einem anderen Tag hätte sie vielleicht geweint, weil sie ein so schönes Tier getötet hatte, doch jetzt waren keine Tränen mehr in ihr. Sie hob ihren Sohn auf und begann mit der Fußwanderung. Als die Stunden verstrichen, wurden die Schmerzen im Bauch schlimmer, bis es sich anfühlte, als stünde ihr Magen in Flammen. In ihrem Leib war etwas verletzt worden, und sie konnte nur hoffen, dass es sie nicht umbrachte, ehe sie Lancaster erreichte.

Der Herzog von Lancaster war der Lehnsherr ihres Vaters – und damit war dies der nächste Ort, an dem sie hoffentlich eine Zuflucht finden konnte. Schließlich stieß sie auch wieder auf die Straße und bewegte sich nach Osten, der aufgehenden Sonne entgegen. Da sie nicht genau wusste, wo sie sich befand, konnte sie auch nicht erkennen, wie viele Meilen sie bis Lancaster noch vor sich hatte. Also ging sie einfach weiter. Hinter dem nächsten Hügel stieg Rauch auf, daher musste es dort eine Ansiedlung geben.

Eine Stunde später konnte sie nicht mehr klar denken. Ihr Mund war trocken, dabei wurde ihr heiß. Sie bekam Fieber und fürchtete, sie werde zusammenbrechen, ehe sie Hilfe fand. Als sie sich über die Schulter umsah, bemerkte sie einen Mann, etwa hundert Schritt entfernt, der ihr folgte. Der Kleidung nach war er einer der Meuchelmörder, gegen die sie in der vergangenen Nacht gekämpft hatte.

Die Angst beflügelte sie eine Weile, sie lief schneller. Er war zu Fuß, daher nahm sie an, dass er wie sie sein Pferd zu Tode geritten hatte, um sie noch in der Nacht einzuholen. Das Tier tat ihr leid. Inzwischen war ihr Körper schwach, viel zu schwach, und nicht einmal die Angst konnte sie noch antreiben. Der Mann näherte sich beharrlich, das Ergebnis war unausweichlich.

Er war nur noch zwanzig Schritt entfernt, sie hörte schon den keuchenden Atem hinter sich. Keiner von ihnen hatte noch die Kraft zu rennen, sie stapften lediglich verzweifelt einher. Er schritt mit schweren Schritten aus, sie taumelte bereits. »Verdammt, nun bleib doch stehen!«, rief er ihr zu. »Hör jetzt auf, Weib, und ich sorge dafür, dass die letzten Minuten deines Lebens angenehm sind, ehe du stirbst.«

Elena di'Cameron war keine Närrin. Sie konnte nicht weiterfliehen und hatte auch keine Kraft, um zu kämpfen. So setzte sie ihren Sohn ab und drehte sich um. Fünf Schritte, zehn, und sie brach zusammen, ehe der Verfolger sie erreicht hatte. Mit dem Gesicht nach unten lag sie auf dem Schwert des Meuchelmörders, das sie mit sich genommen hatte, weil ihre eigene Klinge geborsten war. Sie atmete tief ein und bekam Staub in die Nase, während sie ihre Kräfte sammelte. Ihre einzige Hoffnung war, dass der Mann dumm genug wäre, sich noch etwas mit ihr vergnügen zu wollen, ehe er sie tötete.

Sie wartete, bis er sich über ihr aufbaute, und hoffte, er werde innehalten und sich an ihrer Schwäche weiden. Für ihn schien sie völlig wehrlos zu sein, was ja auch beinahe der Wahrheit entsprach. Als er dort stand, entschied er wohl, zu müde für das Vergnügen zu sein, und zog das Schwert. Elena rollte sich herum und stieß nach oben, um ihn entweder im Schritt oder im Bauch zu treffen. Beinahe hätte sie auch Erfolg gehabt, doch die Arme ließen sie im Stich, und der Hieb kam zu langsam. Er fegte ihre Klinge mit nur einem Tritt zur Seite, ließ sich fallen, presste mit den Knien ihre Schultern auf den Boden und brach ihr dabei das Schlüsselbein. Sie schrie auf, so laut es ihr trotz der Erschöpfung noch möglich war.

Sobald er sie am Boden festgesetzt hatte, zog er ein kleines Messer. »Damit töte ich dein Kind, sobald du erledigt bist, Hexe.« In seinen Augen flackerte der Irrsinn. Sie wollte ihm ins Gesicht spucken, doch ihr Mund war trocken und sie hatte keinen Speichel mehr. Auf einmal bohrte sich ein Pfeil in seine Brust. Verwundert starrte er den Schaft an. Er ließ das Messer fallen und versuchte, den Pfeil herauszuziehen, als ein zweiter in seiner Kehle stecken blieb. Da kippte er von ihr herunter und war tot, ehe der Kopf auf die Straße schlug. Elena wollte sich aufrichten, doch ihr Körper gehorchte ihr nicht mehr. Sie hörte ihren Sohn weinen, während alles vor ihren Augen verschwamm. Dunkelheit umfing sie, als sie ohnmächtig wurde.

Eine nicht bestimmbare Zeitspanne später kam sie wieder zu sich. Sobald sie sich rührte, knirschte das Schlüsselbein. Die Schmerzen zwangen sie, sich ruhig zu verhalten. So blieb sie reglos liegen und sah sich um. »Nicht bewegen. Dein Körper hat zu viel erdulden müssen«, sagte jemand.

Eine Frau saß an ihrem Lager. Der Raum war klein, allem Anschein nach wohl die Kate eines Bauern. Die Frau feuchtete ein Tuch an und legte es Elena auf die Stirn. »Du hast dir ein schreckliches Fieber eingefangen. Eine Weile dachte ich schon, du würdest nie mehr aufwachen.«

Elena starrte sie an. Die Frau war freundlich und hatte kräftige Gesichtszüge. »Mein Kind ...«

»Sch-scht! Keine Sorge, es geht ihm gut. Er ist gleich hier. Du hast einen schönen, kräftigen Jungen. Er hat munter gebrüllt, seit Royce euch hergebracht hat.« Sie beugte sich vor und hob Elenas Sohn von der schlichten Bettstatt, die sie im Zimmer eingerichtet hatten. Da Elena ihn nicht selbst halten konnte, legte die Frau ihn neben ihr ab, wo sie ihn betasten konnte.

»Ich muss dir einige Dinge erklären«, begann sie.

»Nein, nein, bleib nur ganz still liegen. Dein Körper hat schwer daran zu arbeiten, das Fieber zu bekämpfen. Du musst dich jetzt erst einmal erholen. Später haben wir noch genügend Zeit«, besänftigte die Frau sie.

»Nein, die haben wir nicht«, widersprach Elena. »Ich bin innerlich verletzt. Hier unten.« Sie wollte auf den Bauch deuten, doch die Bewegung schmerzte zu sehr. Müde war sie, hundemüde, aber sie sprach trotzdem weiter. Stockend berichtete sie der Frau, die für sie sorgte, wer sie war.

Nach einer Weile erfuhr sie, dass die Frau Meredith Eldridge hieß und Miri gerufen wurde. Ihr Ehemann Royce hatte Elena auf der Straße gefunden. Er war Schmied und zur Burg von Lancaster unterwegs gewesen, um ein Fass Nägel und andere Gegenstände auszuliefern. Glücklicherweise nahm er bei solchen

Reisen stets den Bogen mit. Die beiden Frauen unterhielten sich länger als eine Stunde, bis Elena nicht mehr konnte und in einen unruhigen Schlummer fiel.

Am nächsten Tag war ihr Fieber zwar noch schlimmer geworden, aber Miri gab die Hoffnung nicht auf. Elena überredete sie, ihr Stift und Papier zu geben, brachte es aber kaum fertig, sich aufzurichten und zu schreiben. Sie kämpfte Schmerzen und Müdigkeit nieder und fand am Tisch endlich eine Sitzhaltung, die ihr nicht ganz so viele Schmerzen bereitete. Der linke Arm war nutzlos, doch mit der rechten Hand konnte sie den Stift halten, sofern sie beim Schreiben möglichst still hielt.

Sie verfasste zwei Briefe. Einen an ihren Sohn und eine viel kürzere Nachricht an den Herzog von Lancaster. Schließlich half Miri ihr wieder ins Bett. »Sage ihm nichts, Miri ... erst wenn er älter ist, soll er es erfahren.«

»Was soll das heißen, meine Liebe?« Miri versuchte schon wieder, sie zu beruhigen.

»Erzähl ihm erst von mir, wenn er älter ist. Er soll unbeschwert aufwachsen. Gib ihm meinen Brief erst zu einem Zeitpunkt, an dem er es unbedingt erfahren muss«, verlangte sie nachdrücklich.

»Still jetzt, du wirst es ihm selbst erzählen können, sobald es dir besser geht. Du bleibst jetzt hier bei uns, und wenn du wieder bei Kräften bist, kannst du mir hier ein wenig zur Hand gehen.« Lächelnd streichelte Miri Elenas Haare. »Du musst dich jetzt ausruhen, und bald schon werden wir ein Picknick machen. Der Frühling kommt, draußen ist es wunderschön. Die Blumen blühen, die Luft ist voller lieblicher Düfte.« Elena schlief sanft ein, während Miri weiterredete. Sie fühlte sich wieder wie ein kleines Mädchen, das die Mutter in den Schlaf sang. Nach einer Weile stand Miri auf und bereitete das Mittagsmahl zu.

Elena wachte jedoch nicht mehr auf. In der folgenden Nacht verschied sie ganz still. Ihr Sohn weckte die Eldridges am nächsten Morgen mit seinen Schreien. Anscheinend spürte er, dass die Mutter von ihm gegangen war.

1

Ursprünglich sollten sich diese Ausführungen auf die Natur der Magie beschränken. Nach eingehenden Forschungen stieß ich jedoch auf eine Verbindung zwischen dem »Aythar«, das die Zauberer erwähnen, und den Wundern und übernatürlichen Erscheinungen, die man in allen Glaubensrichtungen und Religionen findet. Über diese Verknüpfung zwischen dem »Natürlichen« und dem »Übernatürlichen« war ich höchst erstaunt. Diese Einsicht leitete den Verlust meines Glaubens und den Beginn meines Niedergangs in die Ketzerei ein. Sei deshalb gewarnt: Wenn du ein Mann des Glaubens oder der Religion bist, ein Geistlicher, ein Mönch, ein Priester oder ein heiliger Mann irgendeiner Art, dann halte hier inne. Lies nicht weiter, denn die Ideen und die Wissenschaft, die an diesem Ort dargestellt sind, werden ohne Zweifel die Fundamente untergraben, die für eine aufrichtige Verbundenheit mit den Göttern unabdingbar notwendig sind.

Marcus der Ketzer,
Über das Wesen von Glaube und Magie

Ich habe mich niemals als ein ungewöhnliches Kind empfunden, was bis zu einem gewissen Punkt vermutlich jeder von sich sagen kann. Als ich aufwuchs, war ich neugierig und abenteuerlustig, wie es die meisten Jungs eben sind, doch als ich älter wurde, machte meine

Mutter einige treffende Bemerkungen: »Er ist ein sehr stilles Kind.« Ich erinnere mich nicht, wann sie dies zum ersten Mal sagte, sah aber sofort ein, dass es der Wahrheit entsprach. Tatsächlich war ich trotz meiner Freundlichkeit und meines offenen Lächelns ungewöhnlich stark nach innen gekehrt. Noch später ging sie sogar so weit, mich als jemanden zu beschreiben, der mit einer »alten Seele« geboren worden sei, was auch immer das heißen mochte. Oft war ich nachdenklich, was mich von den anderen Kindern unterschied, aber doch nicht so sehr, dass ich mich als Außenseiter und ganz und gar von ihnen abgesondert fühlte. Wenn ich zurückblicke, wird mir klar, dass meine instinktive Vorsicht und der nach innen gerichtete Blick vermutlich genau das waren, was mich am Leben hielt.

Mein Vater heißt Royce Eldridge, und er ist Schmied. Ich habe mich oft gefragt, ob er es wohl bereut, diesen Beruf ergriffen zu haben, liebt er Pferde doch anscheinend viel mehr als das Metall. Jedenfalls nutzt er jeden erdenklichen Vorwand, um sich davonzustehlen und in der Stadt die Rennen anzusehen. Außerdem hat er mehr Geld, als ratsam gewesen wäre, für den Kauf eigener edler Pferde ausgegeben. Meine Mutter, sie heißt Meredith, hat deshalb auch schon mit ihm geschimpft, aber eigentlich hat es ihr gar nicht so viel ausgemacht. In Wirklichkeit mag sie Pferde ebenso sehr wie er. Auf einem seiner Ausflüge zu den Wettrennen haben sie sich sogar kennengelernt, als er noch ein junger Mann war. Leider konnten sie keine eigenen Kinder bekommen, aber wie es das Schicksal wollte, hat mich mein Vater Jahre später auf einer anderen Fahrt in die Stadt gefunden. Wie er mir erzählte, war ich ein einsames

Baby, das auf der Straße nicht weit vor der Stadt von jemandem abgelegt worden war. Wahrscheinlich hatte mich meine junge Mutter dort zurückgelassen, wo man mich leicht sehen und hören konnte, weil sie hoffte, irgendeine Bauersfrau werde sich meiner erbarmen. Ich werde wohl nie erfahren, warum sie sich dazu entschlossen hat, aber mein Leben ist gut, und deshalb bin ich ihr auch nicht böse.

Royce und Meredith waren glücklich, von da an ein eigenes Kind zu haben, und als Einzelkind habe ich etwas mehr Zuwendung bekommen als die meisten anderen Kinder. Wären meine Eltern reich gewesen, so hätten sie mich wahrscheinlich völlig verdorben. Jedenfalls war ich schlicht und einfach glücklich. Die meisten Nachbarn wussten gar nicht, dass ich adoptiert worden war, aber mir gegenüber haben meine Eltern nie ein Geheimnis daraus gemacht. Ich war stolz, ein Eldridge zu sein, und habe hart gearbeitet, um meinem Vater eine Freude zu bereiten. Er sorgte dafür, dass ich ihn bei der Arbeit in der Schmiede beobachten konnte, und machte mich allmählich mit dem Werkzeug und den Methoden seines Handwerks vertraut. Ich fand das rote Glühen der heißen Eisenstücke, die unter seinen geduldigen Händen eine Form annahmen, faszinierend. Da ich der Sohn eines Schmieds war, musste man natürlich annehmen, dass ich eines Tages seine Nachfolge anzutreten hätte, und ich hatte auch keine Einwände dagegen. Wäre mein Leben anders verlaufen, so würde ich jetzt vielleicht am Amboss arbeiten und fröhlich das Metall formen, um meinen Lebensunterhalt zu verdienen.

Als ich von einem neugierigen Jungen zu einem linkischen Jugendlichen heranwuchs, wurde allerdings deutlich, dass ich bei dieser Arbeit wohl doch gewisse Schwierigkeiten bekäme. Einige Begabungen besaß ich durchaus. Ich war ungewöhnlich intelligent, wie die meisten Erwachsenen schon nach einem Gespräch von nur wenigen Minuten bemerkten. Ich besaß einen guten Blick für das Metall und war geschickt, wenn es darum ging, etwas herzustellen oder zu bauen. Meine Hände bewegten sich sicher und flink. Ich hatte Künstlerhände, wie meine Mutter sie nannte. Darin lag freilich auch der Kern des Problems, denn ich besaß zwar lange Arme und Beine, war aber nicht besonders kräftig. Ich bemühte mich sehr, meinem Vater am Blasebalg zu helfen, aber so gut meine Mutter mich auch fütterte, ich nahm einfach nicht zu. Offenbar war ich dazu verdammt, mein Leben lang die Gestalt eines schlaksigen Jugendlichen zu behalten. Immerhin war ich recht anstellig und wäre mit der Zeit wohl doch noch ein guter Schmied geworden, hätten sich nicht in jenem Frühling, als die Flüsse vom Regen angeschwollen waren, gewisse Dinge ereignet.

Der Tag hatte hell und voller Verheißungen gedämmert, wie es im Frühling oft geschieht. In jenem Jahr waren die Regenfälle sogar besonders ergiebig gewesen, doch kurz vor meinem sechzehnten Geburtstag hatte der Regen aufgehört, und die ganze Welt erstrahlte in neuem Glanz. Die Sonne schien warm, obschon noch der letzte kalte Winterhauch in der Luft lag. Alles in allem wäre es eine Schande gewesen, bei meinem Vater in der Schmiede zu hocken. Wahrscheinlich schickte mich meine Mutter auch genau deshalb zum Kräutersammeln. Sie war immer freundlich, und ich glaube, sie wusste schon damals, dass mein jugendlicher Geist zu groß war, um an den Amboss einer kleinen Schmiede gekettet zu werden. So zog ich federnden Schritts und in der Gewissheit, dass meine Mutter mich so bald nicht zurück erwartete, mit einem Weidenkorb in der Hand hinaus, über die Felder und durch die Wälder der Umgebung. Natürlich kannte ich die Gegend gut, denn ich hatte bereits jede Gelegenheit wahrgenommen, draußen umherzustreifen.

Den Morgen verbrachte ich auf den Feldern, wo ich verschiedene Grünpflanzen und Löwenzahn pflückte, die meine Mutter gern zum Kochen verwendete. Als ich mich dem Fluss näherte, beschloss ich, am Ufer nach dem Heilkraut Engelwurz zu suchen. Natürlich hatte ich zu diesem Zeitpunkt noch keine Ahnung, was ich dort an diesem Tag finden sollte. Nahe am Fluss wanderte ich durch einen dichten Wald. Kurz vor dem Gewässer stieg das Land noch einmal an, weshalb ich die Ufer zunächst nicht einsehen konnte. Allerdings hörte ich auf einmal die Laute eines verzweifelten Pferdes. Es schnaubte schwer und wieherte, und die schrillen Untertöne verrieten mir, dass es in Panik geraten war. Wer viel Zeit mit Pferden verbracht hat, wird sicher verstehen, was ich meine. Ich rannte sofort los, alle jugendlichen Tagträume waren vergessen. Bis heute bereue ich nicht, was ich an jenem Tag getan habe, aber im Rückblick frage ich mich doch, wie alles verlaufen wäre, wenn ich einen anderen Weg eingeschlagen und den Fluss gemieden hätte.

Hinter der Anhöhe erblickte ich einen jungen Mann, der etwa im gleichen Alter war wie ich. Er stand am Flussufer und fluchte laut über das brodelnde Wasser hinweg. Man könnte sagen, dass er eigentlich an einem ganz anderen Flussufer stand, denn ein großer Teil der alten Uferböschung war vom tosenden Wasser unterspült und fortgeschwemmt worden. Das Pferd konnte ich immer noch nicht entdecken, aber den Jungen kannte ich. Es war mein bester Freund – Marcus. Schon aus der Ferne sah ich, dass sein Gesicht bleich vor Angst war. Nach kaum einer halben Minute hatte ich ihn erreicht. Obwohl ich ihn an der Schulter schüttelte, starrte er mich abwesend an, als wüsste er nicht, wer ich war. Er brauchte einen Augenblick, um mich zu erkennen und sich so weit zu sammeln, dass er zusammenhängend antworten konnte. »Mort!« Ich sollte an dieser Stelle wohl erwähnen, dass ich zwar Mordecai heiße, doch die meisten Freunde nannten mich damals einfach Mort. »Da bekomme ich sie nie wieder heraus, Mort! Sie wird sterben, und das ist ganz allein meine Schuld!«

Damit meinte er die preisgekrönte Stute seines Vaters. Sie hieß Dawnstar, aber meistens riefen wir sie nur »Star«. Sie war ein schöner Rotfalbe mit einer Blesse in der Gestalt eines Sterns auf der Stirn und außerdem die teuerste Erwerbung in den väterlichen Stallungen. Der Herzog von Lancaster hatte sie nur wegen ihrer Herkunft gekauft, um die eigene Zucht zu verbessern, denn sie stammte von einer Ahnenreihe berühmter Rennpferde ab. Ich war sicher, dass Marcus sie eigentlich nicht reiten durfte, aber solche Kleinigkeiten wie Verbote konnten meinen Freund nicht aufhalten, wenn er sich einmal etwas in den Kopf gesetzt hatte.

Es war nicht schwer, sich zusammenzureimen, was geschehen war. Er hatte sie nahe ans Ufer gelenkt, um den dahinschießenden Fluss zu beobachten. Schließlich war er abgestiegen und hatte sie führen müssen, da das Tier klug genug war, sich nicht so nahe an dem rauschenden Wasser reiten zu lassen. Dann war es geschehen. Die geschwächte Böschung war unter dem Gewicht des Pferdes eingebrochen. Marcus hatte sich krabbelnd in Sicherheit bringen können, das Pferd hatte jedoch weniger Glück gehabt. Die Stute saß nun im Fluss fest und mühte sich verzweifelt, den Kopf über Wasser zu halten. Die Strömung hatte sie gegen einen umgestürzten Baum gespült, vor dessen Stamm sie jetzt verharren musste, da sie sich nicht mehr fortzubewegen vermochte. Von dort aus konnte sie auch nicht zum schlammigen Ufer hinaufklettern. Stars panische Schreie, während sie gegen die Wellen ankämpfte, zerrissen mir das Herz.

Ohne nachzudenken, kletterte ich die glitschige Böschung hinab, um ihr so nahe wie möglich zu sein. Unnötig zu betonen, dass ich in diesem Augenblick nicht mehr klar denken konnte, denn es gab auch für mich keine Möglichkeit, das gefangene Pferd zu befreien. Die abbröckelnde Böschung war steil und unten am Wasser zu schmal, sodass das Pferd gar nicht aus dem Wasser steigen konnte, selbst wenn ich stark genug gewesen wäre, es bis dorthin zu leiten. Im Augenblick war die Stute sogar in Gefahr, unter das niedrigere Ende der umgestürzten Eiche gezogen zu werden. Dort wäre sie rasch ertrunken, denn sie hätte sich im Handumdrehen vollends in den großen Ästen, die teilweise ins Wasser eingetaucht waren, verfangen. Trotzdem und ohne überhaupt einen Plan zu haben, näherte ich mich ihr weiter, einfach weil ich sie nicht leiden sehen konnte.

»Mort! Du wirst dich noch selbst umbringen!« Gewöhnlich war Marcus der Mutigere von uns beiden, aber an diesem Tag zeigte er deutlich mehr gesunden Menschenverstand als ich. »Komm wieder rauf, ehe ich auch noch deinen Tod erklären muss!« Ich dachte einen Moment über seine Worte nach und fand, dass er recht hatte. Ich wollte mich schon umdrehen und zurückkehren, weil endlich die Vernunft die Narrheit besiegt hatte. Dann aber blickte ich Star in die Augen. In diesem Moment veränderte sich mein Leben. Alles, was vorher gewesen war, wurde weggefegt, und ich und meine Freunde gerieten auf einen Weg, den wir nicht mehr verlassen konnten. Die Historiker hätten viel weniger zu schreiben gehabt, wenn ich der verängstigten Stute nicht in die Augen geblickt hätte.

An diesem Punkt bin ich nicht mehr sicher, wie ich mein Erlebnis beschreiben soll. Einige derjenigen, die dies lesen werden, haben sicherlich auch selbst schon schwere Krisen durchgestanden und kennen den Ansturm der Gefühle, die in einem solchen Augenblick losbrechen, in jenem Moment zeitloser Klarheit, da man in der Spanne, die ein Blinzeln dauert, tausend Gedanken fassen kann. Dies war ein solches Geschehnis, und als ich dem edlen Tier ins Auge blickte, fühlte ich mich, als hätte sich ein Fenster zu meiner eigenen Seele aufgetan. Meine Welt schrumpfte, bis sie rein gar nichts mehr enthielt. Nichts außer Star und mir selbst. Die Augen des Tiers waren wild vor Angst, die Atemzüge der heftig pumpenden Lungen waren trotz des rauschenden Wassers laut zu vernehmen. Mein Körper kam mir leicht und substanzlos vor, ich versank förmlich in dem Blick der Stute und verlor mich selbst. Schließlich gab es nur noch Star, denn auch Mordecai war verschwunden, als hätte er nie existiert. Mein Körper und mein ganzes Selbst existierten nicht mehr. Natürlich war mein Körper immer noch vorhanden, aber er hatte sich verändert und war wesentlich schwerer geworden. Außerdem war es kalt geworden. Mein Herz schlug so heftig, dass ich dachte, es springe gleich aus der Brust heraus. Ich war in dem kalten Fluss fast untergetaucht, und die Kälte drang mir in die Knochen und raubte mir die Kräfte. Zugleich drückte mich die Strömung gegen den Baum und zog mich unwiderstehlich nach unten.

Ich konnte einen jungen Mann am Flussufer sehen, der allmählich zusammensank wie eine Puppe, der man die Fäden abgeschnitten hatte. Er rutschte ebenfalls in den Fluss. Ich fragte mich, wer er sein mochte. Mit letzter Kraft hielt ich mich über Wasser und hatte in meiner Verzweiflung nur einen einzigen klaren Gedanken. Wenn ich etwas fände, worauf ich sicher stehen konnte, dann würde ich mich aufrichten und aus dem Eiswasser heraussteigen können. Meine Hände berührten etwas Hartes, dann fanden es auch die Füße, und ich stieg tatsächlich empor. Beim nächsten Schritt stieß ich abermals auf etwas Festes, auf dem ich stehen konnte, und stieg dann beharrlich immer höher. Während ich auftauchte, fühlten sich meine Hände seltsam an, und als ich nach unten blickte, erkannte ich, dass ich Hufe besaß. Zunächst fand ich das dumm, denn ich war ganz sicher, dass ich ohne Hände nicht die Böschung hinaufklettern konnte. Also lief ich flussaufwärts, bis ich eine Stelle erreichte, wo das Ufer sanfter anstieg. Diese Stelle wählte ich aus, um vollends hinauszuklettern.

Als ich zurückblickte, sah ich einen zweiten jungen Mann, in dem ich Marcus erkannte. Er zog den anderen Jungen aus dem Fluss und die Böschung hinauf, war dabei aber nicht sehr erfolgreich. Die steile Wand war voller Schlamm, der unter ihm wegrutschte. Es würde ihm sicher nicht gelingen, den anderen Jungen ganz nach oben zu zerren. So versuchte er, unter ihn zu gelangen und ihn wenigstens über die eingebrochene Kante der Böschung zu schieben. Klar war jedoch, dass er nicht hoch genug kommen würde, weshalb ich beschloss, ihm zu helfen. Ich stieg den Damm hinauf, näherte mich der Kante und blickte hinab, als er sich mit dem schlaffen Körper des bewusstlosen jungen Mannes abrackerte. Gerade stieß er ihn wieder hinauf, und da ich die Hände nicht gebrauchen konnte, senkte ich den Kopf und packte den Jungen mit den Zähnen am Kragen. War mein Hals schon immer so lang gewesen? Jedenfalls zerrte ich ihn mühsam bis aufs Gras und schleppte ihn weiter, bis ich sicher war, dass er auf festem Untergrund lag.

Inzwischen war auch Marc heraufgekommen und rief mir etwas zu. Als ich ihn ansah, fiel mir auf, dass die Farben seltsam waren. Es war eindeutig mein Freund, aber er sah dennoch verändert aus. Dann blickte ich nach unten zu dem unbekannten Fremden. Auch sein Gesicht kam mir irgendwie bekannt vor. Er hatte lange schlaksige Arme und Beine, und dann durchfuhr mich ein eiskalter Schreck, denn ich war es ja selbst, der dort auf dem Boden lag. Zusammen mit dieser Einsicht verspürte ich eine Art Aufbranden, und ich eilte zu meinem verlassenen Menschenkörper zurück. Dann wurde es schwarz um mich.

Das Sonnenlicht drang durch die geschlossenen Augenlider. Ich fragte mich, warum ich so lange geschlafen hatte. Normalerweise weckte mich meine Mutter schon in der Morgendämmerung, damit ich mich um meine alltäglichen Aufgaben kümmern konnte. Das Bett war jedoch äußerst bequem, also beschloss ich, noch eine Weile zu dösen und zu sehen, wie lange ich unbehelligt blieb, ehe sie schließlich doch kam und mich ernstlich weckte. Auf einmal spürte ich warmen Atem im Gesicht und hörte ein Schnauben, als wäre ein Pferd meines Vaters in mein Schlafzimmer eingedrungen. Aber das konnte nicht sein ... oder doch? Ich öffnete ein Auge und erschrak, als ich Star über mir sah. Marc saß neben mir.

»Gott sei Dank, dass du zu dir kommst«, sagte er. »Ich hatte schon befürchtet, du gingest auf die andere Seite hinüber.« Er lächelte leicht, aber die Anspannung war noch nicht ganz von ihm abgefallen.

»Warum liege ich am Boden?« Noch während ich es sagte, wurde mir bewusst, dass ich nicht weit vom Fluss entfernt im feuchten Gras lag. Ich richtete mich auf, wobei mir schwindlig wurde. Alles drehte sich um mich. Aber ich war auch störrisch und gab nicht nach, sondern blieb sitzen, bis sich die Welt beruhigte.

»Ich hatte gehofft, dass du mir das erklären könntest«, entgegnete er. »Aus irgendeinem Grund hattest du das Gefühl, du könntest ganz allein ein ausgewachsenes Pferd aus dem Fluss zerren, und noch schlimmer, du hast prompt das Bewusstsein verloren, sobald du das Wasser erreicht hattest. Um ein Haar wärst du ertrunken.«

»Wie ist Star herausgekommen?« Dabei hatte ich

den starken Verdacht, dass ich es bereits ganz genau wusste. Ich wollte es nur nicht glauben.

»Es sah so aus, als wäre sie von einem Wassergeist besessen gewesen.« Marc starrte mich eindringlich an, und ich kannte ihn gut genug, um zu wissen, dass er in Wirklichkeit etwas ganz anderes dachte. »Gleich nachdem du ohnmächtig geworden bist, ist sie aus dem Wasser marschiert. Sie ist erst dreißig Schritte weit über das Wasser gelaufen, ehe sie auf den trockenen Grund abgeschwenkt ist.« Er hielt inne, um meine Antwort abzuwarten, doch ich schwieg eisern. »Dann ist sie über die Böschung herübergekommen und hat dich mit den Zähnen hinaufgezogen. Alles in allem würde ich sagen, dass sie sich ganz und gar nicht wie ein Pferd benommen hat.«

Unsicher senkte ich den Blick. »Nun ja ...«

»Du kannst es mir ruhig verraten. Ich habe heute schon mehrere unglaubliche Dinge gesehen und werde dich jetzt bestimmt keinen Lügner schimpfen.« Marc und ich waren seit unserer Kindheit Freunde, daher stand ein etwaiger Mangel an Vertrauen ohnehin nicht zur Debatte. Allerdings begriff ich selbst noch nicht ganz, was tatsächlich geschehen war. Schließlich gab ich es auf und schilderte meine Erlebnisse einfach so, wie sie sich meiner Wahrnehmung entsprechend zugetragen hatten. Es dauerte eine Weile, doch Marc war ein guter Zuhörer. Nach einer gewissen Zeit gingen mir die Worte aus, und ich hockte nur noch da und beobachtete Star, die in der Nähe graste.

Marc blickte nachdenklich drein. Er besaß einen brillanten Verstand, sofern er bereit war, ihn zu benutzen, und ich konnte förmlich sehen, wie es in seinem

Kopf arbeitete. Endlich überwand er sich. »Lass uns offen darüber reden. Du hast deinen Geist in das Pferd geschickt und die Kontrolle über dessen Körper übernommen. Dann hast du eine Art Magie eingesetzt, damit Star auf dem Wasser laufen konnte …«

»Nein, warte mal«, unterbrach ich ihn. »Ich habe überhaupt keine Magie eingesetzt. Ich weiß ja nicht mal, wie man das anstellt!«

»Wie willst du es sonst nennen, Mort?« Er starrte mich unverwandt an.

»Na gut, offensichtlich ist etwas Erstaunliches geschehen, aber das heißt doch nicht, dass ich die Ursache, die Quelle oder die Wirkkraft hinter dem …« Unwillkürlich war ich zu der Redeweise übergewechselt, die wir benutzten, wenn wir über wissenschaftliche oder philosophische Themen diskutierten. Er ließ sich jedoch nicht auf das Ausweichmanöver ein.

»Quatsch«, unterbrach er mich.

»Was?«

»Du hast es gehört. Das ist Quatsch. Versuch nicht, dich herauszureden. Du sprichst nicht mit deinen Eltern oder irgendeinem anderen Esel, den wir kennen, also versuch ja nicht, mir diesen Blödsinn aufzutischen. Du musst dich mit dem abfinden, was geschehen ist. Du hast es doch getan. Du hast eine Art Wunder gewirkt, und damit bist du entweder ein Heiliger oder ein Zauberer. Da ich deinen Mangel an Frömmigkeit genau kenne, neige ich allerdings zu der zweiten Möglichkeit.«

»Du bist doch verrückt«, wehrte ich ab. »Ich habe nicht die geringste Ahnung von Magie.«

Marc lächelte. »Ich zwar auch nicht, aber eines weiß ich doch ganz genau.«

»Was denn?«

»Man wird durch die Geburt und nicht durch die Ausbildung zum Zauberer. Der Mangel an Wissen ist also keine Entschuldigung.« Tief in mir regte sich der Verdacht, dass er recht haben könnte. Uns gingen viele Fragen durch den Kopf, aber nach dem Erlebnis am Fluss waren wir kalt, nass und müde. Wir kamen überein, die Einzelheiten zunächst für uns zu behalten, bis wir weiter darüber nachgedacht hatten.

»Komm doch morgen zum Burgfried, dann sehen wir uns in Vaters Bibliothek um«, lud er mich ein. Marcus' Vater war der Herzog von Lancaster, was ich immer wieder vergaß.

»Das geht nicht, ich soll meinem Vater morgen bei einer Fuhre Roheisen helfen.«

»Dann eben morgen Abend. Sag doch deinen Eltern, dass du ein paar Tage bei mir bleibst«, erwiderte er.

»Das kann ich nicht tun. Was werden sie denken?«

»Sie werden denken, wie schön es ist, dass ihr Sohn mit dem Adel auf Du und Du steht.« Marcus ließ mich nie spüren, dass er gesellschaftlich über mir stand, hatte aber keinerlei Hemmungen, die Vorteile seines Rangs für sich zu nutzen.

»Hör mal«, fuhr er fort. »Ich schicke heute Abend einen Boten mit einer schönen Einladung. Dein Vater wird so beeindruckt sein, dass er nicht im Traum daran denkt, sich zu widersetzen.« Marcus schenkte mir sein übliches breites Grinsen.

»Ich glaube, dein Plan ist alles andere als gut«, erwiderte ich. »Brauchst du denn nicht irgendeinen Grund oder einen Vorwand für die Einladung?« Meine Eltern wussten von unserer seltsamen Freundschaft, die ohnehin nie ein Geheimnis gewesen war. Marcus und ich kannten uns von Kindesbeinen an und hatten im Hof des Burgfrieds gespielt, während mein Vater seine Waren ausgeliefert hatte. Wir hatten uns sofort gut verstanden, auch wenn ich nie sagen konnte, worauf dies eigentlich beruhte. Vermutlich lag es daran, dass er der erste Junge in meinem Alter war, der genügend Phantasie und Geistesgegenwart besaß, um bei meinen erfundenen Spielen mitzuhalten. Bald darauf bekamen meine Eltern Einladungen von der Herzogin, da ihr Sohn nach meiner Gesellschaft verlangte. Der Herzog und seine Frau waren bemerkenswert fortschrittlich und gaben nicht viel auf die Trennung der Klassen. Aber als wir zu Jugendlichen heranwuchsen, sah ich Marcus immer seltener, da ihn seine Stellung dazu verpflichtete, mehr Zeit mit Menschen von vornehmerer Abstammung zu verbringen.

»Ha! Du sollst zu uns kommen, weil mein Vater ein Fest gibt und in dieser Woche eine Wildschweinhatz abhalten will.« Dabei machte Marcus eine ungeheuer altkluge Miene, als fände er seine eigene Gewitztheit äußerst beeindruckend. Die Idee war jedoch gar nicht so klug, also steckte gewiss noch etwas anderes dahinter.

»Das hast du dir doch gerade erst ausgedacht«, warf ich ihm vor.

»Keinesfalls!« In seinen Augen lag tatsächlich ein seltsames Funkeln. »Vater hat das Fest schon vor zwei Monaten geplant. Junge Damen und Herren von vornehmer Herkunft aus dem ganzen Reich werden in dieser Woche in unserem edlen Herzogtum zu Gast sein.«

Damit hatte er sich verraten. »Junge … oh, warte! Du gerissener Hund! Das ist bestimmt eine dieser sogenannten bunten Veranstaltungen, die deine Eltern eigens abhalten, damit du andere Adlige kennenlernst.« Marcus verabscheute diese gesellschaftlichen Anlässe und nahm nur unter Zwang vonseiten seiner Eltern daran teil. Mir gegenüber hatte er sie als langweilige Ereignisse beschrieben, an denen vertrottelte Gecken teilnahmen, die vor allem von ihrer eigenen Wichtigkeit eingenommen waren. Ich war mir sicher, dass er diese Festlichkeiten mindestens zum Teil insgeheim genoss und sie mir gegenüber lediglich in einem ungünstigen Licht erscheinen ließ, damit ich mich besser fühlte, weil ich nicht daran teilnehmen durfte. Das warf natürlich Fragen auf. »Und überhaupt, warte mal, du verwirrst mich. Wie willst du denn dort einen Gemeinen hineinbringen?« Der »Gemeine« war natürlich ich. Über meinen gesellschaftlichen Status machte ich mir keinerlei Illusionen.

Marc kicherte. »Ah, mein Freund, dieses Mal liegen die Dinge anders. Mein Vater ist der Gastgeber, und da es mein Zuhause ist, darf ich einladen, wen ich will.« Damit war auch noch mein letzter guter Einwand dahin. Er stand auf und führte Star davon. Er hätte zwar auch reiten können, doch da er sich gut mit Tieren auskannte, wäre es ihm nie in den Sinn gekommen, sein Pferd nach der Quälerei im Fluss noch einmal zu belasten. »Ich lasse dir die Einladung in zwei Stunden schicken, und morgen Abend sende ich dir eine Kutsche.«

Verlegen schüttelte ich den Kopf und versuchte, mir eine angemessene Bemerkung zum Abschied einfallen zu lassen. Irgendwie muss ich aber wohl von allen guten Geistern verlassen gewesen sein und brachte nicht mehr als »Bis morgen dann« heraus. Dann wanderte ich nach Hause und überlegte mir, wie ich es meinen Eltern erklären sollte.

2

Jedes wahrhaftige Studium der Magie muss bei denen beginnen, die in ihrem Gebrauch die Kundigsten sind, mögen sie nun Magier oder Zauberer sein, wie man die besser ausgebildeten Vertreter ihrer Zunft nennt. Diese Personen, die über unzählige Generationen das Wissen vom Meister zum Schüler weitergaben, wussten ganz genau, wie sie die magischen Kräfte, die sie als Aythar bezeichneten, zu nutzen und zu gestalten hatten. Nach ihren Lehren ist das Aythar eine allen Wesen innewohnende Lebenskraft, die in geringerem Maße auch in unbelebten Objekten existiert. Bei ihr handelt es sich um die Wirkkraft hinter all jenen Dingen, die wir mit verschiedenen Begriffen bezeichnen: Energie, Geist, Lebensmut, Elan, Leidenschaft, Magie und Glaube.

Marcus der Ketzer,
Über das Wesen von Glaube und Magie

Der nächste Abend kam schneller, als ich es mir vorgestellt hatte, und schon fuhr die Kutsche vor unserem Haus vor. Mein Vater hatte sich über die Neuigkeit sogar gefreut. Ohnehin hielt er große Stücke auf den Herzog und sah diese Einladung gewiss als Gelegenheit, noch günstigere Bedingungen für die Schmiede auszuhandeln und neue Aufträge zu erhalten. Es konnte gewiss nicht schaden, wenn der Sohn mit dem nächsten Herzog befreundet war. Meine Mutter war ein wenig besorgt und nahm an, ich würde mich zweifellos falsch benehmen und damit mich selbst und womöglich gar die ganze Familie in Verruf bringen. Ich bemühte mich sehr, sie zu beruhigen, muss im Rückblick aber einräumen, dass sie viel klüger war, als ich in diesem Augenblick hatte glauben wollen.

Als ich in die Kutsche stieg, sah ich zu meiner Überraschung Marc, der schon darin saß. Er grinste breit. »Hallo! Bist du zu deinem Abenteuer bereit?«

Etwas verstimmt antwortete ich: »Dies wird doch kein Heldenlied, in dem wir Drachen töten und Edelfräulein retten.«

»Das sagst du. Ich dagegen sehe die Sache erheblich zuversichtlicher. Außerdem halten sich in den nächsten Tagen tatsächlich mehrere hübsche Edelfräulein auf der Burg von Lancaster auf. Vielleicht müssen einige von ihnen sogar gerettet werden.«

»Was bedroht sie denn?«

»Nicht was, sondern wer!«

Ich seufzte. Dem Vernehmen nach hatte mein Freund in den vergangenen Jahren eine gewisse Vorliebe für Frauen entwickelt. »Du musst vorsichtig sein. Die Mädchen im Dorf zu bespringen ist etwas ganz anderes, als die Ehre einer Dame von vornehmer Abstammung zu besudeln.«

Darauf antwortete er nicht, sondern grinste mich nur an. Wir fuhren eine Weile schweigend weiter, bis der Burghof in Sicht kam und die Außenmauern vor uns aufragten. Als ich durch das Fenster der Kutsche nach draußen blickte, fiel mir etwas auf. »Marc! Sieh nur!« Ich deutete auf den Bogengang.

Marc steckte den Kopf hinaus und blickte in die Richtung, in die ich gewiesen hatte. »Was denn?«

»Die Mauer. Was sind das für seltsame Symbole? Sie glühen, als wären sie mit Phosphor geschrieben.« Wieder deutete ich darauf, um ihm die Runen zu zeigen, die vor uns im Durchgang glommen.

»Ich sehe rein … gar nichts.« Er setzte sich wieder hin. »Beschreib sie mir.« Ich bemühte mich nach Kräften, dies zu tun. Und als ich geendet hatte, waren wir schon am Tor vorbei und bewegten uns zu den Ställen. »Oh, natürlich!«, sagte er.

»Was ist? Nun lass mich nicht im Ungewissen.« Die glühenden Runen hatten mich sehr nervös gemacht.

»Du hast die Schutzzauber der Burg gesehen. Vater hat mir von ihnen erzählt, offenbar können sie aber nur von Menschen mit dem Magierblick wahrgenommen werden. Ich vermute, damit werden auch Zauberer gemeint sein.« Er verdrehte die Augen, als wäre er im Gegensatz zu mir über Zauberer bestens im Bilde.

»Ich bin aber kein … warte mal! Als ich letzte Woche in der Stadt war, habe ich sie noch nicht gesehen. Hat dein Vater in den letzten Tagen einen Zauberer beauftragt, die Wände zu verhexen?«

Marc starrte mich an. »Nein, die Schutzsprüche sind uralt. Sie wurden schon vor Jahrzehnten von einem Zauberer geschaffen, den mein Großvater vorübergehend beschäftigt hatte.«

»Und warum sehe ich sie erst jetzt?«

»Bisher hast du ja auch noch nicht versucht, die Macht über Tiere zu übernehmen und sie auf dem Wasser laufen zu lassen. Ah, ich weiß – reifst du nicht gerade zum Mann heran? Neulich hatte ich schon bemerkt, dass du nicht mehr ganz so mädchenhaft wirkst ... sieh dir mal dein Gemächt an. Bekommst du einen Flaum?« Er duckte sich lachend, als ich mit meinem Reisesack nach ihm warf.

Die Kutsche hielt an, und ein Diener öffnete uns die Tür, damit wir aussteigen konnten. Die Fortsetzung der Debatte verschoben wir auf später. Als ich im Hof stand, bemerkte ich ein bekanntes Gesicht. »Dorian!«, rief ich dem kräftigen Mann zu, der zu uns herüberkam. Dorian Thornbear war im gleichen Alter wie Marc und ich. Obwohl er etwas gedrungener wirkte, besaß er deutlich mehr Muskeln als wir. Er war der Sohn des herzoglichen Seneschalls und dank seiner kämpferischen Fähigkeiten bereits als Bewaffneter in die Dienste des Burgherrn aufgenommen. Die steife Lederrüstung und sein Speer legten davon Zeugnis ab.

»Hallo, Master Marcus! Wer hat denn diesen Gassenjungen hier hereingelassen?« Das war aber nur ein Scherz, denn wir alle waren Freunde, seit ich als kleiner Junge die Burg besucht hatte.

Marc antwortete an meiner statt. »Ich habe Mort eingeladen, die Woche hier zu verbringen.«

»Willst du wieder bei mir schlafen, Mort?« Bislang hatte ich meist bei Dorians Familie gewohnt, wenn ich auf der Burg übernachtet hatte. Genau genommen gehörten seine Eltern dem niederen Adelsstand an und machten einen viel weniger einschüchternden Eindruck als die Familie des Herzogs. Außerdem waren unsere Väter eng befreundet.

Daher wollte ich sofort zusagen, doch Marc unterbrach mich, indem er mir eine Hand auf die Schulter legte. »Nicht dieses Mal, Dorian. Ich habe ihn überredet, in einem Gästezimmer Quartier zu beziehen.«

Dorian runzelte die Stirn. »Ist dort denn genug Platz, wenn in dieser Woche all die Adligen kommen?«

»Gewiss doch«, versicherte Marc.

»Aber …«, wollte ich einwenden.

»Still! Keine Widerrede. Außerdem musst du doch im Burgfried sein, wenn wir nachts in der Bibliothek stöbern wollen, ohne bei den Wächtern allzu viel Neugierde zu erregen.« Marc bemerkte natürlich, dass Dorian die Augenbrauen hochzog. »Wir sind auf einer geheimen Mission!«, flüsterte er verschwörerisch.

»Wirklich?« Dorian Thornbear war einer der tapfersten und treuesten Freunde, die ich je gehabt hatte, und dabei ohne jegliche Arglist. Er war unerhört ehrlich, was ihn leider auch ein wenig leichtgläubig machte. Nicht, dass ihn der junge Herr von Lancaster hereinlegen wollte. Es war nur so, dass Dorian derlei Dinge allzu ernst zu nehmen pflegte. So steckten wir hinter der Kutsche die Köpfe zusammen, damit Marc und ich Dorian über die Ereignisse der letzten paar Tage unterrichten konnten. Auch wenn wir drei schon immer wie Pech und Schwefel zusammengehalten hatten, befürchtete ich, Dorian könne mein Geheimnis versehentlich ausplaudern. Täuschung war noch nie seine Stärke gewesen.

»Was habt ihr drei denn da zu tuscheln?«, ließ sich die laute Stimme von Lord James vernehmen. Marcs Vater, der Herzog von Lancaster, kam strahlend auf uns zu. Er war ein mittelgroßer Mann mit hellbraunem Haar und blauen Augen. Als Dorian erschrocken zu ihm herumfuhr, lachte er.

»Nichts, Durchlaucht!«, antwortete Dorian und zog den Kopf ein.

»Ihr seht prächtig aus, Durchlaucht. Danke für die Einladung.« Ich verneigte mich höflich. Mir war es schon immer gut gelungen, jederzeit einen kühlen Kopf zu bewahren.

»Keine Ursache, junger Eldridge. Bitte richte deinem Vater einen schönen Gruß von mir aus, wenn du ihn wiedersiehst. Ich hoffe, du wirst den Aufenthalt bei uns genießen.« Der Herzog war ein ungewöhnlicher Vertreter des Adelsstandes, denn er behandelte alle seine Vasallen und sogar die Freisassen mit Höflichkeit und Achtung, obwohl er dies gar nicht hätte tun müssen. Deshalb war er beim Volk von Lancaster so außerordentlich beliebt.

»Vater! Warum musst du immer meine Freunde erschrecken?« Marc war über seinen Vater ein wenig erbost.

»Ha!«, rief der Herzog. »Jeder Mann hat das Recht, seinen Sohn in Verlegenheit zu bringen. Willst du mir in meinem fortgeschrittenen Alter denn wirklich die schlichten Freuden des Lebens verwehren?«

James Lancaster war erst Ende dreißig und noch vollkommen gesund, worauf sein Sohn eilig hinwies. »Wenn du wirklich altersschwach wirst, Vater, dann wirst du es schon daran merken, dass wir dich auf die Weide stellen.« So redeten sie noch eine Weile, bis der Herzog endlich ein Einsehen hatte und von uns abließ. Dorian musste sich zum Dienst melden, was ihm schlagartig eingefallen war, als uns der Herzog überrascht hatte. Er verabschiedete sich, und Marc und ich waren wieder allein.

»Ich zeige dir jetzt das Zimmer, das ich für dich ausgesucht habe. Es wird dir gefallen.« Marc führte mich durch den Burgfried und dann die Treppe hinauf. Ich folgte ihm recht neugierig. Trotz meiner häufigen Besuche in der Burg hatte man mir noch nie zuvor ein Zimmer im Burgfried zugewiesen. Als wir schließlich vor einer Tür stehen blieben, fiel mir sofort auf, dass sie den Privatgemächern der Herzogsfamilie äußerst nahe war.

»Bist du sicher, dass das so … richtig ist? Ist es den Gemächern deiner Familie nicht … etwas zu benachbart?«, fragte ich.

»Ganz recht, mein Zimmer liegt gleich dort drüben.« Marc deutete auf die andere Seite des Flurs. Er öffnete meine Zimmertür und schubste mich hinein, ehe ich Einwände erheben konnte. Der Raum wirkte prunkvoll, oder jedenfalls war er es nach meinen Maßstäben. Darin standen ein großes Himmelbett, eine Spiegelkommode, ein Schreibtisch und ein Möbelstück, das entfernt an ein Sofa erinnerte. Ich hatte keine Ahnung, was es sein mochte, fand aber später heraus, dass man es einen »Diwan« nannte.

»Hier kannst du mich doch nicht einquartieren.« Ich sah meinen Freund groß an. »Morgen kommen Edelleute aus dem ganzen Reich, die alle höhergestellt sind als ich. Wenn jemand herausfindet, dass du den Sohn des Schmieds in einem solchen Zimmer unterbringst, bricht ein höllischer Aufruhr los.«

»Pah, damit hast du natürlich recht. Wir müssen sie tatsächlich ihrem Rang und Status entsprechend beherbergen. Weißt du, wer unser vornehmster Gast sein wird?«

»Ich habe keine Ahnung. Vergiss aber nicht, dass ich ein Gemeiner bin.«

»Nein, das bist du nicht. Die anderen sind nur noch nicht im Bilde. Seine Lordschaft Devon Tremont, der Sohn und Erbe des Herzogs von Tremont, wird unser erlauchtester Gast sein. Das Protokoll verlangt, dass er das beste Zimmer bekommt, das wir zu bieten haben.«

»Dann lass mich doch lieber wie immer bei den Thornbears wohnen.«

»Keinesfalls«, erwiderte er. »Gregory Pern, der Sohn von Admiral Pern, wird dort untergebracht.«

»Mir reicht auch ein Besenschrank.« Es klang sarkastisch, obwohl ich es ernst meinte.

Marcus sah mich ernst an. »Hör mal, Devon Tremont ist der größte Trottel, den ich je gesehen habe. Dieser Flegel darf auf keinen Fall direkt gegenüber von meinem Zimmer schlafen. Du dagegen bist mein bester Freund und, wenn es nach meiner bescheidenen Meinung geht, unendlich viel wichtiger.«

»Du würdest Bescheidenheit nicht einmal lernen, wenn ich dich vor das Schienbein trete. Aber danke für das Kompliment. Du kannst mich trotzdem nicht hier unterbringen, das gäbe einen Skandal.« Ich wusste, dass ich damit richtiglag, und das musste er doch einsehen.

»Du hast recht. So könnte es kommen, falls jemand erfährt, dass du ein Niemand bist. Aber wie es jetzt aussieht, bist du ein unbekannter Adliger, der lediglich zufällig schon vor ihnen hier eingetroffen ist. Dein Rang und Status sind unbekannt, und du hattest dein Zimmer bereits bezogen, als sie eintrafen. Es wäre sehr unhöflich, dich noch umzuquartieren, sofern du kein gewöhnlicher Lümmel ohne Rang und Namen bist.« Er grinste mich schief an.

»Ich bin aber ein gewöhnlicher Lümmel ohne Rang und Namen.«

»Das weiß ich, und das weißt du, aber sonst niemand«, entgegnete er.

»Die meisten Menschen auf der Burg kennen mich!«

»Ich habe gestern Abend mit Mutter gesprochen. Sie ist einverstanden, dass du in dieser Woche Master Eldridge bist, ein Gelehrter und zugleich ein entfernter Vetter. Niemand muss mehr als dies wissen, und sie sorgt dafür, dass alle mitspielen.«

»Was ist mit den Dienern?«, gab ich zu bedenken.

»Vornehme Leute reden nicht mit der Dienerschaft«, verkündete er, indem er herrisch das Kinn reckte. »Außerdem habe ich ihnen für alle Fälle schon Bescheid gesagt.« Er zwinkerte mir zu.

Nun gab ich auf. Ich kannte Marc lange genug, um zu wissen, dass ich ihn von seinen verrückten Plänen nicht abbringen konnte, wenn er sich einmal etwas in den Kopf gesetzt hatte. Mir blieb allein zu hoffen, dass es keine üble Wendung nahm. Wir unterhielten uns noch eine ganze Weile und verabredeten uns, die Suche in der Bibliothek nach dem Abendessen aufzunehmen. Sobald wir alles besprochen hatten, ging er davon, und ich hatte den Raum für mich allein. Ich legte mich sofort hin und machte ein Nickerchen. Ich muss zugeben, es war das bequemste Lager, auf dem ich je geruht hatte.

Als ich eine Weile später wieder aufwachte, stand jemand neben meinem Bett. Ich war verwirrt und brauchte eine Weile, um mich zu erinnern, wo ich mich befand. Ich drehte mich zu der jungen Frau um, die mich etwas verlegen anblickte. »Sir, wenn es Euch nichts ausmacht, in einer halben Stunde wird das Essen serviert.«

Immer noch benommen richtete ich mich auf und ordnete meine Gedanken. Noch einmal betrachtete ich das Dienstmädchen. Sie war auf eine höchst erfreuliche Art, die nur wenigen Menschen eigen ist, schön und natürlich. Weiche braune Locken ringelten sich am schlanken Hals herab und umrahmten ein zartes Gesicht mit leicht geröteten Wangen. Auf einmal kam ich mir ausgesprochen dumm vor. Ich kannte sie doch! »Penny, was machst du denn hier?« Eigentlich hieß sie Penelope Cooper, in der Stadt nannte sie jedoch jeder Penny. Sie war die Tochter des Fassbinders und eines der begehrtesten Mädchen in ganz Lancaster. Nicht, dass sie sich für einen der Jungs interessiert hätte. Sie war ebenso wählerisch wie schön.

»Verzeiht mir, Sir, ich habe erst im letzten Winter den Dienst im Haushalt des Herzogs angetreten.« Schüchtern schlug sie die Augen nieder. Die Penny, die ich kannte, war alles andere als zaghaft. Freundlich war sie und liebenswürdig, aber ganz sicher nicht so unterwürfig.

»Jetzt hast du mich zweimal ›Sir‹ genannt, Penny. Noch einmal, und ich werde Lady Genevieve verraten, wer vor ein paar Jahren ihre Rosen stibitzt hat.« Als wir etwa elf Jahre alt gewesen waren, hatten wir im Garten hinter dem Burgfried gespielt. Ihre Durchlaucht, die Herzogin von Lancaster – oder Lady Ginny, wie wir sie damals schon genannt hatten – unterhielt dort einen wundervollen Blumengarten. Dorian war dabei gewesen, als uns Penny dazu angestiftet hatte, ein paar

Rosen für sie zu stehlen, und ich hatte gefürchtet, er werde vor Angst halb umkommen. Trotz der Schüchternheit und Ängstlichkeit, die Dorian manchmal zeigte, sollte er später ein großer Krieger werden. Letzten Endes hatte ich drei Rosen gepflückt, für jeden von uns eine. Dorian war jedoch zu nervös gewesen, um seine zu behalten.

»Ich doch nicht!«, rief sie. »Du warst es, du hast die Rosen gestohlen!«

»Na ja, aber du hast mich angestiftet«, antwortete ich trocken.

»Mort, die werfen mich vielleicht hinaus, wenn du das jemandem erzählst.« Einerseits war sie ernstlich besorgt, andererseits setzte sich allmählich doch die alte Penny wieder durch.

»Immer mit der Ruhe, ich hab nur Spaß gemacht. Aber nun erklär mir doch, wie du unter die Dienerschaft derer von Lancaster geraten bist.« Hätte ich nur einen Augenblick nachgedacht, so wäre ich sicher auch selbst darauf gekommen. Die Diener im Burgfried wurden gewöhnlich gut bezahlt, und die Arbeit war normalerweise besser als alles, was man in der Stadt finden konnte. Daher war es für jeden, dem es gelang, ein Glücksfall, auf der Burg eine Anstellung zu finden. Wenn sie eines Tages heiratete, konnte sich ihr Ehemann über ein ordentliches Zubrot freuen.

»Die Geschäfte meines Vaters laufen seit einiger Zeit nicht mehr so gut. Er hat sich letztes Jahr den Rücken verletzt, und wir haben Schwierigkeiten, genug Essen auf den Tisch zu bekommen, ganz zu schweigen davon, dem Steuereintreiber sein Geld zu geben. Als ich hörte, dass auf der Burg eine Stelle frei ist, habe ich mich beworben. Wohlan! Hör auf, mich abzulenken, denn sonst bekomme ich bestimmt bald Ärger. Und sprich ja mit niemandem über die Rosen!« Sie sagte es mit einer gewissen Gereiztheit, doch ihre Augen lächelten mich an. »Ich soll dir auch sagen, dass deine Kleider auf der Kommode bereitliegen und dass du dich sputen musst, wenn du rechtzeitig zum Dinner angezogen sein willst.«

Jetzt war ich verunsichert. »Kleidung?«, fragte ich.

»Du kannst das Zeug da doch nicht tragen, wenn du mit der Familie des Herzogs speist, ganz zu schweigen von den Gästen, die morgen eintreffen werden.« Sie rümpfte die Nase, um mir zu zeigen, was sie von meiner schlichten Aufmachung hielt. Dabei hatte ich das beste Hemd angezogen, das bisher nur wenige Flicken aufwies. Mutter hatte es am Morgen sogar gewaschen, und nun hatte es nicht einmal mehr Flecken.

»Meine Kleider sind doch völlig in Ordnung«, antwortete ich unwirsch.

»Sicher, wenn du die Ställe ausmisten möchtest«, gab sie zurück. »Aber für den Gelehrten und Gentleman Master Eldridge reichen sie einfach nicht aus.« Mit einer großspurigen Geste deutete sie auf die Sachen, die für mich bereitlagen. Neben einem feinen dunkelgrauen Wams fand sich eine passende Hose auf der Kommode, beides mit schwarzen Spitzen verziert und mit Elfenbeinknöpfen versehen. Weiche Schuhe aus Tuch vervollständigten das Kostüm.

Teufel, nein!, dachte ich.

Penny war wohl eine Gedankenleserin, oder meine Miene verriet mich. Sie versuchte es mit einer anderen Taktik. »Bitte, Master Eldridge! Ihr müsst einfach nur richtig anzogen sein, sonst komme ich in große Schwierigkeiten!« Sie sah mich mit großen braunen Augen an, aus denen beinahe die Tränen quollen. Hatte sie schon immer so große Augen gehabt?

»Was ist denn nur mit dir los?«, grollte ich.

»Bitte, Master Eldridge, ich wäre Euch unendlich dankbar, wenn Ihr Euch herablassen könntet, diese Sachen überzuziehen.«

Die Penny, die ich kannte, hätte sich nie so benommen. Eigentlich war sie eher ein Wildfang gewesen. Als ich sie nun betrachtete, erkannte ich, dass sie sich in mehr als einer Hinsicht weiterentwickelt hatte. Das ließ mich ein wenig erröten.

»Na gut, verdammt, dann geh jetzt aber auch, damit ich mich anziehen kann.« Über meine eigene Reaktion war ich viel stärker verärgert als über sie.

Sie strahlte glücklich und zeigte genau die nervenaufreibende Genugtuung, die man oft bei Frauen sieht, die ihren Willen bekommen haben. »Ich warte draußen auf dem Flur.«

»Und ob du das tun wirst«, murmelte ich. Also entledigte ich mich der alten Kleidung und zwängte mich in die fremden Sachen. Hose und Schuhe bereiteten mir keine Schwierigkeiten, und das weiße Unterhemd war mir auch nichts Neues, aber als ich das Wams anlegen wollte, wurden die Dinge kompliziert. Das Stück hatte entschieden zu viele Knöpfe und Bänder, und bald hatte ich mich hoffnungslos verheddert.

»Penny«, rief ich. »Bist du noch da? Ich glaube, ich brauche etwas Hilfe.«

»Das hab ich doch schon mal gehört«, neckte sie mich, als sie den Kopf hereinsteckte. »Mir war klar, dass du früher oder später um Hilfe rufen würdest. So, jetzt steh gerade! Zum Spiegel hin ... nein, nicht dort. Ich brauche Licht vom Fenster, damit ich etwas sehen kann.« Zielstrebig übernahm sie die Aufgabe und ordnete das Durcheinander, das ich angerichtet hatte. Sie stellte sich hinter mich und griff um mich herum, während sie die Bänder entwirrte, die das Wams vorn zusammenhielten. Dabei sah sie mir über die Schulter und beobachtete ihre Fortschritte im Spiegel.

Ihre Haare kitzelten mich am Hals, und als sie die Bänder verschnürte, bekam ich allerhand unangebrachte Gedanken. Glücklicherweise bemerkte sie es gar nicht. »Wann bist du nur so groß geworden, Mordecai?«, sagte sie. Warm strich ihr Atem an meinem Ohr vorbei. Auch war ich ziemlich sicher, dass der weiche Druck in meinem Rücken mit der Entwicklung zusammenhing, die ich kurz zuvor bemerkt hatte. Ich errötete. »Was hast du dir nur dabei gedacht?« Sie erwartete keine Antwort von mir, sondern sprach gleich weiter. »Du musst dir doch das Hemd hineinstecken, ehe du die Hose zubindest.« Sie fuhr mit beiden Händen um meine Hüften herum und stopfte das Hemd energisch hinter den Hosenbund. Ich quiekte ausgesprochen unmännlich und brachte mich mit einem Sprung in Sicherheit.

»Das mach ich schon selbst«, sagte ich und trat gleich in das nächste Fettnäpfchen. »Hoffentlich kleidest du nicht alle Gäste so an.«

»Natürlich nicht, du Tropf! Dazu sind die Kammerdiener da!« Ganz sicher war ich nicht, aber sie kam mir zwar erzürnt, dabei aber auch ein wenig verlegen vor.

»Tja, warum bist du dann überhaupt hier?« Meine Gewitztheit brachte an diesem Abend wahre Höchstleistungen hervor.

»Marcus dachte, du siehst hier lieber ein freundliches, bekanntes Gesicht als einen Fremden! Ehrlich, Mort, wofür hältst du mich eigentlich? Ich bin doch keine Dirne!« Manche Männer finden wütende Frauen attraktiv, aber zu dieser Gruppe gehöre ich nicht. Penny starrte mich böse an, und ich überlegte mir, wie sie – ausgehend von dem, was ich gesagt hatte – auf die Idee hatte kommen können, ich hielte sie für ein käufliches Weib.

»Warte mal, Penny, es tut mir leid. So meinte ich es gar nicht. Ich bin erschrocken und fühle mich hier völlig fehl am Platze. Es ist mir nur so herausgerutscht.« Wenigstens erwachte mein legendärer Charme und rettete mich. Sie funkelte mich noch einen Moment an, dann aber wurde ihre Miene wieder weicher.

»Das kann ich sogar verstehen. Dieses Haus ist ganz schön einschüchternd.« Sie entspannte sich, und als ich schon nicht mehr damit rechnete, knuffte sie mich gegen die Schulter. »So, jetzt sind wir quitt.« Es fühlte sich fast wie damals in unserer Kindheit an. Zu jener Zeit, als alles viel einfacher gewesen war. »Aber was hat dich denn so erschreckt?«, wollte sie wissen.

Manchmal ist man in der Gegenwart von Freunden viel zu unbefangen. »Als wir uns das letzte Mal gesehen haben, warst du ein Wildfang mit großen Zahnlücken, und jetzt ... also ...« Da war es schon wieder passiert. Sagte ich bereits, dass ich ein Genie bin?

»Wildfang?« Sie dachte darüber nach und überlegte offenbar, ob ich sie schon wieder beleidigt hatte. »Das muss ich wohl gewesen sein, aber welche Rolle spielt das jetzt? Ich bin doch immer noch mehr oder weniger die Gleiche. Wir sind schließlich alle größer geworden. Willst du damit sagen, ich sehe komisch aus?«

»Nein, nein ... du siehst sogar ... umwerfend aus. Ich meine wirklich hinreißend. Geradezu schön. So schön, dass ich verlegen werde.« Ich lief rot an, als ich mir noch einmal vor Augen hielt, was ich gerade gesagt hatte. Endlich begriff sie, worauf ich hinauswollte, und lächelte einen Moment. Ich hätte schwören können, dass sie ebenfalls errötete, ehe sie sich rasch abwandte. Vielleicht bildete ich es mir aber auch nur ein.

»Entschuldigung angenommen«, erklärte sie. »Danke für das Kompliment.« Sie ging davon und drehte sich erst an der Tür noch einmal um. »Du musst dich beeilen, sonst kommst du zu spät zum Essen, *Master* Eldridge.«

Ich schnappte mir ein Kissen und warf damit nach ihr, aber sie hatte die Tür bereits geschlossen, ehe es sie treffen konnte. Frauen konnte ich noch nie gut verstehen, aber es schien mir eigentlich gar nicht so schlecht, mit einer befreundet zu sein.

Ein letztes Mal begutachtete ich mich im Spiegel. Die Veränderung war erstaunlich. Ein großer dunkelhaariger Mann starrte mich an, die blauen Augen bildeten einen starken Kontrast zur Kleidung. Ich wirkte zwar immer noch etwas schlaksig, aber das Wams machte durchaus etwas her, und ich musste zugeben, dass mir das Grau gut stand. Es klopfte, draußen vor der Tür stand ein kleiner Junge.

»Sir, wenn es Euch beliebt, es ist jetzt Zeit zum Abendessen. Master Marcus trug mir auf, Euch davon zu unterrichten.« Der schmutzige Bursche mochte acht oder zehn Jahre alt sein. Ein Schneidezahn fehlte, sodass er ständig schief zu grinsen schien.

»Wie heißt du, Junge?«, fragte ich. Es klang so erwachsen, dass ich es selbst kaum glauben konnte.

Als er antwortete, lispelte er ein wenig. »Timothy, Sir.«

»Dann führ mich, Timothy«, trug ich ihm auf und verneigte mich tief vor ihm. Er spürte meine Stimmung, reckte die Nase hoch in die Luft und schritt neben mir durch die Gänge und Flure, als wären wir zwei große Lords. Zumindest, bis wir der Herzogin begegneten. Da gaben wir unser Spiel auf, und ich zwinkerte Timothy zum Abschied noch zu. Den Rest des Weges legte ich in deutlich ernsterer Stimmung mit Ihrer Durchlaucht zurück.

Da ich mich im Burgfried recht gut auskannte, hätte ich den Weg auch allein gefunden. Instinktiv wollte ich mich im großen Saal an den Dienertisch setzen, an den ich so offensichtlich gehörte. Marc fing mich jedoch ab, kaum dass ich eingetreten war, und führte mich zur Haupttafel. Als ich mich setzte, hatte ich das Gefühl, alle anderen im Raum starrten mich an. Der Herzog thronte am Kopfende, seine Ehefrau bekam den Ehrenplatz zu seiner Rechten. Ihr gegenüber saßen Lord und Lady Thornbear, und mein Platz war gleich neben der Lady. Links von mir ließ sich Marcus nieder. Ariadne und Roland, die jüngeren Kinder des Herzogs, saßen mir gegenüber. Vater Tonnsdale, der Kaplan der Burg, fand seinen Sitz am unteren Ende. Dies war das erste Mal überhaupt, dass ich am Herrschaftstisch saß. Das Gefühl, nicht dorthin zu gehören, konnte ich einfach nicht abschütteln.

Das leise Tischgespräch drehte sich ausschließlich um die Ankunft der Gäste am nächsten Tag. Glücklicherweise erwartete niemand von mir, meine Meinung beizusteuern, denn dies alles ging weit über meinen Horizont. Allerdings spitzte ich die Ohren und erfuhr von einigen Dingen. Anscheinend verfolgten die Ereignisse der kommenden Woche vor allem den Zweck, Marcus und in geringerem Maße auch seine Geschwister mit anderen vornehmen Sprösslingen ihres Alters bekannt zu machen. Die Sitze der Adelshäuser waren weit voneinander entfernt, und jeder Fürst veranstaltete solche Treffen, damit der Nachwuchs Freunde finden konnte. Diese Freundschaften sollten später im Leben in der Politik nützlich sein, ganz zu schweigen von der Aussicht, einen Ehegatten zu finden. Natürlich sprach es niemand offen aus, aber ich lerne gewöhnlich recht schnell und konnte also die Hintergedanken rasch erfassen.

Alles verlief gut, wir hatten die Suppe gelöffelt, und ich hatte den zweiten Gang fast aufgegessen – es war ein köstliches Gericht mit Fisch und Pastinaken –, da beugte sich Vater Tonnsdale vor. Er ließ sich über die unbefriedigenden heidnischen Religionen aus, denen manche Adelshäuser noch anhingen, als sich sein Gewand ein wenig öffnete und darunter sein Anhänger mit dem silbernen Stern zum Vorschein kam. Ganz im Gegensatz zu der letzten Gelegenheit, bei der ich ihn gesehen hatte, verströmte er jetzt einen weichen goldenen Schein. Überrascht schluckte und hustete ich und beförderte mir auf diese Weise ein Bröckchen Pastinake in die Nase. Sie war mit Meerrettich gewürzt und brannte so, dass mir die Tränen aus den Augen quollen. Beinahe hätte ich den Bissen wieder ausgespuckt.

Marc klopfte mir auf den Rücken, während ich meine Fassung wiedergewann. Vater Tonnsdale wandte sich an mich. »Alles in Ordnung, Master Eldridge?«

»Ja, Vater. Eure Halskette hat mich überrascht. Ich habe noch nie bemerkt, dass sie so glüht.« Kaum dass die Worte meinen Mund verlassen hatten, wusste ich schon, dass ich zu viel gesagt hatte.

»Wie ungewöhnlich! Ich habe davon gehört, dass manche Menschen das Licht erkennen können, das unsere Herrin uns schenkt, aber das ist eine äußerst seltene Gabe. Du hast nicht zufällig den Magierblick, Master Eldridge?« Er starrte mich aufmerksam an.

An dieser Stelle schaltete sich Marcs jüngere Schwester Ariadne ein. »Seid nicht so albern, Vater. Wir kennen Mort seit Jahren. Er hat noch nie zu erkennen gegeben, dass er den Magierblick besitzt.« Die Herzogin funkelte ihre Tochter bedeutungsvoll an, nachdem diese bei Tisch meinen Spitznamen benutzt hatte.

Marc unterbrach, ehe der Geistliche antworten konnte. »Vater Tonnsdale, ich wollte Euch ohnehin schon danach fragen. In der letzten Woche hat Mordecai solche Dinge gesehen wie etwa die Schutzzauber der Burg.« Wie schön, jetzt hatte er es allen am Herrentisch verraten! Wenigstens hatte er den Zwischenfall mit dem Pferd nicht erwähnt. Wahrscheinlich wollte er seinem Vater verschweigen, dass dieser beinahe seine kostbare Zuchtstute verloren hätte.

»Wie alt bist du, Mordecai?«, fragte mich darauf der Priester.

»Sechzehn Jahre, Sir, und ich werde in diesem Monat siebzehn.«

»Das ist seltsam, denn in den meisten Fällen tritt der Magierblick mit zwölf oder spätestens mit dreizehn Jahren auf, also in der stürmischen Reifezeit der Jugend. Er ist ohnehin sehr selten, aber bei den paar Dutzend Fällen, die mir bekannt sind, geschah es niemals später als in diesem Alter.«

»Ich bin sicher, dass es nur eine vorübergehende Phase ist, Vater.« Allmählich wünschte ich mir, mich unsichtbar machen zu können.

»Das bezweifle ich. Vielleicht solltest du über eine Laufbahn im Dienst der Kirche nachdenken. Eine Gabe wie die deine besitzt einen großen Wert und sollte im Dienst unserer Herrin eingesetzt werden, um späterhin Anklagen wegen Hexerei und Zauberei zu entgehen.«

Endlich rettete mich die Herzogin. »Lasst doch den Burschen das Essen genießen, Vater. Mit diesem Gerede über Hexerei erschreckt Ihr ihn nur. Außerdem – das ist doch nicht das richtige Gesprächsthema für ein Abendessen.« Lord Thornbear grunzte zustimmend, und das Tischgespräch ließ von mir ab und wandte sich angenehmeren Themen zu.

Danach verlief alles völlig reibungslos. Als Nachspeise gab es Syllabub. Dabei handelte es sich um eine süße Zitronencreme, von der ich noch nie zuvor gehört hatte, die aber begeisterten Zuspruch bei mir fand. Als nach dem Abendessen Getränke serviert wurden, winkte Marc mir insgeheim, dass es nun Zeit sei, uns zurückzuziehen. Wir verabschiedeten uns und erhoben uns.

»Mordecai.« Der Herzog hielt mich noch einmal auf. »Bitte melde dich doch morgen früh bei mir. Ich möchte einige Dinge mit dir besprechen, bevor die Gäste eintreffen.«

»Natürlich, Durchlaucht.« Ich verneigte mich, ließ mir äußerlich nichts anmerken und schaffte es, ohne Herzanfall den großen Saal zu verlassen.

»Mach dir keine Sorgen, Mort! Er will nur sicher sein, dass in der kommenden Woche hinsichtlich deiner neuen Identität alles geklärt ist«, beruhigte mich mein Freund.

»Was du nicht sagst«, antwortete ich. »Aber er ist nicht mein Vater. Für mich ist er der große und mächtige Herzog von Lancaster.«

3

Für jene, die mit dem Aythar arbeiten, ist ein umfassendes Verständnis seiner Wechselwirkung mit menschlichen Wesen besonders wichtig. Dementsprechend wurden mehrere Eigenarten beschrieben und benannt, um diese Wechselwirkung zu erfassen. Die erste und bedeutendste Eigenschaft ist die der Kapazität. Dies bezieht sich auf die Menge an Aythar, die in einem Menschen verfügbar oder gespeichert ist. Die Menge ist nicht festgelegt, sondern ständigen Schwankungen unterworfen, übersteigt aber nie eine gewisse Obergrenze. Dieses Höchstmaß unterscheidet sich von Mensch zu Mensch ganz beträchtlich, ist bei den meisten Personen jedoch äußerst gering. Ich will an dieser Stelle hinzufügen, dass alle Lebewesen ein gewisses Maß an Aythar in sich bergen, denn sonst müssten sie sterben; und sogar Leichen enthalten noch Spuren dieser Energie, wenngleich um ein Vielfaches verringert.

Marcus der Ketzer,
Über das Wesen von Glaube und Magie

Ich hatte das schon einmal erlebt. Zum ersten Mal, als Marc es auf sich genommen hatte, meinen Bildungsstand zu verbessern. Meine Eltern hatten mich bereits in jungen Jahren das Lesen gelehrt, aber die schöneren Künste der Geometrie und Grammatik waren ihnen fremd geblieben. Ich glaube, zuerst hatte Marc mich nur mitgeschleppt, weil er sich vor den Aufgaben drücken wollte, die ihm sein Hauslehrer gestellt hatte. Aber mit der Zeit wurde klar, dass ich eine echte Begabung für Sprache und Mathematik besaß. Später ermunterte die Herzogin Marc, mich einzuladen, da auch er rasche Fortschritte machte, wenn ich am Unterricht teilnahm. Infolgedessen war ich vermutlich der am besten gebildete Landmann, den Lancaster je hervorgebracht hat.

Die herzogliche Bibliothek war eine der umfangreichsten im ganzen Königreich. Keiner von uns konnte wirklich ermessen, wie viele Bände aus wie vielen unterschiedlichen Wissensgebieten sie enthielt, aber da wir jung waren, stöberten wir einfach aufs Geratewohl herum und hofften, das Richtige schon irgendwie zu finden. Marc blätterte historische Werke durch, um Hinweise auf frühere Magier zu entdecken, während ich mich in ein Werk über die Kräuterkunde vertiefte. Pflanzen hatten mich schon immer interessiert. Nach einer Weile riss ich mich von dem Buch los und setzte die Suche fort, bis Marc mich zu sich rief.

»He, Mort, ich habe was gefunden!« Es war die Geschichte der Universität in Albamarl, der Hauptstadt von Lothion. »Nach diesem Buch hat es an der Universität früher eine magische Hochschule gegeben«, erklärte er.

»Ist sie denn jetzt geschlossen?«, fragte ich.

»Ja, anscheinend brach eine Seuche aus, und angeblich haben die Zauberer damit zu tun gehabt. Die Hochschule wurde von einer aufgebrachten Meute zerstört. Offenbar hat man die meisten Lehrer am Pfahl verbrannt.«

»Warum sollte ich ein Zauberer werden?«

»Weil es ungeheuer beeindruckend ist! Es gibt heute nicht mehr viele, und wie kann ich denn sonst einen magischen Ratgeber finden, wenn ich einmal Herzog bin?« Er schenkte mir sein ungeheuer einnehmendes Grinsen.

»Dein Vater hat ja auch keinen magischen Berater«, wandte ich ein.

»Aber nur, weil er nirgendwo einen finden kann. Mein Großvater hatte noch einen. Oh, schau mal her! Du bist gar kein Zauberkundiger!« Das machte mich neugierig. »Nach diesem Buch hier bist du bloß ein Magier.«

»Wo liegt da der Unterschied?«

»Jeder mit einer bescheidenen latenten Begabung ist ein Magier. Ein Zauberer dagegen ist ein Magier, der ausgebildet wurde und gelernt hat, seine Kräfte in angemessene Bahnen zu lenken.«

Ich lachte. »Demnach bin ich also unwissend. Das wussten wir doch schon.« Wir überflogen das Buch, um etwas über das Schicksal der Zauberer herauszufinden, die den Brand der Hochschule überlebt hatten, konnten jedoch nichts entdecken.

»Wir müssen weitersuchen. Ich weiß, dass Vestrius hier irgendwo einige Bücher aufbewahrt hat«, sagte Marc.

»Vestrius?«

»Der Lieblingszauberer meines Großvaters.«

Als ich danach langsam zwischen den Regalen umherwanderte, fiel mir in der hinteren Ecke etwas Seltsames auf. Neben einem hölzernen Regal entdeckte ich ein schwach schimmerndes Symbol. »He, sieh dir mal das hier an!« Ich streckte die Hand aus und berührte es. Gleich darauf saß ich im vorderen Raum der Bibliothek am Lesetisch. Marc betrachtete mich mit einer seltsamen Miene.

»Was ist nur los mit dir?«, fragte er.

»Warum?«

Gereizt erklärte er: »Gerade hast du mich ins Nebenzimmer gerufen, wo die Sprachlehren stehen, aber dann bist du einfach herausgelaufen und hast dich ohne ein erklärendes Wort hierher gesetzt!«

»Wirklich?« Die Verwirrung war mir in den letzten Tagen zu einer regelmäßigen Gefährtin geworden.

»An den Geschichten über geistesabwesende Zauberer ist offenbar viel mehr dran, als ich je dachte«, erwiderte er. »Komm, lass uns nachsehen, was du vergessen hast, Professor Trottel.« Wir standen auf und kehrten in den kleinen Nebenraum zurück, in den ich ihn angeblich gerufen hatte.

Nachdem ich mich ein paar Minuten lang umgesehen hatte, bemerkte ich die glühende Rune. »He, was ist das denn?« Abermals berührte ich sie, und gleich darauf befand ich mich wieder am Lesetisch. Marc saß mir gegenüber und beobachtete mich verwirrt.

»Ich würde sagen, als Magier oder was auch immer bringst du es sicher nicht weit, wenn du einfach so fremde Schutzzauber berührst«, meinte er.

»Sind wir nicht gerade schon einmal hier gewesen?«, fragte ich.

»Das ist der rechte Abenteurergeist. Willkommen, mein lieber Mordecai, du Meister des Offensichtlichen!« Sarkasmus war einer seiner weniger angenehmen Charakterzüge. Wenn ich es recht bedenke, gilt das Gleiche wohl auch für mich. Rasch erklärte er mir, was geschehen war, und wir kehrten zurück, um es uns noch einmal anzusehen.

Dieses Mal berührte ich die Rune nicht. »Kannst du sie sehen?«, fragte ich ihn.

»Nein.«

»Berühr du sie und beobachte, was passiert«, schlug ich ihm vor.

»Kommt nicht infrage. Ich könnte ja etwas Wichtiges vergessen.«

»Was denn zum Beispiel?«

»Zum Beispiel das erste Mal, als ich bei einer Frau gelegen habe!«, antwortete Marc.

»Was, zum … wann war das denn? Hast du tatsächlich schon deine Unschuld verloren?«, staunte ich.

»Du nicht?« Er zog die Augenbrauen hoch.

»Halt den Mund, wir haben Dringenderes zu tun.« Ich starrte die Rune an, während er hinter mir kicherte. Schließlich versuchte ich etwas anderes. Ich streckte die Hand aus, bis sie fast auf die Rune traf, berührte sie aber nicht. Je näher ich dem Glühen kam, desto stärker wurde der Druck in meinem Kopf. *Vergiss!* Ein leises Flüstern nur, dem ich mich entschlossen widersetzte. Ich holte tief Luft und versuchte, einen Druck auszuüben, der demjenigen ähnelte, den ich selbst verspürte, nur dass ich ihn nach außen und zurück auf die Rune richtete. Mehrere Sekunden lang spürte ich, wie sich die Spannung nicht nur in meinem Kopf, sondern auch ringsherum in der Luft aufbaute. Dann gab es eine Explosion.

Ich lag auf dem Rücken, Marc beugte sich mit einer Brechstange in der Hand über mich. »Du bist entweder

der dümmste oder der glücklichste Kerl, den ich je gesehen habe.« Ich richtete mich auf und betrachtete die Stelle, wo sich das Symbol befunden hatte. Nun war es verschwunden, an der Wand war ein versengter Kreis zu erkennen.

»Wo hast du die Brechstange her?«

»Die hatte ich schon geholt, bevor du versuchtest, dich selbst in die Luft zu jagen. Hilf mir mal. Hinter der Stelle, wo sich dieses magische Dings befunden hat, ist ein Eisenring eingelassen.« Er forderte mich auf, ihn als Erster zu berühren, und als nichts geschah und auch nichts weiter zu explodieren drohte, fasste er mit an und zog. Nach einigem Zerren öffnete sich die Wandverkleidung einen Spaltbreit, und dahinter kam ein kleiner Schrank zum Vorschein. Darin befanden sich drei in Leder gebundene Bücher. Die beiden ersten waren mehr als eine Handspanne groß und so dick wie zwei Daumen übereinander. Das dritte war riesig, über zwei Handspannen und eine Handbreit hoch. Es war mit glühenden Symbolen bedeckt, ich konnte jedoch nur den Titel lesen: *Lycianische Sprachlehre*. Die beiden anderen waren unbeschriftet.

Marc wollte schon danach greifen, aber ich legte ihm eine Hand auf den Arm. Er sah mich an und zog die Hand zurück. Vorsichtig griff ich zu und holte die beiden kleineren Bände hervor. Da sie nicht glühten, nahm ich an, man könne sie gefahrlos berühren. Das größere Buch ließ ich liegen.

»Ist es mit einem Zauber gesichert?«, fragte Marc.

»Es ist voller Zauber und glüht wie ein Freudenfeuer.« Nach kurzem Überlegen schlossen wir die Vertäfelung und ließen das große Buch in Ruhe. Hoffentlich konnte ich genug lernen, um es später noch durchzublättern. Es war schon spät, weshalb wir uns entschieden, für diesen Abend aufzuhören. Die beiden kleineren Bücher nahm ich mit auf mein Zimmer.

»Versprich mir, dass du sie nicht ohne mich liest«, verlangte Marc ernst. »Wenn dir beim Lesen etwas passiert, sollte jemand in der Nähe sein, der dich wegziehen oder das Feuer löschen kann.«

Ich sah ihm in die Augen und versuchte, ernst zu bleiben. »Keine Sorge, ich kann warten.« Mir gingen eine Menge neunmalkluge Kommentare durch den Sinn, doch ausnahmsweise war ich so schlau, sie für mich zu behalten.

Sobald ich mich in meinem Zimmer gemütlich niedergelassen hatte, untersuchte ich die Bücher. Anfangs hatte ich sogar beabsichtigt, mein Versprechen zu halten, aber die Neugierde wurde dann doch zu stark. Da nach dem Öffnen der Einbände nichts weiter passierte, beschloss ich, einfach weiterzublättern. Das erste Buch entpuppte sich als Tagebuch, das Vestrius selbst verfasst hatte. Das zweite war anscheinend eine Sammlung von Zaubersprüchen, überwiegend in geläufiger Sprache verfasst, aber hin und wieder doch von glühenden Worten und Symbolen durchsetzt, mit denen ich keinerlei Erfahrung hatte. Außerdem enthielt es eine Menge Zeichnungen. Sobald ich die glühenden Abschnitte bemerkte, legte ich es vorsichtshalber weg und nahm mir das Tagebuch vor.

Diese Entscheidung stellte sich bald als eine richtige heraus. Im Gegensatz zu den meisten anderen Tagebüchern, in denen die Menschen einfach nur ihre alltäglichen Gedanken notieren, handelte es sich bei diesem hier eher um ein Labortagebuch. Vestrius hatte als junger Mann bei einem Magier namens Grummond gelernt. Seine erste Aufgabe war das Führen des Tagebuchs gewesen, um nicht zu vergessen, was er jeden Tag lernte. In diesem Augenblick konnte ich mir nichts Nützlicheres vorstellen und begann zu lesen.

Vestrius' erste Tage als Zauberlehrling waren für mich sehr aufschlussreich. Rasch begriff ich, welchem Zweck das dritte Buch diente. Die *Lycianische Sprachlehre* war genau das, was der Name sagte: ein Buch über die Grammatik und das Vokabular der schon lange ausgestorbenen lycianischen Sprache. Außerdem entnahm ich dem Tagebuch, warum das Lehrbuch glühte. Zauberer lernen, die gesprochene und geschriebene Sprache zu benutzen, um ihre Macht auszuüben. Da es aber äußerst gefährlich wäre, die eigene Sprache zu verwenden, greift man auf eine tote Sprache zurück. Daher war das Lycianische schon seit Jahrhunderten gewissermaßen die Amtssprache der Magie und wurde nur aus diesem Grund weiter gepflegt. Da diese Sprache schon so lange in Gebrauch war, bargen auch die aufgeschriebenen Wörter einen gewissen Grundbestand an magischer Kraft und konnten sich deshalb, wenngleich in geringem Maße, sogar in den Händen derjenigen als gefährlich erweisen, die keinerlei magische Gaben besaßen.

Ich beschloss, das dritte Buch am folgenden Tag zu holen. Wenn ich Vestrius' Tagebuch lesen und wirklich verstehen wollte, musste ich gleichzeitig die Sprachlehre studieren.

4

Das zweite Charakteristikum ist die sogenannte »Ausstrahlung« und bezieht sich auf die Fähigkeit eines Menschen, eine gegebene Menge an Aythar möglichst schnell zu kanalisieren oder zu benutzen. Im Gegensatz zur Kapazität ist die Ausstrahlung keine gemeinsame Eigenschaft aller Menschenwesen. Manche Personen, besonders diejenigen, die man gemeinhin »Stoiker« nennt, besitzen überhaupt keine Ausstrahlung und sind deshalb völlig außerstande, die Magie auf irgendeine Weise zu nutzen, zu spüren oder zu lenken. Glücklicherweise sind diese Menschen allerdings selten. Auf hundert andere kommen höchstens ein oder zwei, die dieser Gruppe angehören. Eine angenehme Nebenwirkung ist allerdings die, dass die Stoiker mit subtilen Methoden, wie etwa durch Verzauberungen oder andere magische Mittel, die Geist und Seele beeinflussen, nicht beeinflusst werden können. Dadurch sind sie in gewissen Positionen, besonders bei Gericht, von großem Wert. Natürlich können sie anderen Formen der Magie dennoch unterworfen werden, aber gewiss nicht in stärkerem Maße als jedes andere körperliche Wesen oder Objekt.

Die große Mehrzahl der Menschen besitzt nur eine sehr geringe Ausstrahlung und ist ohne umfassende Ausbildung und Auseinandersetzung mit der Magie kaum fähig, in nennenswertem Ausmaß auf das Aythar Einfluss zu nehmen. Gleichermaßen fällt es ihnen schwer, Dinge, die dem Wesen nach rein magischen Ursprungs sind, überhaupt wahrzuneh-

men. Diese Menschen sind zwar in der Lage, magische Gerätschaften zu benutzen, und können nach langer Übung ein wenig Aythar sogar gezielt einsetzen, doch geht dies nie über ein sehr beschränktes Maß hinaus.

Marcus der Ketzer,
Über das Wesen von Glaube und Magie

Als ich erwachte, fiel strahlender Sonnenschein durch das offene Fenster ins Zimmer. Ich blinzelte in dem hellen Licht und versuchte, den Kopf mit einem der verzierten Kissen zu schützen, die ich am Vorabend zur Seite geschoben hatte. Irgendjemand riss es weg.

»Bei allem, was heilig ist!« Ich zog mich unter die Bettdecke zurück, um dem Licht zu entkommen. Eigentlich bin ich gar kein Langschläfer, aber in der vergangenen Nacht war ich fast bis zum Morgengrauen wach geblieben. Freilich musste es jetzt irgendjemand auf mich abgesehen haben – also hielt ich verzweifelt die Decke fest, die mein Plagegeist wegziehen wollte.

»O nein, das kommt nicht infrage! Mordecai Eldridge, du stehst sofort auf! Ich habe dich heute Morgen schon oft genug entschuldigt. Du hast bereits dein Treffen mit dem Herzog versäumt, und wenn du meinst …«

»Was?« Ich ließ die Decken los und richtete mich auf. Penny, mein Plagegeist, taumelte zurück, stolperte über den Stuhl und riss die Decken mit.

»Au!«, rief sie, als sie unsanft auf ihr Hinterteil fiel. An dieser Stelle sollte ich ein paar Dinge erklären. In jenen Tagen schliefen die meisten Menschen nackt, und auch für mich waren Schlafanzüge und Nachtgewänder ein unbezahlbarer Luxus. Als Penny wieder aufstand, wurde mir dies peinlich bewusst, ganz zu schweigen von meinem kleinen Soldaten, der seinen strammsten Morgengruß entbot. Nun war ich für den Überfluss an schmückenden Kissen äußerst dankbar und griff eilig zu, um meine Blöße zu bedecken. Penny war so freundlich, den Blick abzuwenden.

»Hör mal, Penny, wir sind ja schon lange Freunde, aber wäre es nicht besser, wenn du beim nächsten Mal anklopfst?« Verdammt wollte ich sein, wenn ich mich von ihr in Verlegenheit bringen ließ, denn ohne Zweifel war doch ich das Opfer.

»Ich habe geklopft! Ich habe um sieben angeklopft, um acht bin ich noch einmal gekommen, und um neun zum dritten Mal! Du solltest dich um halb zehn mit dem Herzog treffen, aber ich sagte ihm gleich, du seist krank. Zuerst hat er mir wohl nicht geglaubt, aber Marcus hat schon behauptet, er hätte dich gestern wach gehalten, und ihr hättet zusammen etwas getrunken.« Sie schien sehr verstimmt, aber mir fiel auf, dass sie keinerlei Anstalten machte, mir die Decken zurückzugeben. Vielmehr wanderte ihr Blick immer wieder zu meinen Beinen. Oder jedenfalls nahm ich an, dass es meine Beine waren. Ich rückte das Kissen zurecht und vergewisserte mich, dass ich auch wirklich bedeckt war. »Um zehn Uhr bin ich dann hereingekommen, um zu putzen und zu lüften«, fuhr sie fort. »Du hast geschlafen wie ein Toter.«

Sie war fest entschlossen, mir die selbstgerechte Empörung zu verderben. »Wie spät ist es denn jetzt?«, fragte ich etwas kleinlaut.

»Mittag.« Die hochgezogene Augenbraue und die geschürzten Lippen verrieten mir, dass die Mittagszeit eindeutig zu spät war, um aus dem Bett aufzustehen.

»Mittag?« Jegliche Entschlossenheit, nur ja keine Verlegenheit zu zeigen, verließ mich. »Es tut mir leid, Penny. Hör mal, ich bin dir dankbar, dass du dich so für mich verwendet hast, aber könntest du mich jetzt allein lassen, damit ich mich anziehen kann?« Ich blickte zur Kommode. Am vergangenen Abend, nein, am frühen Morgen, hatte ich einen heldenhaften Kampf ausgefochten, um den teuflischen Klauen des Wamses zu entkommen. Anscheinend hatte sie das wirre Durcheinander, das ich am Fußende des Bettes siegreich zurückgelassen hatte, inzwischen geordnet.

»Du wirst meine Hilfe brauchen, aber ich warte hier drüben, bis du Hemd und Hose angezogen hast.« Sie drehte sich zur Kommode um, und jetzt zog ich eilig die Sachen an, mit denen ich ohne Hilfe zurechtkam. Zu spät fiel mir ein, dass die Kommode einen großen Spiegel besaß, und als ich mich über die Schulter umsah, bemerkte ich, dass sie mich heimlich beobachtete. Ich weiß den Grund selbst nicht genau, aber ich hielt den Mund und zog mich weiter an. Wahrscheinlich hatte ich genug von peinlichen Unterhaltungen. Jedenfalls stopfte ich mir dieses Mal selbst das Hemd in die Hose.

Einige Minuten später half sie mir, das Wams zu schnüren. Obwohl es nun schon das zweite Mal war, fand ich ihre Nähe beunruhigend. Ich erinnerte mich an Marcs Eingeständnis hinsichtlich seiner verlorenen Jungfräulichkeit und machte mir so meine Gedanken. *Ob es Penny war?* Dieses Mal blieben meine dummen

Lippen allerdings geschlossen. Trotzdem, der Gedanke störte mich.

»Warum bist du denn die ganze Nacht aufgeblieben?« Ich erschrak, zumal sie mir direkt ins Ohr sprach. *Morgen lasse ich mich von Benchley ankleiden*, dachte ich. Benchley war der Kammerdiener, der auch Marc half. Ich schloss kurz die Augen, um meine Gedanken zu ordnen.

»Verzeihung?« Manchmal geriet ich über meine eigene Gerissenheit in Erstaunen.

»Lass das«, antwortete sie.

»Was soll ich lassen?« Ich blieb dabei und spielte weiter den Ahnungslosen.

Sie war mit den Bändern fertig und trat zurück, um mich kritisch zu begutachten. »Mort, wenn du mich weiter so schneidest, wirst du es eines Tages bedauern.«

Ich fand, dass es immer noch helfen konnte, mich unwissend zu stellen. »Ehrlich, Penny, ich weiß gar nicht, was du meinst. Du hast doch gehört, was Marcus gesagt hat. Wir sind lange aufgeblieben und haben gezecht, und ich habe mehr getrunken, als gut für mich war …« Ich brachte den Satz jedoch nicht zu Ende, denn ihre Hand traf meine linke Wange mit einer solchen Heftigkeit, dass es brannte. Der Schlag drehte mir sogar den Kopf halb zur Seite.

»Verdammt, Mordecai! Ich lasse mir ja viel gefallen, aber lüg mich nicht an! Marc und Dorian erzählst du alles, aber mir kannst du wohl nicht mehr trauen? Warum nicht? Liegt es an den Titten?« Sie gestikulierte wild und unterstrich ihre Bemerkung, indem sie die fraglichen Körperteile ein wenig anhob. »Hältst du mich jetzt für eine dumme kleine Gans, der man nichts mehr anvertrauen kann?«

Eilig ruderte ich zurück. Ihre ungezügelte Wut hatte mich ganz unvorbereitet getroffen. »Natürlich nicht, Penny! Ich vertraue dir doch. Ich meine, wir sind schließlich zusammen aufgewachsen, und es hat nichts damit zu tun, dass du eine Frau bist. Wir waren immer enge Freunde, und …«

»Enge Freunde?«, fiel sie mir ins Wort. »Hast du dir deshalb so große Mühe gegeben, mich zu besuchen, wenn du in den letzten zwei Jahren in die Stadt gekommen bist? Darum wusstest du ja auch, dass meine Mutter im letzten Jahr an der Schwindsucht gestorben ist, nicht wahr? Deshalb wusstest du, dass Vater nicht mehr arbeiten konnte, sodass ich die Stelle hier annehmen musste. Du hast Dorian besucht und bist wer weiß wie oft hergekommen, um mit Marcus zu reden. Aber ich war dir wohl nicht gut genug.« In dieser Unterhaltung ging es offenbar um erheblich mehr als meine geheimen Nachforschungen. Es traf tatsächlich zu, dass ich ihr in den letzten zwei Jahren aus dem Weg gegangen war, denn seit wir keine Kinder mehr waren, hatte es immer wieder peinliche Situationen gegeben. Sie hatte sich auf eine Weise verändert, die eine Distanz zwischen uns schuf, und nachdem sie aufgeblüht war, interessierten sich die Männer der ganzen Stadt für sie. Ich dagegen mochte keine Konkurrenz und musste außerdem zugeben, dass sie vollständig außerhalb meiner Reichweite war.

»Dachtest du denn, ich bräuchte keine Freunde mehr?« So langsam beruhigte sie sich, und jetzt bemerkte ich auch die Tränen in ihren Augen.

»Penny, es tut mir wirklich leid, und du hast recht.« In unseren Unterhaltungen schälten sich gewisse Gesetzmäßigkeiten heraus. »Ich dachte aber, du hättest viele Freunde. Alle Jungs in der Stadt bemühen sich doch anscheinend um dich …«

»Ich brauche keine Brautwerber, sondern einen Freund.« Sie sah mich an, und am liebsten hätte ich sie umarmt. *Dummkopf! Sie sagt dir, sie brauche einen Freund, und du denkst sofort daran, ihr auf die Pelle zu rücken.* Manchmal ist es ein Fluch, als Mann geboren zu sein.

»Na gut, ich stimme dir zu. Ich an deiner Stelle würde das aber wohl ganz anders sehen, und ich frage mich, womit ich deine Freundschaft überhaupt verdient habe. Also, was willst du hier, Penelope?« Sie hatte in gewisser Weise sogar recht, und ich hatte keine Lust mehr, mich zu streiten. Allerdings mochte ich mich nicht dafür entschuldigen, dass ich während ihrer Schicksalsschläge nicht für sie da gewesen war, und sie wäre ohnehin besser dran gewesen, wenn sie aufgehört hätte, sich meinetwegen den Kopf zu zerbrechen.

»Du Mistkerl! Ich bin hergekommen, weil du der einzige echte Freund bist, den ich habe! Und glaub ja nicht, dass ich mich so leicht verscheuchen lasse. Wir sind Freunde, bis ich sage, dass wir es nicht mehr sind. Selbst wenn ich dich verhauen muss, damit du mir endlich verrätst, was mit dir los ist!«

Ich gab es auf. »Was willst du wissen?«

Misstrauisch beäugte sie mich. »Lass dir ja keine Tricks einfallen! Ich weiß jetzt schon mehr, als du denkst, also sei lieber ehrlich!«

»Abgemacht.«

»Warum bist du gestern Abend in der Bibliothek gewesen?« Das überraschte mich. Offensichtlich entging ihr wirklich nicht viel.

»Woher weißt du das?«, fragte ich.

»Du hast dich nicht betrunken, und ich habe auf dem Schreibtisch zwei seltsame Bücher gefunden. Wenn ich es nicht besser wüsste, würde ich vermuten, dass du dich mit den Nachtgöttern eingelassen hast. Diese Bücher wirkten jedenfalls sehr eigenartig.« Frauen darf man nicht unterschätzen. »Und jetzt hör auf mit der Heuchelei und sag mir endlich, was du mit Marc und Dorian zu tuscheln hattest.«

»Das würdest du wahrscheinlich gar nicht glauben. Vielleicht sollte ich es dir zeigen«, erwiderte ich. »Schließ die Vorhänge. Im Dunkeln ist es leichter zu erkennen.« Immerhin, sie stellte keine Fragen und sah mich nur seltsam an, während sie die Vorhänge vorzog. »Komm, setz dich zu mir aufs Bett, es dauert einen Augenblick.«

»*Das* habe ich vorhin schon gesehen, falls es das ist, was du mir zeigen willst«, bemerkte sie sarkastisch.

»Nun halt doch mal einen Augenblick den Mund, damit ich mich konzentrieren kann.« Ich hatte am vergangenen Abend die Eintragungen für die ersten Tage von Vestrius' Lehrzeit gelesen, und auch wenn ich das Lycianische noch nicht richtig verstand, so kannte ich doch die ersten Wörter, die er gelernt hatte, und ihre Anwendung. Ich schloss die Augen und entspannte mich. Dann hob ich die Hand und formte mit der Handfläche eine Schale. »*Lyet*«, sagte ich und konzentrierte mich auf die Luft in meiner Hand. Ein warmes Glühen entstand, schwach zwar, aber doch halbwegs erkennbar und insgesamt etwas enttäuschend. »*Lyet!*«, sagte ich noch einmal mit größerem Nachdruck. Das

Licht flackerte und formte sich zu einer leuchtenden Kugel, die zu hell war, um sie anzuschauen. Ich schloss die Augen, doch das Strahlen war stark genug, um sogar durch die Augenlider zu dringen. Pennys Reaktion darauf war äußerst interessant.

»Au, verdammt!« Sie sprang rückwärts vom Bett und stürzte auf der anderen Seite auf den Boden. Damit war sie in weniger als einer Stunde schon zweimal aufs Hinterteil gefallen. Ich ließ die Lichtkugel in der Luft schweben und half ihr beim Aufstehen. In Wahrheit wusste ich noch gar nicht, wie man das Licht bewegte – und ich hatte am vergangenen Abend reichlich Mühe gehabt, es zu löschen, nachdem ich es zum ersten Mal erzeugt hatte.

Im grellen weißen Licht wirkte alles verfremdet, und in den harschen Schatten bekam ihr Gesicht einen seltsamen Ausdruck. Am schlimmsten war die Angst, die ich in ihren Augen entdeckte. Ich konnte mir kaum vorstellen, wie ich wohl selbst in diesem Schein aussah. »Verstehst du jetzt, warum ich solche Schwierigkeiten hatte, dir etwas zu sagen?« Ich wollte mir ein Lächeln abringen, eine beruhigende Miene aufsetzen, um sie zu besänftigen, aber das machte alles nur noch schlimmer. Sie wich vor mir zur Tür zurück.

»Warte, Penny. Es ist nicht so schlimm, wie du jetzt denkst. Warte, ich lösche das Licht, und dann erkläre ich es dir noch einmal.« Ich machte eine Geste zum Licht hin. »*Haseth.*« Es ging ganz plötzlich aus. Dabei wurde es recht dunkel im Raum, weil unsere Augen sich gerade erst auf den grellen Schein eingestellt hatten.

Sie stieß einen kleinen Schrei aus, dann hörte ich ein

lautes Plumpsen. *Das war wohl der Diwan.* Gleich darauf klopfte es, und die Tür flog auf.

Marc trampelte herein. »So, du Schlafmütze, jetzt wird es aber Zeit, dass du aufstehst. Wenn du noch länger liegen bleibst, dann ... huch!« Penny huschte geduckt an ihm vorbei und floh aus dem Raum. Endlich hatten sich meine Augen auf das Zwielicht eingestellt, und ich sah Marc in der Tür stehen. Er starrte mich an, und ich gebe gern zu, dass ich ganz gewiss nicht den besten Eindruck auf ihn gemacht haben werde. Das Bett war zerwühlt, die Decken lagen noch auf dem Boden, und der Diwan war umgekippt. *Ich wusste doch, dass es der Diwan war,* dachte ich.

»War das Penny?« Er drehte sich um.

Oh, verdammt! Dann hatte er gestern Abend wohl wirklich über sie gesprochen. Das sieht gar nicht gut aus. Meine Gedanken rasten. »Es ist nicht das, was es zu sein scheint.«

»Ah, was scheint es denn zu sein? Hausangestellte in deinem Schlafzimmer herumjagen und am helllichten Tag die Vorhänge vorziehen?« Er schien ein wenig verstimmt, aber nicht so sehr, wie ich es gewesen wäre, wenn jemand meine Beute gewildert hätte. »Hör mal, Mort, wir kennen Penny schon seit langer Zeit, aber sie hat in der letzten Zeit eine Menge durchgemacht. Du solltest ihr nicht so zusetzen. Ich wollte es dir eigentlich längst sagen. Sie hat vor einer Weile ihre Mutter verloren, und seitdem ...«

Offensichtlich war es mir in diesem Leben bestimmt, von einem Missverständnis in das nächste zu tappen. »Nein, nein, nein! Ich wollte ihr nur meine Situation erklären, aber das hat sie wohl sehr aufgeregt.«

Es dauerte fast zehn Minuten, ihm zu schildern, was sich tatsächlich zugetragen hatte. Ich wäre viel schneller gewesen, aber er hatte die schlechte Angewohnheit, mich ständig zu unterbrechen.

»Dann bist du also geradewegs hierher spaziert und hast sofort vergessen, was du mir versprochen hattest?« Er schüttelte den Kopf.

»Das fasst es recht gut zusammen.« Ich setzte mein charmantestes Lächeln auf.

»Vergiss nicht, ich musste meinem Vater vorflunkern, wir hätten gestern Abend gezecht, und du seist nach einem Übermaß an Wein ohnmächtig geworden.« Mein überwältigendes Charisma verfehlte bei ihm seine Wirkung, und seine Bemerkung nahm mir den Wind aus den Segeln.

»Dann hält er mich jetzt wohl für einen Trunkenbold, oder?«

»Das bezweifle ich, Mort. Aber er glaubt ganz sicher, dass du nicht mit Wein umgehen kannst.« Er grinste mich boshaft an. »Komm schon, ich habe Vater gesagt, dass ich dich aus dem Bett holen werde, ehe die edlen Gäste eintreffen.« Da ich bereits angekleidet war, ging ich nun zur Tür und blieb unterwegs nur noch einmal stehen, um den Diwan wieder auf die Füße zu stellen.

Draußen auf dem Korridor wandte er sich an mich. »Und wenn ich dich jemals wieder dabei erwische, wie du Penny durch dein Zimmer scheuchst, werfe ich dich raus. Die anderen Zimmermädchen könnte ich dir verzeihen, aber Penny ist etwas Besonderes.«

»Verdammt, ich hab dir doch erzählt, was passiert ist!«

Marc zwinkerte mir zu. »Ich weiß. Es macht nur Spaß, dir zuzusehen, wie du derart in Verlegenheit gerätst. Wenn ich jetzt aber mal so richtig darüber nachdenke … ich glaube, bei einem anderen Mädchen hättest du dir über ein so kleines Missverständnis kaum Gedanken gemacht.«

»Was soll das denn schon wieder heißen?«, fauchte ich.

»Nichts Böses, mein Freund, nichts Böses.« Er nahm mich in den Arm, als wir auf dem Flur weitergingen. Nun ja, er versuchte es jedenfalls. Ich war größer als er, also musste er sich damit begnügen, mir einen Knuff zwischen die Schultern zu versetzen.

5

Selten einmal kommt ein Mensch mit mittlerer bis hoher Ausstrahlung, aber niedriger Kapazität zur Welt. Dies tritt nicht häufiger als bei einem unter hundert anderen auf. Wer mit diesen Gaben geboren ist, bemerkt sie gewöhnlich erst als Jugendlicher, wenn der Körper heranreift, obschon die Fähigkeiten gelegentlich bereits früher zutage treten. Die erste Ausprägung, die bei Menschen mit starker Ausstrahlung zum Vorschein kommt, wird vom gewöhnlichen Volk als »Magierblick« bezeichnet. Damit ist die Fähigkeit gemeint, Dinge von rein magischer Natur zu spüren und zu sehen. Manchmal werden die Betreffenden auch hellsichtig oder zeigen andere Spielarten von Vorherwissen und Visionen. Die meisten werden zu Mystikern, Wahrsagern und Hellsehern. Manche schlagen eine Laufbahn in der Kirche ein oder streben in den verschiedenen Religionen das Priesteramt an, weil ihre Fähigkeit ihnen erlaubt, die Macht ihrer Götter zu den Menschen zu leiten. So entstehen dann die Legenden über die »Heiligen«. Dies wäre sicher auch mein Weg gewesen, hätten mich nicht das Schicksal und meine eigene Neugierde in eine ganz andere Richtung gedrängt.

Marcus der Ketzer,
Über das Wesen von Glaube und Magie

Meine Audienz beim Herzog war in etwa so verlaufen, wie ich es erwartet hatte. Er machte mir wegen meiner Saumseligkeit keine Vorwürfe, sondern tat sie als Folge meines »jugendlichen Überschwangs« ab. Doch ich war trotzdem sicher, dass ich ihn enttäuscht hatte. Jedenfalls gab er mir deutlich zu verstehen, dass er und die Herzogin weiterhin willens waren, meinen gesellschaftlichen Status auf unzutreffende Weise darzustellen. Wie Marc mir schon erklärt hatte, sollte ich mich als reisender Gelehrter ausgeben und möglichen Fragen nach meinem genauen Stand ausweichend begegnen. Sie für ihren Teil würden entsprechende Fragen auf sehr allgemeine Weise dahingehend beantworten, dass ich ein entfernter Vetter sei.

Rückblickend wundere ich mich sehr über die Leichtfertigkeit, mit der sie so viele Menschen in Bezug auf meinen gesellschaftlichen Status in die Irre führten. Für mich als Sohn eines bescheidenen Schmieds scheint es unglaublich, doch wenn ich ihre hohe Warte einnehme, leuchtet es mir wieder beinahe ein. Für sie mag es wohl wirklich keine große Sache gewesen sein. Höher als die Lancasters stand nur die Königsfamilie selbst. Wer aber wollte ihnen widersprechen? Wer würde es wagen, den Rang eines unbekannten Gelehrten zu hinterfragen? Und falls die Wahrheit herauskam, was konnte schon geschehen? Sie mochten es als kleinen Scherz abtun, und mehr als ein paar zerzauste Federn würden dabei nicht herauskommen. Ich für meinen Teil hatte freilich eine Heidenangst und fühlte mich, als läge mein Hals schon auf dem Henkersblock.

An diesem Nachmittag nutzte ich eine freie Stunde, um weiterzulesen und ein wenig zu experimentieren.

Zu den interessantesten Dingen, die Vestrius gleich zu Anfang seiner Lehrzeit gelernt hatte, zählte ein Spruch, mit dem man andere in einen Zauberschlaf versetzen konnte. Anscheinend war dies recht einfach zu bewerkstelligen, leicht zu erlernen und allgemein sehr nützlich. Man konnte die Fähigkeit gleichermaßen bei Menschen und Tieren anwenden, um sich aus schwierigen Lagen zu befreien. Außerdem musste man kaum mit Schuldzuweisungen rechnen, sofern der Zauber alle anwesenden Zeugen traf. Grummond hatte Vestrius darauf hingewiesen, dass die Magie auf »Stoiker« nicht wirke, aber was dies bedeutete, musste ich erst noch herausfinden.

Ich suchte mir ein passendes Opfer für meine Experimente. Ursprünglich hatte ich dabei an Marcus oder Dorian gedacht, doch diesen Gedanken verwarf ich nun wieder. Ich war mir meiner Fähigkeiten immer noch nicht sicher und wollte die beiden keinesfalls in einen dauerhaften Tiefschlaf versetzen. Also beschränkte ich mich darauf, mich ans Fenster zu hocken und Vögel zu betäuben. Mein erstes Ziel war eine Amsel, die so freundlich war, auf der Fensterbank zu landen.

Ich bündelte meine Willenskraft und visierte den Vogel an. »*Shibal.*« Er brach zusammen, als hätte ihn jemand mit einem gut gezielten Stein getroffen. Ich beobachtete ihn mehrere Minuten lang und wartete ab, ob er wieder erwachte. Das geschah jedoch nicht. Der Spruch sollte angeblich eine Weile wirken, je nachdem, wie viel Kraft man hineinlegte. Allerdings wusste ich nicht, ob dabei auch die Größe des betroffenen Wesens eine Rolle spielte. Ich versuchte, den Vogel mit lauten Geräuschen zu wecken, doch er schlief ungerührt weiter, was bei Vögeln sicherlich etwas höchst Ungewöhnliches ist. Schließlich hob ich ihn auf und vergewisserte mich, dass er noch atmete. Anscheinend ging es ihm nicht schlecht, nur dass er eben in tiefem Schlaf lag. Ich schüttelte ihn leicht und stupste ihn mit dem Finger.

»Au! Verdammt!« Der Vogel war aufgewacht und hatte mich in den Finger gehackt. Er flatterte dann einige Minuten im Zimmer herum, während ich ihn jagte und zum offenen Fenster zu scheuchen versuchte. Endlich fand er den Ausgang, und ich setzte mich nieder und dachte über das nach, was ich gerade gelernt hatte. Auf jeden Fall wollte ich keine weiteren Vögel in mein Zimmer holen. Mein Finger pochte immer noch heftig.

Ich beschloss, es ein weiteres Mal zu versuchen, nun aber mit einem entfernteren Zielobjekt. Am Himmel kreiste ein Falke. »*Shibal.*« Der Vogel stutzte kurz im Flug, erholte sich aber rasch. Ich war nicht sicher, ob es an der Entfernung lag oder ob ein fliegender Vogel schwieriger zu betäuben war. Abermals sammelte ich mich und konzentrierte mich völlig auf das Tier. »*Shibal!*« Der Falke stürzte wie ein Stein vom Himmel. Ich hörte einen Plumps und glaubte sogar die Erschütterung zu spüren, als er auf den Stein im Hof schlug. *Verdammt! Ich habe ihn getötet!* Rasch zog ich mich vom Fenster zurück, damit mich niemand sehen und eine Verbindung zu dem Geschehen herstellen konnte. Die Geschichte über die Feuersbrunst in Albamarl hatte einen starken Eindruck bei mir hinterlassen.

Ich schreckte auf, als es an der Tür klopfte. So schnell konnte doch niemand den Falken bemerkt haben und hochgerannt sein. Als ich öffnete, stand Dorian vor der Tür.

»Du musst in ein paar Minuten hinunterkommen, Mort. Die ersten Gäste sind bereits eingetroffen, und du sollst sie mit Marc zusammen begrüßen.« Er sah sich im Zimmer um. Das Bett war noch immer zerwühlt, die Kissen verstreut. »Anscheinend hast du dich ja schon mit dem Reinigungspersonal angefreundet.«

Ich fragte mich, ob er mit Marc gesprochen hatte. »Dorian, du vertraust mir doch, oder?« Ich zog ihn ganz herein und schloss die Tür.

»Ja, sicher. Weißt du noch, wie du mich damals mit Marc zusammen zum Gehöft des alten Wilkins geschleppt hast, um Kürbisse zu stehlen?« Er hatte eine liebenswerte Art, bei jeder passenden oder unpassenden Gelegenheit Geschichten aus unserer Kindheit aufzuwärmen. Manchmal war es allerdings auch etwas nervtötend.

»Ja, ja. Komm her, setz dich einen Moment.« Ich schob ihn zum Diwan.

»Ihr habt mir erzählt, ihr wolltet die Kürbisse benutzen, um Sir Kelton ...«, erzählte er weiter. Normalerweise hätte es mich nicht gestört, aber ich hatte die Geschichte schon ein Dutzend Mal gehört und zurzeit Wichtigeres im Sinn.

»*Shibal*«, sagte ich gemessen. Nichts geschah.

»... zu erschrecken, der an diesem Abend Wache hatte«, fuhr Dorian ohne das geringste Zögern fort. Da ich ihn aufmerksam anstarrte, dachte er vielleicht, ich hörte ihm zu. Ein zweites Klopfen riss mich aus meinen Gedanken.

Benchley, Marcs Kammerdiener, stand in der Tür. »Seine Lordschaft dachte, Ihr bräuchtet vielleicht etwas Hilfe, um Euch zurechtzumachen.« Anscheinend hatte

Penny keine Lust mehr, mich anzukleiden, oder Marc hatte aus eigenem Antrieb eingegriffen.

Da fiel mir etwas ein. »Ich bin bereits richtig angezogen, Benchley, aber du könntest mir mit dem Bett helfen. Ich habe keine Ahnung, wie ich die Decken und Kissen richtig hinlegen muss.« Ich winkte in die Richtung jenes Katastrophengebiets, in dessen Zentrum sich mein Bett befand.

Benchley richtete sich ein wenig auf, und mir dämmerte, dass ich ihn vermutlich beleidigt hatte, weil derlei Aufgaben gewöhnlich den Zimmermädchen vorbehalten waren. Schließlich war er der »Gentleman eines Gentleman«. Doch er hielt den Mund und begann schon damit, die Decken einzusammeln. Ich beobachtete ihn genau und ließ mir Zeit. Unterdessen hatte Dorian seine Geschichte beendet und sah mich erwartungsvoll an. Inzwischen war ihm klar, dass ich irgendetwas im Schilde führte.

Sobald sich Benchley über das Bett beugte, um die Decken zu glätten, sagte ich: »*Shibal.*« Der Diener brach auf der Matratze zusammen, als hätte er sich einen Hieb mit der Streitaxt eingefangen.

»Heilige Mutter!« Dorian stand auf und starrte Benchley an, dann wandte er sich offenen Mundes an mich. »Was hast du getan?«, hauchte er, als könnte uns jemand belauschen. Ehrlich, diese ungeheuer ernsten Mienen, die er manchmal aufsetzen kann, sind der wichtigste Grund, warum ich Dorian so ins Herz geschlossen habe.

Es dauerte einige Minuten, ihm zu erklären, was ich getan hatte. Das Nette an Dorian war, dass er mich im Gegensatz zu Marc nicht unterbrach. Er hörte aufmerksam zu, und mit jedem Wort, das ich sagte, wurden seine Augen größer. Meine Vorführung hatte ihm sichtlich große Angst gemacht, aber ein weiterer Grund, warum ich Dorian mag, ist seine unerschütterliche Loyalität.

»Ich passe lieber im Flur auf, damit niemand hereinplatzt«, sagte er leise. Ich versicherte ihm, dies sei gar nicht nötig, da es in meinem Zimmer nichts Schlimmeres zu sehen gab als einen schlafenden Kammerdiener. Aber wenn er sich einmal etwas in den Kopf gesetzt hatte, war er nicht mehr davon abzubringen.

Sobald er draußen war, kümmerte ich mich um Benchley. Zunächst dachte ich daran, ihn wach zu rütteln, weil dies auch bei dem Vogel gewirkt hatte, aber dann fiel mir ein, dass ich genauso gut die Gelegenheit ergreifen konnte, um noch mehr Einsichten aus meinem Experiment zu gewinnen. Zuerst versuchte ich es mit Rufen, was aber nur dazu führte, dass Dorian vom Flur wieder hereinkam. »Was machst du da?«, flüsterte er.

»Nichts. Geh wieder nach draußen«, gab ich ebenso leise zurück. Du meine Güte, jetzt hatte er mich auch schon so weit gebracht! Als er draußen war, verlegte ich mich darauf, den schlafenden Kammerdiener sachte zu stupsen. Nach kurzer Zeit wurde ich energischer, denn es schien, als hätte ich Benchley in einen wirklich tiefen Schlaf versetzt. Auch das half nicht. Schließlich holte ich eine gerade Hutnadel von der Kommode. Ich war nicht sicher, warum dort überhaupt welche herumlagen, aber sie waren manchmal recht nützlich.

»Ah!« Benchley gab ein höchst unfeines Geräusch von sich und fuhr auf. Rasch versteckte ich die Nadel, mit der ich gerade sein Hinterteil traktiert hatte. »Was ist mit mir passiert?« Er schien sehr verwirrt.

»Du bist offenbar ohnmächtig geworden, Benchley. Hast du dich vielleicht bei der Arbeit übernommen? Du musst unbedingt darauf achten, dass du genügend Nachtruhe bekommst.« Ich gab mir große Mühe, ihn meine Sorge um sein Wohlergehen spüren zu lassen, während ich ihn sanft zur Tür schob.

»Was ist mit dem Bett, Sir?«, fragte er.

»Schon gut«, erwiderte ich. »Das können die Zimmermädchen morgen früh erledigen.«

»Sehr wohl, Sir.« Ich sah ihm nach, als er den Korridor hinuntertrottete.

Dorian knuffte mich. »Wenn wir nicht bald gehen, versäumst du noch die Begrüßung der Gäste des Herzogs.«

»Oh, richtig!« Ich schloss die Tür, und wir gingen hinunter.

Unterwegs beäugte er mich. »Wir müssen später darüber reden.«

»Dazu musst du unbedingt Penny einladen«, murmelte ich sarkastisch.

»Was? Das hab ich nicht verstanden«, antwortete er.

»Nichts, ich hab nur mit mir selbst gesprochen.« Innerlich entschloss ich mich allerdings, Penny in Zukunft stärker einzubeziehen. Nach ihren Vorhaltungen kam ich mir wie ein Trottel vor. Das alles setzte natürlich voraus, dass sie mich nicht für einen Handlanger der Nachtgötter hielt. Bei unserer letzten Begegnung war sie auf Abstand geblieben, soweit es nur möglich war.

Bald stand ich mit dem Herzog und seiner Familie

auf der Treppe, die zum Burgfried führte. Lord und Lady Thornbear waren ebenfalls zugegen, und ich fühlte mich ausgesprochen fehl am Platze. Während die Kutschen vorfuhren, war die Herzogin so freundlich, mir meine Rolle zu erklären.

Obwohl schon in mittleren Jahren, war sie eine hinreißende Frau. Während sie mit mir sprach, berührte sie mich an der Hand. »Wenn die Gäste aus den Kutschen steigen, begrüßen James und ich sie nacheinander. Jeder, der hier steht, wird einen Gast in den vorderen Saal führen und ihn danach in das Sonnenzimmer im oberen Stockwerk begleiten. Dort wird Roland sie begrüßen und die Erfrischungen anbieten.« Das Sonnenzimmer war ein heller Salon, der gleich neben den herzoglichen Gemächern lag. »Mordecai, du begleitest Rose Hightower.«

»Ja, Durchlaucht.«

»Weißt du noch, wie du sie ansprechen musst?« Einige Züge der Herzogin erinnerten mich sehr an meine Mutter.

»Ich nenne sie ›Lady Hightower‹«, antwortete ich zuversichtlich.

»Nein, Mordecai. Lady Hightower ist die Mutter. Du nennst sie einfach ›Lady Rose‹«, ermahnte sie mich.

»Jawohl, Durchlaucht. Lady Rose.« Ich hatte es eigentlich gewusst, aber jetzt war ich nervös.

Inzwischen war eine Kutsche vorgefahren, und die Insassen stiegen aus. Der Erste war natürlich Devon Tremont, der Sohn des Herzogs Tremont. Dieser Adlige war der Einzige im Reich, dessen Stand dem des Herzogs von Lancaster ebenbürtig war. Demnach besaß sein Sohn den gleichen Rang wie Marcus. Daher nahm ich mir vor, ihm mit größtmöglicher Höflichkeit zu begegnen. Der Herzog und seine Gattin begrüßten ihn freundlich, und Marc trat vor, um ihn die Treppe hinaufzubegleiten.

Da ich Marc so gut kannte, erfasste ich sofort, dass er Devon nicht leiden konnte. »Devon.« Marc nickte leicht zum Gruß. »Wie schön, dich wiederzusehen!« Irgendetwas sagte mir, dass er das genaue Gegenteil von dem empfand, was er da von sich gab, aber er verbarg es so geschickt, dass es wohl niemand sonst bemerkte.

»Marcus, sei gegrüßt. Wie ich sehe, bist du immer noch bei guter Gesundheit«, erwiderte Devon. Der Einschub »immer noch« stellte nachdrücklich klar, dass er sich lieber das Gegenteil gewünscht hätte. Ich beobachtete ihn ganz genau, als sie die Treppe heraufkamen. Er war mittelgroß, schlank, athletisch gebaut und hatte hellbraune Haare. Beinahe hätte ich gekeucht, als ich den jungen Lord näher in Augenschein nahm. Er hatte eine seltsame Ausstrahlung, beinahe eine purpurne Aura, bei deren Anblick mir ein wenig übel wurde. So etwas hatte ich noch nie gesehen. Er warf mir einen kurzen Blick zu und kniff die Augen zusammen. Ich fragte mich, was er sah, da an mir gewiss nichts Besonderes war.

Der Moment verging, und sie kamen weiter die Stufen herauf. Dann riss mich der nächste Gast aus meinen Tagträumen. Stephen Airedale, der Sohn des Grafen Airedale, war ein beeindruckender junger Mann mit hellblondem Haar und stahlgrauen Augen. Er war auch der Erste unter den Neuankömmlingen, der so groß sein mochte wie ich selbst, wenn nicht noch größer.

Marcs Schwester Ariadne bot ihm den Arm, und sie stiegen freundlich schwatzend die Treppe hinauf. Ihre Mutter hatte Ariadne gut eingewiesen. Eines Tages würde sie eine begehrte Dame der Gesellschaft sein.

Der nächste Gast war Master Gregory Pern, der Sohn des berühmten Admirals. Als Abkömmling des militärischen Befehlshabers bekleidete er in aristokratischen Kreisen keinen sonderlich hohen Rang, zumal sein Vater als gewöhnlicher Bürger zur Welt gekommen war. Dennoch, Admiral Pern war ein Mann von höchstem Ansehen, und es gab Gerüchte, dass George eines Tages ein kleiner Adelstitel zuteilwerden sollte. An dieser Stelle muss ich allerdings gestehen, dass ich all dies nur aus zweiter Hand wusste. Am Nachmittag hatte mich Marcus, unterstützt von seiner Schwester, über die Gäste ins Bild gesetzt.

Master Pern wurde von Lady Thornbear hineingeführt. Am Arm eines gut aussehenden jungen Mannes fühlte sie sich offenbar sehr wohl. Als die beiden an mir vorbeigingen, zwinkerte sie mir zu. Unterdessen hatte es ihr Gatte, Lord Thornbear, auf sich genommen, Lady Elizabeth Balistair, die Tochter des Earl Balistair, zu begleiten. Eigentlich war sie sehr hübsch, wenn ihre Nase für meinen Geschmack auch ein wenig zu lang geraten und der Blick der grünen Augen ein wenig zu stechend war. Für eine Frau war sie außerdem ungewöhnlich groß. Nicht, dass dies irgendwie unschön gewesen wäre, aber da sie viele Männer überragte, hatte sie gewiss Schwierigkeiten, einen passenden Gatten zu finden. Gerade dies musste für Lady Elizabeth jedoch äußerst wichtig sein, denn wie es hieß, waren die Balistairs in finanzielle Schwierigkeiten geraten.

Freilich hatte ich nicht viel Zeit, über solche Dinge nachzudenken, denn nun war ich an der Reihe. Lady Rose stieg aus der Kutsche und begrüßte erst freundlich das Herzogspaar, um sich dann an mich zu wenden. Ich bot ihr meinen Arm an, wie ich es vorher bei den anderen beobachtet hatte, und sie hakte sich mit der behandschuhten Hand bei mir ein. Mit ihren langen dunklen Locken und den warmen blauen Augen war sie wirklich eine der schönsten Frauen, die ich je gesehen hatte. Nun ja, vielleicht war sie nicht ganz so hübsch wie Penny, und sie mochte auch etwas schmaler sein, aber sie besaß eine starke Persönlichkeit. Lord Hightower, ihr Vater, war der Befehlshaber der königlichen Garde und der Kommandant der Garnison in Albamarl. Angeblich leitete sich der Familienname von dem hohen Zwinger ab, den ihre Familie in der Hauptstadt bewohnte.

Vorsichtig stiegen wir die Treppe hinauf. Ich fühlte mich unsicher, als ich neben der schönen Dame einherschritt, gab mir aber Mühe, es zu überspielen. »Lady Rose, wie ich hörte, ist dies nicht Euer erster Besuch in Lancaster«, begann ich. Man hätte nie vermutet, dass ich dank Ariadnes Weitsicht eine Karte mit Stichworten für ähnliche beiläufige Bemerkungen in der Hosentasche mit mir herumtrug.

»O ja, gewiss, ich bin schon zweimal hier gewesen, als mein Vater mit dem Herzog verschiedene Angelegenheiten zu erörtern hatte.« Sie wirkte etwas zerstreut und ließ den Blick über die Menge schweifen, während sie mit mir sprach. Ich fragte mich, nach wem sie wohl Ausschau hielt.

»Ich hoffe, Eure letzten Besuche sind angenehm verlaufen. Habt Ihr denn während Eurer Aufenthalte neue Freundschaften geschlossen?« Die Frage stand zwar nicht auf meiner Liste geeigneter Gesprächsthemen, aber ich war der Ansicht, auch einmal improvisieren zu dürfen.

Nun musterte sie mich eingehend, und ich erkannte, dass hinter den blauen Augen ein scharfer Verstand arbeitete. »Aber gewiss. Ich war damals noch ein kleines Mädchen und sehr von der jungen Ariadne eingenommen.« Sie wandte den Blick wieder von mir ab, und es schien mir, als verharrte er nun eine Spur zu lange auf Dorian, der an der Vordertür Wache hielt. Aber vielleicht bildete ich es mir nur ein, denn gleich darauf richtete sie die Aufmerksamkeit wieder auf mich. »Wie lange lebt Ihr schon in Lancaster, Master Eldridge?«, fragte sie.

»Schon mein ganzes Leben lang«, hätte ich um ein Haar erwidert. »Noch nicht so lange, aber ich bin schon oft hier gewesen.« Sie betrachtete mich nicht mehr direkt, und doch hatte ich das Gefühl, genau beobachtet zu werden. Als wir durch die Tür traten, zwinkerte ich Dorian rasch zu, um ihm zu verstehen zu geben, dass alles bestens verlief. Doch er bemerkte es nicht, weil er meine Begleiterin wie gebannt beobachtete. Nun war meine Neugierde endgültig geweckt.

»Seine Durchlaucht hat Euch als den gelehrten Master Eldridge vorgestellt. Darf ich fragen, was genau Ihr studiert?«, erkundigte sie sich. In der Frage glaubte ich, einen leisen Unterton zu erkennen. Noch schlimmer, ich hatte zu viel Zeit verstreichen lassen, und sie hatte mich in die Defensive gedrängt und obendrein ein Thema angesprochen, das es tunlichst zu meiden galt.

»Die Mathematik, Lady Rose, obwohl ich mich gewiss nicht als Gelehrten bezeichnen möchte. Verglichen mit den großen alten Mathematikern bin ich nicht mehr als ein Novize.« Wenn ich mir Mühe gebe, kann ich tatsächlich gepflegt Konversation machen.

»Ihr scheint nicht alt genug zu sein, um eine so umfassende Ausbildung genossen zu haben«, bemerkte sie.

»An Jahren bin ich durchaus noch jung, meine Lady. Das ist eine Tatsache, die mir immer wieder zum Nachteil gereicht. Ich werde froh sein, wenn mir endlich ein paar graue Haare wachsen, die meine Weisheit belegen können.« Auf diese Bemerkung war ich richtig stolz. Vielleicht stellte ich mich am Ende doch noch als ein Naturtalent heraus.

»Glaubt Ihr denn nicht, wir sollten die Älteren allein um ihrer Weisheit willen verehren?« Au! Schon wieder eine gekonnte Replik.

»So habe ich es keineswegs gemeint. Ich wollte lediglich andeuten, dass in der Mathematik ein fortgeschrittenes Alter nicht unbedingt ein Garant für große Weisheit ist und dass die Jugend nicht zwingend deren Mangel anzeigt.« Wir hatten das Sonnenzimmer erreicht, und nun war ich erleichtert, endlich fliehen zu können. Allmählich zweifelte ich doch an meinen Fähigkeiten, in dem Rededuell mit Lady Rose bestehen zu können.

So entschuldigte ich mich, doch sie hielt mich weiter am Arm fest. »Master Eldridge, nur die Ruhe. Wir sind uns doch gerade erst begegnet. Erlaubt mir, Euch einen Rat zu geben.« Der Blick ihrer blauen Augen fing mich ein. »Für einen Novizen schlagt Ihr euch wacker, aber lasst Eurem Gegner in Zukunft nicht so viel Zeit, das Gespräch auf Themen zu lenken, die Ihr lieber vermeiden würdet.«

»Gegner?«, stotterte ich.

»Sch-scht«, machte sie leise. Dann lächelte sie und zeigte mir zwischen den rosigen Blütenblättern ihrer Lippen die strahlendsten weißen Zähne. »Nun tut nicht so überrascht, sonst bringt Ihr noch Eure Freunde in Verlegenheit.« Sie winkte Marcus zu. »Beim nächsten Mal müsst Ihr darauf achten, dass Eure Augen Eure Gedanken nicht so bereitwillig verraten.«

Glücklicherweise schlenderte in diesem Augenblick Lord Thornbear zu uns herüber, und sie entließ mich. »Es war schön, Euch kennenzulernen, Master Eldridge. Ich hoffe, wir werden später noch eine Gelegenheit bekommen, uns zu unterhalten.« Damit drehte sie sich um und plauderte mit Lord Thornbear. Anscheinend hatte sie mich binnen eines Augenblicks völlig vergessen.

Ich dagegen ergriff sofort die Gelegenheit und wanderte quer durch den Raum zu Marc hinüber, der sich mit Stephen Airedale unterhielt. Als er mich kommen sah, entschuldigte er sich und zog mich zur Seite. »Könntest du mir einen Gefallen tun? Devon belegt da drüben Ariadne mit Beschlag. Ich bin sicher, sie könnte eine Verschnaufpause brauchen. Bist du so gut, ihn vorübergehend abzulenken?« Ich? Als hätte mein Freund nicht gewusst, dass ich in der Kunst der Konversation, zumindest in diesen Kreisen, ein blutiger Anfänger war. Andererseits musste ich Ariadne beispringen, auch wenn sie uns in unserer Jugend manchmal auf die Nerven gegangen war. Immerhin war sie seine Schwester.

Also entfernte ich mich und suchte sie. Und richtig, sie war in ein Gespräch mit Devon vertieft. Ich brauchte einen Moment, um mich an die richtige Anrede zu erinnern, was im Grunde bedeutete, die Notizen zu konsultieren, die Ariadne mir mitgegeben hatte. *Lord Devon*, das war es. Er war zwar nicht der Herzog von Tremont, stand jedoch bereits im Rang eines Baronet. Da der Name Tremont vor allem seinen Vater, den Herzog von Tremont, bezeichnete, sprach man ihn mit seinem Vornamen statt mit dem Nachnamen an.

»Ariadne«, rief ich sie. Dankbar sah sie mich an. Dann wandte ich mich an Devon. »Bitte verzeiht meine Aufdringlichkeit, Lord Devon, aber Ihre Durchlaucht bat mich, Ariadne zu suchen, die ihr bei den Vorbereitungen zur Hand gehen möchte.«

»Gewiss doch«, antwortete er mit freundlichem Lächeln. Trotz der zuvorkommenden Art fühlte ich mich in seiner Aura aber nach wie vor unwohl. Hoffentlich halfen mir die Bücher, die wir gefunden hatten, diese Dinge besser zu verstehen. »Leider ist mir bei unserer Ankunft Euer Name entgangen …« Er ließ die Bemerkung in der Luft hängen, also war sie als Frage gemeint.

»Ah, verzeiht mir meine Nachlässigkeit. Ich hätte mich Euch direkt vorstellen sollen. Mordecai Eldridge, Euer Lordschaft.« Damit war die Liste der Themen, die ich mit dem zukünftigen Herzog von Tremont erörtern konnte, auch schon erschöpft.

»Mordecai – was für ein ungewöhnlicher Name. Stammt Ihr aus Lothion? Der Name klingt ein wenig fremdländisch.« Wie schön, aber darauf wusste ich keine Antwort. Der Name war damals in die Decke gestickt gewesen, in der mein Vater mich entdeckt hatte.

»Ehrlich gesagt, ich weiß selbst nicht, woher dieser Name kommt. Meine Mutter hatte eine Vorliebe für ausländische Liebesgeschichten und hat ihn vielleicht einem ihrer Bücher entnommen. Aufgewachsen bin ich jedenfalls in der Nähe von Lancaster, weshalb ich mich unbedingt als einen echten Sohn Lothions betrachte.« Die Übung schärfte mein Vermögen, heiklen Themen geschickt auszuweichen. Da ich noch Lady Rose' Rat in den Ohren hatte, versuchte ich, die Initiative wieder an mich zu reißen. »Mein Leben muss aber für einen Mann wie Euch sehr langweilig sein. Erzählt mir doch von Eurer Familie. Habt Ihr vielleicht Geschwister?«

Devon kniff die Augen zusammen. »Einen Bruder, Eric, der jedoch vor einem Jahr ums Leben kam – bei einem tragischen Unfall.« Offenbar besaß ich eine Begabung für unangenehme Gesprächsthemen.

»Verzeiht mir, ich wollte Euch nicht an dieses schmerzhafte Geschehnis erinnern.«

»Keine Sorge, wir hatten uns nie sehr gut verstanden, und besonders schmerzhaft wird sein Tod wohl auch nicht gewesen sein. Er hatte gezecht, ist im Bad ohnmächtig geworden und ertrunken.« Devon erzählte es leichthin, doch mir entging nicht, dass er meine Reaktionen genau beobachtete.

»Gab es denn irgendwelche Hinweise, dass dabei nicht alles mit rechten Dingen zugegangen ist?«, fragte ich.

Devon verzog keine Miene, doch die purpurne Aura, die ihn umgab, flackerte einen Augenblick. »Nein. Es gab diesbezüglich keinerlei Verdacht. Eric war von allen gut gelitten, und das Mädchen, das ihn fand, konnte bezeugen, dass er stark angetrunken in die Badewanne gestiegen sein musste. Einige andere Frauen in jenem Etablissement konnten ihre Aussage bestätigen.«

»Ein Etablissement?«, fragte ich verwirrt.

»Er starb in einem Bordell«, antwortete Lord Devon. »Wenn Ihr mich jetzt entschuldigen wollt, ich muss mein Glas auffüllen.«

»Ich bediene Euch mit Freuden«, sagte ich und war froh, etwas zu tun zu haben. Er gab mir das Glas, und ich suchte den Diener mit der Flasche. Als ich zurückkehrte, parlierte er mit Marc.

»Wir haben gerade über dich gesprochen, Mordecai«, sagte mein Freund begeistert und warnte mich zugleich mit einem Blick.

»Ja, Marcus hat mir erzählt, dass Ihr die Mathematik und Philosophie studiert«, fügte Devon hinzu.

»Ich bemühe mich, aber ich fürchte, ich werde stets ein bescheidener Gelehrter bleiben, statt mit bedeutenden neuen Erkenntnissen aufwarten zu können«, antwortete ich.

»Ihr sprecht wie ein Mann, der sich durchaus auch als Dichter versuchen könnte. Sagt mir, was haltet Ihr von Ramanujans Arbeiten zur Riemannschen Zeta-Funktion? Zu Hause bekomme ich so wenig Gelegenheit, interessante Gespräche zu führen.« Seine Aura hatte sich wieder verdunkelt, und sein Lächeln verhieß nichts Gutes.

»Ich glaube, zuerst hat ihn niemand ernst genommen, aber das war auch seine eigene Schuld«, erklärte ich.

»Wie das?«

»Er stellte seine Ideen absichtlich auf eine Weise vor, die geeignet war, bei den anderen Widerspruch zu wecken. Hätte er seine Methoden von vornherein offengelegt, beispielsweise die Tatsache, dass er die Zeta-

Funktion benutzt hat, um zu seinen Schlussfolgerungen zu gelangen, dann hätte es erheblich weniger Streit gegeben.« Devon war sichtlich enttäuscht. Es gab einen guten Grund dafür, dass wir ausgerechnet die Mathematik als mein Fachgebiet ausgewählt hatten. Seit ich mit Marc zusammen lernte, hatte sie sich bei mir zu einer Art Hobby entwickelt. Meine Eltern hielten dies natürlich, ebenso wie Marc, für nutzlose Theorie, doch mir bereitete die Beschäftigung damit viel Freude. Deshalb hatte ich in der Bibliothek des Herzogs auch eine Menge Zeit mit Büchern verbracht, von denen die meisten Menschen noch nie gehört hatten.

»Der Streit ist womöglich der einzige Grund dafür, dass sich überhaupt jemand an seine Beiträge erinnert. Vielleicht war er sogar nötig, um seine Arbeit überhaupt für die Nachwelt zu erhalten«, gab Devon zurück.

»Meiner Ansicht nach ist er nicht der Erste gewesen, der seine Methoden für sich behielt.« Allmählich wurde ich wütend, und meine Antwort fiel womöglich ein wenig zu scharf aus. »Zweifellos war er auch nicht der Letzte, wenngleich sein Motiv nicht der Streit war.«

»Erklärt mir dies.« Seine Zähne blitzten, als er antwortete. Ich musste an einen Fuchs denken.

»Er behielt seine Methoden für sich, um seine Zeitgenossen in Verlegenheit zu bringen. Wenn sie zugaben, seinen Methoden nicht folgen zu können, wirkten sie dumm. Wenn sie einwandten, er irre sich, legte er seine Methoden offen, und sie standen abermals wie Dummköpfe da. Im Grunde war er ein selbstbezogener Mistkerl.« Vielleicht vertrat ich meinen Standpunkt etwas zu leidenschaftlich und hatte Devon sogar beleidigt, auch wenn dies gar nicht meiner Absicht entsprochen hatte, oder zumindest nicht bewusst. Das purpurne Licht, das ihn umgab, pulsierte jetzt.

»Verzeiht mir, Euer Lordschaft, ich wollte Euch nicht vor den Kopf stoßen«, fügte ich hinzu.

»Das habt Ihr auch nicht«, erwiderte er, obwohl klar war, dass er ganz anders empfand. »Ihr reagiert mit Leidenschaft, wenn es um Euer Wissensgebiet geht, und dies ist für einen Gelehrten gewiss keine verdammenswerte Eigenschaft. Wenn Ihr mich jetzt entschuldigen wollt, ich würde gern ein wenig mit den anderen Gästen plaudern.« Ich war erleichtert, als er endlich ging.

Marc trat näher zu mir und fasste mich am Ellenbogen. »Lass uns einen Moment nach draußen gehen und frische Luft schnappen.« Er bugsierte mich zum Balkon, wo sich gegenwärtig niemand aufhielt. Dort redete er leise und mit zusammengebissenen Zähnen auf mich ein. »Was, zum Teufel, war das denn?«

»Ich weiß nicht, was du meinst.« Gelassen trank ich einen Schluck aus meinem Weinglas.

»Unter allen Menschen auf der Erde, die du dir zum Feind machen kannst, ist dieser vermutlich der Schlimmste, für den du dich entscheiden konntest.« Marc war offensichtlich ehrlich besorgt. »Was hast du gesagt, dass er sich so sehr auf dich konzentriert hat?« Damit meinte er wohl mein kurzes Gespräch mit Devon, bevor Marc hinzugekommen war.

»Ich muss zufällig ein peinliches Thema berührt haben, denn ich fragte ihn nach seinen Geschwistern.« Rasch berichtete ich ihm von Devons Bruder und dessen Tod. »Allerdings hat er nicht sonderlich aufgebracht reagiert«, schloss ich.

»Das war das Schlimmste, was du ihn überhaupt fragen konntest. Über den Tod seines älteren Bruders kursieren viele Gerüchte, und in nicht eben wenigen wird der Verdacht geäußert, Devon habe dabei selbst seine Hand im Spiel gehabt.«

Nun erkannte ich das Problem, aber noch nicht den Bezug zu mir. »Er muss doch gewiss erkannt haben, dass ich ihn nicht absichtlich in Verlegenheit gebracht habe.«

Marc seufzte und fuhr sich mit beiden Händen durch die dichten Haare. »Davon weiß er nichts. Du musst begreifen, wie solche Menschen wie er denken. Ich will dir eine Lektion in Sachen Aristokratie erteilen. Zuerst einmal nimmt er sich ungeheuer wichtig und unterstellt deshalb, alle anderen müssten über seine Angelegenheiten ebenso gut im Bilde sein wie er selbst. Zweitens, falls er wirklich etwas mit dem Tod seines Bruders zu tun hat, dürfte er in dieser Hinsicht ungeheuer misstrauisch sein. Drittens: Ein völlig Fremder kommt auf ihn zu und fragt ihn nach dem unglücklichen Ableben seines Bruders. Natürlich nimmt er an, du wolltest ihm entweder eine Botschaft zukommen lassen oder ihn bloßstellen. In jedem Fall wird er dies als Herausforderung auffassen.«

»Oh«, antwortete ich scharfsinnig. »Nun ja, glücklicherweise lebe ich hier und nicht in Tremont.«

»Du Idiot! Als ob ihn so etwas stören würde.« Mein Freund war jetzt richtiggehend wütend.

»Was meinst du damit?«

»Der einzige Mensch, der einen der höheren Adligen beleidigen kann, ist jemand, der im Rang zumindest ebenbürtig ist oder über ihnen steht, wie beispielsweise mein Vater oder ein Mitglied des Königshauses«, erklärte er, als wäre ich lediglich ein Kind.

»Gott sei Dank ist der Rang meines Freundes dem seinen ebenbürtig.« Ich lächelte freundlich, weil ich hoffte, ihn damit zu beruhigen.

»Das macht es nur noch schlimmer. Sieh mal, dort.« Er blickte an mir vorbei.

Ich drehte mich langsam, um unauffällig einen Blick in den Raum werfen zu können. Devon blickte zu uns herüber, hob das Glas und nickte mir grüßend zu. »Was hat das denn nun zu bedeuten?«, fragte ich.

»Er weiß bereits, dass wir Freunde sind, und denkt vermutlich, ich hätte dir die Fragen über seinen Bruder in den Kopf gesetzt. Bisher sind wir noch freundlich miteinander umgegangen, aber von jetzt an betrachtet er mich als Feind. Das schützt dich nicht, sondern bringt dich eher in Gefahr, Mort.«

»Ich bin nicht sicher, ob ich dir folgen kann«, entgegnete ich.

»Er kann mich nicht direkt angreifen, also knöpft er sich meine Verbündeten vor. Am liebsten natürlich diejenigen, denen nur beschränkte Mittel zur Verfügung stehen.« Marc starrte mich an, während ich endlich begriff, was er mir die ganze Zeit hatte sagen wollen.

»Aber ich kenne ihn doch überhaupt nicht und wollte ihn mir ganz gewiss nicht zum Feind machen.« Wie konnte etwas nur so schrecklich schiefgehen?

»In diesen Kreisen spielen die Absichten keine Rolle«, antwortete Marc mürrisch.

»Was kann ich jetzt tun?« Inzwischen war ich einigermaßen beunruhigt.

»Mach einen Bogen um ihn, so gut es möglich ist,

und bete, dass er nicht so viel über dich und deine Freunde herausfindet. Wir gehen nun wieder hinein. Wenn wir allein hier draußen schwatzen, wird er nur noch misstrauischer.« Marc trat wieder in das Zimmer. Ich folgte gleich darauf und erkundete auf eigene Faust die Schar der Gäste.

Nach einer Weile war ich mit Stephen Airedale in ein Gespräch verwickelt, der so sehr von sich selbst eingenommen sein musste, dass er keine einzige Frage über mich stellte. Nur zu bald wurde mir das langweilig, denn ich interessierte mich nicht im Mindesten für den Gewürzhandel und die großen Summen, die er in diese Geschäfte investiert hatte. Ich wollte mich gerade entschuldigen, um den Abort aufzusuchen, als Penny mit einem Tablett Vorspeisen in den Salon kam. Unsere Blicke begegneten sich für einen Moment, dann wandte sie sich unsicher ab.

Mit einem flauen Gefühl in der Magengrube ging ich zum Abtritt. Im Laufe eines kurzen Tages hatte ich es geschafft, meinen besten Freund politisch in die Bredouille zu bringen und eine alte Freundin zu überzeugen, dass ich mit den Mächten der Finsternis verbündet war. Wenigstens hatte ich Dorian noch keine Schwierigkeiten gemacht, aber Marcs Bemerkungen ließen mich fürchten, er könnte Devon als Ziel dienen, sobald dieser von unserer Freundschaft erfuhr.

Der Rest des Nachmittags verlief recht zäh, bis ich mich endlich auf mein Zimmer zurückziehen konnte, ohne weitere Probleme verursacht zu haben. Ich versuchte, ein Nickerchen zu machen, weil mich der vornehme Umgang ermüdet hatte, doch zugleich war ich voller Unruhe. So verbrachte ich die Zeit damit, das wenige zu üben, was ich bisher gelernt hatte. Nach einer Weile war ich recht geschickt darin, die Stärke des Lichts, das ich hervorbrachte, zu steuern. Ich entwickelte ein Gefühl für den Fluss des Aythar, während ich die Lichtkugel erschuf. Wie ich inzwischen wusste, war »Aythar« die richtige Bezeichnung für jene Kräfte, die die Zauberer benutzten, um magische Wirkungen hervorzurufen.

Allerdings gab es keine geeigneten Objekte, um den Schlafzauber auszuprobieren. Seit dem Erlebnis mit dem Falken war ich vorsichtig und hatte sogar Schuldgefühle. Ich beschloss, gleich nach dem Dinner das dritte Buch zu bergen. In Vestrius' Tagebuch kam ich nicht weiter, ohne zuvor die lycianische Sprache besser gelernt zu haben.

Schließlich suchte mich Benchley auf, um mir mitzuteilen, dass es Zeit zum Essen sei. Anscheinend hatte Penny dafür gesorgt, dass nun er mich bediente, um weiteren Schwierigkeiten aus dem Weg zu gehen. So düster meine Stimmung auch war, ich konnte es ihr nicht einmal übel nehmen. Da mir der Sinn nicht nach weiteren politischen Intrigen stand, bat ich ihn um Nachsicht und behauptete, plötzlich erkrankt zu sein. Benchley arbeitete schon seit vielen Jahren als Kammerdiener und begriff es sofort.

»Kein Wort mehr, Sir. Ich werde Euch auf angemessene Weise entschuldigen.« Damit ging er auch schon hinaus.

Nach etwa einer Stunde unterbrach ein Klopfen meine Gedanken. Zuerst hoffte ich, Penny habe mir vergeben, dass ich sie so erschreckt hatte. Als ich die Tür jedoch öffnete, stand nur Dorian draußen, der ein

Tablett mit Essen gebracht hatte. »Ich dachte, du hast vielleicht Hunger«, sagte er.

Das frische Brot und der Käse erinnerten mich daran, dass ich das Frühstück übersprungen hatte. Mein Magen knurrte. »Dorian, komm herein. Ich kann jetzt einen Freund brauchen.« Ich schob die bedrückte Stimmung beiseite und setzte ein strahlendes Lächeln auf.

Bald hatte ich alles aufgegessen, was er mir mitgebracht hatte, und tupfte sogar die Krümel vom Teller. Da mein Bauch einigermaßen zufrieden war, fiel es mir nun leichter, mich mitzuteilen. Es dauerte eine kleine Weile, bis ich Dorian erklärt hatte, was mir Sorgen machte. Über das Ausmaß meiner Dummheit zeigte er sich gebührend beeindruckt. »Du machst gewiss keine halben Sachen, Mort«, sagte er.

Ich musste ihm beipflichten.

»Wenigstens hattest du das Glück, Lady Rose in den Salon zu begleiten.« Wie immer war mein Freund leicht zu durchschauen.

»Na gut, lass hören. Ich habe gesehen, wie du sie beobachtet hast, als wir hereinkamen. Kennst du sie von früher?«

Er wirkte verlegen. »Erinnerst du dich, dass ich im letzten Jahr bei Zieheltern war?« Es war üblich, dass die Söhne und Töchter der Adligen ein oder zwei Jahre auf dem Anwesen eines anderen Lords verbrachten. Auf diese Weise lernten sie einiges über die Führung des Königreichs, sammelten Erfahrungen in der Welt und knüpften Beziehungen zu anderen Angehörigen der herrschenden Klasse.

»Bist du nicht irgendwo in Albamarl gewesen?« Dann dämmerte es mir. Die Hightowers lebten in der

Hauptstadt. »Oh …«, schnaufte ich. Wenn ich mir Mühe gebe, verfüge ich über einen enormen Wortschatz. Endlich fiel mir ein zusammenhängender Satz ein: »Da hat es dich erwischt, was?«

»Und ob«, erwiderte er. »Wir haben leider kaum miteinander gesprochen, und ich weiß nicht einmal, ob sie sich überhaupt an mich erinnert.«

»In dieser Hinsicht irrst du dich vielleicht«, erklärte ich, ohne mich in Einzelheiten zu verlieren, denn ich hatte den Blick bemerkt, den sie auf ihn geworfen hatte. Wir unterhielten uns noch eine Weile, bis er schließlich ging. Keiner von uns hatte brauchbare Ideen, wie ich mit Devon Tremont verfahren sollte.

Sobald er fort war, suchte ich die Bibliothek auf, um das dritte Buch zu holen, die *Lycianische Sprachlehre*.

6

Die seltensten sind jene Menschen, die mit einer starken Ausstrahlung und hoher Kapazität geboren werden. Wie viele es tatsächlich sind, ist unsicher. Wahrscheinlich wird es nicht mehr als einer unter Tausenden sein, und von diesen überleben nur wenige die Kindheit und Jugend. Ein Grund dafür ist, dass ihre Begabungen äußerst gefährlich sind, für sie selbst sogar noch mehr als für andere. Eine gute Entsprechung wäre es, wenn man einem Kind ein Rasiermesser oder ein anderes gefährliches Objekt gäbe, denn das Kind wird sich selbst Schaden zufügen, ehe es überhaupt lernt, das Werkzeug richtig zu benutzen. Die wenigen, die überleben und erwachsen werden, sind einsam und finden kaum Anleitung, um ihre Gaben sinnvoll einzusetzen, sofern sie nicht das Glück haben, jemandem zu begegnen, der ausreichend Wissen besitzt. Aufgrund dieser unglücklichen Begleitumstände sind wahrhaft begabte Magier oder Zauberer, wie sie oft genannt werden, sehr selten und gewöhnlich auch einsam, soweit man von den größten Städten absieht.

Marcus der Ketzer,
Über das Wesen von Glaube und Magie

Es war schon spät, als Penelope durch den Flur lief. Die Arbeit hatte sie viel zu lange aufgehalten, und nun war sie müde. Sie dachte nur noch daran, sich in ihre Kammer zurückzuziehen und in den wohlverdienten Schlaf zu sinken. Wie es der Zufall aber wollte, musste sie durch den Korridor gehen, der zur Bibliothek führte. Nur fünf Minuten früher, und sie wäre Mordecai begegnet. Dann hätten sich die Dinge ganz anders entwickelt.

Nun aber wanderte sie allein und gedankenverloren durch den Flur, voller Gewissensbisse wegen ihres Verhaltens Mort gegenüber. Auch wenn er sie nicht hatte erschrecken wollen, sie war völlig überrumpelt gewesen, als er diese grelle Lichtkugel in seinem Zimmer erschaffen hatte. Auf so etwas war sie gewiss nicht gefasst gewesen, als er die Vorhänge zugezogen und sich neben ihr auf das Bett gesetzt hatte. Um ehrlich zu sein: Sie war andererseits keineswegs sicher, wie sie denn auf einen Annäherungsversuch reagiert hätte. Mit Männern hatte sie viel weniger Erfahrung, als er zu glauben schien.

Die plötzliche Dunkelheit, als Marcus aufgetaucht war, hatte sie nervös gemacht, also war sie panisch weggelaufen. Im Nachhinein war es ihr peinlich, doch sie hatte nicht gewusst, wie sie sich verhalten sollte, als er sie im Sonnenzimmer angeblickt hatte. Danach hatte sie sich nur noch schlechter gefühlt.

Da öffnete plötzlich jemand eine Tür und riss sie aus ihren Tagträumen.

»Miss, könntet Ihr so gut sein, mir kurz zu helfen?« Lord Devon stand aufgeregt und nervös in der Tür. *Wie schön!* Sie war ohnehin schon erschöpft, und jetzt schien es, als müsste sie den Schlaf sogar noch weiter aufschieben.

»Gewiss, Euer Lordschaft. Wie kann ich Euch zu

Diensten sein?«, antwortete sie äußerst freundlich. Sie war stolz auf ihre Arbeit und ließ sich auch durch die Müdigkeit nicht davon abhalten, den besten Eindruck zu machen.

»Habt Ihr mein Zimmer gereinigt, nachdem meine Sachen hergebracht wurden?«, fragte er.

»Nein, Euer Lordschaft. Ich habe bereits heute Morgen, ehe die Gäste eingetroffen sind, alle Räume gereinigt und gelüftet.« Hoffentlich war er nicht so kleinlich, sie damit zu behelligen, dass die Kissen oder Bettdecken nicht frisch genug dufteten.

»Vielleicht wäret Ihr so freundlich, mir behilflich zu sein? Ich habe anscheinend etwas verloren. Könntet Ihr mir suchen helfen?« Dem Ruf zum Trotz, den er unter dem Personal auf der Burg genoss, schien er außerordentlich höflich zu sein.

»Ich sollte um diese Nachtzeit wirklich nicht Eure Gemächer betreten, Sir«, erwiderte sie. Die Bitte schien recht harmlos, aber die Gerüchte konnten den Ruf eines Mädchens in ihrem Alter rasch zunichtemachen.

»Verstehe. Ich lasse die Tür offen, wenn es Euch lieber ist. Es ist nur so, dass ich ganz außer mir bin, weil ich eine Halskette verloren habe. Ein altes Erbstück obendrein.« Er kehrte ihr den Rücken, ging hinein und ließ die Tür offen stehen.

Seufzend folgte sie ihm. Er durchsuchte bereits die Schubladen der Kommode. »Könntet Ihr für mich im Schrank nachsehen? Dort drinnen ist es dunkel, und meine Augen sind nicht sehr gut.« Kaum dass sie den Schrank geöffnet und sich vorgebeugt hatte, um hineinzublicken, hörte sie, wie die Tür geschlossen und der Schlüssel im Schloss herumgedreht wurde.

Sie fuhr herum. Devon steckte den Schlüssel in die Hosentasche. Ein kalter Schauder lief ihr über den Rücken, als sie seine Miene bemerkte. Sie hatte schon Geschichten über Zimmermädchen gehört, die von jungen Lords geschändet worden waren, aber in den Mauern der Burg von Lancaster war so etwas noch nie geschehen. Niemand hatte es bisher gewagt, die Gastfreundschaft des Herzogs zu missbrauchen und seinen Ruf zu schädigen.

»Sir, wenn Ihr mich entehren wollt, werde ich schreien. Der gute Herzog wird nicht zulassen, dass seine Diener so behandelt werden.« Sie bemühte sich, ruhig zu sprechen, obwohl sie in Panik geriet. Devon war mindestens fünfzig Pfund schwerer als sie, und auch wenn sie kein armes kleines Veilchen sein mochte, gab es doch keinen Zweifel daran, dass er sie leicht überwältigen konnte. Hektisch ließ sie den Blick durch das Zimmer wandern, ob sich nicht irgendetwas fände, das ihr als Waffe dienen konnte, um ihn in Schach zu halten. Dann fiel ihr ein, dass sie schlimmstenfalls sogar mit der Todesstrafe rechnen und im besten Falle geschlagen und entlassen werden würde, wenn sie einen Edelmann des Königreichs angriff.

Er kicherte. »Nur zu, schrei nur, wenn du magst. Wer wird dir schon glauben, wenn mein Wort gegen deines steht? Als ich in mein Zimmer zurückgekehrt bin, warst du gerade dabei, meine Sachen zu durchwühlen.« Während er sprach, streckte er lässig den Arm aus und warf ein Kästchen mit Schmuck von der Kommode. Ringe und Edelsteine, die mehr wert waren, als sie je verdient hatte, verteilten sich auf dem Boden.

»Offenbar bist du erschrocken, als ich dich entdeckt habe.«

Die Verzweiflung überflutete Penny wie eine dunkle Woge. Ihr stand keine Fluchtmöglichkeit mehr offen, und gleich wäre ihr altes Leben vorüber, nur weil dieser selbstgefällige verdorbene Lord all ihre Träume zerstörte. Wenn sie aber schon in den Dreck getreten werden sollte, dann würde sie wenigstens dafür sorgen, dass dieser Hundsfott, der dafür verantwortlich war, so viel abbekam wie nur irgend möglich. Sie holte tief Luft.

»Reg dich nicht auf, ich habe gar nicht die Absicht, dir etwas zu tun oder dich zu deflorieren, falls du das befürchtest. Ich benötige lediglich die Antworten auf einige Fragen.« Beruhigend lächelte er sie an.

»Was für Fragen?«, erwiderte sie. Eine neue Hoffnung keimte in ihr auf, und sie schämte sich zugleich, weil er sie derart hatte täuschen können.

»Erzähl mir etwas über deinen Freund Master Eldridge.« Das verwirrte sie sehr. *Warum interessiert er sich für Mort?*, dachte sie bei sich. Soweit sie Mordecai kannte, musste er für jemanden wie Devon Tremont völlig uninteressant sein.

»Verzeihung, Sir, ich kenne ihn überhaupt nicht. Er ist erst vor kurzer Zeit hier eingetroffen, und …«, setzte sie an. Devon machte einen Schritt auf sie zu. Sie hielt inne, als er eine Handbreit vor ihr stehen blieb.

»Wie war noch dein Name, Mädchen?«

»Penelope, Sir. Die Leute hier nennen mich Penny.« Sie hasste sich selbst, weil sie so unterwürfig antwortete.

»Nun, Penelope, die Penny genannt wird, ich will dir etwas erklären. Hörst du mir auch gut zu?« Er klang immer noch ruhig, aber zugleich ein wenig heiser. Sie wagte nicht, mit Worten zu antworten, und beschränkte sich darauf, stumm zu nicken. Wer schon einmal als Kind vor einem großen wilden Tier gestanden hat, wird verstehen, wie sie sich fühlte. Wie eine starke Brandung ging die Drohung von ihm aus.

»Ich verabscheue es, wenn man mich anlügt, Penny. Ich hasse es. Und ich glaube, du lügst mich jetzt an. Ich weiß es sogar, weil ich gesehen habe, wie du ihn beobachtet hast.« Pennys Herz schlug so schnell, dass sie fürchtete, es werde gleich aus ihrer Brust herausplatzen. »Hältst du mich für einen Dummkopf, Penny?« Sie hielt den Kopf gesenkt, um seinem Blick auszuweichen, doch er wollte nichts davon wissen. »Sieh mich an, Penny.« Er hob ihr Kinn. Große Tränen rollten ihr über die Wangen und verrieten ihre Angst.

»Kennst du Master Eldridge?«

»Wie ich schon sagte, Sir, ich kenne ihn nicht. Ich habe ihn nur beobachtet, weil er ein hübscher junger Mann …« Seine Ohrfeige ließ ihren Kopf zur Seite fliegen, und nun brannte ihre Wange. Kräftig genug, um sehr wehzutun, aber schwach genug, um keine Spuren zu hinterlassen. Auf einmal fiel alle Angst von ihr ab und wich dem Zorn. Sie hob die Hand, um auch ihn zu schlagen. Sie war so aufgebracht, dass ihr Schlag, hätte er denn getroffen, gewiss eine Spur in seinem Gesicht hinterlassen hätte. Doch er schien darauf vorbereitet. Er war stark und schnell, fing ihre Hand ab und drehte ihr abrupt den Arm auf den Rücken. Sie hatte das Gefühl, ihr Arm werde gleich brechen, als er den Druck verstärkte, und war völlig hilflos. Er schleuderte sie mit dem Gesicht voran auf das Bett.

»Jetzt werde ich wirklich wütend, und das ist nicht gut für dich, Penny. Ich wollte es bei einer freundlichen Unterhaltung belassen, aber du willst dich anscheinend nicht fügen.« Er warf sich über sie und hielt sie mit seinem Gewicht fest. Sie spürte eine mehr als beunruhigende Wölbung im Rücken. Heiser, mit belegter Stimme, flüsterte er ihr ins Ohr: »Nichts erregt mich mehr als ein Mädchen mit einem feurigen Gemüt. Ich habe gelernt, wie man Gespielinnen wie dich bricht. Genau wie eine junge Stute muss man euch manchmal hart zureiten, um euch an Trense und Zaumzeug zu gewöhnen. Ich bin sicher, dein Mann wird mir eines Tages dankbar sein.« Seine Hand fuhr unter ihren Rock und wanderte am Bein entlang weiter – erbarmungslos nach oben.

Die Verzweiflung fegte jede Vernunft beiseite. »Nein, wartet, wartet, ich sag es Euch. Bitte hört auf! Er ist der Sohn des Schmieds. Er ist nicht wichtig, bitte, tut mir dies nicht an!« Sie weinte und konnte vor Furcht kaum sprechen. Seine Hand hatte längst den Oberschenkel erreicht, und als seine Finger ihre Scham berührten, verlor sie endgültig die Beherrschung. Ein Schrei voller Wut und Angst entfloh ihrer Kehle, als sie sich gegen das Unrecht, das er ihr antat, aufbäumte.

So laut war der Schrei, dass er sich einen Augenblick zurückzog, offenbar erschrocken, weil eine so junge Frau so laut werden konnte. »*Grethak*«, rief er im Befehlston, und sofort brach ihr Schrei ab. Alle Muskeln im ganzen Körper erstarrten in dem Zustand, in dem sie gerade waren. Devon ließ ihren Arm los und drehte sie auf den Rücken, um ihr Gesicht zu betrachten.

»Du bist wirklich etwas ganz Besonderes, meine Liebe. Ich kann gar nicht glauben, dass ich je ein Mädchen so wie dich habe schreien hören.« Er lächelte sie an. »Aber andererseits wirst du ja nicht mehr lange ein Mädchen sein.« Verzückt vor Freude starrte er auf sie herab, streckte die Hand aus und schnürte gelassen ihr Mieder auf, was sich jedoch schon bald als schwierig erwies. Schließlich packte er den Kragen, riss die Kleidung weit auf und entblößte ihre Brüste.

Penny konnte nicht mehr atmen, ihre Lungen waren ebenso gelähmt wie alle anderen Muskeln. Nur die Augen gehorchten ihr noch. Wild blickte sie hin und her und suchte nach einem Ausweg. Ihr Kopf pochte im Takt des Herzens, als sie verzweifelt um Atem rang. Devon beugte sich vor, leckte langsam ihr Gesicht ab und hinterließ eine feuchte Spur vom Hals bis zu den Lippen. »Ich glaube nicht, dass ich schon jemals einen so hübschen purpurnen Farbton gesehen habe«, spottete er. »*Keltis*«, sprach er und berührte sie an der Kehle, ehe er die Hand nach unten gleiten ließ und sie grob in die Brustwarze kniff. Sie öffnete den Mund und konnte auf einmal wieder atmen. Tief schöpfte sie Luft und atmete sie schluchzend wieder aus. Sie wollte wieder schreien, doch er legte den Finger an die Lippen und warnte sie. Die Angst war zu groß, also schwieg sie.

»Und jetzt bist du ein braves Mädchen. Wenn du noch einmal schreist, lasse ich dich vielleicht nicht wieder atmen. Außerdem ist es doch viel schöner, wenn du ein wenig mitmachst. Das Wissen, dass du stumm bleibst, obwohl du schreien könntest – manchmal braucht es ein solches Erlebnis, damit man erkennt, wie wichtig das Leben ist. Sicherlich doch wichtiger als deine Jungfräulichkeit.« Mit lüsternem Grinsen schob er ihren Rock hoch, bis sie entblößt im Licht lag.

Penny konnte die schreckliche Wirklichkeit nicht länger betrachten und schloss die Augen. Endlich umfing sie die gnädige Ohnmacht, und sie wusste nicht mehr, was weiter geschah.

7

Wenn ein Zauberer das Aythar geschickt nutzen will, benötigt er schließlich die letzte der drei wichtigen Fähigkeiten, die man ganz einfach »Kontrolle« nennt. Unter den drei Fähigkeiten ist diese die einzige, die durch Übung und Ausbildung nachhaltig verändert werden kann. Diejenigen Magier, welche die Stürme der Jugendzeit überleben, lernen im Allgemeinen, ihr Aythar mithilfe von Symbolen und Ritualen zu steuern. Gewöhnlich benutzen sie dazu eine oder mehrere tote Sprachen. Grundsätzlich kann das Aythar aber auch ohne Sprache und Symbole verwendet werden, wie es junge Menschen oft tun. Doch dies ist gefährlich. Die Magier erlernen besondere Begriffe oder ein System von Ritualen, um zu kontrollieren, wie und wann sie ihre Kräfte freisetzen. Ein unausgebildeter Magier, dessen Macht allein seinen Gedanken unterworfen bleibt, mag in der Tat sehr gefährlich werden, denn seine Kräfte können in jedem Augenblick hervorbrechen und auch unerwünschten Gedanken eine tödliche Macht verleihen.

Marcus der Ketzer,
Über das Wesen von Glaube und Magie

Zu meiner Erleichterung begegnete mir niemand, als ich durch die Korridore zur Bibliothek lief. Nach dem Tag, den ich hinter mir hatte, brannte ich ganz gewiss nicht darauf, andere Menschen zu treffen. In der Bibliothek nahm ich das dritte Buch an mich und wog es einen Augenblick in der Hand. Das war ein beeindruckender Wälzer, mehrere Pfund schwer und mit geheimnisvollen Wörtern und Symbolen bedeckt, die schwach glühten, sobald ich sie betrachtete. Nachdem ich schon einen großen Teil von Vestrius' Tagebuch gelesen hatte, war ich sicher, mithilfe dieses Buches den Rest viel besser zu verstehen. Die Beherrschung der lycianischen Sprache war sicherlich die wichtigste Fähigkeit, die es zu erlernen galt, bot sie mir doch eine Methode, meine wachsenden Fähigkeiten in geordnete Bahnen zu lenken.

Mit einiger Zuversicht klemmte ich mir das Buch unter den Arm und kehrte in mein Zimmer zurück. Auch wenn mein Leben in mehr als einer Hinsicht in Scherben lag, dies war wenigstens ein Problem, das ich durch ehrliches Bemühen zu lösen vermochte. Gedankenverloren, wie ich war, bemerkte ich kaum die Stimmen, die aus einem Zimmer auf dem Flur herausdrangen. Ich ging weiter und fragte mich, wie lange ich wohl wach bleiben und studieren konnte, um am folgenden Morgen dennoch zur rechten Zeit aufzustehen und zu frühstücken, als mich ein schriller Schrei aus meinen Überlegungen riss. Es war ein Laut von unbändiger Angst und entsetzlichem Schrecken, wie man ihn sich vielleicht vorzustellen vermag, aber nie zu hören hofft. Ein Laut, den jemand ausstoßen mochte, der gerade in den Tod stürzte. Sofort blieb ich stehen. Der Schrei war ebenso abrupt wieder abgebrochen.

Nervös sah ich mich um, da ich nicht sicher war, aus welcher Richtung er gekommen war. Weil mich das Buch ablenkte, legte ich es an der Wand ab, um mit freien Händen ein Stück zurückzulaufen. Da! Hinter einer Tür hörte ich jemanden reden. Ich überprüfte die anderen Türen auf beiden Seiten, bis ich ganz sicher war, die richtige gefunden zu haben, und beugte mich vor. Devon sprach leise mit jemandem. An diesem Punkt wäre ich beinahe schon weitergegangen, denn der Mensch, der diesen grauenvollen Schrei ausgestoßen hatte, konnte ganz gewiss nicht in diesem Zimmer sein, wo Devon derart gefasst sprach.

Gerade als ich den Kopf vom Türrahmen zurückzog, spürte ich ein Aufwallen der Kraft. Nach den Übungen der letzten Tage war mir dieses Gefühl durchaus vertraut und erregte meine Aufmerksamkeit. Ich presste das Ohr fest an die Tür und strengte mich an, um durch das dicke Holz die Worte zu verstehen. *»Manchmal braucht es ein solches Erlebnis, damit man erkennt, wie wichtig das Leben ist. Sicherlich doch wichtiger als deine Jungfräulichkeit.«* Ich war nicht sicher, mit wem Devon sprach, begriff aber sofort, dass die Betreffende in fürchterlicher Not sein musste.

Freilich war ich zunächst unsicher, was ich tun sollte. Nach kurzem Zögern holte ich tief Luft und benutzte den einzigen Zauberspruch, den ich kannte und der vielleicht etwas auszurichten vermochte. »*Shibal*«, sagte ich leise und mit so viel Kraft, wie ich nur aufbieten konnte. Dabei richtete ich meinen Willen auf den Raum hinter der Tür. Ich lauschte wieder, war aber nicht sicher, ob dort wirklich jemand zu Boden sank. Jedenfalls redete Devon nicht mehr. Zufrieden packte ich den Türgriff.

Es war abgesperrt. Natürlich. Eine Magie, die mir bei verschlossenen Türen half, kannte ich nicht, und die Türen in der Burg von Lancaster waren so stabil gebaut, dass man zwei Männer und einen Rammbock brauchte, um sie aufzubrechen. Wütend über meine eigene Ohnmacht starrte ich die Tür an. Wäre ich besser ausgebildet gewesen, so hätte ich sicherlich einen Weg gefunden, das Schloss zu knacken. Der Gedanke an das Schicksal des armen Mädchens beflügelte meinen Zorn. So legte ich die Hand an die Tür, schloss die Augen und senkte den Kopf. Ich holte tief Luft, sammelte meine Kräfte, während sich die Lungen füllten, bis fast ein Wettstreit entstand, wo wohl zuerst etwas platzen mochte, in meinem Kopf oder in der Brust. Ähnliches hatte ich noch nie versucht, und ich wusste wohl, dass es ohne das richtige Wort eine Menge Kraft erforderte. Dann atmete ich langsam aus, baute den Druck in meiner Hand auf und presste sie gegen die Tür. Sobald ich beim Ausatmen spürte, wie die Tür nachgab, entließ ich den restlichen Atem mit einem stoßartigen Schnaufen aus den Lungen. Das Resultat war eine Explosion von Holz und Splittern, während sich die Tür geradezu auflöste. Die Späne flogen in alle Richtungen.

Wenn ich daran denke, was ich daraufhin dort drinnen entdeckte, ereilen mich noch heute die Albträume. Devon lag zusammengesunken in der Ecke, doch auf ihn verschwendete ich keinen Gedanken. Der Anblick des Mädchens auf dem Bett ließ mich wie angewurzelt verharren. Es war Penny. Das lange Haar hatte sich aus dem Knoten gelöst, den sie bei der Arbeit gewöhnlich trug, und jetzt umringten die dunklen Locken den ganzen Kopf. Ihre Uniform war vom Hals bis zum Bauch aufgerissen, und ich sah die Haut, die jemals zu sehen ich mir vielleicht einmal vorgestellt, aber niemals zu hoffen gewagt hätte. Der Rock war bis zu den Hüften hochgeschoben, die Beine waren geöffnet, eines lag angewinkelt unter dem anderen, ein Fuß berührte den Boden. Sie wirkte ganz und gar leblos. Im rechten Oberschenkel steckte ein großer Splitter, das Blut tropfte auf das Bett. Gern würde ich beschreiben, welche Gefühle mich übermannten, aber ich finde keine Worte dafür. Die Welt erbleichte, als wäre sämtliche Farbe aus ihr gewichen, und hinterließ eine Szene mit grellen weißen und tiefschwarzen Kontrasten.

Ich war taub vor Entsetzen und Schreck und zugleich von einer kalten Wut erfüllt. Schon war ich zu Devon Tremont geeilt und zog ihm den Dolch aus dem Gürtel, den er zum Teil gelöst hatte. Allem Anschein nach war er nicht dazu gekommen, sein Verbrechen zu vollenden. Freilich spielte dies auch keine Rolle mehr. Ob sie nun die Jungfräulichkeit verloren hatte oder nicht, sie war tot und würde mir niemals mehr ein Lächeln schenken. Ich kniete neben dem Bett nieder, und obwohl ich außer einer kalten Taubheit nichts empfand, rannen mir die Tränen über das Gesicht.

Vorsichtig hob ich den Dolch, bis er direkt über dem schlagenden Herzen des Mistkerls schwebte. Ich achtete darauf, den Schurken nicht mit der Spitze der Klinge zu berühren, damit er nicht erwachte, ehe ich zustieß. So verharrte ich einen zeitlosen Augenblick lang. Meine einzige Sorge war, dass dieser Tod viel zu sauber sein könnte, viel zu glatt – gemessen an dem, was er verdient hätte. Dieser vorübergehende Zwiespalt rettete Devon das Leben.

Auf einmal unterbrach ein Geräusch meinen Gedankengang. Es war ein ganz und gar unpassendes Geräusch, das nicht hierher gehörte. Penny schnarchte. Hätte sie nur leise geschnarcht, dann hätte ich es überhört, aber dies war keineswegs ein damenhafter Laut, sondern ein tiefes, dumpfes Grollen. Ungefähr das, was ein dicker Bauer von sich geben mochte, wenn er zu viel Ale getrunken hatte und ohnmächtig ins Bett gesunken war. Es riss mich aus dem dunklen Ort heraus, in den mein Herz gestürzt war, und so seltsam es klingen mag, jetzt musste ich lachen.

Gewiss, es war ein schreckliches Lachen, ein furchtbares Geräusch, ein elender, brabbelnder Laut. Die Art Lachen, bei dem die ängstlichen Städter die Läden zuwerfen und die Türen verriegeln. Es schüttelte mich und lockerte mir den verkrampften Bauch, bis ich endlich freier lachen konnte, tief, aus vollem Herzen und von einem Keuchen unterbrochen, wann immer ich nach Luft schnappte. Irgendwann wich das Lachen den Tränen, und ich weinte still, bis ich mich wieder unter Kontrolle hatte.

Langsam stand ich auf und dachte nach. Zuerst zog ich den Splitter behutsam aus Pennys Bein, das daraufhin stärker zu bluten begann. Ich beobachtete ihr Gesicht, ob sie etwa aufwachte, doch ich hatte viel Kraft in den Zauberspruch gelegt, und sie regte sich kaum. So riss ich einen langen Streifen aus dem Bettlaken und verband ihre Wunde. Dann richtete ich mich auf und sah mich um.

In dem Raum herrschte, vorsichtig ausgedrückt, ein heilloses Durcheinander. Auf dem Boden lagen Schmuckgegenstände und die Splitter der Eichentür bunt durcheinander. Das Bettzeug war von Pennys

Wunde blutig, zwei Menschen lagen mehr oder weniger … unordentlich da, in tiefer Ohnmacht. Es war zu viel, um alles auf einmal aufzuräumen, also begann ich mit dem Wichtigsten. Ich bückte mich und schob die Arme unter Penelope, bis ich mit dem einen die Schultern und mit dem anderen die Knie zu stützen vermochte. Es war kein günstiger Winkel, um mich aufzurichten, und ich taumelte einen Moment und wäre fast auf Devons Kopf getreten. *Ach, welch eine Schande wäre es doch gewesen, dieses hübsche Gesicht zu zertrampeln*, dachte ich sarkastisch. Allerdings durfte er keinesfalls aufwachen. Penny war kräftig, fast so groß wie ich, und besaß dank der schweren Arbeit auch einige Muskeln. Trotzdem lag sie federleicht auf meinen Armen. Es musste wohl die Aufregung sein, aber ich dachte nicht weiter darüber nach.

So schnell ich konnte, ging ich auf den Flur hinaus und zu meinem Zimmer. Ihr eigenes wäre vielleicht besser geeignet gewesen, aber ich hatte keine Ahnung, wo sich ihr Quartier überhaupt befand. Sachte legte ich sie auf mein Bett und nahm mir einen Augenblick Zeit, die Bettdecke über sie zu ziehen. Dann kehrte ich in den Flur zurück und holte das Buch, das dort noch immer an der Wand lehnte, um es sicher bei den anderen in meinem Zimmer zu verstauen. Jeder dieser Wege dauerte mehrere Minuten, und ich war ständig in Sorge, auf dem Flur jemandem zu begegnen. Es war jedoch schon nach Mitternacht, und ich hatte Glück, denn alles war verlassen. Nun galt es, ein paar andere Probleme zu lösen.

Ich brauchte Hilfe. Um diese Stunde gab es jedoch nur einen, dem ich wirklich trauen konnte. Fünfzehn

Minuten später stand ich vor der Tür der Thornbears. Lord Thornbear diente auf der Burg von Lancaster als Seneschall, daher lebte seine Familie in dem großen Zwinger direkt am Haupttor. Die Nachtluft war feucht, inzwischen hatte ein leichter Regen eingesetzt. Es entsprach durchaus meiner Stimmung, dass ich nass war, als ich ihre Tür erreichte. Ein schläfriger Diener öffnete mir. Ich kannte den Mann bereits von meinen früheren Besuchen bei den Thornbears. Ob er einen Vornamen hatte, weiß ich nicht. Er wurde immer nur »Remy« genannt.

»Mort, im Namen der Götter, was tut Ihr um diese Stunde da draußen?« Er sprach leise, um niemanden zu wecken.

»Remy, es wird dir seltsam vorkommen, aber du musst Dorian für mich wecken. Sei dabei so leise wie möglich! Ich muss dringend mit ihm sprechen«, erklärte ich ihm ernst und aufrichtig.

»Gut, gut, mal sehen …« Er drehte sich um und prallte prompt gegen den Türrahmen. »Verdammt!«, fluchte er leise. »Niemanden kümmert es, ob Remy genug Schlaf bekommt oder nicht, was? Nein, natürlich kümmert es niemanden. Remy braucht keinen Schlaf, was?« Er murmelte unablässig mit sich selbst, während er ins Haus stolperte.

Mehrere Minuten musste ich ängstlich warten, bis Dorian in der Türe erschien. »Mort, ich will nicht unhöflich sein, aber es ist wirklich spät …«, begann er. Dann bemerkte er meine Miene und begriff sofort, wie verzweifelt ich war. »Warte, ich hole meinen Mantel.«

Gleich darauf eilten wir über den Hof zum Hauptgebäude der Burg zurück. Ich sollte noch erwähnen, dass Dorian einer jener seltenen Menschen war, die mit einer gestrickten Zipfelmütze schliefen. In der Aufregung hatte er vergessen, sie abzunehmen, und ich brachte es nicht über mich, ihn darauf aufmerksam zu machen. Manches lässt man besser unausgesprochen, und in dieser dunklen Nacht brauchte ich seine Hilfe wie noch nie zuvor in meinem Leben.

Unterwegs versuchte ich ihm zu erklären, was geschehen war, aber ich glaube, er begriff es erst richtig, als er Penny ohnmächtig in meinem Bett sehen musste. Unter den hochgezogenen Decken lag sie da wie ein Engel.

»Weißt du, wo ihre Kammer ist? Ich muss sie in ihr eigenes Zimmer zurückbringen, ehe sie aufwacht«, drängte ich.

»Klar, aber ich glaube nicht, dass wir sie dort hinbringen können, ohne die anderen Dienstmädchen zu wecken«, erwiderte er.

»Überlass das nur mir.« Ich trat neben das Bett, um sie wieder aufzuheben.

»Soll ich sie tragen?«, bot er an. Ich überlegte, doch irgendetwas knurrte in mir, als ich mir vorstellte, dass jemand anders sie berühren sollte. In mir war etwas zerbrochen, als ich sie in Devons Zimmer entdeckt hatte, und bisher hatte ich noch nicht die Zeit gefunden, gründlich über die ganze Sache nachzudenken.

»Nein, nein, es geht schon. Aber du könntest mir mit den Türen helfen und den Weg zeigen.« Ich schlug die Decken zurück und hob sie hoch. Dieses Mal spürte ich die Anstrengung im Rücken. Allmählich forderten die Erschöpfung und der Schlafmangel ihren Tribut.

Dorian atmete ein und stieß ein leises Zischen aus,

als er ihre Verfassung bemerkte – das zerfetzte Kleid, all das Blut. Ich konnte es ihm nicht vorwerfen, mir ging es ja selbst nicht anders. Ich barg sie in den Armen und suchte seinen Blick. Heiße Wut kochte in ihm hoch, und ich fragte mich, was er wohl täte, sobald wir sie in ihr Bett gesteckt hatten. »Wer hat das getan, Mordecai?«, fragte er mit finsterer Miene.

»Noch nicht, Dorian. Zuerst müssen wir uns um Penny kümmern.« Ich betete, dass er einstweilen ruhig blieb.

»Ich will wissen, wer das getan hat, Mordecai!« Er war keinesfalls in der Stimmung zu warten.

»Hör zu, Dorian«, setzte ich an, doch er wollte nichts davon wissen.

»Nein, du hörst jetzt mir zu! Ich will wissen, wer das getan hat, und zwar sofort!« Er schrie es mir fast entgegen.

»Verdammt!«, schrie ich zurück. »Nun halt doch mal den Mund und denk nach!« Ich glaube, es war das erste Mal, dass ich ihm gegenüber die Stimme hob. Erschrocken schloss er den Mund, dann fuhr ich fort: »Was meinst du denn, was passiert, wenn jemand Penny so sieht? Ihr Vater ist gebrechlich, sie erhält keine Mitgift und wird niemals einen Ehemann finden. Niemand wird sie nehmen wollen. Ob sie nun geschändet wurde oder nicht, das spielt keine Rolle mehr, sobald die Gerüchte die Runde machen.« Ich holte tief Luft und beruhigte mich wieder. Dorian hörte aufmerksam zu.

»Wirst du mir jetzt helfen, sie in ihr Zimmer zu bringen, oder muss ich das ganz allein tun?« Ich ging zur Tür. Dorian war schon vor mir dort und öffnete sie.

Er führte mich mehrere Treppenfluchten hinunter bis ins unterste Stockwerk des Burgfrieds. Dabei blieb er die ganze Zeit vor mir und überprüfte jeden Durchgang darauf hin, ob dort jemand herumlief. Ohne Zwischenfälle erreichten wir das Quartier der Dienstmädchen, doch als er die Tür öffnete, regte sich jemand. Im Dunkeln hörte ich eine ängstliche Frau rufen: »Wer ist da?« Dorian zog sich sofort aus der Tür zurück, und ich verschwendete keine Zeit.

»*Shibal.*« Ich legte so viel Kraft, wie ich noch aufbieten konnte, in den Zauberspruch, ohne jedoch in eine bestimmte Richtung zu zielen. Wieder bemerkte ich, dass Dorian völlig unbeeindruckt blieb. Das musste ich unbedingt noch näher untersuchen, aber dieser Zeitpunkt war nicht der rechte Augenblick dafür. Ich trat ein und sah mich im Zwielicht um.

Dorian entzündete eine Lampe, nachdem ich ihm versichert hatte, dass die Bewohnerinnen vorläufig nicht aufwachen würden. In dem Raum gab es fünf schmale Betten, in denen schlafende Frauen lagen. Nur eines war frei. Dorian zog die Laken weg, während ich Penny vorsichtig ablegte. Dann begann ich mit dem schwierigen Unterfangen, sie von der zerfetzten Kleidung zu befreien.

»Was tust du da?«, zischte Dorian.

»Dreh dich um, wenn es dich stört, aber ich muss die Beweise loswerden. Ja, dreh dich bitte um. Es stört vor allem *mich.*« Wann hatte sich nur diese Eifersucht bei mir entwickelt?

Mit dem Rock hatte ich nicht viel Glück, daher zog ich mein Messer und schnitt ihn auf. Er war ohnehin schon blutig, also spielte es keine Rolle mehr. Sobald ich ihn entfernt hatte, konnte ich nicht anders, als sie einen Augenblick anzusehen. Man kann ja alles Mögliche behaupten, aber ich möchte den Mann sehen, der keinen Blick riskiert, wenn die schönste Frau der Welt nackt vor ihm liegt. Wer da behaupten will, er hätte nicht gestarrt, und sei es nur für einen Moment, den nenne ich einen verdammten Lügner.

Trotzdem war mir vor allem daran gelegen, dass Penny in Sicherheit war. Ich bedeckte sie und richtete mich wieder auf. Als ich mich weiter umsah, erblickte ich unter ihrem Nachttisch ein ordentlich gefaltetes Nachthemd. Den Gedanken, es ihr anzuziehen, verwarf ich sofort wieder. Ich hatte keine Ahnung, wie ich das fertigbringen konnte, also musste sie sich am Morgen selbst den Kopf darüber zerbrechen. Anschließend nahm ich mir einen Augenblick Zeit, um mich zu vergewissern, dass sie noch eine zweite Uniform besaß. Wie sich herausstellte, hatte sie sogar drei besessen, jetzt also noch zwei. Immerhin war dies ein Punkt, über den ich mir keine Sorgen mehr machen musste.

Ich knüllte die unbrauchbaren Sachen zusammen und suchte kurz, bis ich einen Fetzen Pergament und einen Holzkohlestift gefunden hatte. Hastig schrieb ich ihr eine Nachricht:

Sag nichts. Wir reden später.
Mort

Ich steckte den Zettel unter ihr Nachthemd und hoffte, sie werde ihn am Morgen finden. Dann brachen wir auf und hinterließen den Raum mehr oder weniger so, wie wir ihn vorgefunden hatten. Inzwischen war es beinahe drei Uhr morgens, und ich machte mir Sorgen, dass Devon mittlerweile aufgewacht sein könnte, während wir unsere Angelegenheiten erledigt hatten. Allerdings waren meine Befürchtungen unbegründet, denn der Dreckskerl schlief so tief wie ein Baby, als wir sein Zimmer betraten.

Ich drehte mich zu Dorian um, der die Szene betrachtete. »Wo ist die Tür, Mort?« Er hatte die Holzsplitter bemerkt, dann wurde ihm der Ausdruck in meinen Augen bewusst. Ich hatte noch nie gesehen, dass mein wackerer Freund Angst gezeigt hatte, aber jetzt flackerte sein Blick. Unterdessen fühlte ich mich alt und müde, was für einen sechzehnjährigen Burschen ein seltsames Gefühl ist. »Warst du das?« Er nickte in die Richtung der Holztrümmer.

»Ja«, antwortete ich. Was sollte ich auch sonst sagen? Dann hörte ich, wie Devon sich rührte, als könnte er gleich erwachen. »*Shibal.*« Wieder bot ich alle meine noch verbliebenen Kräfte auf. Dabei wurde mir jedoch schwindlig, und ich verlor beinahe das Bewusstsein. Dorian hielt mich an den Schultern fest, als ich schwankte, und half mir, mich auf das Bett zu setzen.

Ich heftete den Blick auf den Boden, um mich zu sammeln. Auf einmal hörte ich das Geräusch, das eine Klinge macht, wenn sie aus der Scheide gezogen wird. Dorian näherte sich mit mordlüsterner Miene Devon. »Warte!«, sagte ich.

»Warum?«, gab er zurück.

»Ehrlich, ich weiß auch nicht, aber wenn wir ihn jetzt töten, werden wir beide hingerichtet, und ich glaube, das würde Penny nicht sehr glücklich machen.

Wollen wir diesem Bastard aber geben, was er verdient hat, müssen wir einen anderen Weg finden. Doch es wird nicht hier und heute Nacht geschehen. Wir sind zu müde, um vernünftig nachzudenken.« Es klang viel zu logisch, als dass es hätte aus meinem Mund gekommen sein können. Anscheinend hatte irgendjemand anders das Reden übernommen, während ich nicht aufgepasst hatte.

Dorian rang einen Augenblick mit sich und steckte endlich das Schwert in die Scheide. »Na gut«, sagte er. »Was machen wir mit der Tür?«

»Reparieren lässt sie sich nicht mehr«, antwortete ich. »Ob vielleicht eine andere Tür passt?«

»Warte hier.« Dorian sah aus wie jemand, der wusste, was er tat, also legte ich mich auf das Bett und wartete. Anscheinend war ich ein wenig eingenickt, denn mir schien, dass nur ein Augenblick vergangen war, als er eine neue Tür anschleppte. Er hatte sich sogar einen Hammer und ein paar andere Werkzeuge hinter den Gürtel gesteckt.

Bald hatte er die neue Tür ins Scharnier gehängt, und ich musste zugeben, dass sie der Vorgängerin erstaunlich ähnlich sah. Zwar war ich nicht völlig sicher, dass niemand den Unterschied bemerken würde, aber ich war zu müde, um mir darüber den Kopf zu zerbrechen. Dorian verschwand wieder und kehrte mit einem Besen zurück. Ich schwöre, er hätte eine recht gute Hausfrau abgegeben. Ganz ohne meine Hilfe säuberte er das Zimmer, aber vielleicht könnte ich wenigstens behaupten, ich hätte dabei die Aufsicht geführt. Er sammelte alle Splitter ein, die er entdecken konnte, und ließ den Schmuck liegen, wo er war. Dann hatte er einen genialen Einfall und nahm eine Flasche Rotwein von der Anrichte.

»Was wird das denn?«, fragte ich nicht besonders intelligent, als er die Flasche neben Devons Kopf auf dem Boden zerschmetterte.

»Vielleicht denkt der Idiot, sie hätte ihn damit bewusstlos geschlagen. Nun sind zwar seine Sachen schmutzig, sonst aber kann er sich einen Glückspilz nennen.« Er half mir beim Aufstehen und trug mich beinahe in mein eigenes Zimmer. Von solchen Freunden wie Dorian kann man gar nicht genug haben, und ich war unendlich dankbar. Die Täuschungsmanöver dieser Nacht hätte ich ohne ihn nie zuwege gebracht.

Langsam sank ich in mein weiches Federbett und fragte mich beim Einschlafen, was Devon wohl denken würde, wenn er bemerkte, dass sein Schlüssel nicht mehr zum Türschloss passte. Ich kicherte einen Moment lang, dann schlummerte ich ein.

8

Aus dem gleichen Grund, warum Magier rein geistige Methoden zur Kanalisierung ihrer Fähigkeiten meiden, setzen sie auch die gewöhnliche Sprache nicht für ihre Zwecke ein. Als das beste Werkzeug für diesen Zweck gilt eine tote Sprache, die man nach der stürmischen Jugendzeit eigens zu diesem Zweck erlernt. Es heißt auch, gewisse Sprachen, die schon seit Generationen für die Magie benutzt werden, seien besonders gut geeignet, da die Wörter selbst bereits ein gewisses Maß an Macht in sich tragen. Aus diesem Grund können sogar Personen mit niedriger bis mäßiger Ausstrahlung manchmal kleinere Sprüche wirken, sofern sie die Ausdrücke und Symbole verwenden, denen nach langer Benutzung durch die Zauberer der Vergangenheit eine gewisse eigene Kraft innewohnt.

Marcus der Ketzer,
Über das Wesen von Glaube und Magie

Früh am nächsten Morgen, nur zwei Stunden nachdem Mordecai endlich in den Schlaf gefallen war, wachte Devon auf. Zunächst rührte er sich vorsichtshalber nicht, weil er nicht genau wusste, was sich zugetragen hatte. Er lag auf dem Boden, ringsherum waren Glassplitter verteilt. Einige Minuten lang lauschte er, bis er festgestellt hatte, dass er allein war. Dann aber richtete er sich auf und machte eine Bestandsaufnahme.

Es sah nicht gut aus. Die Kleidung war nicht mehr zu retten, sie war durchnässt und voller dunkler Flecken. Einen Augenblick lang dachte er, jemand habe ihn abgestochen, dann erkannte er, dass Wein und nicht etwa sein eigenes Blut die Kleidung verschmutzt hatte. Die Tür war geschlossen, das Mädchen verschwunden. Er war recht sicher, dass er sein Vorhaben mit ihr nicht zum Abschluss gebracht hatte … es sei denn, er litt an Gedächtnisverlust. Hatte ihn jemand mit der Weinflasche niedergeschlagen? Etwa sie selbst? Oder jemand anders? Beide Möglichkeiten erschienen ihm gleichermaßen beunruhigend.

Er zog sich aus und nahm das Wasser im Krug, um sich zu reinigen, ehe er frische Sachen anzog. Wenn jemand anders ihn niedergeschlagen hatte, dann bedeutete dies, dass ein unbekannter Feind unbemerkt in sein Zimmer eingedrungen war. Sollte es aber das Mädchen selbst gewesen sein, dann litt er an einer Erinnerungslücke, da sie zuletzt vollständig handlungsunfähig gewesen war. Also wohl doch eher jemand anders. So unfähig, dass er ein Mädchen derart leicht entkommen ließ, war er nun wirklich nicht.

Die Tür … er sah in der Hosentasche nach. Der Schlüssel war immer noch an Ort und Stelle. Wenn sie den Schlüssel benutzt hatte, dann hatte sie ihn danach zurückgesteckt. *Unwahrscheinlich*, sagte er sich. Sie hatte viel zu große Angst gehabt, wäre also weggelaufen und hätte den Schlüssel behalten. Devon Tremont wusste eine Menge über Angst und deren Wirkung auf die Menschen. Er überprüfte die Tür, die er wie erwartet unverschlossen vorfand.

»Hier hat sich jemand eingemischt«, sagte er zu sich

selbst. Die wichtige Frage war nun, wer es gewesen war. Und was würde der Betreffende mit dem Wissen tun, das er jetzt besaß? *Nichts.* Hätte der Unbekannte die Absicht gehabt, die Ereignisse der vergangenen Nacht gegen ihn zu verwenden, dann hätte er es längst schon getan und die Wachen und Zeugen herbeigerufen, solange Devon bewusstlos am Boden gelegen hatte. Wenn jetzt noch jemand Vorwürfe gegen ihn erhob, konnte er leicht alles bestreiten. Warum war der Betreffende auf diese Weise vorgegangen? Er selbst hätte es anders begonnen. Doch – wer es auch sein mochte – er hatte einen gewaltigen Vorteil verschenkt. Außerdem fehlte nichts, sein Geld und sein Eigentum waren unberührt geblieben. Nur das Mädchen war verschwunden.

Das Mädchen, richtig. Der einzige Grund, das Verbrechen der vergangenen Nacht zu vertuschen, war der Schutz ihres guten Rufs. *Aber sie ist ein gewöhnliches Dienstmädchen*, dachte er. *Um so eine schert sich doch niemand.* Fast allen auf der Burg käme es zunächst auf Gerechtigkeit an. Nur wenige, sehr wenige, würden auf den Ruf des Mädchens mehr Wert legen als darauf, ihn zu vernichten. Was hatte sie in der letzten Nacht gesagt? *Er ist der Sohn des Schmieds.* »Außerdem ist er ein Magier«, murmelte Devon. Die starke goldene Aura des jungen Mannes hatte er gleich bemerkt. Dieses Merkmal hatte schon am Anfang sein Interesse geweckt.

Penny hatte der Angst bemerkenswert lange widerstanden und ihm auch dann nicht viel verraten. Sie musste gewichtige Gründe haben, den Burschen zu beschützen. Wahrscheinlich war sie in ihn verliebt. »Und sein Zimmer ist nicht weit von meinem hier entfernt … dort drüben, den Flur hinunter«, überlegte er bei sich.

Devon Tremont neigte zu impulsiven Entschlüssen, und auch jetzt zauderte er nicht. Er richtete sich auf, gürtete das Schwert und verließ den Raum. Als er hinter sich abschließen wollte, stutzte er. Der Schlüssel ließ sich nicht herumdrehen. *Schon wieder ein Rätsel*, dachte er. Kopfschüttelnd beließ er es dabei und schritt gemächlich zu Mordecais Zimmer hinüber.

Zu seinem Entsetzen bewachte ein großer Bewaffneter den Raum. *In welcher Verbindung steht der Kerl zu den Lancasters?* Das passte alles nicht zusammen, und die Gastgeber waren offenbar an dem Ränkespiel beteiligt. Der Bursche war ein Gemeiner, und doch hatten sie ihm ein Gemach zugewiesen, das für einen König gut genug gewesen wäre. Marcus stand ihm offenbar sehr nahe. *Und er ist ein Magier*, dachte er noch einmal. Dies war der entscheidende Punkt, der Schlüssel zum Verständnis der Ereignisse. Die Lancasters hatten einen Magier gedungen. Ging daraus denn hervor, dass sie von seinen Plänen erfahren hatten? Womöglich hielten sie es für nötig, mithilfe magischer Kräfte ihre Stellung zu stärken.

Er nickte dem Wächter zu und ging weiter, um gründlich nachzudenken und die nächsten Schritte sorgfältig zu planen.

In der Tiefe der Burg erwachte Penny. Sie hatte am Tag zuvor lange gearbeitet, deshalb hatte Sarah, das Erste Zimmermädchen, sie ausschlafen lassen. Normalerweise mussten die Bediensteten schon vor dem Morgengrauen aufstehen. Penny riss die Augen auf. Irgendetwas stimmte nicht. Sie hatte tief geschlafen und war schlagartig aufgewacht. Als sie sich in dem Raum umsah, wurde die Verwirrung nur noch größer.

Wie bin ich hierhergekommen?, dachte sie. »Was ist geschehen?«, sagte sie laut. Auf einmal erinnerte sie sich, und es schnürte ihr die Kehle zu. Furcht, Scham und Zorn kämpften in ihr um die Vorherrschaft. Ein heißer Sturm erwachte in ihr, und die Angst, die Ohnmacht und der Schrecken der vergangenen Nacht überfluteten sie, bis sie fast von Sinnen war. *Mutter, was soll ich jetzt nur tun?* Bei diesem Gedanken brach sie fast in Tränen aus. Es war die hilflose Sorge eines Kindes, das nicht zurückkann, das nie mehr nach Hause darf. Ihre Mutter war tot, der Vater fast ein Invalide, der nicht mehr arbeiten konnte. Ihre Lebensaufgabe bestand darin, für ihn zu sorgen. Er allein war der Grund dafür, dass sie diese Stelle angetreten hatte.

Doch jetzt war alles verloren, alle Hoffnungen auf die Zukunft waren dahin. Sie glaubte nicht mehr daran, dass sie die Stelle behalten durfte, sobald ihre Schande öffentlich bekannt wurde. Da sie allein im Zimmer war, warf sie einfach die Bettdecke zurück und fürchtete sich vor dem, was sie erblicken mochte.

Sie war nackt, all ihre Kleidung war spurlos verschwunden. Auf den Schenkeln klebte Blut, am rechten Bein trug sie einen Verband. Das musste er wohl getan haben, nachdem sie ohnmächtig geworden war. Ein lebhaftes Bild erschien vor ihrem inneren Auge. Ein hässliches Bild von dem, was er ihr angetan hatte. Ein Glück nur, dass sie ohnmächtig geworden war, sodass sie sich nicht an alle Einzelheiten erinnern musste. *Außer in meinen Albträumen*, fügte sie hinzu.

Sie stand auf und zog abwesend eine ihrer verbliebenen Uniformen an. Das Bein war von der Verletzung steif geworden, sonst fühlte sie sich aber recht gut. Keine wunden Stellen, keine Schmerzen da unten … was ihr etwas ungewöhnlich vorkam. Sie wusste, dass manche Mädchen kaum Schmerzen empfanden, hatte aber allen Grund zu der Annahme, dass Devon nicht eben sanft mit ihr umgesprungen war. »Man muss es nehmen, wie es ist«, sagte sie sich. Aber es war zu viel für sie, und so begann sie zu weinen. Die Tränen strömten, sie bebte am ganzen Körper, während sie schluchzte. So heftig hatte sie seit ihrer Kindheit nicht mehr geweint.

Ihre Mutter hatte sie damals getröstet, aber jetzt war niemand da. Endlich – es schien ihr, als wären bereits Stunden vergangen – versiegten die Tränen. Sie war erschöpft, zu müde, um sich noch weiter zu sorgen, und zu betäubt, um überhaupt etwas zu fühlen. Sobald sie sich ganz angekleidet hatte, war sie bereit, sich zum Dienst zu melden. Ehe sie ging, machte sie ihr Bett und räumte ihre Sachen auf. Als sie das Nachthemd aufhob, rutschte ein kleiner Streifen Pergament unbemerkt hinter den Nachttisch.

Sie suchte Sarah, erklärte ihr, sie sei nun fertig für die Arbeit, und gab ihrer Hoffnung Ausdruck, das Erste Dienstmädchen sei nicht böse, weil sie so lange geschlafen hatte.

»Kein Problem, Mädchen. Du hast dich gestern ordentlich ins Zeug gelegt, und wir haben dich noch lange schuften lassen, als die anderen schon längst im Bett waren.« Die ältere Frau war ihr sogar dankbar. »Es wäre schön, wenn du in die Wäscherei hinuntergehen und dort ein wenig helfen könntest.« Sarah trug ihre

Anweisungen immer wie Bitten vor. Sie war eine viel angenehmere Vorgesetzte als die meisten anderen.

Penny war froh, etwas zu tun zu haben, mit dem sie sich ablenken konnte. Sie blieb immer in Bewegung und arbeitete den Tag über fast wie im Rausch, nur um den Erinnerungen zu entgehen. Doch sosehr sie sich auch abrackerte, in jeder freien Sekunde kehrten ihre Gedanken zu dem vergangenen Abend zurück. Der schlimmste Augenblick kam am Nachmittag, als sie die frische Wäsche in die Gästezimmer bringen musste. Bei jedem Schritt war sie voller Angst und betete, ein ganz bestimmter Bewohner möge nicht auf seinem Zimmer sein.

Das Glück war ihr hold, denn er war tatsächlich nicht anwesend. So rasch sie konnte, wechselte sie das Bettzeug. Dabei bemerkte sie natürlich das Blut und das Bettlaken mit dem herausgerissenen Stück Stoff, das genau ihrem Verband entsprach. In weniger als fünf Minuten hatte sie das Zimmer verlassen, und ihr Herz pochte immer noch heftig, als sie die Treppe erreichte. Gerade als sie sich endlich sicher fühlte, kam ihr Devon von unten entgegen.

Ein anderes Mädchen hätte alles fallen lassen und wäre weggerannt, doch Penny war aus härterem Holz geschnitzt. Sie ballte die Hände zu Fäusten, packte das Bündel Bettwäsche und setzte eine gleichgültige Miene auf. Sie war schon an ihm vorbei, als sie über sich auf der Treppe seine Stimme hörte.

»Penny.« Sie blieb stehen, weigerte sich aber, sich zu ihm umzudrehen.

»Glaube ja nicht, dass die Angelegenheit zwischen uns schon vorüber ist.« Kalt wie Eis war seine Stimme.

»Die letzte Nacht war erst der Anfang. Ich werde dafür sorgen, dass dein kleiner Schmied kalt und tot am Boden liegt, ehe dies hier vorbei ist. Das verspreche ich dir.« Sie spürte seinen Blick im Rücken, und die Furcht hielt ihr Herz mit eisernem Griff gepackt. Vor dem inneren Auge sah sie Mordecai mit zerschundenem Leib, aus Mund und Nase blutend und schwer um Atem ringend, auf einem Acker liegen. Devon stand lächelnd vor ihm, in den Augen glitzerte die Mordlust. Sie keuchte, als die starke Vision über sie kam, und wusste instinktiv, dass dies eines Tages wirklich geschehen werde. Die Wut wallte in ihr auf, eine wilde, unbändige Wut, und ohne nachzudenken, fuhr sie herum und warf das Wäschebündel vor sich auf den Boden. Vielleicht lenkte ihn das einen Moment lang ab. Mehr brauchte sie gar nicht, um ihn zu packen und hinabzuziehen. Wenn der Sturz ihn nicht tötete, würde sie ihm eigenhändig den Garaus machen.

»He, langsam! Immer mit der Ruhe!« Devon war verschwunden, und an seiner Stelle stand jetzt Marcus auf der Treppe und sah sie überrascht an. Die Wut, die sie mit Kraft erfüllt hatte, wich so schnell von ihr, wie sie entstanden war, und hinterließ nur Leere. Beinahe hätte sie das Gleichgewicht verloren. Marcus hielt sie an der Schulter fest, bis sie nicht mehr schwankte. »Alles in Ordnung, Penny?«, fragte er besorgt.

»Ja, schon gut. Ich steh heut etwas neben mir.« Worte reichten nicht aus, um zu schildern, wie sehr sie außer sich war.

»Ich frage gar nicht erst nach der Wäsche. Ich kann mir schon vorstellen, wer dich so gereizt hat.« Er nickte in die Richtung, in die Devon verschwunden war. »Ich wollte ohnehin mit dir reden, Penny. Es gibt einige Dinge, die du wissen musst.«

Überrascht, weil er so ernst mit ihr sprach, sah sie ihn an. Marc war normalerweise so gelassen wie kaum ein anderer ihrer Freunde. »Was ist denn?«

Marc beschrieb ihr, was sich am Vortag während des Empfangs zugetragen hatte, und welche Schwierigkeiten Mordecai seiner Ansicht nach drohten. Sie nickte betäubt – auf einmal fügte sich alles zusammen. Er fuhr fort: »Penny, du musst begreifen, wie gefährlich dieser Mann ist … er versteht keinen Spaß und duldet keinen Widerspruch. Hätte er dort gestanden, wohin die Wäsche geflogen ist, so hätte es für dich einen üblen Ausgang genommen. Noch schlimmer wird es, wenn er herausfindet, dass du mit mir und Mordecai befreundet bist. Dann wird er dich benutzen, um uns anzugreifen. Verstehst du das?«

Er hat mich schon benutzt, Marcus. Er hat mich benutzt und weggeworfen, dachte sie. »Was kann ich tun, um zu helfen?«, fragte sie stattdessen.

»Nichts, Penny. Ich könnte es nicht ertragen, wenn dir etwas zustieße. Bewahre einen kühlen Kopf und lass ihn ja nichts über unsere Freundschaft herausfinden. Solang er nicht weiß, dass du mit mir und Mort in Verbindung stehst, müsstest du sicher sein.« Als er so eindringlich mit ihr sprach, begann sie fast wieder zu weinen.

»Ja. Ich gehe dir und Mort vorläufig aus dem Weg«, antwortete sie.

Marc versuchte, sie zu beruhigen. »Es sind nur noch ein paar Tage, bis er abreist.« Er konnte durchaus erkennen, dass starke Gefühle in ihr aufwallten. Wahrscheinlich hatte er sie vor den Kopf gestoßen, aber das musste erst einmal warten. Später, wenn Devon Tremont weit genug von Lancaster entfernt war, konnte er sich immer noch entschuldigen. Dann durften sie alle aufatmen.

Ich erwachte früh ... nun ja, am frühen Nachmittag. Ich war erst im Morgengrauen eingeschlafen und hatte – geistig wie körperlich – sämtliche Reserven verbraucht. Dankbar, dass mich niemand geweckt hatte, setzte ich mich auf und reckte mich. Der Schlaf hatte mich weitgehend wiederhergestellt, nur im Kreuz spürte ich noch einen dumpfen Schmerz. Es hätte schlimmer sein können.

Ein Klopfen an der Tür verschaffte mir eine Vorstellung von dem, was mich aus dem Schlaf gerissen hatte. Als ich zur Tür ging, malte ich mir aus, der Flur sei voller Wächter und hinter ihnen stünde Lord Devon. Doch es war nur Benchley, der geduldig wartete.

»Darf ich eintreten, Sir?«, fragte er mit einem Tonfall, der allzu deutlich verkündete: »Ich mag ein Diener sein, aber ich bin immer noch etwas Besseres als du.« Erstaunlich, wie viel manche Menschen mit leisen Betonungen zu übermitteln vermögen. Vielleicht konnte ich ihn einmal bitten, mich in dieser Kunst zu unterrichten. Zunächst aber wich ich aus, damit er eintreten konnte.

»Ich nehme nicht an, dass du mir etwas zu essen mitgebracht hast?«, fragte ich mit hochgezogenen Augenbrauen.

»Das Mittagessen ist vorüber, Sir, aber wenn Ihr Euch jetzt gleich ankleidet, könnt Ihr den Koch vielleicht noch überreden, Euch ein paar Reste aufzuwärmen«, erwiderte er mit einem kleinen Lächeln. Der Bastard wusste ganz genau, was der Koch von Leuten hielt, die die Essenszeit verpassten. Darauf fiel ich nicht herein.

»Da du gerade das Ankleiden erwähnst – könntest du mir behilflich sein?« Mein Geist kam allmählich in Fahrt.

»Ich glaube, genau dies hatte der junge Herr Marcus im Sinn, als er mich zu Euch schickte«, erwiderte er. Fünfzehn Minuten später war ich angekleidet. Benchley war geschickter als Penny, wenn es darum ging, ein Wams zu verschnüren, aber vermutlich hatte er mit dem Ankleiden von Männern auch mehr Erfahrung. Ich bemerkte außerdem, dass er sich gar nicht hinter mich stellte, um herumzugreifen und die Bänder zu verschnüren. Das hätte mir etwas sagen sollen, aber ich war im Augenblick zu sehr mit anderen Dingen beschäftigt und dachte nicht weiter darüber nach.

Als er fertig war, ging Benchley hinaus, und ich war froh, wieder allein zu sein. Jetzt musste ich genau überlegen. Der Diener hatte sich verhalten wie gewohnt, also mochte es am Morgen wohl kein großes Aufsehen gegeben haben. Höchstwahrscheinlich hielt sich der vornehme Lord Devon bedeckt und fragte sich, wer ihn buchstäblich mit heruntergelassenen Hosen erwischt hatte und ob er mit Vergeltung rechnen musste. Es war zwar naiv, so etwas anzunehmen, aber ich wusste nicht viel über Aristokraten.

Da ich dachte, draußen sei die Luft rein, wagte ich mich hinaus, um nach Penny zu suchen und vielleicht irgendwo ein wenig Essen zu ergattern, falls etwas herumlag. Leider konnte ich weder Penny noch Marcus oder Dorian entdecken. Anscheinend hatten sie alle Wichtigeres zu tun, als darauf zu warten, dass ich endlich aufstand. In Bezug auf das Essen war mir Fortuna jedoch hold, denn ich stieß auf den jungen Timothy, der im großen Saal gerade die Tische abräumte. Er überließ mir ein gutes Stück gebratenen Fasan, das jemand liegen gelassen hatte. Ich wickelte das Fleisch in ein Mundtuch und nahm mir noch ein ordentliches Stück Brot von einem anderen Teller. Timothy zeigte mir grinsend seine Zahnlücken. Ich zwinkerte ihm zu und zog mich mit meiner Beute in mein Zimmer zurück, um das weitere Vorgehen zu planen.

Nachdem ich gegessen hatte, beschloss ich, die freie Zeit zu nutzen und etwas zu lernen. Ich vertiefte mich in die *Lycianische Sprachlehre.* Zwei Stunden später schwirrte mir der Kopf. Ich habe zwar eine Begabung für Sprachen, aber beim Lycianischen bekam ich fast einen Knoten in der Zunge. Die grammatischen Zeiten waren verwirrend. Wozu brauchte man eine »Verlaufsform des Präteritum« oder »die vollendete Zukunft«? Ich entschied mich, mir lieber die Vokabeln einzuprägen, die ich gerade für besonders nützlich hielt. Nach einer weiteren Stunde hatte ich auch davon genug und wechselte wieder zu Vestrius' Tagebuch. Dank meiner kleinen Fortschritte in der lycianischen Sprache verstand ich nun auch etwas besser, was er in den ersten Wochen seiner Ausbildung gelernt hatte.

Das meiste davon war für die Beseitigung böser rivalisierender Herzogssöhne nicht geeignet, aber ein Detail stach mir doch ins Auge. Nachdem ich Devon in der vergangenen Nacht mit dem Schlafspruch außer

Gefecht gesetzt hatte, war mir sehr bewusst, wie leicht man andere Menschen hilflos machen konnte. Daher war ich nun in großer Sorge, er könnte mir bei passender Gelegenheit seinerseits etwas Derartiges antun, denn ich war schon fast überzeugt, dass auch er ein Magier sein musste. Offenbar war ich aber nicht der erste Zauberkundige, der auf solche Gedanken kam. Die Methoden, um Geist und Körper eines Magiers gegen schädliche Einflüsse oder mitunter auch gegen die Folgen seiner eigenen Fehler abzuschirmen, nahmen viel Raum ein.

Die einfachste Methode bestand darin, den Geist zu verschließen. Manche Menschen, so erfuhr ich, waren von Geburt an einfach nicht fähig, das Aythar zu steuern. Sie wurden »Stoiker« genannt, und als einen solchen erkannte ich nun meinen Freund Dorian. Mit etwas Übung konnte ein Magier ihre Fähigkeit oder besser ihren Mangel an Fähigkeiten nachahmen, um in den Genuss einer ähnlichen Sicherheit zu kommen. Dies würde mir zwar vorübergehend den »Magierblick« rauben, mich aber zugleich gegenüber äußeren Einflüssen abschirmen. Aufgrund der Nachteile – und da sie keine aktiven Bemühungen erforderte – wurde diese Technik vor allem in der Nacht eingesetzt, um sich im Schlaf zu schützen. Der schwierigste Teil war die Überprüfung, ob es mir tatsächlich gelungen war, meinen Geist zu verschließen. Dann kam mir die Idee, das lycianische Lehrbuch anzusehen. Da gewöhnliche Menschen das Glühen nicht wahrnahmen, konnte ich auf diese Weise feststellen, ob ich mich genügend abgeschirmt hatte. Danach brauchte ich nicht mehr lange, um mit dem Zauberspruch zurechtzukommen. Es war ein ähnliches Gefühl wie beim Schließen der Augen, nur dass es mich stärker beunruhigte, als ich es für möglich gehalten hätte. Ohne dass es mir wirklich bewusst geworden war, verließ ich mich längst auf die vielen kleinen Hinweise, die mir mein Magierblick zutrug. Diese Wahrnehmung auszublenden, wirkte so ähnlich, als wäre ich erblindet. Ich stimmte mit den alten Zauberkundigen überein. Der Schlaf war die beste Zeit dafür.

Die zweite Methode bestand darin, einen Aythar-Schild zu erzeugen. Diese Technik konnte, je nachdem, wie viel und welche Art von Schutz man benötigte, auf unterschiedliche Weise eingesetzt werden. Am wenigsten ermüdend war es, einen inneren Schild zu bilden, der nur den Geist schützte. Der Unterschied zur vorherigen Methode bestand darin, dass man nach wie vor ohne jede Behinderung den Blick und all die anderen Fähigkeiten einsetzen konnte. Etwas schwieriger war es jedoch, einen Schild aufzubauen, der den ganzen Körper bedeckte und vor körperlichen wie magischen Angriffen schützte. Nach den Überlieferungen, die in Vestrius' Journal erläutert wurden, waren einige große Magier fähig gewesen, während ihrer gesamten wachen Zeit einen solchen Schutz aufrechtzuerhalten. Aus den Legenden ging nämlich hervor, dass diese großen Magier nicht nur paranoid gewesen waren, sondern für ihren Verfolgungswahn auch gute Gründe gehabt hatten. Manchmal hatte jedoch nicht einmal dieser Schutz ausgereicht, um sie zu retten.

Schließlich und endlich waren einige Zauberer sogar dazu fähig gewesen, im Notfall Schilde zu erzeugen, die weitaus größer waren als ihre Körper, damit auch

Freunde und manchmal sogar Gebäude gedeckt werden konnten. Das galt als gefährlich, da die Anstrengung den Zauberkundigen auslaugen konnte. Zudem war es möglich, dass er bei einem besonders starken Angriff – wenn dabei mehr Kraft verbraucht wurde, als er überhaupt besaß – zu Tode kam.

Ich trainierte beide Arten. Zuerst versuchte ich, nur meinen Geist zu beschützen. Ohne die Möglichkeit, den Erfolg zu überprüfen, war ich aber nicht sicher, es richtig gemacht zu haben. Die Energie, die ich dafür aufwenden musste, war jedoch zu vernachlässigen. Einen großen Schild zu errichten, der meinen ganzen Körper umhüllte, war zwar einfacher, erforderte aber auch eine größere Anstrengung. Da er knapp außerhalb meines Körpers existierte, konnte ich tatsächlich beobachten, wie mich die auch für meinen Magierblick kaum wahrnehmbare Energiehülle umschloss. Wenn ich den Spruch leicht veränderte, konnte ich die Abschirmung allerdings wie sichtbares Licht färben, bis sie deutlicher zu erkennen war.

Diese Übungen fand ich zwar ermüdend, aber ich fühlte mich deutlich besser, sobald klar war, dass ich mich schützen konnte. Dennoch, es war eine Erleichterung, als mich ein Klopfen an der Tür unterbrach. Ich hatte gerade den Diwan abgeschirmt, da mir kein lebendes Objekt zur Verfügung stand, und versuchte, ihn mit dem Stuhl zu verprügeln. Ich konnte nicht mehr rechtzeitig innehalten, und Marc öffnete genau in dem Moment die Tür, als ich zum letzten Mal zuschlug. Dies war der dritte Hieb, und jetzt prallte der Stuhl nicht einfach ab, sondern zerbrach mit einem lauten Krachen.

»Wenn du mit der Einrichtung des Zimmers derart unzufrieden bist, kann ich vielleicht dafür sorgen, dass du mit jemandem tauschen darfst«, erklärte er amüsiert.

»Ah, dies ist … nicht ganz das, wonach es aussieht.« Verlegen blickte ich ihn an.

»Wäre es das erste Mal, dass du so etwas zu mir sagst, dann hätte ich vielleicht meine Zweifel, doch da ich dich kenne, glaube ich dir natürlich.« Er lachte. »Aber mal ehrlich, warum verlegst du dich jetzt ausgerechnet darauf, die Möbel zu zertrümmern?«

Ich dachte kurz nach, schließlich lächelte ich. »Das zweite Gesetz der Magie.«

Schon seit unserer Kindheit kabbelten wir uns auf diese Weise, und er machte bereitwillig mit. »Wie lautet es?«

»Probiere neue Sprüche an den Möbeln aus, ehe du andere Menschen oder Tiere in Gefahr bringst«, verkündete ich.

Wieder lachte er. »Und das erste Gesetz?«

Ich baute mich wie ein Lehrer auf und hob gebieterisch die Hand. »Probiere neue Sprüche an anderen Menschen oder Tieren aus, ehe du dich selbst in Gefahr bringst.«

Nun lachten wir gemeinsam. In der letzten Zeit hatte so viel Spannung geherrscht, dass es guttat, wenn wenigstens vorübergehend alles so war wie in früheren Zeiten. »Warum suchst du mich nun auf, junger Bittsteller? Brauchst du einen Liebestrank? Eine Heilung für die Hämorrhoiden? Dem großen Mordecai ist nichts unmöglich.«

»Ich dachte, du möchtest dir vielleicht heute Abend das Feuerwerk ansehen. Vater hat die Illuminatorengilde beauftragt, eine schöne Vorstellung für unsere Gäste zu inszenieren.«

Ich war beeindruckt, denn ein Feuerwerk galt als teuer. Bisher hatte ich nur ein einziges gesehen, als wir noch viel jünger gewesen waren. Die Illuminatorengilde war ein Geheimbund, der die Geheimnisse der Pyrotechnik eifersüchtig hütete. Oft hielt man sie für Magier, weil sie so beeindruckende Effekte bewirken konnten, doch ihre Vorrichtungen beruhten ausschließlich auf Wissenschaft und Chemie. In einem Umkreis von zehn Meilen um Lancaster herum würden alle kommen, um das Schauspiel zu sehen.

Wir redeten eine kleine Weile über die bevorstehende Darbietung, ehe ich wieder auf ernstere Themen zu sprechen kam. »Hast du Dorian und Penny heute schon gesehen?«

Seine Meine veränderte sich. »Dorian bin ich noch nicht begegnet, aber vorhin ist mir Penny über den Weg gelaufen.«

Sofort drängte ich ihn, mir alles zu erzählen. Nachdem er mir von ihrem Wortwechsel berichtet hatte, war ich verwirrter denn je. »Was ist los?«, fragte er. »Du scheinst zornig zu sein.«

So schwer es mir fiel, stockend weihte ich ihn nun in die Ereignisse der vergangenen Nacht ein. Sein Gesichtsausdruck verdüsterte sich, und schließlich fluchte er halblaut. »Das erklärt einiges«, meinte er.

»Was denn?«

»Warum Dorian seinen Vater genötigt hat, heute Morgen eine Wache vor deiner Tür zu postieren. Offenbar hat er Thornbear überredet, dich bewachen zu lassen, bis du aufwachst«, erklärte er. Ich war überrascht.

Dorian war offenbar stärker um meine Sicherheit besorgt, als ich vermutet hätte.

»Ob er es seinem Vater erzählt hat?«, fragte ich.

»Nein, denn sonst hätte der alte Thornbear bei meinem Vater ein höllisches Theater angefangen.«

»Glaubst du das wirklich?«

»Ziemlich sicher. Und wenn Lord Thornbear so etwas vorträgt, bleibt meinem Vater nichts anderes übrig, als etwas zu unternehmen. Wahrscheinlich hätte er Devon aus seinem Gebiet verweisen müssen.« Er schnitt eine Grimasse.

»Was würde dann passieren?«, fragte ich nach.

»Damit würde ein großer Ärger seinen Anfang nehmen. Der alte Tremont wäre bei seiner Ehre verpflichtet, sich beim König zu beschweren. Die Lancasters müssten dann am Königshof Beweise vorlegen, um die Anschuldigungen gegen den Sprössling zu stützen.« Er sah mich an.

»Und?«

»Wir könnten nichts beweisen. Am Ende müssten wir eine Strafe bezahlen, um Tremonts Ehre Genüge zu tun, schlimmstenfalls könnte es sogar einen Krieg geben.« Marc setzte sich auf den Diwan und barg das Gesicht in den Händen, um eine Weile nachzudenken. »Warum hast du den Schurken nicht einfach bloßgestellt, als du ihn auf frischer Tat ertapptest? In diesem Fall hätten alle Beweise für uns gesprochen.«

»Penny«, sagte ich nur und gab ihm mit einem bösen Blick zu verstehen, was ich davon hielt, dass er auch nur daran gedacht hatte.

Er sah es sofort ein. »Tut mir leid. Du hast recht, Mort, es war selbstsüchtig, so zu denken.«

Am Ende hatten wir zwar keine guten Ideen, fühlten uns aber besser, nachdem wir zahlreiche schlechte Ideen diskutiert hatten. Meistenteils ging es dabei um glühendes Eisen und stumpfe Instrumente. Eine Stunde später war es an der Zeit, uns in Bewegung zu setzen, da das Feuerwerk bald beginnen sollte. Als wir auf den Korridor traten, winkte ich ihm, noch einen Moment zu warten. Ich murmelte eine kurze Beschwörung und errichtete einen Schild um meinen Körper. Gute Angewohnheiten sollte man so früh wie möglich pflegen.

»Was hast du getan?« Neugierig beäugte er mich.

»Mein neuester Trick.« Da er nichts sehen konnte, färbte ich meinen Schild mit ein paar Worten strahlend blau.

»Heilige …« Erschrocken wich er einen Schritt zurück. »Das sieht prächtig aus.«

Wieder sprach ich einige Worte, und der Schild wurde unsichtbar.

»Lass ihn doch blau«, schlug er vor.

»Warum?« Ich wollte lieber nicht so auffällig sein.

»Damit sich Devon vor Angst in die Hosen macht.«

Das gefiel mir zwar, doch schien es mir klüger, mich in Zurückhaltung zu üben.

9

Das größte Geheimnis liegt wahrscheinlich im Wesen des Aythar selbst. Obwohl es in Lebewesen in viel größerem Maße gegenwärtig ist, kommt es in kleinen Mengen auch in allen unbelebten Objekten vor. Die Menge an vorhandenem Aythar scheint in einem direkten Verhältnis zum Bewusstsein des betreffenden Trägers zu stehen. Intelligente Wesen besitzen es in großen Mengen, vergleicht man sie mit unbelebten Objekten wie Steinen. Tiere besitzen unterschiedlich viel davon, was offenbar von ihrer jeweiligen Klugheit abhängt. Pflanzen enthalten noch weniger, aber immer noch mehr als die unbelebte Materie. Soweit wir es sagen können, ist das Aythar allgegenwärtig und stellt möglicherweise eine fundamentale Eigenschaft oder gar eine Notwendigkeit der gesamten Existenz dar. Aus der Tatsache, dass das Bewusstsein in direktem Verhältnis zur Menge des vorhandenen Aythar steht, ziehen einige Gelehrte den Schluss, sogar die unbelebte Materie müsse ein geringes Maß an Bewusstsein besitzen.

Marcus der Ketzer,
Über das Wesen von Glaube und Magie

Das Feuerwerk war so spektakulär, wie ich es erwartet hatte. Wir standen an der östlichen Brustwehr und blickten über den See hinaus, der auf dieser Seite den größten Teil der Landschaft einnahm. Ursprünglich war das Ufer ein Stück entfernt gewesen, doch nach dem Bau der Burg hatte man die Wasserfläche erweitert, um den Graben vor den Burgmauern zu füllen. Wunderbar spiegelte sich das prachtvolle Feuerwerk auf der reglosen Oberfläche. Ich wünschte mir, Penny könnte es mit mir zusammen ansehen, doch in der Menge entdeckte ich sie nicht.

Ich war sicher, dass sie irgendwo sein musste, denn sogar die Diener hatten die Erlaubnis bekommen, ihre Pflichten zu vernachlässigen und das Schauspiel zu bewundern. Allerdings war es keineswegs erstaunlich, dass ich sie in der großen Zuschauerschar nicht finden konnte. Nach kurzer Zeit wurde ich auch von Marc getrennt, da Gregory Pern ihn in ein Gespräch verwickelte. Ich wollte mich nicht beteiligen, ging weiter und hielt unverwandt nach Penny Ausschau. Seit dem Vorfall am vergangenen Abend hatten wir nicht mehr miteinander gesprochen, und ich machte mir Sorgen, weil ich nicht wusste, was sie über die Geschehnisse dachte.

Als ich mich durch die Menge schob, bemerkte ich Rose Hightower, die in ein Gespräch mit Stephen Airedale vertieft war. Da er ihr gerade mit großem Ernst irgendetwas erklärte, blieb ich auf Abstand, um sie nicht abzulenken. Kaum dass ich vorbeiging, rief sie jedoch meinen Namen. »Master Eldridge! Ich hatte längst gehofft, noch einmal mit Euch plaudern zu dürfen.« Sie sprach viel aufgeregter, als es der Anlass meiner Ansicht nach gerechtfertigt hätte.

»Verzeiht mir, Lady Rose, hätte ich dies gewusst, so hätten mich keine zehn Pferde davon abhalten können, zu Euch zu eilen.« Ich war guter Laune und dachte, ich könnte es auch einmal mit solchen Redensarten versuchen. Stephen zeigte sich ob meiner Ankunft wenig begeistert, was mir sofort einleuchtete, da ich seine Absichten durchschaute. Wahrscheinlich hatte er versucht, die Dame zu umgarnen, und wie jeder weiß, lässt sich so ein Garn zu dritt schlecht spinnen. »Falls ich aber stören sollte, so will ich gern meines Weges gehen.« Ich warf Stephen einen mitfühlenden Blick zu.

Lady Rose wollte jedoch nichts davon wissen. Offensichtlich suchte sie einen Retter. »Unsinn, wir freuen uns, wenn Ihr uns Gesellschaft leistet.« Mit einer genau berechneten Geste legte sie Stephen eine Hand auf die Schulter.

»Aber natürlich«, versicherte er mir. »Leider muss ich mich nun aber selbst entschuldigen, wenn Ihr erlaubt.« Natürlich verstand ich dies und verkniff mir ein Lächeln, um ihm nicht noch Salz auf die Wunde zu streuen.

Nachdem er sich höflich verabschiedet hatte, schenkte mir Rose einen dankbaren Blick. »Danke. Ich hatte Mühe, einen höflichen Weg zu finden, seinen Eifer zu zügeln. Noch ein Augenblick, und ich wäre auf ganz unverzeihliche Weise grob geworden.«

»Eure Schönheit treibt auch noch dem kultiviertesten Gentleman jegliche Vernunft aus, aber das solltet Ihr Euch nicht als Eure Schuld anrechnen. Indes zweifle ich keineswegs daran, dass Ihr schließlich doch noch einen Weg gefunden hättet, ihn abzuweisen, ohne seinen Stolz zu verletzen.« Ich deutete eine Verbeugung an und machte Anstalten, mich auch selbst zurückzuziehen, denn offensichtlich hatte ich meine Aufgabe doch erfüllt.

»Wartet noch, ich würde wirklich gern mit Euch plaudern.« Sie legte mir eine Hand auf den Unterarm.

Diese Frau drückte sich mit Haltung und Gesten ebenso beredt aus wie mit Worten und Blicken. Trotz der Beschränkungen und Hemmnisse, denen eine Dame ihres Standes unterworfen war, verfügte Rose Hightower über ein höchst bemerkenswertes Ausdrucksvermögen.

»Gewiss habt Ihr doch kein Interesse an meinen dummen Bemerkungen«, antwortete ich.

»Vielleicht wollt Ihr aber die meinen hören.« Der Ausdruck ihrer Augen gab mir zu verstehen, dass es höchst ratsam wäre, sie beim Wort zu nehmen.

Unsicher hielt ich inne. »Ich bin sicher, dass es mich bereichern wird, Euch anzuhören.«

»Dann müssen wir ein Abkommen miteinander schließen. Beantwortet mir erst eine Frage, dann teile ich mein Wissen mit Euch.« Sie zog es zwar auf wie ein Spiel, doch ihre Miene verriet mir, dass es hier um mehr ging.

»Damit haben wir also eine Abmachung. Was möchtet Ihr von mir erfahren?«, erwiderte ich.

»Wen habt Ihr gerade gesucht?« Ihre Augen blitzten belustigt.

»Einen Freund, niemanden von Wichtigkeit.«

»Das ist überhaupt keine Antwort.« Sie runzelte die Stirn und nahm die Hand von meinem Arm, um ihre Missbilligung zum Ausdruck zu bringen.

»Penelope Cooper, eine Freundin aus meiner Kindheit, die hier als Dienstmädchen beschäftigt ist. Stellt Euch dies zufrieden?« Ich war ein wenig gereizt, es ihr offenbaren zu müssen, denn in der letzten Zeit war mir Penny immer wichtiger geworden, und jetzt brachte es mich in Verlegenheit, über sie zu sprechen.

»Also eine Freundin, wie interessant. Nun gut, Ihr sollt aber wissen, dass Ihr Euch neulich beim Empfang einen gewissen Mann zu Eurem Feind gemacht habt.« Sie beobachtete meine Reaktion.

»Das ist mir bekannt, aber das Kind ist wohl unwiderruflich in den Brunnen gefallen.« Wenn ich in diesen wortreichen Dialogen noch etwas besser wurde, konnte ich bald selbst Stunden in der Kunst des Drumherumredens geben.

»Ihr tut gut daran, dies hinzunehmen, wie es ist. Euer Freund Marcus darf sich glücklich schätzen, dass er Euch hat, aber diese Freundschaft bringt Euch in eine große Gefahr.«

Auch das wusste ich schon, aber ich wollte ihre Meinung dazu hören. »Wie das?«

»Die Kraft eines Bauwerks liegt im Grundstein. Euer Feind versucht, das Haus Lancaster niederzureißen. Er wird dies tun, indem er zuerst das Fundament untergräbt, und Ihr seid bei diesem Unterfangen sein wichtigstes Ziel.« Das hatte ich zwar ebenfalls schon einmal gehört, aber ich wollte sie nicht beleidigen.

»Lady Rose, ich fürchte, Ihr überschätzt meinen Wert bei Weitem.« Vielleicht war sie doch nicht so klug, wie ich anfangs gedacht hatte.

»Das mag schon sein, aber für viel wahrscheinlicher halte ich es, dass Ihr selbst Euren Wert unterschätzt.« Ich hätte jetzt Einwände erheben können, sparte mir jedoch die Mühe. Sie hätte ohnehin das letzte Wort behalten. Nach ein paar weiteren Belanglosigkeiten entschuldigte ich mich und setzte die Suche fort. Dieses Mal ließ sie mich kommentarlos ziehen.

Ich wanderte eine Weile umher und suchte eine

Frau mit dunklem Haar und Augen, in denen der Mond ertrinken konnte. Die Glücksgöttin hielt es jedoch nicht für nötig, mich zu unterstützen – verdammt sollte sie sein! Penny war so flüchtig wie ein Traum, den man beim Aufwachen schon vergessen hat. Schließlich gab ich es auf und genoss den Rest der Darbietung. Eine besonders prächtige rote Blüte erstrahlte am Himmel über dem See, und dann folgte ein lautes Donnern. Im gleichen Augenblick fiel mir etwas ein. Es war ein wahrer Geniestreich. Ich konnte gar nicht erwarten, es auszuprobieren.

Auf der Stelle vergaß ich das Schauspiel und eilte in mein Zimmer, um in der Sprachlehre die Wörter zu suchen, die ich brauchte. Wenn ich Penny schon nicht finden konnte, dann wollte ich mich wenigstens auf das vorbereiten, was kommen mochte.

Penny stand in einer Schießscharte im Schatten einer hohen Zinne. Dort war sie fast unsichtbar, was ihr sehr gelegen kam, und beobachtete die bunten Lichter, die über ihr zerplatzten. Doch sie konnte sich daran nicht erfreuen. Als Mordecai vorbeikam, wäre sie fast aus dem Schatten getreten. Er schien sehr konzentriert und ging zielstrebig vorbei. Diese Miene kannte sie, und sie liebte ihn dafür. Sein Geist war ständig in Bewegung, und sie konnte erkennen, dass ihn gerade irgendetwas beflügelte. Der Wind zauste sein Haar und warf es zurück, bis er einem Falken ähnelte, der sich auf die Beute stürzt. Sie wollte ihn schon aufhalten, doch ihr Herz verzagte, denn in diesem Moment konnte sie ihm nicht unter die Augen treten. Es war noch zu früh.

So blieb sie still dort stehen, bis er vorbei war. Dann

drehte sie sich um und betrachtete den Rest der Darbietung. Eine einsame Träne rann langsam auf ihrer Wange hinab. Zwar waren überall Menschen, doch so verloren hatte sie sich noch nie gefühlt. Als jemand sie an der Schulter berührte, zuckte sie zusammen und hätte beinahe geschrien, weil sie dachte, Devon hätte sie entdeckt.

»Oh, du meine Güte! Das tut mir aber leid. Ich wollte Euch nicht erschrecken, meine Liebe.« Es war Rose Hightower, die mit besorgter Miene vor ihr stand.

»Verzeiht mir, Mylady, ich bin gerade tief in Gedanken gewesen.« Verstohlen wischte sich Penny die Tränen von den Wangen. »Kann ich etwas für Euch tun?«

»Ihr müsst Euch nicht entschuldigen. Nicht alle Edelleute sind so hartherzig wie Lord Devon.« Dabei grinste Rose ein wenig, weil sie hoffte, dem bekümmerten Dienstmädchen ein Lächeln zu entlocken. Zu ihrem Entsetzen begann Penny nun jedoch erst recht zu weinen, die Schultern bebten unter lautlosem Schluchzen.

Rose Hightower war eine Lady durch und durch und gehörte von Geburt an dem Hochadel des Königreichs an. Sie hatte mit Königen geplaudert und war schon von allen infrage kommenden Junggesellen des Königreichs umworben worden. Doch in ihr steckte weitaus mehr als dies. Vor allem war sie eine charaktervolle und mitfühlende Frau. Ohne Zögern trat sie vor und umarmte Penny. »Schon gut, schon gut.«

Zuerst wollte Penny sich entziehen, da sie davon überzeugt war, dass ihr diese Schwäche nur noch mehr Schwierigkeiten bereiten werde. »Nein, nein, keine Sorge, ich bin eine Freundin«, beschwichtigte Rose sie und meinte es damit völlig ernst. Sie hielt Penny so lange fest, bis sich das Mädchen beruhigte, streichelte ihr über die Haare und redete leise auf sie ein.

Seit dem Tod ihrer Mutter hatte Penny niemanden mehr gehabt, der sie ... gehalten hatte. Obwohl Rose annähernd in ihrem Alter war, fühlte sie sich ein wenig an jene Zeit erinnert. An die Tage, an denen sie sich sicher gefühlt hatte. Schließlich fasste sie sich wieder und löste sich aus der Umarmung. »Es tut mir so leid, bitte verratet es niemandem. Ich weiß gar nicht, was ...«

»Still, Mädchen. So grausam bin ich nicht. Was hier geschehen ist, bleibt unter uns, und wenn Ihr mich lasst, will ich Euch helfen, so gut ich kann.« Rose beobachtete Penny voller Mitgefühl. »Nun sagt mir, warum Ihr hier oben weint, während Mordecai Euch überall sucht.«

»Ich habe mich nicht vor Mort versteckt. Ehrlich. Ich wollte nur vermeiden, dass Lord Dev...« Penny unterbrach sich. »Er stellt so viele Anforderungen an das Personal. Ich wollte nicht respektlos sein, Mylady.«

Rose kniff die Augen zusammen. »So habe ich es auch nicht aufgefasst. Ich weiß ganz genau, wie unangenehm dieser Stinkstiefel sein kann.« Rose betrachtete Penny noch einen Augenblick und dachte angestrengt nach. Sie hatte gerüchteweise von Devon Tremonts Schandtaten gehört und konnte sich gut vorstellen, wozu er fähig war. »Penelope, vertraut Ihr mir?«

»Ich kenne Euch doch kaum, Mylady.« Diese Bemerkung hätte durchaus als Beleidigung aufgefasst werden können, doch allmählich fühlte sie sich in Lady Rose' Gegenwart sehr wohl.

»Nun gut. Hört zu, ich weiß, dass Ihr mit Dorian Thornbear eng befreundet seid. Vertraut Ihr ihm?« Penny nickte. Dorian war einer der ehrenwertesten Männer, die sie kannte, ganz zu schweigen von der langjährigen Freundschaft in ihrer Kindheit.

»Ihm vertraue ich in jeder Hinsicht, Mylady. Er ist ein echter Gentleman«, erwiderte sie.

»Dann akzeptiert mich an seiner Stelle. Ich würde Dorian mein Leben anvertrauen. Wenn ich ihm helfen kann, indem ich Euch helfe, dann würde ich mich glücklich schätzen.« Rose suchte Pennys Blick.

»Warum sagt Ihr mir das?« Penny spürte, dass die andere Frau es ehrlich meinte, aber die Gründe konnte sie nicht einmal ahnen.

»Weil ich Euch helfen möchte, und bevor ich das tun kann, müsst Ihr mir von Frau zu Frau eine Frage ehrlich beantworten.« Rose hielt inne.

»Ich verstehe es nicht, aber wenn Ihr eine wahre Freundin von Dorian seid, dann will ich Euch antworten ... so gut ich kann.« Penelope kam sich albern vor, als sie dies aussprach, obwohl Lady Rose es doch todernst zu meinen schien.

»Ihr habt gesagt, Devon Tremont setze dem Personal sehr zu, aber ich nehme an, Ihr meintet etwas Persönliches.« Es war nicht leicht für Rose, dieses Thema zur Sprache zu bringen, aber Pennys Miene antwortete ihr viel schneller, als es Worte vermocht hätten. »Hat er Euch missbraucht, Penny? Bitte sagt mir die Wahrheit, denn wenn er dies getan haben sollte, werde ich alles in meiner Macht Stehende tun, damit dieser Tyrann für sein Verbrechen büßen muss.«

»Nein, bitte, Ihr dürft es niemandem verraten. Wenn

das jemand herausfindet, wird er …« Nun hatte sie es auch mit Worten bestätigt.

»Nur die Ruhe, ich werde es nicht gerade vom Dach herunterbrüllen. Ich weiß noch nicht, was ich tun kann, aber ich werde dafür sorgen, dass er Euch nicht mehr wehtut. Und eines Tages werde ich darauf achten, dass dieser Mann dreimal für das bezahlt, was er getan hat, oder ich will keine Hightower mehr sein.« Kalter Stahl lag in ihrer Stimme. Penny erschauderte und schöpfte doch neue Hoffnung.

»Er ist der Sohn eines Herzogs … was können denn Frauen gegen einen solchen Mann schon tun?« Penny war nun doch stärker daran interessiert, ihre Hoffnung zu nähren, als Rose zu widersprechen.

»Er ist der jüngere Sohn eines Herzogs, und sein verstorbener Bruder Eric war mein Freund.« Rose fasste Penny bei der Hand und ging zu der Treppe, die zum Hof führte. »Und Ihr würdet Euch wundern, was Frauen alles ausrichten können.« Der Ausdruck in ihren Augen hätte selbst einen König innehalten lassen.

10

Im Grunde sind die Götter, die wir heute kennen, lediglich bewusste und unglaublich dichte Konzentrationen von Aythar. Man glaubt, viele seien ursprünglich infolge des dringenden menschlichen Bedürfnisses entstanden, eine höhere Macht anzubeten, aber diese Theorie ist nach wie vor unbewiesen, da einige heute bekannte Götter gewiss älter als die Menschheit sind. Ungewiss bleibt auch, ob sie sich durch eine früher existierende intelligente Rasse gebildet haben, welche den Menschen ähnlich war. Ebenso gut können sie aber auch durch rein natürliche Phänomene und ganz unabhängig von etwaigen Gläubigen entstanden sein. Die wirklich wichtige Frage ist die, welche Ziele sie letztlich in Bezug auf die sterblichen Wesen verfolgen. Einige haben sich als eindeutig bösartig erwiesen, während andere eher wohlwollend erscheinen.

Marcus der Ketzer,
Über das Wesen von Glaube und Magie

Das Feuerwerk war nicht nur für die Zuschauer angenehm, sondern bot zugleich auch Devon Tremont eine willkommene Ablenkung, um gewisse Nachforschungen anzustellen. Die verwirrenden Ereignisse, die sich in der vergangenen Nacht in seinem Zimmer zugetragen hatten, beunruhigten ihn. Irgendjemand hatte ihn zum Narren gehalten, und angesichts der Begleitumstände kam nur ein einziger Widersacher infrage, der es getan haben konnte.

Er hatte die Möbel zur Seite gerückt und die Mitte des Zimmers freigeräumt. Mit einem Stück Holzkohle hatte er zwei konzentrische schwarze Kreise auf den Boden gemalt. Im Raum zwischen diesen Linien brachte er einige fremdartige Symbole an, die leicht schimmerten, sobald er mit der Anrufung begann. Die Beschwörung dauerte mehrere Minuten, und während des Singsangs wiederholte er in regelmäßigen Abständen einen bestimmten Namen. Als er fertig war, wurde das Licht im Raum trüb, und im Kreis regten sich seltsame Schatten.

Schließlich bildete sich im Zentrum eine dunkle Gestalt heraus, die sich wand und wie Rauch, der in einem Krug gefangen war, aufwallte. »Was willst du von mir, kleiner Zauberer? Du hast deine Schuld bei mir noch nicht beglichen.« Die Stimme war tief und heiser wie grollender Donner in einem Wintersturm.

Devon blieb gelassen, denn Angst zu zeigen, wäre ein schwerer Fehler gewesen. »Du wirst deine Entlohnung bekommen, sobald ich König bin. Die Lancasters sind nur die ersten von vielen Beutestücken, die du erhalten sollst.«

»Du tätest gut daran, mich in Ruhe zu lassen, wenn du mir kein Blut als Geschenk mitbringst. Schließlich bin ich kein kleiner Dämon, mit dem man seine Scherze treiben kann.« Ein schwarzes Maul voller Zähne erschien im Rauch und verschwand sofort wieder.

»Vielleicht könnte ich dir solche Geschenke viel leichter bringen, wenn deine Mitteilungen genauer wären, Mal'goroth.« Eine Schweißperle rann über Devons Stirn, denn er ging gerade ein großes Risiko ein.

»Willst du damit andeuten, ich hätte unseren Pakt gebrochen?«, fragte das Wesen neugierig.

»Du sagtest mir, es gebe keinen lebenden Zauberer mehr«, erwiderte er.

»All die alten Geschlechter sind ausgerottet, und das Wissen, das sie besaßen, bleibt verschollen und verstreut. Niemand ist mehr übrig. Willst du das bestreiten?« Aus Mal'goroths Worten sprach eine deutliche Drohung.

»Hier im Haus Lancaster gibt es einen Zauberer. Ich denke nicht, dass etwas Derartiges deiner Aufmerksamkeit entgehen kann«, gab Devon zurück.

Mal'goroth sprach: »Hin und wieder zeigt sich die Gabe unerwartet. Du selbst bist der Beweis dafür. Dieser Magier stellt keine Gefahr dar, denn ohne Wissen ist er hilflos. Es gibt keine Zauberkundigen mehr.«

»Sein Name ist Mordecai. Wie erklärst du das? Auf einmal erscheint hier bei den Lancasters ein Magier, der einen Namen aus dem Geschlecht Illeniels trägt.« Inzwischen war Devon seiner Sache recht sicher.

»Lügen! Das Geschlecht von Illeniel ist ausgelöscht. Die Letzten sind vor sechzehn Jahren durch die Hände der Shaddoth Krys gestorben.« Mal'goroth war in seinem Kreis recht kleinlaut geworden.

»Dann haben die Schattenklingen versagt. Anscheinend können selbst die Shaddoth Krys Fehler begehen. Deine Nachrichten waren falsch, du bist zu nichts nütze.« Devon forderte Mal'goroth heraus, weil er hoffte, dadurch noch mehr aus ihrem Handel herauszuschlagen.

Nach langem Schweigen antwortete Mal'goroth: »Ja.«

»Dann musst du diesen Fehler wiedergutmachen. Ich brauche mehr Unterstützung.« Es verlief besser, als Devon gehofft hatte.

»Die Shaddoth Krys sind zu weit entfernt. Besser wäre, du erlaubtest mir, dir direkt zu helfen«, schlug Mal'goroth begierig vor.

»Ich bin kein Narr, für dich werde ich doch keine Brücke über den Abgrund schlagen«, fauchte Devon.

»Das wollte ich auch nicht vorschlagen. Aber wenn ich mich zu dir gesellen könnte, würde dir meine Macht deine Aufgabe erleichtern.« Die Stimme des Nachtgottes klang jetzt beinahe freundlich. Er schlug Devon vor, seinen Geist zu öffnen und die bösen Kräfte weiterzuleiten. Die Idee war verlockend, doch Devon schauderte bei dem Gedanken, dieses Wesen in sein Bewusstsein eindringen zu lassen. Es war keineswegs sicher, ob er es jemals wieder loswerden würde.

»Das scheint mir unannehmbar. Was ist mit deinen Anhängern?« Damit meinte er den Kult des Mal'goroth, eine Geheimgesellschaft, die ihre Anbetungen im Zwielicht sprach, gut verborgen vor den Blicken der vernünftigen Menschen.

»Sie können nicht schnell genug hierher reisen, Zauberer, solange du ihnen nicht den Weg eröffnest. Bist du dazu fähig?« Mal'goroth schnaubte vernehmlich.

»Das vermag ich sogar zu tun, ohne auf deine Kräfte zurückzugreifen«, entgegnete Devon. »Wann können sie hier eintreffen?«

Die dunkle Gestalt regte sich in dem Kreis. »In vier Nächten – von heute an gezählt – sollen sie dir zur Verfügung stehen.«

Devon lächelte. Zwar war es schwierig, einen Weg

zu erschaffen, um sie zu befördern, aber das Ergebnis wäre der Mühe wert. Ursprünglich hatte er behutsamer vorgehen wollen, manchmal jedoch erschuf man auch mit einem kühnen Streich ein Meisterwerk. Die Lancasters mussten fallen, sie und ihre Anhänger würden den Nachtgott speisen, und ihr Untergang würde das Königreich ins Wanken bringen. Das war der notwendige erste Schritt. Er beendete die Erörterung mit Mal'goroth und löste den Beschwörungsspruch auf. Sobald er sicher war, dass das Wesen verschwunden war, zerstörte er auch den Kreis und stellte einige Überlegungen an.

Zuerst musste er den Sohn des Schmieds beseitigen. Der Bursche stellte ein beträchtliches Risiko für die Vollendung seiner Pläne dar. Anschließend musste er dafür sorgen, dass das Haus Lancaster ausgelöscht wurde und dessen Anhänger untergingen. Kurzfristig würde das Haus Tremont zwar nicht davon profitieren, aber wenn die königliche Familie in den kommenden Jahren eine große Tragödie erlitt, würde es keinen Rivalen mehr geben, der den Thron beanspruchen konnte. Tremont selbst wäre dann der einzige überhaupt denkbare Kandidat.

Es gab noch viel zu tun. Devon verließ sein Zimmer und ging nach unten. Er brauchte einen stillen, abgelegenen Ort im Burgfried. Eine Stelle, wo das Transportsymbol trotz seiner Größe nicht auffiel. Heute Abend war der geeignetste Zeitpunkt, den richtigen Ort zu finden, denn die Diener beobachteten das Feuerwerk, und niemand würde ihn stören, wenn er die Keller und Tunnel unter dem Burgfried erkundete.

11

Es gibt Unterschiede zwischen den Magiern und den Mittlern, die man sonst auch als »Heilige« bezeichnet. Ein Zauberkundiger ist in den meisten Fällen ein frei handelndes Wesen, dessen Kräfte aus dem Inneren kommen, während ein Mittler der Quelle seiner Kraft verpflichtet ist. Beide wirken mithilfe des Aythar, doch ein Magier greift ausschließlich auf seine eigene Kontrolle und die eigenen Kraftreserven zurück. Ein Heiliger wird dagegen teilweise von seiner Gottheit kontrolliert, daher sind seine Reserven in weitaus geringerem Maße beschränkt. Der Mittler wird vor allem von zwei ganz anderen Faktoren behindert: durch seine Glaubenssätze, denn er darf nicht gegen die Gebote seines Gottes verstoßen, und durch seine menschliche Zerbrechlichkeit, da ihm etwas geschehen kann, das die Gelehrten als »Ausbrennen« bezeichnen. Wenn er zu viel Kraft kanalisiert, gefährdet er seine eigene Gesundheit und verliert zudem die Fähigkeit, die Energie durch sich hindurchzuleiten. Die einem Magier innewohnende Kraft ist dagegen nur selten so stark, dass er ausbrennen kann, selbst wenn dies in einigen seltenen Fällen geschehen sein mag.

Marcus der Ketzer,
Über das Wesen von Glaube und Magie

Zur Abwechslung stand ich früh auf. Zum ersten Mal seit Tagen hatte ich das Gefühl, dass sich mein Geist und mein Körper in Harmonie befanden. Der größte Teil meines Lebens hatte sich bisher zwischen Morgengrauen und Abenddämmerung abgespielt, so hatten mich die nächtlichen Aktivitäten aus der Bahn geworfen. Außerdem hatte ich einiges zu erledigen. Das Gefühl, ein Ziel vor Augen zu haben, erfüllte mich mit neuer Tatkraft.

Niemandem hatte ich verraten, dass ich mich am Vorabend dazu entschlossen hatte, nach Hause zurückzukehren, da ich mittlerweile ein wenig an Heimweh litt. Immerhin war ich nur der Sohn eines einfachen Schmieds. Die Politik und die Intrigen des höfischen Lebens zehrten an meinen Nerven. So etwas hielt ich nicht lange aus. Natürlich wollte ich nicht noch über Nacht bleiben, sondern vor Einbruch der Dämmerung zurückreiten. Für die Idee, die mir am vergangenen Abend gekommen war, brauchte ich viel freien Raum und einen Ort, an dem ich mit meinem Experiment keine Panik auslöste.

Meine Heimat entsprach diesen Bedürfnissen in ganz hervorragender Weise. Draußen auf dem Land hatten wir keine direkten Nachbarn, und wenn zufällig jemand in der Nähe war, so wusste er bereits, dass aus der Schmiede häufig seltsame Geräusche drangen. Natürlich musste ich die Sache vorher meinen Eltern erklären. Dies allerdings hätte ich auch ohne die geplante Erprobung früher oder später tun müssen. Einige Tage zuvor war ich eilig zur Burg aufgebrochen und hatte meine Eltern zunächst im Dunkeln darüber gelassen.

Um neugierige Fragen zu vermeiden, lieh ich mir

ein Pferd von Dorians Vater und ritt heim. Es dauerte fast eine Stunde, aber das Wetter war schön, und der Zelter, den ich ritt, hatte einen angenehmen Gang. So traf ich in bester Stimmung zu Hause ein. Meine einzige Sorge galt der Ungewissheit, wie meine Eltern auf meine neuen Fähigkeiten reagieren mochten. Schließlich kam nicht jeden Tag ein Sohn nach Hause und erzählte ihnen, er habe eine Begabung für die Magie in sich entdeckt. Vermutlich würde vor allem meine Mutter Schwierigkeiten damit haben, weil sie grundsätzlich keine Überraschungen mochte. Vater dagegen würde wahrscheinlich nur wissen wollen, ob dies irgendwie bei der Metallbearbeitung helfen könne. Er war ein sehr praktisch veranlagter Mann.

Mein Vater arbeitete schwer. Er sah mich kommen, nickte mir zu und verwies mich mit einem Blick an den Blasebalg. Also pumpte ich. Eine halbe Stunde später legte er das Stück, an dem er gerade gearbeitet hatte, zur Seite, damit es langsam abkühlen konnte. Ausglühen, so nannte man das. »Ich dachte, du kommst erst in ein paar Tagen zurück«, meinte er.

»Es ist viel passiert, und ich reite heute Abend wieder hinüber, aber vorher muss ich mit dir und Mutter reden«, antwortete ich.

»Sie ist wohl im Haus. Ich will mich noch waschen, dann gehen wir hinein. Wahrscheinlich wird sie dir gleich ein paar Reste anbieten.« Seine Miene regte sich nicht, aber seine Stimme klang nach einem Lächeln.

Eine Weile später, nach etwas Speck mit Röstkartoffeln, saßen wir zusammen am Tisch, und ich erzählte ihnen nach und nach alles, was mit mir geschehen war. Ich fand, es stehe mir nicht zu, über Pennys Erlebnisse zu sprechen, doch obwohl ich alles ausließ, was sie betraf, dauerte es immer noch länger als gedacht. Die ganze Zeit über saß mein Vater da und hörte schweigend zu, das ernste Gesicht in nachdenkliche Falten gelegt. Mutter machte einige Male Anstalten, mich zu unterbrechen, doch er hieß sie still sein, und so hielt sie den Mund. Als ich fertig war, stand sie auf. »Ich muss die Wäsche aufhängen. Bin bald wieder da«, erklärte sie mit gepresster Stimme.

»Was ist nur los mit Mutter?«, fragte ich.

»Es fällt ihr schwer, der Zukunft ins Auge zu blicken. Sie wird bald wieder zu sich kommen«, antwortete er. »Geh nur und mach deine Erprobung. Aber achte darauf, dass du weit genug von den Kühen entfernt bleibst, damit die Milch nicht sauer wird.«

»Das will ich gern tun.«

Er klopfte mir auf den Rücken. »Geh jetzt. Ich rede mit deiner Mutter. Wenn du zurückkommst, müssen wir auch noch etwas mit dir besprechen. Wir brauchen nur ein wenig Zeit, all das zu verdauen.« Dafür liebte ich ihn. Er war ein ruhiger, schweigsamer Mann, und es war erheblich mehr nötig als die bloße Tatsache, dass sein Sohn auf einmal zu einem Magier geworden war, um ihn aus seiner Gelassenheit zu reißen.

Ich entfernte mich vom Haus, und als ich zurückblickte, sah ich, dass sie miteinander redeten. Anscheinend war es eine hitzige Diskussion, zumindest vonseiten meiner Mutter. Ich ging weiter. Wenn ich nachher zurückkehrte, würde ich schon erfahren, was dort nicht in Ordnung war. Sobald ich mich ein ganzes Stück entfernt hatte, dachte ich noch einmal über das nach, was ich zu tun beabsichtigte.

Das Feuerwerk hatte mich auf die Idee gebracht. Ich wollte den Spruch für das Licht mit etwas anderem kombinieren, um ein lautes Geräusch zu erzeugen. Ich stellte es mir als eine Art »Blitzknall« vor. Manchmal sagen mir die Leute, dass ich nicht besonders talentiert bin, Namen zu erfinden. Vorher überprüfte ich mich selbst und vergewisserte mich, dass ich noch abgeschirmt war. Dann begann ich.

Ich konzentrierte mich auf eine etwa dreißig Schritt entfernte Stelle und sammelte meine Willenskraft. »*Lyet ni Bierek!*« Wie eine Peitsche ließ ich meinen Willen rasch zu dem ausgewählten Punkt fliegen. Das Ergebnis überraschte mich dann aber doch.

Ein Blitz blendete mich, gleichzeitig hörte ich ein Geräusch wie von einer Kanone, so laut und so abrupt, dass ich unwillkürlich rückwärtstaumelte. *Vater hatte völlig recht, sich um die Kühe zu sorgen*, dachte ich. Was ich erschaffen hatte, entsprach weitgehend einer Explosion, ohne jedoch den entsprechenden Schaden anzurichten. Ich wiederholte das Experiment und richtete die Energie dieses Mal auf den Boden, um herauszufinden, ob der Spruch auch sichtbare Spuren hinterließ. Das war nicht der Fall. So fuhr ich fort und zielte jedes Mal ein Stück ferner, da es mir schon in den Ohren dröhnte. Offenbar konnte ich den Spruch auch gut hundert Schritt oder sogar noch weiter entfernt auslösen, obwohl es mit zunehmender Distanz immer anstrengender wurde.

Nach einer Stunde hatte ich sämtliche wilden Tiere nachhaltig in ruhigere Gefilde verscheucht. Ich kehrte ins Haus zurück und fragte mich, was Mutter zu meinem Krieg gegen die Stille der Landschaft sagen würde. Die beiden saßen am Tisch. Es sah nicht gut aus.

Das Gesicht meiner Mutter war gerötet und von Tränen verquollen. Sie hatte geweint. Vater wirkte müde und hatte den Blick auf einen Kasten geheftet, der auf dem Küchentisch stand. »Alles in Ordnung?«, fragte ich.

Da ich Mutters Verfassung bemerkt hatte, rechnete ich damit, dass mein Vater antworten werde, doch nun war sie es, die zuerst das Wort ergriff. »Nein, nichts ist in Ordnung, aber dein Vater hat mich überzeugt, dass es an der Zeit ist, dir dies hier zu zeigen.« Auch sie betrachtete jetzt die Kiste.

»Hat das etwas mit meinen neuen Fähigkeiten zu tun?« Ich machte mir Sorgen, denn was auch immer in dem Behältnis stecken mochte, es hatte meine Mutter in einer Weise aufgeregt, wie ich es noch nie gesehen hatte. Was es auch war, es würde alles verändern.

»Na ja, in gewisser Weise«, erklärte mein Vater.

»Still, Royce! Sie hat es mir gegeben. Du hast vielleicht für uns alle entschieden, aber es liegt noch immer in meiner Verantwortung!« Mutter war in Tränen aufgelöst, doch nun sah sie mich fest an. »Mordecai, dies stammt von deiner Mutter. Von deiner richtigen Mutter. Sie hat es mir anvertraut, damit ich es dir gebe, wenn du älter bist und davon erfahren musst. Sie und ich, wir hatten gehofft, du würdest schon ganz erwachsen sein, ehe es so weit wäre.« Sie funkelte meinen Vater an, als wären ihm Hörner gewachsen.

»Was ist darin?«, fragte ich unsicher.

»Ein Brief, den sie dir geschrieben hat. Als du noch ein kleines Kind warst, hat sie ihn hier in diesem Raum aufgesetzt. Es war das Letzte, was sie getan hat, bevor sie starb. Er gehört dir.« Es klang, als ginge gleich die Welt unter.

Ich griff nach der Kiste, doch Vater legte seine Hand auf die meine. »Mein Junge, was du da drinnen findest, ist die Liebe einer Mutter zu dem Kind, das sie nicht selbst aufziehen konnte. Du wirst auch auf ihre Schmerzen treffen.« Er ließ meine Hand los und wandte den Blick ab. Ich hatte meinen Vater noch nie weinen sehen, aber nun waren seine Augen feucht geworden.

Ich hob den Holzdeckel, der an zwei zierlichen Scharnieren hing, die mein Vater offenbar selbst angefertigt hatte. Das Innere war mit Samt ausgeschlagen, und zuoberst lag ein ordentlich gefalteter Übermantel. Er war dunkelbraun mit goldenen Borten, und in der Mitte hatte man einen goldenen Falken eingearbeitet, der die Flügel ausbreitete. Später sollte ich lernen, dass man diese Haltung »auffliegend« nannte.

»Das ist der Wappenrock deiner Mutter«, erklärte Miri. »Sie war eine Tochter des Hauses Cameron.«

Ich nickte benommen, zog den Wappenrock heraus und entfaltete ihn. Dabei versuchte ich, mir die Frau vorzustellen, die ihn getragen hatte.

»Sie war groß«, erklärte Vater. »Beinahe so groß wie ich, und sie war stark. Sie hatte blonde Haare und blaue Augen. Solche Augen wie du, mein Sohn, auch wenn du die Haare wohl eher von deinem Vater hast.«

Unter dem Mantel lag ein zusammengefaltetes Stück Pergament. Ich nahm es vorsichtig an mich und öffnete den Brief. Dann las ich:

Mein Sohn,
es schmerzt mich, dass dies die einzigen Worte sind, die du je von mir empfangen wirst. Bitte glaube mir, wenn ich dir versichere, dass dein Vater und ich dich sehr

geliebt und es dir oft gesagt haben, als du noch ein Baby warst. Ich vertraue dich Meredith Eldridge an, denn ich werde höchstens noch ein paar Tage leben. Sie ist eine gute Frau, und ich habe sie schätzen gelernt, als sie hier für mich gesorgt hat. Ich hoffe, du wächst behütet auf und wirst sie lieben, wie ich dich geliebt habe und immer noch liebe.

Ich bin Elena di'Cameron und war mit einem großen Mann verheiratet, deinem Vater. Er hieß Tyndal Ardeth'Illeniel und ist der letzte und beste Zauberer seines Geschlechts gewesen. Aufgrund deiner Abstammung wirst du möglicherweise seine Kräfte erben, doch er wird nicht da sein, um dich anzuleiten. Das Wissen, das er mit dir hätte teilen können, ist verloren, untergegangen in dem Brand, der die Burg Cameron, das Zuhause meiner Kindheit, vernichtet hat.

Das ganze Haus wurde vergiftet, die Mörder kamen in der Nacht. Wenn ich mich nicht irre, waren es die Kinder des Mal'goroth. Dies ist ein fanatischer Kult, der von einem Nachtgott besessen ist. Dein Vater und ich haben gekämpft, um dich in dieser Nacht zu beschützen, doch uns selbst konnten wir nicht mehr retten. Ich habe versagt. Durch einen Schwur war ich gebunden, deinen Vater zu beschützen, denn ich bin eine Anath'Meridum, eine der besonderen Hüterinnen, die den alten Magiern schon seit Generationen gedient haben. So habe ich ihn kennengelernt. Aber für unsere Liebe war eine einfache Bindung nicht genug, daher haben wir geheiratet. Die Frucht dieser Ehe bist du.

Auf Bitten deines Vaters brach ich meine Gelübde und verließ ihn in dieser Nacht, um dich in Sicherheit zu bringen. Jedenfalls hoffe ich, dass mir dies gelungen ist. Es gäbe noch so viel zu sagen, aber ich habe nicht mehr die Kraft, alles aufzuschreiben. In der kurzen Zeit, die mir bleibt, erzähle ich Miri so viel wie möglich davon. Auch habe ich den Herzog von Lancaster unterrichtet, damit er aus der Ferne über dich wacht. Da du dies nun gelesen hast, solltest du ihn bald aufsuchen. Er wird noch mehr wissen, als ich hier aufschreiben kann.

Vor allem darfst du nicht zornig auf Miri sein. Ich bat sie, dir all dies erst zu erzählen, wenn du älter bist. Sie trägt an alledem keine Schuld. Sie und Royce waren einfach nur so freundlich, für eine Fremde zu sorgen, und haben keinen Gedanken an die Gefahr verschwendet, in die sie sich damit selbst begeben haben. Sie sind das Salz der Erde. Gute Menschen von der Art, die dein Vater immer zu schützen suchte. Jetzt beschützen sie dich, und dafür bin ich ewig dankbar.

Alles Licbe
Elena di'Cameron

Ich starrte ins Leere. Meine Welt war zerfallen und auf eine Weise neu gestaltet, die ich noch nicht fassen konnte. In Elenas Brief stand so viel mehr, als ich je hätte hoffen können, und doch auch viel weniger. Welche Gefühle in diesem Moment in mir aufbrachen, vermag ich nicht zu beschreiben. Ich konnte sie nicht einmal für mich selbst benennen. »Ist das alles?«, fragte ich schließlich.

»Nein, Mordecai, da ist noch mehr«, erklärte Miri. »Deine Mutter hat nur wenig Zeit mit uns verbracht, erzählte uns aber immerhin von der Nacht, in der sie mit dir geflohen war.« Nun sollte ich also auch selbst erfahren, was sich damals ereignet hatte. Miri stockte einige Male, weil es Dinge gab, die auszusprechen ihr schwerfiel. Es ist nicht leicht, jemandem vom Tod seiner Eltern zu erzählen, selbst wenn der Betreffende sie nie wirklich gekannt hat.

Sie fuhr fort, und zwischendurch stellte ich Fragen. Wir redeten bis spät in den Nachmittag hinein, bis es nichts mehr gab, was sie mir zu berichten hatte. Am Ende sah mich Meredith Eldridge mit rot geränderten Augen an und war nicht sicher, wie ich sie jetzt betrachten würde.

Meine Gefühle konnte ich immer noch nicht richtig ausdrücken, aber einige Dinge hatten sich keineswegs verändert. Meredith und Royce Eldridge waren immer noch meine Eltern. »Mutter, nun sieh mich nicht so an. Ich liebe dich noch immer. Du wirst immer meine Mutter sein. Ich habe jetzt nur noch eine andere dazubekommen.« Ich wandte mich an meinen Vater. »Und ich bin nach wie vor der Sohn des Schmieds.« Danach umarmten wir uns innig. Mein Vater, der sonst sehr zurückhaltend ist, schloss uns beide in die Arme.

»Ich muss jetzt gehen«, erklärte ich schließlich.

»Was wirst du tun?«, fragte Vater.

»Zunächst einmal gar nichts. Ich will erst mit dem Herzog sprechen und sehen, was er noch hinzuzufügen hat. Jedenfalls werde ich jetzt keinen wilden Rachefeldzug beginnen, falls es das ist, wovor du Angst hast. Ich wüsste ja nicht einmal, wo ich beginnen sollte.« *Und doch*, fügte ich in Gedanken hinzu. Ich steckte den Brief wieder in die Kiste, und behielt nur den Wappenrock, mit dem ich gewisse Pläne hatte. Dann ging ich nach draußen und sattelte das geborgte Pferd. Mein Vater kam zu mir und legte mir die Hand auf die Schulter, als ich aufsitzen wollte.

»Warte, ich habe noch etwas für dich.« Er führte mich in die Schmiede.

»Deine Mutter hatte ein Schwert bei sich, als ich sie fand. Sie sagte mir, es sei die Klinge eines der Männer, die deinen Vater getötet haben. Sie wollte nichts mehr damit zu tun haben, und ihr eigenes Schwert hatte sie verloren. Ich habe die Waffe des Meuchelmörders aufgehoben.« Er ging nach hinten und kehrte mit einer langen, mit Eisen beschlagenen Holzkiste zurück.

»Ich bin zwar kein Waffenschmied, aber ich konnte doch erkennen, dass die Klinge von minderwertiger Machart war. Daher schmolz ich sie ein.« Das überraschte mich, denn normalerweise kaufte er sein Roheisen in den Werkstätten von Albamarl. Für eine kleine Schmiede wie die unsere war es schwierig und teuer, das Metall selbst zu schmelzen. Er musste sich große Mühe damit gemacht haben. »Ich hatte nicht die richtige Ausbildung, daher habe ich Jahre gebraucht, aber ich dachte, eines Tages wirst du dies hier verwenden können.«

Er öffnete die Kiste und zeigte mir das Schwert, das darin lag. Es war eine einfache, gerade Waffe mit scharf geschliffenen Schneiden. Der Handschutz war schlicht, aber der stählerne Knauf trug das Wappen der Camerons. Am unteren Ende der Klinge hatte mein Vater sein eigenes Zeichen angebracht. Soweit ich wusste, war dies, abgesehen von Messern und ähnlichem Werkzeug, die einzige Waffe, die er jemals hergestellt hatte. Er hielt nicht viel von Gewalt.

»Ich habe es nicht geschmiedet, damit du dich rächst. Ich habe es getan, um dir zu zeigen, dass selbst aus der Asche von Verworfenheit und Verlust etwas Schönes entstehen kann. Ich habe es gefertigt, weil ich für dich das Gleiche erhoffe. Nutze es für dich und um die zu verteidigen, die sich nicht selbst schützen können, ebenso wie es dein leiblicher Vater getan hätte. Mach uns allen keine Schande.« Dann umarmte er mich noch einmal. Zweimal an einem Tag. Allmählich wurde er wohl alt. Aber ich beklagte mich nicht.

Er steckte das Schwert in die Scheide, die ebenfalls in der Kiste gelegen hatte, und gab es mir. Ich gürtete es und fühlte mich seltsam, weil ich noch nie zuvor ein Schwert getragen – und noch weniger eines benutzt – hatte. Dann konnte ich endlich aufsteigen und ritt langsam davon. Ehe ich die Anhöhe erreichte, die mir den Blick auf unser Haus versperren würde, blickte ich noch einmal zurück. Er stand nach wie vor im Hof und sah mir nach. Royce Eldridge war ein Schmied, den seine Arbeit stark gemacht hatte, aber in diesem Augenblick kam er mir alt vor.

Im Zwielicht, das ringsherum schon lange Schatten warf, kehrte ich nach Lancaster zurück.

12

Götter und Zauberkundige sind seit jeher Gegenspieler, denn gewöhnlich vertreten sie gegensätzliche Standpunkte, die einerseits Unterwerfung verlangen, andererseits aber vom freien Willen ausgehen. Zauberer haben mit Gottheiten und höheren Mächten nicht viel zu schaffen und zeigen wenig Neigung, ihre eigenen Ziele einer Gottheit unterzuordnen. Umgekehrt ist das Interesse dagegen erheblich größer, denn einem Gott käme es sehr gelegen, Macht über einen Magier zu erlangen, dessen Fähigkeiten größer sind als die eines bloßen Mittlers. Die Götter sehen sich grundsätzlich durch die Tatsache behindert, dass sie auf einer ganz anderen Existenzebene angesiedelt sind. Ein Mittler mag ihnen zwar eine Ausdrucksmöglichkeit in unserer materiellen Welt bieten, und doch kann er ihnen keinen Einlass gewähren. Um die Kluft zwischen den Welten zu überbrücken und ein Portal zu erschaffen, das die Ebenen verbindet, benötigt man auf beiden Seiten viel Kraft. Der einzige bekannte Fall, in dem sich ein Magier willig mit einem Gott zusammentat, um so etwas zu bewerkstelligen, führte zu der Vernichtung, welche die Historiker als den »großen Sturz« bezeichnen. Der Nachtgott Balinthor erhielt die Möglichkeit herüberzukommen, und seine Taten auf dieser Seite hätten unsere Welt beinahe zerstört. Es ist nicht klar, wie die Alten ihn schließlich aufhielten und mit welchen Mitteln er auf seine eigene Ebene verbannt wurde.

Marcus der Ketzer,
Über das Wesen von Glaube und Magie

Erst im letzten Tageslicht erreichte ich Lancaster, und wie es der Zufall wollte, ritten Marc und einige Gäste zur gleichen Zeit zurück. Sie waren am Nachmittag, lange nach meinem eigenen Ausritt, auf die Beiz gegangen, was mir ganz recht war. Ich hatte, der feinen Gesellschaft überdrüssig, den Tag bei meinen Eltern als eine willkommene Erholung genossen. Tief in Gedanken grübelte ich allerdings immer noch über das, was ich im Hinblick auf meine leiblichen Eltern erfahren hatte. Deshalb winkte ich auch nur höflich und brachte Lord Thornbears Pferd zurück.

Als ich die Stallungen verließ, begegnete ich den anderen noch einmal im Hof. Marc trug einen stolzen Falken auf dem Arm und war mit seiner ledernen Jägertracht von Kopf bis Fuß der junge Edelmann. Nur Stephen Airedale, Devon und Elizabeth Balistair waren bei ihm. Die anderen hatten die Pferde wohl bereits den Stallburschen überlassen und sich entfernt, um sich zu waschen.

»Hallo, Mordecai! Komm her und sieh dir meine Beute an!« Wie immer zeigte er den Überschwang der Jugend, und seine Begeisterung steckte mich an. Ich ging zu ihm und ließ mir den Inhalt seines großen Beutels vorführen. Er hatte eine ganze Sammlung kleiner Vögel erlegt, und wenn ich die gefährliche Schönheit des Falken sah, den er trug, überraschte mich das nicht. Nun fühlte ich mich in Bezug auf den Artgenossen, den ich versehentlich zum Absturz gebracht hatte, etwas besser. In seinem Revier durften die Singvögel jubilieren. Mordecai der Falkentöter wirft seinen Zauber zu euren Gunsten in die Waagschale.

»Wohin bist du denn heute verschwunden, Mordecai? Ich hab dich nirgends finden können«, fragte mein Freund.

»Ich muss mich entschuldigen, aber ich verspürte auf einmal das Bedürfnis, frische Luft zu schnappen, und habe mir ein Pferd von Lord Thornbear ausgeliehen«, erwiderte ich ganz unschuldig.

Devon hielt es für nötig, sich in diesem Augenblick einzumischen. »Ein Ausflug zum Schmied, Master Eldridge?«

Das traf mich unvorbereitet. »In der Tat bin ich in diese Richtung geritten. Warum fragt Ihr?«

»Aus keinem besonderen Grund«, antwortete er höhnisch. »Wie geht es Eurem Vater? Ich hoffe doch, er ist wohlauf?«

Ich war viel zu verblüfft und wusste keine Antwort. Kunstvoll gedrechselte Worte reichten hier nicht. Ich konnte nur lügen oder meine Täuschung einräumen. Marc dagegen zögerte nicht. »Was soll das auf einmal, Devon? Spielst du nur wieder den groben Trottel?«

Devon ging nicht auf die Beleidigung ein. »Ich war bloß neugierig. Mir kam zu Ohren, unser Master Eldridge sei tatsächlich der Sohn des Schmieds, und ich wollte herausfinden, ob dies der Wahrheit entspricht oder nicht.«

Marcs Wangen färbten sich rot. »Es behagt mir nicht, wie du meine Gäste behandelst, *Tremont.*« Er betonte den Namen stark, um Devon daran zu erinnern, welche politischen Folgen weitere Beleidigungen haben konnten.

Elizabeth Balistair schritt ein, um die Wogen zu glätten. »Devon, du darfst nicht alles glauben, was die Diener tratschen. Das ist unter deiner Würde. Wo hast du das überhaupt gehört?«

»Von einer Dienstmagd. Ich glaube, sie sagte, ihr Name sei Penelope.« Dabei starrte er mich unverwandt an.

»Warum sollte sie so etwas verbreiten?«, fragte Stephen.

»Meiner Erfahrung nach sagt einem eine Frau, die auf dem Rücken liegt, alles, was man wissen will«, erwiderte Devon höhnisch. Der Mann kannte einfach kein Schamgefühl.

Blinde Wut überkam mich. Die Welt färbte sich rot, und ich sah nur noch Devon Tremont blutig und zerfetzt unter mir zusammenbrechen. Ich hob die Fäuste und ging auf ihn los, um die Vision wahr werden zu lassen. Dann hörte ich Stahl auf Leder schaben und spürte eine rasiermesserscharfe Klinge am Hals. Wie angewurzelt blieb ich stehen.

»Wie ich sehe, trägst du da ein Schwert, Schmied. Versuch es doch mal damit.« Devons Augen funkelten triumphierend. Der Mann hatte seit seiner Kindheit mit dem Schwert geübt, während ich im ganzen Leben noch nie eine Klinge geführt hatte. Keine Frage, wie ein Kampf enden würde.

»Willst du die Liste deiner Sünden um einen Mord bereichern, Devon? Du weißt doch, dass er dich mit dem Schwert nicht besiegen kann«, warf Marc ruhig und selbstsicher ein. »Nur ein Feigling provoziert einen Kampf, den er nicht verlieren kann. Warum versuchst du es nicht mit etwas Interessanterem?«

Devons Schwert bewegte sich zwar nicht, doch sein Selbstvertrauen geriet ins Schwanken. »Was schlägst du also vor?«

Marc lächelte. »Da du ihn herausgefordert hast, darf Mordecai die Art des Wettkampfs wählen.«

Devon dachte nach. »Was wählst du dann, Bursche?« Er funkelte mich an. Ich hatte das deutliche Gefühl, er werde einen Vorwand finden, das Schwert doch noch zu benutzen, selbst wenn ich eine Disziplin wählte, in der er nicht gewinnen konnte.

»Schach«, entschied ich. Kalter Schweiß lief mir den Rücken hinunter, und doch blieb meine Miene trotzig.

»Glaubst du wirklich, du kannst mich in einem Spiel besiegen, in dem sich Gentlemen messen?«

»Ich glaube kaum, dass du ein Gentleman bist«, erwiderte ich, während meine vernünftige Seite mich anschrie, ich solle den Mund halten. Es ist nicht ratsam, einen Mann zu sticheln, der einem scharfen Stahl an den Hals hält.

»Nun gut.« Mit einer fließenden Bewegung steckte er das Schwert in die Scheide. »Aber wenn kein Blut fließt, ist der Ehre nicht Genüge getan. Wie wäre es, wenn wir auf das Spiel eine Wette abschließen?«

»Was willst du setzen?«, fragte ich.

»Hundert Goldmark«, erwiderte er grinsend, »und wenn du die Schulden nicht begleichen kannst, werde ich dich als Leibeigenen nehmen.«

Jetzt saß ich hoffnungslos in der Patsche. Das war viel mehr Geld, als ich in zehn Leben verdienen konnte. Selbst ein Adliger würde sich davor fürchten, eine so große Summe zu verlieren.

»Nein«, ließ sich eine tiefere Stimme vernehmen. »Wenn er verliert, werde ich für ihn bürgen.« James, der Herzog von Lancaster, war unbemerkt hinter uns getreten. »Und wenn er gewinnt, wirst du zahlen, dafür werde ich sorgen.«

Devon erinnerte sich an die guten Sitten und verneigte sich leicht. »Es soll geschehen, wie Ihr wünscht, Durchlaucht.« Immerhin wagte er es nicht, den Gastgeber selbst zu beleidigen.

Danach zogen wir uns in das Sonnenzimmer zurück, wo viele Tische aufgestellt waren. Der Herzog ging neben mir. »Ich vertraue darauf, dass du diesem Hund eine Lektion erteilst«, sagte er so leise, dass nur ich es hören konnte. Ich sah ihn an, und zum ersten Mal wurde mir wirklich bewusst, wie viel er schon für mich getan hatte. Als Knabe hatte ich nie länger darüber nachgedacht, warum Marcs Eltern Wert darauf legten, dass ich so viel Zeit mit ihrem Sohn verbrachte. Da ich nun um meine Herkunft wusste, verstand ich es und war fest entschlossen zu gewinnen.

Devon konnte nicht wissen, dass ich vermutlich der beste Schachspieler in ganz Lancaster war. Genau deshalb hatte Marc auch durchgesetzt, dass ich die Art des Wettkampfs bestimmen sollte. Die große Frage war nun, wie gut Devon selbst spielte, und ich nahm an, dass er zumindest kein Anfänger war. »Ich werde mich bemühen, Durchlaucht«, antwortete ich. »Außerdem möchte ich Euch bitten, mir im Anschluss eine Privataudienz zu gewähren.«

»Du musst nicht so förmlich sein, Mordecai. Du bist für mich fast wie ein Sohn, ganz gleich, woher du kommst«, antwortete er höflich.

»Ich möchte mit Euch über meine Geburt sprechen«, erklärte ich, worauf er mich mit hochgezogenen Augenbrauen ansah. Dann nickte er.

»Mir war klar, das dieser Tag einmal käme«, erwiderte er. »Aber jetzt wollen wir uns um das Naheliegende kümmern.« Marc hatte sich uns genähert und warf mir einen fragenden Blick zu. Ich schüttelte den Kopf, um ihm zu verstehen zu geben, dass dies nicht der richtige Augenblick sei.

Einige Minuten später saß ich Devon Tremont an einem kleinen Tisch gegenüber. »Stell doch schon mal die Figuren auf, Schmied«, höhnte er, als wollte er andeuten, ich wüsste nicht einmal, wohin sie gehörten. Kommentarlos kam ich der Aufforderung nach.

»Anscheinend fehlt dir da eine Figur. Oder weißt du nicht, wohin mit ihr?«, sagte er, als ich fertig war.

»Ich dachte, wir machen es etwas spannender«, erwiderte ich. Ehrlich gesagt, ich weiß selbst nicht, was über mich gekommen war. Seine herablassende Art hatte mir wohl zugesetzt. »Ich gebe dir einen Bauern vor.«

»Du beleidigst mich. Dadurch bist du im Nachteil. Ich würde dich lieber in einer ausgeglichenen Partie schlagen, damit niemand behaupten kann, nur deine Dummheit hätte mir den Sieg ermöglicht.« Er höhnte nicht mehr, sondern überlegte fieberhaft, ob ich nun besonders gerissen oder ein Dummkopf war.

»Dann wollen wir die Wette noch etwas würzen, wenn dir meine Vorgabe den Sieg zu leicht macht.« Eine kalte Wut hatte von mir Besitz ergriffen, und ich wollte diesen erbärmlichen kleinen Lord schwitzen sehen. »Sagen wir zweihundert Goldmark? Und ich werde dir als Leibeigener dienen, selbst wenn der Herzog meine Schulden begleicht.«

Devon zuckte beinahe zusammen, als er die Summe

hörte. »Du wettest mit Geld, das dir nicht gehört. Vielleicht denkt der gute Herzog ganz anders darüber, wenn du so waghalsig mit seiner Geldbörse umgehst.« Er blickte zu James hinüber. »Durchlaucht?«

»Mein Geld ist so sicher, als läge es in der Schatzkammer des Königs. Ich habe keine Einwände.« Seine Antwort war genau bemessen, um Devon zu verunsichern. Sorge zeigte er nicht.

»Nun gut, dann nehme ich das Angebot an«, erwiderte Devon äußerlich ruhig. Ich konnte jedoch erkennen, wie seine purpurne Aura vor Unsicherheit waberte. In den letzten Tagen war meine Fähigkeit, solche Dinge wahrzunehmen, um einiges stärker geworden. Er eröffnete mit dem Damenbauern.

In den nächsten Minuten spielten wir ohne ein weiteres Wort, und mir wurde bewusst, dass mein Gegner doch recht geschickt war. Dieses Wissen drohte meine Konzentration zu stören, doch die Wut fegte meine Zweifel beiseite. Er versuchte es mit einem raffinierten Gambit und bot ein Bauernopfer an, das ihn jedoch wenig kostete, da ich bereits mit einer Figur im Rückstand war. Wenn ich annahm, würde ich auf der Seite des Bretts, auf der ich ohnehin schon schwach war, stark unter Druck geraten.

Ich lehnte also ab und nutzte die nächsten Züge, um meinen Aufbau im mittleren Bereich zu verstärken. Dann spielte ich selbst ein Gambit und schob einen Bauern auf eine scheinbar nicht zu verteidigende Position. Er ließ sich Zeit, die Stellung zu studieren, und während ich wartete, bemerkte ich, dass sich der Raum mit Menschen gefüllt hatte. Alle vornehmen Leute, die bei den Lancasters wohnten, waren hier, daneben auch die Thornbears sowie Ihre Durchlaucht, die Frau des Herzogs.

Schließlich beschloss Devon, das Gambit abzulehnen. Ich lächelte ihn an. Seine Unsicherheit hatte ihn dazu verleitet, eine Falle zu vermuten. Genau das ist ein Bauernopfer gewöhnlich auch, aber ich hatte auf seine Angst gesetzt, und mein Gambit war ein Täuschungsmanöver gewesen. Hätte er angenommen, so wäre ich sogar noch weiter zurückgefallen und hätte ganz und gar verlieren können. Nun aber brachte mein Bauer seine Position ins Ungleichgewicht und erlaubte es mir, seine Verteidigung zu zerlegen.

Er hatte es nicht kommen sehen, und mehrere Züge später war klar, dass seine Stellung rasch unhaltbar wurde. Der Schweiß stand ihm auf der Stirn, während er das Brett anstarrte und einen Ausweg suchte, um die Situation doch noch zu retten. Ich hatte den Königsspringer in die Zange genommen, und ihm blieb allein noch, sich zu entscheiden, welche Figur er opfern wollte. Seine Reaktion bestand darin, den Läufer zu ziehen, um mich in Schach zu setzen, doch dies öffnete seine Stellung nur noch weiter. Ich konterte gelassen und zog einen Bauern vor, um meinen König zu decken. Dies zwang ihn zu einem Abtausch, an dessen Ende ich den Springer schlagen konnte. Ich hatte nach wie vor weniger Figuren als er, doch seine Position war aufgebrochen und nicht mehr zu halten.

Eine Viertelstunde später war es vorbei. Ich schob meinen noch vorhandenen Turm an die richtige Stelle und setzte Devon schachmatt. Dann lächelte ich ihn freundlich an. Und ich hätte schwören können, dass er

Gift und Galle speien wollte, doch er beherrschte sich. »Ich gebe mich geschlagen«, sagte er.

»Dann ist es Zeit, die Rechnung zu begleichen«, meinte Herzog James.

Devon stand auf. »Ich stelle einen Kreditbrief für meine Konten in Albamarl aus.«

»Du wirst in harter Münze bezahlen. Von Papieren und Schreibern hast du nichts gesagt, als du eingeschlagen hast!« James war zornig, doch der Zorn war genau kalkuliert. Ihm war von vornherein klar gewesen, dass nicht einmal Lord Devon so viel Gold bei sich trug.

»So viel habe ich nicht bei mir! Wer schleppt schon eine Schatztruhe mit sich herum, wenn er eine Reise unternimmt?« Devon Tremont war äußerst aufgeregt.

»Dann bezahlst du, was du hast, und stellst mir für den Rest einen Kreditbrief aus. Deine Banken und Schreiber könnten leicht einen anderen Mann betrügen, aber wenn ich deine Schuld eintreibe, werden sie zahlen!« Dann wandte er sich an mich. »Mordecai, du bekommst deine Belohnung. Ich werde nicht tatenlos zusehen, wie ein Mann beleidigt und dann auch noch betrogen wird.«

Devon war rot angelaufen. »Wollt Ihr etwa andeuten, ein Schuldschein von mir sei nichts wert?«

James Lancaster starrte ihn lange an. Ich dachte an zwei Mastiffs, die sich auf einen Kampf vorbereiteten. »Ich empfinde keine Liebe für Bankiers. Wenn du noch einmal nach Lancaster kommst und Streit suchst, dann bringst du besser deine Schatzkiste mit. Du wirst sie brauchen.« Dann lachte er. Es war ein tiefes Lachen, das im Bauch ansetzte und sich energisch nach oben hin Bahn brach. Ich weiß nicht, wie er das fertigbrachte, da die Situation doch so angespannt war. Aber es wirkte.

Gleich darauf stimmten alle anderen im Raum in das Lachen ein. Nur Devon lachte zuerst nicht. Man hatte ihn ordentlich gedemütigt. Doch er war klug genug, einen Ausweg zu erkennen, wenn ihm einer geboten wurde, und stimmte endlich doch noch ein, wenngleich das Lachen bei ihm verbittert klang. Seinen verletzten Stolz konnte er nicht so schnell vergessen. Danach zog sich Devon eilig zurück, und ich fragte mich, wer nun unter seinem Zorn zu leiden haben würde.

Ich dagegen sah mich von Menschen umringt, die mir auf die Schultern klopfen wollten. Das taten sie ausgiebig und kräftig, bis mir eine halbe Stunde später der ganze Rücken wehtat. Devon war, wie es schien, nicht sonderlich beliebt. Schließlich rettete mich Marcs Vater. »Lasst den Jungen in Ruhe! Er hat genug für heute.« Er bahnte uns einen Weg durch die Menge und bugsierte mich in den Flur. »Wir treffen uns in einer Stunde in meinen Gemächern, Mordecai. Versuch aber, dieses Mal nicht zu spät zu kommen«, scherzte er.

Ich zuckte zusammen, da er mich an meine Versäumnisse erinnert hatte. »Ja, Durchlaucht.« Als er den Flur hinunterschritt, dachte ich, es sei das Beste, wenn ich auf mein Zimmer ginge und meine Gedanken ordnete. Seit dem Aufbruch am Morgen hatte ich eine Überraschung nach der anderen erlebt. Ich hörte sie noch in dem Raum lachen und rufen, als ich mich schon längst entfernte: »Hast du Devons Gesicht gesehen?« – »Zweihundert Goldmark!«

Auf dem Rückweg lief mir Timothy über den Weg.

»N'abend, Sir!«, begrüßte er mich mit dem gewohnten Überschwang. »Wie ich hörte, habt Ihr Lord Devon eine hübsche Abreibung verpasst!« Die Gerüchte verbreiteten sich schnell. Zweifellos hatte während des Spiels eine Traube von Dienern vor dem Sonnenzimmer gelauert.

»Sie ist nicht so kräftig ausgefallen, wie er es verdient hätte«, antwortete ich, »aber das behalten wir besser für uns.« Ich grinste verschwörerisch.

»Keine Sorge, Sir, der gute Tim reißt doch seine Freunde nicht rein!« Mit dem Daumen deutete er auf sich selbst.

»Es ist mir eine Ehre, zu Euren Freunden zu zählen, Master Timothy«, verkündete ich übertrieben förmlich. Das gefiel ihm wohl, obschon er natürlich wusste, dass ich ihn nur neckte. Für einen so jungen Burschen machte er einen bemerkenswert hellen Eindruck. »Timothy, könntest du mir einen Gefallen tun?«

»Gewiss, Sir!«, antwortete er.

»Behalt die Augen offen, und wenn irgendjemand Andeutungen macht, dass sich Devon Tremont seltsam oder verdächtig benimmt, dann sag mir Bescheid. Kannst du das tun?« Unter den Adligen hatte ich kaum Freunde, doch vielleicht halfen mir die Bediensteten.

»Aber gern, Sir. Es ist gut zu sehen, dass einer von denen endlich seine wohlverdiente Lektion erhält. Was aber natürlich nicht Euch und unseren guten Herzog einschließen soll!«, beeilte er sich zu sagen.

»Und wenn du Penny begegnest, dann richte ihr doch aus, dass ich sie sprechen muss. In den letzten zwei Tagen hab ich sie überhaupt nicht mehr zu Gesicht bekommen«, fügte ich hinzu. Er versprach mir, sich darum zu kümmern, und dann standen wir schon vor meiner Tür. Ich sagte Lebewohl und trat hinein. Der kühle dunkle Raum bot mir eine willkommene Zuflucht. Anscheinend hatte ich mich schon recht gut an die Vorzüge eines eigenen Zimmers und eines Federbettes gewöhnt.

Der Gedanke ließ mich innehalten. Die Gemächer, die man mir zugewiesen hatte, waren so weitläufig wie das ganze Haus meiner Eltern. Dort schätzte ich mich glücklich, dass ich ein winziges Zimmer mit einem Bett besaß. Was würde wohl nach meinem Gespräch mit dem Herzog geschehen? Würde ich in Zukunft ständig so leben? Was sollte aus meinen Eltern werden? Einmal ganz abgesehen von dem Vermögen, das ich womöglich als Erbschaft erhielt, war ich jetzt schon reich. Zweihundert Goldmark waren genug, um meinen Eltern alles zu kaufen, was sie sich nur vorstellen konnten.

Was mochte ein solches Vermögen aus mir machen? Oder aus ihnen? Ich wollte nicht so werden wie Devon Tremont, so überheblich und rücksichtslos. Die Lancasters waren allerdings freundlich. Vielleicht verwandelte mich der Adelsstand doch nicht unweigerlich in einen aufgeblasenen Schweinehund. Schließlich wurde mir bewusst, dass ich unruhig durch das Zimmer marschierte und in Kreisen um den Sessel und den Diwan herumlief.

Im Dunkeln. Ich blieb wie angewurzelt stehen. Es war stockfinster in dem Raum. Ich konnte kaum die eigene Hand vor Augen sehen. Dennoch war ich gerade noch mühelos den Möbeln ausgewichen. Mir wurde klar, dass ich zu spüren vermochte, wo sich die Gegenstände in dem Raum befanden. Das Gefühl ähnelte zwar dem Sehen, kam aber mehr aus dem Bauch, als hätte ich die ganze Umgebung mit federleichten Fingern abgetastet. Neugierig blockierte ich innerlich den Zugang zu meiner Kraft, wie ich es beim Schlafengehen seit kurzer Zeit immer tat. Das Gefühl verschwand, und ich stand hilflos in der Finsternis. Mir war, als rückten die Wände schlagartig näher, und ich fühlte mich eingesperrt.

Hastig öffnete ich meinen Geist, bis ich wieder sehen konnte, wenngleich eben nicht mit den Augen. Es war eine sehr feine Wahrnehmung, die bei gewöhnlichem Licht völlig nachließ. Ich entzündete eine Lampe und setzte mich auf das Bett. Offensichtlich musste ich noch viel lernen und hatte ohne einen richtigen Lehrer keine Ahnung, was mich erwartete. Ich wünschte mir, Penny wäre da, und ich könnte mit ihr sprechen. Andererseits aber war sie gerade von meinen neuen Kräften bei unserer letzten Begegnung furchtbar verängstigt worden.

Es war an der Zeit, den Herzog aufzusuchen. Ich zog den Mantel meiner Mutter hervor, der das Wappen der Camerons trug. Das Kleidungsstück hing locker herab und war an den Seiten offen, sodass ich es mir leicht überwerfen konnte, auch wenn ich offenbar ein Stück größer war als Elena. Sie musste dennoch eine große Frau gewesen sein, denn mir war der Wappenrock höchstens eine Handbreit zu kurz. Zuletzt legte ich einen Gürtel an und ging hinaus, um mit James Lancaster zu sprechen.

Er befand sich in seinem Zimmer, Genevieve leistete ihm Gesellschaft. Sie kamen mir wie zwei Leute vor, die gerade ein Geheimnis miteinander geteilt hatten. James winkte mir, die Tür zu schließen. Dann blieb ich vor ihm stehen.

»Ich bin auf Bitten meiner Mutter hier«, sagte ich.

Genevieve brach in Tränen aus. Es kam so plötzlich und unerwartet, dass ich nicht wusste, wie ich darauf reagieren sollte. Sie sprang auf und nahm mich sofort in die Arme. In den sechzehn Jahren, die ich lebte, und in den elf Jahren, an die ich mich tatsächlich erinnern konnte, hatte ich noch nie gesehen, dass Marcs Mutter auf diese Weise die Fassung verloren hätte. Ja, sie hatte gelacht und war manchmal wütend geworden, hatte sich mitunter auch Sorgen gemacht ... aber so leidenschaftlich hatte sie noch nie geweint. Noch schlimmer, sie hielt mich fest, wie sie es eigentlich nur bei ihren Kindern oder ihrem Gemahl hätte tun sollen.

Nervös schlang ich die Arme um sie und klopfte ihr leicht auf den Rücken. Gleichzeitig sah ich den Herzog fragend an, der jedoch nur nickte, um mir zu bedeuten, dass alles in Ordnung sei. Nach einem Moment gab mich Genevieve wieder frei und kehrte zu ihrem Sitzplatz zurück. Sie schniefte allerdings immer noch, und ihr Gesicht war rot und verweint.

»Als du mit diesem Kleidungsstück eingetreten bist, war ich vollkommen sicher«, erklärte James. »Ich habe sie vor mehr als sechzehn Jahren das letzte Mal gesehen, aber du bist deiner Mutter sehr ähnlich, auch wenn du den Farbton von deinem Vater hast.«

»Dann kanntet Ihr sie also?«, fragte ich.

»Allerdings. Deinem Vater bin ich mehrmals in Albamarl begegnet, wo er dem König diente. Deine Mutter kannte ich sogar noch besser, denn sie wuchs auf der

Burg Cameron auf, die keine zwanzig Meilen entfernt liegt. Dort habe ich Ginny kennengelernt.« Liebevoll blickte er zu Genevieve hinüber.

Das verwirrte mich, und ich glaube, er sah es mir an. Genevieve beantwortete meine unausgesprochene Frage. »Ich bin dort gewesen, um meine Schwester Sarah zu besuchen. Deine Großmutter.« Ihre Augen waren noch immer feucht. Ich brauchte einen Augenblick, um das Gehörte zu verdauen. Wenn Genevieve die Schwester meiner Großmutter war, dann war sie die Tante meiner Mutter und also … meine Großtante. Wir waren miteinander *verwandt*!

»Aber das bedeutet ja …«

»Deine Mutter war meine Nichte, ja, und du bist mein Großneffe.« Dann war die feste Umarmung also doch kein so grober Verstoß gegen die guten Sitten gewesen. Mir fiel aber noch etwas anderes ein.

»Demnach ist Marc doch mein …« Was das Berechnen der verschiedenen Verwandtschaftsgrade betraf, war ich noch nie sehr gut gewesen. Glücklicherweise befand ich mich aber in der Gesellschaft zweier Amateur-Genealogen. Adlige lernten so etwas, sobald sie alt genug waren, um sprechen zu können.

»Dein Vetter zweiten Grades«, beendete sie den Satz für mich. Ich hätte wohl noch einige Zeit gebraucht, es mir selbst zusammenzureimen. Zuerst fragte ich mich, ob ich dadurch auch mit den Lancasters verwandt sein müsse, aber das traf nicht zu. Mit Marcus war ich lediglich über seine Mutter verwandt, die vor der Heirat mit James eine Drake gewesen war.

»Wie gut kanntet Ihr meine Mutter?«, fragte ich, sobald wir wieder bei diesem Thema waren.

»Sehr gut«, antwortete Genevieve. »Sie war meine einzige Nichte. Als sie mir mitteilte, sie wolle das alte Zuhause ihrer Familie besuchen, wäre ich gern ebenfalls dorthin gereist, doch James und ich mussten in jener Woche in Albamarl anwesend sein. Ich hätte mich gefreut, dich … und sie zugleich zu sehen.« Beinahe wäre sie wieder zusammengebrochen, doch nun schöpfte sie tief Luft und fasste sich. »Sie war so jung und voller Leben. Als sie beschloss, sich dem Geschlecht von Illeniel zu widmen und die Gelübde abzulegen, war ihr Vater so wütend, dass ich schon dachte, er werde gewiss den Verstand verlieren.«

»Demnach wollte er nicht, dass sie einen Zauberer heiratet?« Ich hatte keine Ahnung, was es bedeutete, in der feinen Gesellschaft ein Zauberkundiger zu sein.

»Nein, mein Lieber, das kam erst später. Ich meine ihre Entscheidung, eine Anath'Meridum zu werden«, erklärte sie. »Deine Mutter war verrückt nach Märchen und Abenteuergeschichten, und da sie körperlich so gewandt war, wählte sie schließlich deinen Vater aus.«

Meine Verwirrung war sogar noch größer geworden. »Was bedeutet ›Anath'Meridum‹?«

Genevieve beschrieb es mir, so gut sie konnte, und gelegentlich kam ihr James dabei zu Hilfe. Keiner der beiden verstand es wirklich, aber anscheinend waren gewisse Zauberer an einen Hüter gebunden, an einen Krieger, der sie beschützte, bei ihnen blieb und schließlich auch mit ihnen starb. So berichteten es jedenfalls die Legenden. Aber James glaubte offenbar nicht, dass die Verbindung zwangsläufig so tief reichen musste.

»Warum sollte sich ein Zauberer auf diese Weise binden, sodass er selbst ebenfalls zu sterben hätte, wenn sein Hüter den Tod fände? Das verstehe ich einfach nicht. Nicht, dass ich es nicht für möglich halte, aber ich glaube einfach nicht, dass sich jemand darauf einlassen würde«, erklärte der Herzog.

Genevieve nickte. »Jedenfalls war ihr Vater nicht sehr erbaut davon. Sie war seine Erbin, doch das Gelübde schloss sie als Erbin aus. Ich glaube nicht, dass er besonders versessen darauf war, das Anwesen an ihre jüngere Schwester abzugeben.«

»Wann hat sie meinen Vater Tyndal geheiratet?« Genevieves Gedächtnis verfügte offenbar über unendlich viele Einzelheiten, und nun erwachte die Vergangenheit vor meinen Augen zum Leben.

»Etwa ein Jahr nachdem sie sich für Tyndal entschieden hatte. Angeblich geschieht es nur selten, dass eine Frau eine Anath'Meridum wird, aber diejenigen, die es tun, verlieben sich häufig. Ich glaube, das lässt sich fast nicht vermeiden, wenn eine Frau und ein Mann gezwungen sind, jeden Tag miteinander zu verbringen«, erklärte sie.

»Wie viele Anath'Meridum gibt es überhaupt?«, fragte ich.

»Ich nehme an, heute gibt es gar keine mehr. Es gab nur eine für jeden Magier, und die Illeniels waren das letzte Magiergeschlecht. Du musst verstehen, dass ich nicht viel über die Überlieferungen weiß. Ich kann nur berichten, was Elena uns damals erzählt hat.« Sie schien beinahe verlegen.

»Dann heiße ich in Wirklichkeit also Mordecai Ardeth'Illeniel? Oder sollte ich mich di'Cameron nennen?«

James übernahm nun das Erklären. »Genau genommen heißt du Mordecai Illeniel, aber du kannst dich entscheiden, auch den Namen der mütterlichen Seite zu führen. Dann bist du Mordecai di'Cameron Illeniel. Ardeth lautet nur der Beiname für einen Magier, der gebunden ist.«

Ich hatte keine Vorstellung, ob ich eines Tages genauso gebunden sein wollte oder konnte wie Tyndal. Es kam mir äußerst unbequem vor. Damals hatte ich natürlich keinerlei Verständnis für die wahren Grundlagen dieser Abmachungen. So redeten wir noch eine Weile weiter und kamen schließlich auf die Zukunft zu sprechen. Naturgemäß machte mich dieses Thema besonders nervös.

James erwähnte es als Erster. »Mordecai, dir ist doch klar, dass sich die Ländereien der Camerons derzeit in meiner Obhut befinden?«

Das hatte ich nicht gewusst. Das Leben der Oberschicht war mir so fremd, dass ich nicht einmal begriff, was er überhaupt damit meinte. »Nein, Sir«, antwortete ich unsicher.

»Nach dem Brand und den Morden war das Haus Cameron ausgelöscht. Es gab nur noch einige entfernte Vettern dritten Grades. Ich hätte den Besitz zwar einem von ihnen übergeben können, aber die Botschaft deiner Mutter verriet mir, dass du überlebt hattest. Daher habe ich das Gut lediglich treuhänderisch verwaltet.« Er machte eine dramatische Pause. »Für dich.«

Das musste er mir genauer erklären. Anscheinend waren die Lancasters die Lehnsherren der Camerons, und über den Lancasters stand wiederum der König. Andersherum ausgedrückt, war der Graf Cameron der Vasall der Lancasters, und der Herzog von Lancaster hatte das Recht zu entscheiden, wem er Titel und Ländereien gab, sofern er nicht beschloss, alles selbst zu behalten. Kurz und gut, nun bot er mir also das Land an.

»Wenn Ihr aber ohnehin die Absicht hattet, mir das Land zu übergeben, warum habt Ihr dann bis jetzt damit gewartet?« Seit ich hereingekommen war, hatte ich nichts als Fragen.

»Deine Mutter war – ebenso wie ich – der Meinung, dies hätte dich nur unnötig in Gefahr gebracht«, erklärte er.

»Aber ich hätte doch Wächter und eine Burg gehabt.«

»All das hatte doch auch nicht ausgereicht, um deine Eltern zu schützen. In jener Nacht sind fast alle Menschen auf der Burg Cameron gestorben. Ich hätte nicht verhindern können, dass sich etwas Derartiges wiederholt. Selbst jetzt mache ich mir noch Sorgen, dich könnte ein ähnliches Schicksal ereilen, aber du kannst von nun an nicht mehr so versteckt bleiben wie bisher.« Einen Augenblick lang wünschte ich mir, ich wäre wieder der einfache Sohn eines Schmieds, denn die Welt, die er beschrieb, schien mir viel zu groß und gefährlich. Mort Eldridge gehörte nicht an einen solchen Ort.

»Warum denn nicht?«, fragte ich wehmütig.

James erklärte es mir. »Bisher war dein einziger Schutz die Anonymität, aber dies reicht seit dem heutigen Tag nicht mehr. Du hast jetzt einen Feind, der eines Tages einer der mächtigsten Adligen des Königreichs sein wird. Ihm ebenbürtig bin nur ich, und über uns beiden steht allein der König. Dein einziger Schutz können von nun an nur noch dein Rang und deine Stellung sein.«

Ich musste zugeben, dass mir seine Worte einleuchteten, doch dann fiel mir noch etwas anderes ein. »Ihr sagtet, auf der Burg seien fast alle gestorben. Wer hat überlebt?«

»Die Einzigen, die überlebt haben, waren diejenigen, die nicht anwesend waren oder an jenem Abend nicht an der Mahlzeit teilgenommen hatten. Allerdings wurden auch sie von den Mördern niedergemacht. Eine Handvoll Diener hat in den Kellern versteckt überlebt, und auch Vater Tonnsdale, der sich zum Fasten in der Kapelle eingeschlossen hatte, überstand den Angriff«, antwortete er.

»Wer hat das Gift gelegt?«

»Das haben wir nie herausgefunden. Es gab nichts mehr zu entdecken. Das Feuer hat das Innere der Burg völlig verzehrt, und die wenigen Überlebenden hatten nichts mit der Küche zu tun.« Der Mangel an Beweisen störte ihn offenbar ebenso wie mich.

»Was ist mit den Mördern? Über sie muss doch irgendetwas bekannt sein. Wer hat sie geschickt?«, fragte ich.

»Wir glauben, sie waren die Kinder des Mal'goroth. Das ist der Kult eines Nachtgottes. Viele Jahre vor deiner Geburt haben sie das Königreich Gododdin überrannt. Wir dachten, eines Tages würden sie auch uns überfallen, aber seit jener Nacht haben sie sich in Lothion kaum noch blicken lassen. Die paar, die wir gefunden haben, waren schon tot.« Er seufzte. »Es wird uns heute Abend nicht gelingen, sechzehn Jahre alte Geheimnisse aufzudecken, und wir müssen uns auch noch um einige andere Dinge kümmern.«

»Um was geht es denn, Durchlaucht?« Ich war sehr neugierig.

»Soweit ich weiß, bist du im letzten Jahr volljährig geworden …« Fragend wandte er sich an seine Frau.

»Mordecai ist sechzehn Jahre alt und wird in knapp zwei Wochen siebzehn«, antwortete sie. Genevieve besaß anscheinend, was Geburtstage anging, ein ausgezeichnetes Gedächtnis. In Lothion wurde man mit sechzehn volljährig.

»Sehr gut. Mordecai, ich werde dir morgen Abend unmittelbar nach deiner Einführungszeremonie den Titel und das Land offiziell übertragen.« Er lächelte mich an.

»Ich bin überwältigt, Durchlaucht«, antwortete ich benommen. Wer hätte auch ahnen können, dass er ein solches Tempo vorlegen würde?

»Bitte nenn mich James, wenn wir unter uns sind. Geh jetzt und ruh dich aus. Marcus plant für morgen früh eine Eberhatz, und dazu brauchst du deine ganze Gewitztheit.« Er klopfte mir auf die Schultern und führte mich zur Tür, durch die er sich hinausbeugte. »Benchley! Ruf mir die Schreiber, ich habe heute Abend noch viel zu arbeiten!«

»Danke, Durchl…, Sir James«, stotterte ich. Er nickte mir zu, und schon kehrte ich aufgewühlt in meine Gemächer zurück. Da ich die Umgebung kaum bemerkte, wäre ich beinahe gegen Penny geprallt, als ich um eine Ecke bog. Sie befand sich in Gesellschaft von Rose Hightower.

Penny stieß einen eher undamenhaften Schrei aus, als sie mich sah. Zuerst schien es mir, als wollte sie sogar meinen Blicken ausweichen. So schüchtern hatte ich sie noch nie erlebt, aber sie hatte in der letzten Zeit viel durchgemacht, und deshalb konnte ich es halbwegs verstehen. »Penny! Den Göttern sei Dank! Ich habe dich schon überall gesucht!« Erleichtert fasste ich sie bei den Händen. »Ich muss unbedingt mit dir sprechen.« Dabei sah ich sie ernst an.

Ein leises Hüsteln erinnerte mich an mein Versäumnis. »Verzeiht mir, Lady Rose, ich vergesse meine Manieren. Ich hoffe, Euch geht es an diesem Abend gut.«

»Ihr müsst Euch nicht entschuldigen. Ich kann es keinem Gentleman vorwerfen, wenn er beim Anblick seiner Liebsten ganz hingerissen ist.« Sie schenkte mir ein wissendes Lächeln und fuhr fort, ehe ich protestieren konnte: »Aber was ist das?« Sie betrachtete meinen Übermantel. Auch Penny hatte ihn bemerkt.

»Mort?«, fragte sie.

»Das ist eine komplizierte Geschichte und ein Grund mehr, warum ich mit dir reden muss. Aber es ist nicht der wichtigste.« Sie achtete jedoch kaum auf mich, sondern wandte sich mit einem fragenden Blick an Rose.

»Wenn ich mich nicht sehr irre«, antwortete die Adlige, »dann ist dies der Wappenrock der Familie Cameron, die man bislang für ausgestorben hielt. Offenbar kann Master Eldridge mit einer Überraschung aufwarten. Ihr kommt gerade vom Herzog, nicht wahr?« Wundervoll. Lady Rose war auch eine Expertin für Heraldik. Dieser Frau entging rein gar nichts.

»Lady, bitte, ich flehe Euch an, behaltet es vorerst für Euch.« Natürlich sah sie meine Verzweiflung, aber ich glaube, manchmal machte sie sich einen Spaß daraus, Männer zu foltern.

»Bis zum Tag der öffentlichen Verkündung, nehme ich an?« Sie schürzte die Lippen und tat so, als schmollte sie. Die Frau war mir entschieden zu listig.

»Genau«, antwortete ich. »Wenn Ihr erlaubt, ich würde gern einen Augenblick unter vier Augen mit Penny sprechen.« Dabei zog ich Penelope an den Händen. Lady Rose nickte zustimmend. Wir entfernten uns ein Stückchen auf dem Flur. »Penny, ich suche dich schon seit zwei Tagen. Es geht um jene Nacht ...«

Sie zuckte zusammen, als ich es aussprach. »Was immer du gehört hast, wahrscheinlich entspricht es der Wahrheit, Mort. Ich werde aber nicht gern daran erinnert.«

»Nein, das meinte ich nicht«, antwortete ich verwirrt. »Hast du meine Nachricht bekommen?«

»Diejenige, in der du mir mitteilst, dass du insgeheim ein Edelmann bist, der nur darauf wartet, das Zuhause seiner Vorfahren zu beanspruchen? Oder diejenige, in der du mir sagst, dass du ein Zauberer bist und über Licht und Dunkelheit gebietest?« Ihre Stimmung war ziemlich schnell von neugierig zu erbost umgeschlagen.

»Neulich wollte ich es dir ja erklären, aber du bist weggelaufen, ehe ich etwas sagen konnte!« Jetzt kam auch meine eigene Frustration durch.

»Und wie lange weißt du schon von deinem erhabenen Erbe?«, gab sie zurück.

»Das habe ich erst heute Nachmittag erfahren, als ich meine Eltern besucht habe. Dort habe ich auch den Wappenrock bekommen.« Ich zupfte am Stoff, als könnte er meine Darstellung bestätigen.

»Und nur Stunden nachdem du es herausgefunden hast, forderst du einen der mächtigsten Männer im Königreich zu einem Schachspiel heraus und schlägst ihn vernichtend.« Ihr Tonfall sollte mir wohl sagen, sie sei nicht ganz so verrückt, wie ich glaubte.

»Ja. Er hat etwas über dich gesagt, das ich ihm nicht verzeihen konnte, und dann gab ein Wort das andere«, erwiderte ich.

Penelope erbleichte, und wieder änderte sich ihr Verhalten. »Danke, dass du meine Ehre verteidigt hast, Mort, aber du verstehst es nicht.«

»Eigentlich ging es gar nicht so sehr um deine Ehre … er sagte etwas über meine Eltern, und dann erwähnte er, wie er es erfahren hatte. Deshalb wollte ich mit dir über jene Nacht sprechen, als du in seinem Zimmer warst. Ich weiß, was dort geschehen ist, und ich wollte …« Eigentlich wollte ich sagen: *Ich wollte dir erklären, was geschehen ist, nachdem du eingeschlafen bist*, aber dazu kam ich nicht mehr.

Sie versetzte mir eine so deftige Ohrfeige, dass mir die Ohren klingelten. »Dann hast du dich also darüber aufgeregt, dass er deine Eltern beleidigt hat! Es spielt ja keine Rolle, dass du mich für eine Hure hältst, das ist völlig verständlich. Du bist der zweitgrößte Ochse auf der Welt! Was wolltest du noch? Mich fragen, ob du mich auch mal für einen Abend kaufen kannst? Jetzt, da du so ein edler und mächtiger Lord bist? Fahr zur Hölle, Mordecai!«

Sie schritt davon, und ich stand da und fragte mich, was eigentlich gerade geschehen war. »Warte, Penny … du hast das ganz falsch verstanden, und ich hab dir immer noch nicht erzählt, was sich wirklich ereignet hat!«, rief ich ihr hinterher.

Sie blieb allerdings nicht stehen, und dann lief ich ihr auch nicht weiter nach. Kurze Zeit später kam Rose zu mir. »Das habt Ihr gewiss hervorragend gehandhabt.«

»Sagt Ihr auch mal etwas Hilfreiches? Etwas Aufrichtiges, um jemandem wirklich zu helfen? Oder sitzt Ihr nur auf Eurem hohen Ross und spielt Eure vornehmen Spielchen?« Ich war einfach wütend, und Rose war es nun einmal, die eben gerade zur Stelle war.

»Das tut weh. Auch wenn Ihr es nicht glauben werdet, aber ich habe viel Mitgefühl. Euer Mädchen hat eine Menge durchgemacht, und wenn Ihr sie liebt, dann müsst Ihr geduldig sein.« Tatsächlich sah sie mich dabei ganz aufrichtig an, und das gewohnte etwas verschlagene Lächeln war verschwunden.

»Sie ist nicht mein Mädchen«, erwiderte ich. »Und sie hat eine Menge mehr durchgemacht, als Ihr wisst. Ich könnte ihr helfen, wenn sie nur mit mir reden würde.«

»Ich weiß mehr, als Euch klar ist, und ich rate Euch, geduldig zu sein. Einfach gesagt, Ihr glaubt vielleicht zu wissen, was sie durchgemacht hat, aber Ihr habt nicht die geringste Ahnung davon. Wenn Ihr weiter so herumtrampelt, werdet Ihr sie nur vertreiben.« Rose Hightower hatte sich zu ihrer vollen Größe aufgerichtet und strahlte eine warnende Aura aus. Jetzt hatte ich sie tatsächlich verärgert. »Guten Abend«, schloss sie, drehte sich um und verschwand in die gleiche Richtung wie Penny. Ich hätte auch sagen können, sie rauschte davon, wenn dies bei einer so edlen und wohlerzogenen Dame wie Rose Hightower nicht völlig ausgeschlossen gewesen wäre.

13

*Nachdem der Nachtgott Balinthor beinahe die Welt zerstört hätte, trafen die Alten Vorkehrungen, damit sich ein solcher Vorfall niemals wiederholte. Alle Geschlechter, aus denen mächtige Zauberer hervorgegangen waren, wurden registriert und ihre Erben sorgfältig überwacht. Wenn ein Magier zur Welt kam, der über genügend Kräfte verfügte, um eine Brücke zwischen den Welten zu schlagen, stellte man ihm einen »Beschützer« an die Seite, obwohl dieser Begriff nicht ganz zutreffend ist. Der Magier musste mit jemandem – gewöhnlich mit einem Freund, dem er vertraute – eine enge Bindung eingehen. Den Bund und in späteren Zeiten auch die mit dem Zauberer verbundene Person nannte man »*Anath'Meridum*«, was in der alten Sprache so viel wie »der letzte Pakt« bedeutete. Die wahre Aufgabe eines Hüters bestand jedoch darin, dafür zu sorgen, dass der mit ihm verbundene Magier niemals die Menschheit verriet und eine Brücke schlug, um einen Gott herüberzuholen, sei es aus freier Entscheidung oder in großer Not. Die Zauberer, die mächtig genug waren, um eine solche Bindung zu benötigen, nannte man »Ardeth«.*
Die Bindung zwischen einem Magier und seinem Anath'Meridum ist schwer zu verstehen, doch man weiß, dass das Leben der Betreffenden eng verwoben war. Wenn einer der beiden starb, folgte ihm der andere unmittelbar nach. Die Anath'Meridum waren dazu ausgebildet, ihre Schutzbefohlenen zu töten, wenn diese vom Feind verlockt wurden oder gegen ihre Treueschwüre verstießen. Wenn dies den

Hütern nicht gelang, töteten sie sich selbst und gewährleisteten so die Sicherheit aller Menschen.

Marcus der Ketzer,
Über das Wesen von Glaube und Magie

Sich mit jemandem auf einen Kampf einzulassen, ist eine ausgezeichnete Art, garantiert schlecht zu schlafen. Es klopfte an der Tür. Im Kopf hörte ich eine Stimme sagen: *Geh weg und lass mich in Ruhe.* Leider hob die Vernunft das hässliche Haupt und erklärte dieser Stimme unmissverständlich, dass ich aufstehen musste, da der Störenfried von allein nicht verschwinden würde. Die Vernunft ist manchmal ein richtiges Miststück. »Schon gut, ich komm ja schon!«, schrie ich die Tür an.

Draußen stand Benchley. »Hättet Ihr die Tür unverschlossen gelassen, so hätte ich Euch etwas behutsamer wecken können, Sir.«

»Leute wie du sind ja gerade der Grund dafür, dass ich absperre«, grollte ich leise.

»Master Marcus bat mich, Euch heute Morgen auf die Jagd vorzubereiten.« Auf einem Arm trug er Lederkleidung, wie man sie zum Reiten benutzte. Ich beschloss auf der Stelle, mich für den Nachmittag zu entscheiden, falls ich auf Cameron jemals eine Jagdgesellschaft ausrichten würde. Die Idee hatte einiges für sich. Vielleicht sollte ich eine Verlautbarung herausgeben, dass alle Tiere bis zum Mittag im Bett zu bleiben hatten, um die Partie wieder auszugleichen. Ich versuchte, Benchley meine Vorstellungen zu erklären, doch er steckte anscheinend mit der Stimme der Vernunft, die mich gezwungen hatte, ihm überhaupt die Tür zu öffnen, unter einer Decke. Beide ignorierten meine Einwände.

Eine Viertelstunde später war ich angekleidet und mehr oder weniger wach. Timothy brachte schwarzen Tee, hartes Brot und etwas Wurst. »Euer Frühstück, Sir!« Der Junge zeigte mir das zahnlückige Grinsen, das mich immer erheiterte.

Kurz darauf war ich unten in den Stallungen, wo sich alle versammelten. An einer Eberhatz hatte ich noch nie zuvor teilgenommen, und deshalb war mir nicht bewusst gewesen, wie umfangreich ein solches Unterfangen ist. Der gute Herzog unterhielt einen großen Zwinger mit verschiedenen Jagdhunden, unter denen es zwei Arten gab, die an diesem Tag zum Einsatz kommen sollten. Die »Saufinder« mussten das Wild aufstöbern und uns an die richtige Stelle rufen. Die »Saupacker« würden versuchen, die Beute niederzuhalten, was eine gefährliche Aufgabe war. Anscheinend war es nicht ungewöhnlich, dass dabei einer der großen Mastiffs den Tod fand.

Der Jagdvogt des Herzogs war ein Mann namens William Doyle, der zufällig auch noch der Vater meines Freundes Timothy war. Als ich dazukam, beschrieb er gerade das Gelände, in dem man an diesem Morgen die Wildschweine finden konnte. Später fand ich heraus, dass er vor jeder bedeutenden Jagd, ehe die Jäger aufbrachen, selbst auszog und sich auf die Queste begab, wie man es nannte, um das Wild ausfindig zu machen. Meiner Meinung nach war er ein Masochist, denn er war sicherlich mehrere Stunden vor uns aufgestanden.

Sir Kelton, der Marschall, war ebenfalls dabei und

ließ die Burschen hin und her rennen und die Pferde für die Teilnehmer holen. Wie es Brauch war, sollten wir auf der Jagd mit schnellen Pferden reiten. Ich bekam einen Falben und als Waffe eine Saufeder. Diese Art Speer schien mir interessant. Der drei Schritt lange Eschenschaft trug eine blattförmige Klinge, die mindestens einen weiteren halben Schritt maß. Eine kleine Parierstange hinter der Klinge schützte den Jäger. Ich überprüfte die Spitze und entdeckte das Abzeichen meines Vaters auf dem Stahl.

Marc ritt zu mir, sein Gesicht war vor Aufregung gerötet »Du weißt doch, was du zu tun hast, oder?«

Ich schüttelte den Kopf. »Ich habe nicht die geringste Ahnung.« Offenbar hatte meine Bemerkung eine erheiternde Wirkung gehabt, denn hinter mir begann jemand zu lachen. Dorian hatte sich mir ebenfalls genähert.

»Ich kann es dir nachempfinden, mein Freund. Diese Art von Abenteuer hat auch mir noch nie sonderlich zugesagt«, erklärte er. »Mir tun die armen Schweine leid.« Trotz seiner Position und seiner Ausbildung als Krieger war Dorian in unserer Jugend immer ein eher sanfter Junge gewesen. Er spielte oft den Friedensstifter, wenn mit anderen das Temperament durchging. Außerdem mochte er Tiere sehr.

»Hör einfach auf die Hunde, Mort! Wenn du sie bellen hörst, dann weißt du, dass sie ein Wildschwein gefunden haben. Reite schnell hin, damit du zum Todesstoß nicht zu spät kommst.« Meine Erfahrungen im Töten von Tieren beschränkten sich auf Hühner, und wenn ich bedachte, wie wenig erfreulich ich dies fand, war ich ziemlich sicher, dass ich keinesfalls als Erster bei einem Wildschwein eintreffen wollte.

Wir ritten durch die Felder vor der Burg Lancaster und schwärmten im leichten Galopp aus. Dorian und ich hielten uns rechts, und bald waren wir mehr als hundert Schritt von den nächsten Reitern entfernt. Wir erreichten den Waldrand und ritten zwischen den Bäumen weiter. Auf dem Boden lag gesprenkeltes Sonnenlicht, das durch die Blätter fiel, und ein leichter Wind hielt alles in Bewegung.

Die Luft duftete süß nach Frühling und grünen, austreibenden Pflanzen. Trotz meiner schlechten Laune am Morgen musste ich zugeben, dass diese idyllische Szene etwas Magisches hatte. Der Wind zauste mir die Haare, während das starke Pferd entspannt lief. Dorian und ich hatten uns ein Stück voneinander entfernt, bald verlor ich ihn ganz aus dem Blick. Wenn ich die Augen schloss, konnte ich den Wald um mich her spüren und auf eine beinahe übersinnliche Weise mit dem Geist ertasten.

Ich empfand eine tiefe Ruhe und vergaß die Jagd. Falls ich die Hunde hörte, würde ich sie einfach nicht beachten. Der Tag war zu schön, um ihn mit Blut zu besudeln. Oder vielleicht war ich auch einfach nur faul. Ich weckte meine Wahrnehmung weiter und erschrak beinahe, als ich erkannte, wie viel Leben es ringsherum gab. Wesen, die das Auge gewöhnlich nicht bemerkte – der Dachs in seinem Bau unter einer Eiche dreißig Schritt entfernt, die Finken, die oben um die Nester flatterten, Mäuse und kleine Wesen, die durch das Gras streiften und nach Samen suchten. All das hatte ich noch nie zuvor wahrgenommen oder jedenfalls nicht auf eine so eindringliche Art. Wenn ich weiter hinausgriff, spürte ich Dorian, der mehr als hundert Schritt links von mir ritt und sich gerade durch eine dichte Brombeerhecke kämpfte. Sehen konnte ich ihn zwar nicht, aber ich wusste dennoch, dass es Dorian war. Es fühlte sich nach ihm an.

Ich lachte, als ich seine Schwierigkeiten bemerkte, denn er schwebte keineswegs in ernsthafter Gefahr. Dann spürte ich es ganz plötzlich hinter mir: geballter Hass, ein berittener Mann, die Übelkeit erregende purpurne Aura. Devon Tremont folgte mir vorsichtig. Zwar war er noch ein ganzes Stück entfernt, schloss aber stetig auf. Also ritt auch ich schneller. Diesem unangenehmen Kerl wollte ich an einem so schönen Tag nicht begegnen.

Eine Minute später wusste ich, dass auch er beschleunigt hatte. Er ritt wohl sogar in vollem Galopp, da er sich rasch näherte. *Dann wollen wir mal sehen, wie er hiermit zurechtkommt*, dachte ich und wechselte die Richtung, um nach links auszuweichen. Damit würde ich früher oder später Dorians Weg kreuzen. Falls Devon nicht in der Lage war, mich aufzuspüren, würde er sich schnell wieder von mir entfernen. Vorsichtshalber schirmte ich mich jetzt vollständig ab, was ich am Morgen versäumt hatte.

Bald schwenkte auch Devon ab. Anscheinend war er fähig, mich auf ähnliche Weise aufzuspüren, wie ich es bei ihm konnte. *Ist der Flegel etwa ebenfalls ein Magier?* Darüber hatte ich mir schon Gedanken gemacht, seit ich zum ersten Mal seine purpurne Aura bemerkt hatte. Sein Verhalten schien den Verdacht zu bestätigen. Ich ließ mein Pferd die Hacken spüren und ritt in vollem Galopp. Wenn er mich einholen wollte, musste er mich schon durch den ganzen Wald jagen. Die Bäume rasten an mir vorbei, der Wind wehte mir ins Gesicht. Ich musste lachen.

Als ich mich über die Schulter umsah, entdeckte ich Devon zwischen den Bäumen. Er hatte sich im Sattel weit vorgebeugt und trieb sein Pferd erbarmungslos an. Er schien ungeheuer ernst, worauf ich nur noch lauter lachen musste. Höflich winkte ich ihm zu. »Hallo, Devon, du scheinst es auf ein Wettrennen anzulegen!« Allerdings hatte ich keine Ahnung, ob er meine Worte im rauschenden Wind zwischen den Bäumen überhaupt verstehen konnte.

Dann spürte ich etwas. Es zerrte an meinem Schild, drängte und versuchte, meinen Geist zu erreichen. Gleich darauf verschwand es wieder, und ich lachte abermals, weil er mit dem, was er beabsichtigt hatte, gescheitert war. Hatte ich schon erwähnt, dass mir manchmal jegliche Vernunft abgeht? Als er sein Ziel auf diese Weise nicht erreichen konnte, tat Devon etwas, womit ich hätte rechnen müssen, wenn ich nur gründlicher nachgedacht und weniger über ihn gelacht hätte.

Mein Jagdpferd, das schöne Tier, das unter mir galoppierte, erstarrte auf einmal. Anders kann ich es nicht beschreiben. In einem Moment eilten wir noch so schnell wie der Wind, im nächsten verkrampften sich alle Muskeln im Körper des armen Geschöpfs. Seine Beine brachen, als es wie vom Blitz getroffen zu Boden ging und sich zuckend überschlug. Für Mitleid hatte ich freilich keine Zeit, denn ich steckte selbst in großen Schwierigkeiten. Mitten im Lachen hatte ich auf einmal das Gefühl, eine Riesenhand hätte mich aus dem Sattel gepflückt. Während das Pferd niederging, flog ich wie ein großer unförmiger Vogel weiter, kopfüber zwischen die Bäume. Wahrscheinlich wäre ich sogar ziemlich weit geflogen, hätte mich nicht eine große alte Eiche aufgehalten.

Ich erwachte am Boden liegend. Mir lief etwas über das Gesicht, sodass ich nur wenig zu sehen bekam. Als ich es wegwischte und die Hand betrachtete, erkannte ich, dass es Blut war. Ich konnte kaum atmen, bei jedem schaudernden Atemzug verspürte ich stechende Schmerzen in der Seite. Wahrscheinlich waren ein paar Rippen gebrochen. Wie durch ein Wunder mussten Arme und Beine noch unversehrt geblieben sein, aber mir war nun klar, dass ich längst tot gewesen wäre, hätte mich der Schild nicht beschützt. *Er wollte mich umbringen!* Der Gedanke schoss mir durch den Kopf und schien ungeheuer wichtig zu sein, auch wenn ich Mühe hatte, mich an den Grund zu erinnern.

Ein Schatten fiel über mich. Ich blickte hoch. Devon baute sich vor mir auf und lächelte böse. Allerdings, er hatte versucht mich zu töten und war gekommen, um die Sache jetzt zu einem Ende zu bringen. »*Grethak!*«, sagte er. Mein Körper wurde steif. Nun verstand ich, was mein armes Pferd und vielleicht auch Penny durchlitten hatten. Mir blieb jedoch keine Zeit, mir darüber Sorgen zu machen. »Armer Mordecai, du hättest wirklich nicht so schnell reiten dürfen!«, höhnte er.

Er hatte einen großen Lederbeutel in der Hand. »Dabei wollte ich dich nur einholen, um dir das Geld zu geben, das ich dir schulde!« Innerlich kämpfte ich verzweifelt, denn auch meine Lungen waren blockiert, sodass ich nicht einmal Luft holen konnte. Es war ein Gefühl, als würde ich, gefesselt und außerstande, mich zu bewegen, unter Wasser gedrückt und wäre dem Ertrinken nahe. Ich war völlig hilflos, mein Herz raste immer schneller, der Puls dröhnte mir in den Ohren, während mein Körper nach Luft verlangte. Im Geist spürte ich seine Magie, die sich wie eine Schlange um mein Gehirn gewunden hatte und jede Bewegung im Keim erstickte. Nur innerlich lehnte ich mich auf, und das war schon schwer genug, da ich nicht einmal sprechen konnte. Dennoch hätte ich mich früher oder später gewiss auch ohne Worte befreien können, hätte ich denn genügend Zeit dazu gehabt. Devon stand da und weidete sich an meiner Verzweiflung. Mein Herz hämmerte so laut, dass ich seine Worte nicht mehr verstehen konnte. Benommen und hilflos starrte ich mit hervortretenden Augen zu ihm hoch. Dann verschwamm alles vor mir, und ich konnte gar nichts mehr sehen. In der Dunkelheit fragte ich mich, ob das nächste Leben vielleicht besser wäre, nachdem mir dieses nichts als Ärger beschert hatte. Zuletzt verschwand auch die Dunkelheit, und nun spürte ich gar nichts mehr.

14

Die Gaben der Menschen, die man Propheten oder Seher nennt, werden häufig missverstanden. Man glaubt, sie seien den Mittlern ähnlich, da sie nur wenig eigenes Aythar besitzen, aber in vielen Fällen zeigen sie auch keine große Ausstrahlung. Die Visionen, die ihnen zuteilwerden, treten überwiegend spontan auf. Möglicherweise besitzen sie eine Art unbewusste Empfänglichkeit, die dem Magierblick ähnlich ist, ohne dem bewussten Willen unterworfen zu sein.

Marcus der Ketzer,
Über das Wesen von Glaube und Magie

Pennys Schultern bewegten sich gleichmäßig, die Muskeln spannten und entspannten sich, als die Arme über den Boden glitten. Sie war jung und gesund, und dank der langen Übung hatte sie genug Kraft für ihre Aufgabe. Sie geriet nicht einmal ins Schwitzen, als sie sich den langen Korridor entlangarbeitete. Es war eine dieser Arbeiten, die niemals zu enden schienen. Wenn man das ganze Labyrinth der Burg Lancaster geschrubbt hatte, waren die Gänge dort, wo man begonnen hatte, schon wieder staubig geworden. Infolgedessen war fast ständig eines der Mädchen mit Putzen beschäftigt, weil Genevieve Lancaster keinen Schmutz in den Fluren duldete.

Penny machte es jedoch nichts aus. Das war eine ruhige Arbeit, bei der sie im Gegensatz zu den meisten anderen Aufgaben nach Herzenslust ihren Tagträumen nachhängen oder ein wenig nachdenken konnte. Heute dachte sie über Mordecai nach. Sie hatte ihn am Morgen beobachtet, als er zur Jagd aufgebrochen war. Er war groß und schlank, und die lederne Jagdkleidung hatte ihm ausnehmend gut gestanden. Dazu das dunkle Haar und die strahlenden Augen. *So gut auszusehen und gleichzeitig so dumm zu sein*, dachte sie bei sich selbst. Der Wortwechsel des vergangenen Abends hatte sie in helle Aufregung versetzt, und auch jetzt war sie immer noch wütend auf ihn. Das sagte sie sich jedenfalls, auch wenn sie es eigentlich nicht fühlte. Wenn sie ehrlich war, musste sie sogar zugeben, dass sie vor allem beschämt und verlegen war.

Als er gesagt hat, er wüsste, was geschehen ist – das konnte ich einfach nicht ertragen, erkannte sie. Offensichtlich hatte Devon geprahlt und war so frech gewesen, es sogar Mort unter die Nase zu reiben. Und Mort hatte sich aufgeregt, weil Devon ihn einen Schmied genannt hatte! Natürlich war Mordecai sonst nicht gefühllos und hatte es bestimmt nicht so gemeint. Doch ihr zu sagen, dass er wisse, was man ihr angetan habe, und dann auch noch zu behaupten, etwas anderes sei viel wichtiger? »Was, zum Teufel, hätte er mir denn noch erzählen können?«, sagte sie zu sich selbst. Inzwischen hatte sie eine Nacht darüber geschlafen, und ihre Gedanken hatten sich geklärt. Irgendetwas setzte ihm zu, etwas sehr Wichtiges.

Sie schrubbte weiter und entspannte sich, während sie die Arme rhythmisch bewegte. Wieder träumte sie bei der Arbeit. Mordecai ging ihr nicht aus dem Sinn, bis sie ihn schließlich so vor sich sah, wie er in diesem Augenblick anzusehen war. Er ritt schnell und trieb sein Pferd im lichten Wald an großen Eichen vorbei. Die Sonne schien ihm so ins Gesicht, dass die Augen wie Saphire funkelten, während er lachend dahinstürmte. Er sah sich über die Schulter nach irgendetwas um, und dann sauste er durch die Luft. Das Pferd stürzte, und sie erkannte sofort, dass sich das Tier nie mehr von den Verletzungen erholen würde. In vollem Galopp flog Mort vom Rücken des Jagdpferdes herunter und prallte mit dem Kopf voran gegen den Stamm einer großen Eiche.

Die Wucht war so groß, dass sein Kopf sogar ein Stück Rinde abriss. Dann lag er am Boden, das Blut strömte aus Nase und Mund. Er war gewiss tot, aber noch während sie dies dachte, keimte neue Hoffnung. Seine Augenlider flatterten, und der Brustkorb bebte, als schnappte er nach Luft. Er konnte nicht richtig atmen, vielleicht waren die Rippen gebrochen. Jedenfalls war es ein Wunder, dass er sich überhaupt noch rührte. Einen solchen Aufprall konnte doch niemand überleben. *Magie!*, dachte sie und wusste sogleich, dass dies die Wahrheit war.

Devon Tremont näherte sich. Er war abgestiegen und kam mit einem bösen Funkeln in den Augen herbei. Unmittelbar vor Mordecai blieb er stehen. Sie konnte sehen, dass er etwas sagte und sich am Leiden des gestürzten Feindes ergötzte. Mordecai verkrampfte sich, und nun lief sein Gesicht rot an. Im Hintergrund hörte Penny eine Frau, die sich die Kehle aus dem Hals schrie. Doch es war ein Schrei ohne jede Hoffnung, der

Schrei eines Menschen, der nur noch aus tiefster Seele seine Verzweiflung ausdrücken konnte. Endlich erkannte sie, dass es ihre eigene Stimme war.

Jemand schüttelte sie. »Komm zu dir, Penny! Was ist denn los?« Es war Ariadne Lancaster, die sie voller Sorge anstarrte.

»Er ist tot, er ist tot, o Gott, ich habe das schon einmal gesehen! Warum? Warum habe ich es ihm nicht gesagt?« Penny ließ sich nicht davon abbringen. »Devon hat Mordecai getötet.« Die Worte fielen wie die toten Blätter im Herbst, trocken und nutzlos.

Ariadne versuchte, Penny zu beruhigen. »Das hast du nur geträumt. Du bist hier auf dem Flur. Mordecai ist gar nicht da, er ist draußen auf der Jagd, und alles ist gut.«

»Ich muss gehen ... weißt du, wo sich Lady Rose befindet? Sie wird wissen, was zu tun ist. Bitte, Ariadne, du musst mir helfen.« Ihr Blick gab dem Mädchen wohl zu denken, denn es antwortete ohne weitere Umschweife.

»Sie war gerade noch im Salon und hat mit Mutter und Elizabeth Tee getrunken«, erwiderte Ariadne. »Ich verstehe aber immer noch nicht, was ...«

Penny war schon unterwegs und erreichte den Salon der Herzogin ein ganzes Stück vor dem jüngeren Mädchen. Ohne anzuklopfen, platzte sie hinein, was sie normalerweise nie gewagt hätte. Drinnen saß Lady Rose mit Genevieve Lancaster und Elizabeth Balistair beim Tee. Die Frauen hoben erschrocken die Köpfe, als Penny so plötzlich hereinstürzte. Die Herzogin ergriff als Erste das Wort. »Penny, du solltest wirklich anklopfen, ehe du so angerannt kommst ...«

Rose legte ihr eine Hand auf den Arm. »Wartet, Genevieve. Da stimmt etwas nicht.«

»Ja, ja, Durchlaucht«, warf Penny aufgeregt ein. »Dürfte ich mit Lady Rose sprechen?«

Genevieve nickte, offensichtlich gereizt, hielt sich aber zurück. Rose begleitete Penny auf den Flur. »Was ist denn los, meine Liebe?« Äußerlich blieb sie ruhig, auch wenn sie Pennys Verzweiflung spürte. Ausführlich beschrieb ihr Penny, was sie gesehen hatte, einschließlich der Tatsache, dass dies nicht ihre erste Vision des Zwischenfalls war.

»Könnte es kein Tagtraum gewesen sein? Eine reine Phantasie?«, fragte Rose.

»Nein, es ist wahr. Ich kann nicht erklären, woher ich es weiß. Ich weiß es einfach. Es geschieht in diesem Augenblick!« Penny war den Tränen nahe.

»Dann kommt, und lasst uns nicht länger trödeln.« Rose Hightower besaß die bemerkenswerte Eigenschaft, Menschen rasch einschätzen zu können, und war inzwischen vollends überzeugt, dass es in diesem Fall um Leben und Tod ging. Sie eilte mit Penny durch die Korridore, jeder Gedanke an herrschaftliches Benehmen war vergessen. So schockierend es auch sein mochte, schließlich raffte sie sogar den Rock und rannte wie ein gewöhnliches Weib. Ihre langen Beine bewegten sich mit überraschender Geschwindigkeit. Penny hatte Mühe, mit ihr Schritt zu halten, dabei hielt sie sich selbst für eine recht gute Läuferin.

Im Handumdrehen erreichten sie die Stallungen und erschreckten einen jungen Stallburschen fast zu Tode, als sie die Türen aufrissen. »Verzeihung, Mylady!«, rief er, weil ihm nichts Besseres einfiel.

»Ich brauche sofort zwei Pferde«, verlangte Rose in einem Tonfall, der keinen Widerspruch duldete. Man mochte kaum glauben, dass sie einen Augenblick zuvor noch gerannt war wie eine Melkerin, die beinahe ihre Kühe vergessen hätte.

»Gewiss, Madam«, antwortete er sofort und machte sich auf, um einen Zelter zu holen.

»Nicht diese lahmen Mähren, du Tropf! Ich brauche schnelle Pferde. Sind noch Jagdpferde da?« Rose hob nicht einmal richtig die Stimme, und doch klang es beinahe, als hätte sie geschrien. Einige lange Minuten später ritten sie zum Tor hinaus. Rose zügelte ihr Pferd und wandte sich an Penny. »In welche Richtung?«

Ohne nachzudenken, zeigte Penny es ihr. »Dort entlang. Es ist ungefähr eine Meile ...« Inzwischen war ihr sogar egal, woher sie das alles wusste. Wichtig war nur, ihn zu finden.

In einiger Entfernung ritt Dorian Thornbear mitten durch den Wald. Er hatte ein lautes Krachen gehört, dann die Laute eines Pferdes, das vor Furcht und Schmerzen schrie. Er trieb sein eigenes Reittier an und erblickte bald darauf die sterbende Kreatur. Sie lag auf der Seite und zuckte schwach mit den gebrochenen Beinen. Dann suchte er den Besitzer und bemerkte nicht weit entfernt Devon Tremont, der vor dem gestürzten Reiter stand. Seine Haltung wirkte ohne jeden Zweifel drohend. *Das war doch Morts Pferd!*, dachte Dorian bei sich.

Er trieb sein eigenes Pferd zum Galopp an und erreichte im Handumdrehen die beiden jungen Männer. Beinahe hätte er angenommen, Devon sei zur Stelle, um einem gestürzten Freund zu helfen, doch der Adlige stand reglos da, ohne irgendetwas zu tun. Dann bemerkte Devon den Neuankömmling und schnitt eine Grimasse. Er war wütend, weil ihn jemand störte. Dorian sah Mort mit rotem Gesicht und halb erstickt am Boden liegen. Ohne richtig darüber nachzudenken, zog Dorian das Schwert und sprang vom Pferd, noch ehe es ganz angehalten hatte.

Devon Tremont hob eine Hand. »*Grethak*«, sagte er in einer Sprache, die Dorian nicht kannte. Der Krieger achtete nicht weiter darauf. Wie ein Berserker aus den Legenden griff Dorian mit wutentbrannter Miene an, und nun lernte der junge Lord die Angst kennen, da sein Spruch offensichtlich völlig versagt hatte. Vielleicht hätte er noch eine andere, stärkere Magie anwenden können, doch Dorian war schon bei ihm und holte mit dem Schwert aus, um ihm den Kopf abzuschlagen. Devon jedoch zeigte sich gewandt, zog blitzschnell die eigene Klinge und wehrte den tödlichen Streich ab.

Das Gefecht, das darauf entbrannte, währte nicht lange. Dorian drängte ihn mit so heftigen und wütenden Hieben zurück, wie Devon sie noch nie zuvor erlebt hatte. Verzweifelt hob er die Hände. »Warte! Wenn du mich tötest, wird er sterben!« Blitzschnell schlug ihm Dorian das Schwert aus der Hand und hielt dem Mann die Klinge an die Kehle.

»Wenn er stirbt, folgst du ihm nach.« Es klang wie knirschender Kies, und das Schwert drückte so fest gegen Devons Hals, dass die Schneide die Haut ritzte und etwas Blut herausquoll.

»Ich wollte ihm doch nur helfen. Lass mich etwas versuchen, das ihn vielleicht rettet.« Devon hatte vor

Angst die Augen weit aufgerissen. Der andere Mann war offensichtlich drauf und dran, ihn zu töten.

Dorians Schwert zitterte kein bisschen. Vielmehr trat er näher heran und packte den jungen Lord am Hals, um ihn neben dem reglos hingestreckten Mort auf die Knie zu zwingen. »Rette ihn, oder dein Kopf liegt neben seinem auf dem Boden.« Ohne die Stimme zu heben, strahlte er eine tödliche Entschlossenheit aus, die selbst einen abgebrühten Mörder in Angst und Schrecken versetzt hätte.

Devon streckte die Hand zu Mordecai aus, doch Dorian riss seinen Kopf sofort grob zurück. »Wenn du mich hintergehst, wirst du danach keinen ganzen Atemzug mehr tun können.«

»Ich muss ihn berühren, damit er wieder atmet.« Devon war verzweifelt vor Angst, denn er wusste, dass die Zeit drängte und Dorian ihn töten würde, wenn Mordecai sich nicht erholte.

Dorian nickte, und Devon streckte abermals die Hand aus, während er *»Keltis«* sagte. Sofort erschlaffte Mordecais Körper, aber der Atem setzte nicht wieder ein.

»Was hast du getan?« Dorian versetzte Devon einen Tritt, der den Adligen zu Boden streckte. Dann hob er das Schwert, um dem Verräter den Kopf zu spalten.

»Nein, Dorian!«, ließ sich eine Frauenstimme vernehmen, doch der junge Mann hörte nicht darauf. Als Vergeltung für das Leben seines Freundes wollte er Blut sehen. Eine kleine Hand griff nach seinem Arm und wollte den Hieb aufhalten. Ohne überhaupt darüber nachzudenken, schlug er die Hand zur Seite und versetzte demjenigen, der ihn hindern wollte, einen Schlag mit der Rückhand. Dann bemerkte er, dass Rose Hightower rücklings stürzte. Er hielt inne, als sie sich das Blut von den Lippen wischte. Der Zorn wich schlagartig von ihm, da er schockiert das Ergebnis seiner Unbeherrschtheit sah.

»Ich wollte ihm gerade helfen … und dann hat mich dieser Rohling angegriffen!« Devon konnte einfach nicht den Mund halten, obwohl er noch nicht einmal richtig auf den Beinen war.

Rose fauchte ihn an. »Schweigt, Ihr dummer Narr! Glaubt Ihr denn wirklich, irgendjemand hier gibt noch etwas auf Eure Lügen? Schätzt Euch glücklich, dass ich diesen Mann hier aufgehalten habe, sonst säße Euer Kopf nicht mehr auf den Schultern. Ich habe es sowieso nur getan, weil Ihr es nicht wert seid, dass ein braver, anständiger Mann für den Mord an Euch gehenkt wird.« Rose Hightower richtete sich auf und sah Dorian an.

»Bei den Göttern, Rose! Es tut mir unendlich leid. Ich wollte Euch doch nicht wehtun! Nie! Um keinen Preis der Welt!« Bekümmert riss Dorian die Augen weit auf. Penny kniete unterdessen schon bei dem bewusstlosen Freund. »Er ist tot, Penny. Er ist tot, und ich schwöre dir, dieser Dreckskerl hat es getan!« Wieder hob er das Schwert und zielte auf Devon Tremont. Ein zorniges Knurren drang aus seiner Kehle.

Rose Hightower wollte jedoch nichts davon wissen und stürzte sich mit wehenden Röcken und fliegendem Haar auf Dorian. »Ihr dummer, dummer Kerl! Verdammt, Dorian, ich lasse Euch doch nicht einfach so Euer Leben wegwerfen.« Sie war zwar eine große

Frau, doch Dorian Thornbear war stark wie ein Bär. Dennoch ging sie wie eine wütende Katze auf ihn los und schlug ihn mit beiden Fäusten.

Erstaunt verharrte Dorian so, wie er war. Während des Jahres in Albamarl hatte er Rose nie berührt, und sie hatten nur einige höfliche Worte miteinander gewechselt, wie es sich für Mitglieder der feinen Gesellschaft geziemte. Jetzt aber hing sie wie ein aufgebrachtes wildes Tier an ihm, und ein absurderes Bild hätte er sich kaum ausmalen können. Auf einmal verspürte er den dringenden Wunsch, sie zu küssen – den er jedoch schnell wieder unterdrückte. »Lady, ich glaube, wir sind beide etwas überreizt«, sagte er, während er sich von ihr löste. Schließlich stand sie wieder auf den Füßen, wollte ihn aber immer noch nicht loslassen, und auch er brachte es nicht über sich, sich vollends von ihr zu befreien.

Penny hatte Mordecai die Hände auf die Brust gelegt und packte nun sein Hemd. »Lebe, verdammt! Du kannst doch nicht tot sein. Wir haben uns noch so viel zu sagen.« Feuchte Tränen fielen auf seinen Oberkörper. Der Schmerz und Kummer waren zu viel für sie. Ohne richtig darüber nachzudenken, beugte sie sich vor und küsste ihn. Nicht einmal das Blut, das in seinem Gesicht verschmiert war, störte sie dabei. Sie legte den Kopf auf seine Brust, während ihre Welt in Stücke ging. Der einzige Mann, der ihr je wichtig gewesen war, lag hier tot vor ihr, und sie selbst trug die Schuld daran. Dann aber hörte sie sein langsam schlagendes Herz. »Er lebt!«

Schweigen herrschte, als die anderen verdauten, was sie gerade behauptet hatte. »Ich sagte, er lebt! Jemand muss Hilfe holen, wir müssen ihn in den Burgfried bringen!« Ihre Augen blitzten. »Ihr!« Sie deutete auf Devon. »Holt jemanden, irgendjemanden … los!«

»Ich gehe«, erbot sich Rose, aber Penny hielt sie mit erhobener Hand auf.

»Nein, ich brauche Euch hier, und auch Dorian muss bleiben, denn dem da traue ich nicht.« Gleich darauf saß Devon auf seinem Pferd. Darüber wütend, dass man ihn so herumkommandiert hatte, fürchtete er zugleich Dorians Vergeltung, falls er sich den Befehlen entzog. Rasch ritt er davon und hielt auf die Burg Lancaster zu.

Den Rest des Nachmittags verbrachten sie in heller Aufregung. Als sie Mordecai zur Burg zurücktrugen und auch danach noch, weigerte sich Penny beharrlich, von seiner Seite zu weichen, weil sie niemandem über den Weg traute. Sobald Marc dort angekommen war, setzte sich eine gewisse Ordnung durch, und bald darauf lag der Verletzte in seinem eigenen Bett. Sean Townsend, der Leibarzt des Herzogs, wurde persönlich gerufen, um ihn zu untersuchen.

Der Raum war voller Menschen, die der Arzt umgehend zu vertreiben suchte. »Ich brauche Ruhe, wenn ich ihn behandeln soll.« Die meisten folgten dieser Aufforderung. »Miss, auch Ihr müsst jetzt gehen. Es schickt sich nicht, wenn ich den jungen Mann in Gegenwart einer Frau untersuche. Schließlich muss ich ihn ausziehen.«

Penny rührte sich nicht. »Ich lasse ihn nicht allein. Ihr könnt ebenso gut beginnen.«

Der Arzt sah sie einen Moment an, dann wandte er sich an den Herzog. »Durchlaucht, wenn Ihr so freundlich sein würdet, ich kann keine Frau hier dulden, während ich arbeite.«

James trat zu ihr und wollte sie an der Hand fassen, doch sie entzog sich ihm. »Versucht es, und Ihr zieht das nächste Mal einen Fingerstummel zurück …«, fuhr sie ihn an. »Durchlaucht«, fügte sie mit etwas Verspätung hinzu.

Der Herzog von Lancaster betrachtete sie lange, dachte nach und ergriff schließlich das Wort. »Also gut, Doktor. Dann müsstet Ihr in diesem Fall wohl doch in Gegenwart einer Lady arbeiten.«

»Ich werde ihn entblößen, Durchlaucht. Ihr könnt doch nicht zulassen, dass …«

»Sir, ich werde mich nicht wiederholen. Macht Euch an die Arbeit.« Ohne ein weiteres Wort verließ der Herzog das Zimmer. Zuerst grollte der Arzt, doch als er einsah, das sie nicht nachgeben werde, nachdem sie sich gerade eben sogar bei dem Herzog selbst durchgesetzt hatte, fand er sich damit ab.

Zuerst zog er Mordecai die Kleidung aus, was sich jedoch als schwierig erwies, bis Penny ihm zu Hilfe kam. Er warf ihr einen seltsamen Blick zu, sagte aber nichts dazu. Als diese Aufgabe erledigt war, untersuchte er Mordecai sorgfältig, tastete Hals und Oberkörper ab, überprüfte den Kopf und blickte ihm in Augen und Mund. Schließlich richtete er sich seufzend auf. »Er hat mehrere Rippenbrüche, und ein Knochen könnte sogar die linke Lunge durchbohrt haben. Außerdem wird er von dem Schlag gegen den Kopf gewiss eine Gehirnerschütterung davongetragen haben. Nach der Schilderung seines Sturzes bin ich erstaunt, dass er sich nicht das Genick gebrochen hat. Irgendetwas muss ihn geschützt haben, sonst wäre er bestimmt längst tot.«

»Aber er ist nicht tot. Was habt Ihr nun vor?«, fragte Penny.

»Viel kann man nicht tun. Es könnte ein wenig helfen, ihn zur Ader zu lassen. Ich hole meine Tasche …« Er drehte sich zu der schwarzen Ledertasche um, die er an der Tür abgestellt hatte.

Die Ärzte hatten ihre Mutter ebenfalls zur Ader gelassen, und zwar so lange, bis sie zu schwach gewesen war, die Krankheit zu überleben, die sie schließlich umgebracht hatte. »Ihr lasst ihn nicht zur Ader. Er hat schon genug geblutet. Wenn Ihr nichts Besseres anzubieten habt, könnt Ihr auch gehen.« Sie baute sich zwischen dem Arzt und dem Bett auf.

»Gut. Anscheinend haltet Ihr Euch selbst für einen Doktor.« Sean Townsend war recht gereizt. Zwar hatte er schon öfter mit lästigen Angehörigen zu tun gehabt, aber diese Frau hier entpuppte sich geradezu als Landplage. »Lasst ihn nicht wieder einschlafen, wenn er aufwacht. Möglicherweise wird er dann nie wieder wach. Ihr solltet Euch keine zu großen Hoffnungen machen. Wahrscheinlich wird er die kommende Nacht nicht überleben.« Nach dieser Ankündigung ließ er sie allein. Sie hörte ihn noch irgendetwas über störrische Frauenzimmer murmeln, als er zur Tür hinausging.

Einige der Leute, die draußen gewartet hatten, kamen nun wieder herein, um zu hören, was der Doktor gesagt hatte. Penelope berichtete es ihnen. Darauf entbrannte eine kleine Debatte, aber schließlich entfernten sich die meisten anderen, bis nur noch Marc, Dorian und Rose anwesend waren.

»Penny, du solltest dich eine Weile ausruhen. Es hilft ihm ja nicht, wenn du dir pausenlos Sorgen machst«, schlug Marc vor.

»Ich gehe erst, wenn er tot ist«, erwiderte sie rundheraus. »Nimm dir doch deinen eigenen Rat zu Herzen. Ich habe genug von Leuten, die mir sagen, was ich tun soll.«

Er wollte Einwände erheben, doch dann schaltete sich Rose ein. »Lasst nur, Marcus. Sie wird nicht von seiner Seite weichen, und ich kann ihr deshalb auch keine Vorwürfe machen. Wenn Ihr helfen wollt, dann sorgt dafür, dass die anderen keinen Zutritt bekommen.«

»Darum kann ich mich kümmern«, bot Dorian an. »Ich wache draußen und passe auf, dass Seine Lordschaft nicht herkommt und sein Werk vollendet.«

So blieb schließlich nur noch Rose im Zimmer und wachte mit Penny während des langen Abends bis tief in die Nacht.

»Penny, Ihr braucht nun aber wirklich etwas Ruhe«, sagte Rose endlich, als es fast Mitternacht war.

»Ich schlafe hier«, erwiderte Penny.

»Es gibt hier nur ein Bett, und in dem liegt ein nackter Mann.« Rose zog die Augenbrauen hoch.

»Jeder weiß doch längst, dass ich eine entehrte Frau bin. Was können die Leute jetzt noch über mich tratschen? Lasst mich einfach. Ich lege mich zu ihm, bis es vorbei ist.« Dabei wandte sie keinen Blick von Mordecai. Rose nickte, stand auf und ging ohne ein weiteres Wort hinaus.

Sobald sie allein war, versperrte Penny die Tür und zog sich aus. Das Nachthemd hatte sie nicht mitgebracht, aber auch das war ihr gleich. Sie glitt unter die Decke, legte sich neben ihn und sah ihm zu, wie er atmete, bis die Kerzen heruntergebrannt waren und Dunkelheit den Raum erfüllte. Im Dunkeln legte sie ihm die Hand auf die Brust, spürte, wie sie sich hob und senkte und lauschte dem gurgelnden Atem. Eigentlich wollte sie nicht schlafen, aber irgendwann fielen ihr dann doch die Augen zu.

15

Gewöhnlich unterteilen die Theologen die Götter in zwei Kategorien: einerseits die Nachtgötter, andererseits die Lichtgötter, die man als den Menschen wohlgesinnt betrachtet. Die Altvorderen hatten jedoch ganz andere Vorstellungen. Sie dachten, das Wesen und die Motive einer bestimmten Gottheit hingen mit deren Ursprüngen zusammen. Die Nachtgötter seien älter als die Lichtgötter und zudem aus den Überzeugungen eines lange untergegangenen Volks hervorgegangen. Der Verlust ihrer Anhänger habe sie in den Wahnsinn getrieben, denn ihre Einstellung den Menschen gegenüber sei alles andere als wohltätig. Die Lichtgötter beziehen ihre Macht aus dem Glauben an einen wechselseitigen Bund, während sich die Nachtgötter ihre Kräfte mit Gewalt aneignen. Selbst jene Anhänger, die sie bereitwillig anbeten, sehen sich häufig Opferungen und dunklen Ritualen unterworfen.

Marcus der Ketzer,
Über das Wesen von Glaube und Magie

Ich träumte unruhig und schwamm in einem tiefen See, in dem es kein Licht gab. Dann ertrank ich und erstickte an dem Wasser, das ich verzweifelt einzuatmen versuchte. Der Traum war endlos, und doch starb ich nie ganz und gar. So ging es immer weiter, bis ich endlich erwachte. Die Wirklichkeit war allerdings auch nicht viel besser. Es fühlte sich an, als wären meine Lungen mit einer Flüssigkeit gefüllt, und jedes Mal, wenn ich Atem schöpfte, schoss ein stechender Schmerz durch meinen Oberkörper. Alles tat mir weh.

Wegen der starken Schmerzen dauerte es eine ganze Weile, bis mir auffiel, dass ich nicht allein im Bett lag. Als Erstes bemerkte ich das weiche Haar, das meine Nase kitzelte, wenn ich den Kopf zur Seite drehte. Im Zwielicht konnte ich nicht gleich erkennen, zu wem die Haare gehörten, aber dann verriet es mir der Duft. Es war Penny, die sich sanft an mich geschmiegt hatte. Ihre Hand ruhte leicht auf meiner Brust, doch sie hatte es vermieden, zu viel Druck auszuüben. Hätte mir nicht alles so verdammt wehgetan, ich hätte diese Situation gewiss aufregend gefunden. Die Schmerzen freilich trieben mir alle solchen Gedanken aus.

Was in aller Welt ist mit mir geschehen?, dachte ich. Gleich darauf erinnerte ich mich. Die Jagd, die Verfolgung, mein Übermut. Ich hatte mich zum Narren gemacht. *Beim nächsten Mal musst du auch das Pferd abschirmen.* Falls es ein nächstes Mal gab. In dieser Hinsicht war ich gar nicht so sicher. Ich wollte Penny nicht stören, und schon bei der kleinsten Bewegung dämmerte mir, dass ich mich ohnehin nicht rühren konnte. Das leichteste Zucken jagte einen stechenden Schmerz durch meine Brust und erinnerte mich daran, dass die bisherigen Empfindungen nichts als spielerische Warnungen gewesen waren.

So lag ich eine lange Zeit nur da und gab mich den Qualen hin. Das Schlimmste war das ständige Gefühl zu ertrinken. Meine Lungen arbeiteten nicht ausreichend. Sie fühlten sich schwer an, irgendwie gefüllt. Ein kurzes

Husten stürzte mich fast in die Ohnmacht. Also beschloss ich, es nicht noch einmal zu tun. Dann verlegte ich mich darauf, das Zimmer mit meiner besonderen Wahrnehmung zu erkunden. Auf einmal fiel mir etwas ein. Ich konnte doch das Gleiche bei mir selbst anwenden.

So richtete ich die Aufmerksamkeit nach innen und erforschte ganz langsam meinen Körper. Die Aufgabe war schwierig, weil ich so wenig wusste und vieles, was ich entdeckte, fremdartig fand. Einige Dinge – wie mein stetig schlagendes Herz – waren leicht zu erkennen. Von da aus arbeitete ich mich weiter vor und tastete Lungen und Rippen ab. Ein Lungenflügel war geschädigt, er war voller Blut und trug überhaupt nichts zur Atmung bei. Das spitze Ende einer gebrochenen Rippe hatte die Lunge durchbohrt, und die zerstörten Gefäße entließen immer mehr Blut in den Lungenflügel und die Umgebung. An diesem Punkt geriet ich beinahe in Panik, denn soweit ich das einschätzen konnte, lag ich im Sterben. Langsam, aber sicher füllte das Blut auch den anderen Lungenflügel und ertränkte mich. Noch schlimmer, ich war zwar der Ansicht, meine Fähigkeiten könnten mir helfen, einige Dinge in Ordnung zu bringen, ich kannte jedoch nicht die richtigen Wörter.

Ahnungslos und hilflos war ich. Dennoch beschloss ich, es zu versuchen. Ich wusste bereits, dass man auch ohne Worte Magie wirken konnte. Es war nur wesentlich schwieriger und erforderte eine unerschütterliche Konzentration. Also richtete ich die Aufmerksamkeit auf die Rippe, die die Lunge durchbohrt hatte, und stellte mir vor, wie sie wegrutschte und an den gewohnten Ort zurückkehrte, um sich wieder mit der anderen Hälfte zu verbinden. Zuerst war ich nicht sicher, ob überhaupt etwas passierte, aber dann rührte sich tatsächlich der Knochen, und Wogen von Schmerz durchfluteten mich. Ich biss die Zähne zusammen und kämpfte den Schrei nieder, zu dem mir ohnehin die Puste fehlte. Als der Knochen schließlich gerichtet war, wurde ich beinahe wieder ohnmächtig, und außerdem rutschte er zurück, sobald ich mich nicht mehr auf ihn konzentrierte. Ich kämpfte die Angst nieder, machte verbissen weiter und stellte mir vor, wie er sich mit dem anderen Bruchstück verband und heilte. Endlich blieb er an Ort und Stelle, und ich konnte mich langsam entspannen und loslassen.

Als Nächstes nahm ich mir den durchbohrten Lungenflügel vor. Es dauerte einige lange Minuten, bis ich endlich spürte, dass das Loch verschlossen war. Freilich schwappte dort immer noch eine Menge Blut, um das ich mich kümmern musste. Da ich unsicher war, wie ich es beseitigen konnte, versiegelte ich zunächst die verletzten Arterien im Brustkorb. Nun war es einfacher. Danach erforschte ich noch einmal meine Lunge und pumpte sie mithilfe des Aythar ein wenig auf. Das tat höllisch weh, und ich musste husten und würgen, weil mein Körper das Blut loswerden wollte. Die anderen gesplitterten Rippen jagten immer neue schmerzhafte Stiche durch meinen Körper.

Also gut, erst die Knochen, dachte ich. Nacheinander richtete ich auch die anderen Rippen ein und verschmolz die Bruchstücke miteinander. Dabei litt ich schreckliche Qualen, die mich viel Kraft kosteten. Endlich dachte ich, alles sei wieder an Ort und Stelle, und konnte darüber nachdenken, das Blut abzuhusten, das mich immer noch zu ersticken drohte. *Unter der Ecke des Bettes müsste doch ein Nachtgeschirr stehen.* Ich fragte mich, ob ich es rechtzeitig erreichen konnte.

So stählte ich mich, richtete mich auf und stieg aus dem Bett. Nun ja, das war jedenfalls meine Absicht. Sobald ich mich jedoch aufrichtete, machte mich mein Kopf mit seinen ganz eigenen Schwierigkeiten bekannt. Wie bei einem Matrosen nach einer dreitägigen Zechtour drehte sich der Raum um mich herum. Der Versuch, das Bett zu verlassen, endete damit, dass ich, in den Decken verheddert, zu Boden stürzte. Das Husten begann, sobald ich mich aufrichtete. Nun konnte ich mich nicht mehr beherrschen und spuckte das Blut in alle Richtungen.

Natürlich wachte Penny sofort auf und fand mich am Boden liegend vor, wie ich würgte und eine Menge ... nun ja, ich sagte es ja schon. Es war gewiss kein hübscher Anblick, und der Husten war so übel, dass ich schon befürchtete, ich könnte daran zugrunde gehen. Sie legte mir die Hände auf die Schultern, als mich die Krämpfe schüttelten. Lange Minuten vergingen, während ich spie und keuchte, bis ich endlich ruhiger wurde. Bei jedem Atemzug drohte der Husten wieder einzusetzen, aber ich überwand den starken Reiz und entspannte mich.

Schließlich lag ich da und blickte zu Penny hoch, die sich über mich gebeugt hatte und mir Haare und Schultern streichelte. Ich war überrascht, dass sie nackt war, doch das Wichtigste schienen mir jetzt ihre Hände zu sein, die ich auf der Haut spürte. Endlich konnte ich ein paar Worte hervorstoßen. »Du siehst schrecklich aus«, sagte ich. Das erregte ihre Aufmerksamkeit, und sie sah mich groß an. Bis dahin hatte sie offenbar geglaubt, ich sei schon tot oder wenigstens dem Tode nahe. Jetzt lachte sie und begann gleichzeitig zu schluchzen.

»Ich dachte, ich hätte dich verloren«, sagte sie leise. Der Art und Weise, wie sie den Kopf hielt, konnte ich entnehmen, dass sie mich nicht sehen konnte. Es war vollständig dunkel im Zimmer. Jemand klopfte an die Tür.

»Du solltest rasch antworten, ehe Dorian die Tür aufbricht.« Das hätte ich jedenfalls gern gesagt, aber ich konnte nach wie vor kaum sprechen und krächzte nur: »Die Tür.« Sie verstand es und küsste mich zärtlich auf die Schulter.

Benommen, wie ich war, beobachtete ich Penny, die zur Tür ging und öffnete. Dorian stand mit wilden Augen draußen, Rose war bei ihm. Als das Licht vom Flur hereinfiel und Penny traf, wich Dorian zurück und wandte den Kopf ab. »Es klang, als bräuchtest du Hilfe«, erklärte er verlegen. Das Licht vom Korridor ließ keinen Zweifel daran, dass Penny nackt war.

Es war ihr offenbar peinlich, aber sie hatte keine Zeit, sich um die Schicklichkeit zu scheren, und trat einfach hinter den Türflügel. »Er hustet und spuckt Blut. Lady Rose, würdet Ihr mir Handtücher und Wasser bringen? Dorian, du kannst draußen bleiben.«

Dorian hatte sich längst ganz umgedreht. »Ich lasse sofort alles bringen«, versprach Rose. »Dorian sorgt unterdessen dafür, dass niemand hereinkommt. Also sperrt nicht ab, bis ich wieder da bin.« Damit verschwand sie.

Penny schloss die Tür, trat an den kleinen Tisch und entzündete die Lampe, die dort bereitstand, da die Kerzen verbraucht und zu Stummeln heruntergebrannt waren. Im warmen Licht konnte sie mich nun also sehen, wie ich inmitten dunkler Blutflecken am Boden lag. Ihre Miene war beherrscht, aber obwohl ich der Ohnmacht nahe war, erkannte ich genau, dass ihr keineswegs gefiel, was sie sah. Sie hockte sich neben mich und machte Anstalten, mich aus den Blutlachen zu ziehen. Ich hätte ihr gern geholfen, konnte aber nicht viel beisteuern. Nach Jahren ehrlicher Arbeit war Penelope jedoch recht kräftig geworden, und so gelang es ihr, mich vorsichtig in einen sauberen Bereich zu ziehen. Anschließend hob sie das Bettzeug auf, legte es aufs Bett und strich es glatt. Wie durch ein Wunder hatte es kaum Flecken abbekommen.

Nach ein paar Minuten kehrte Rose zurück und brachte einen Eimer und mehrere große Handtücher mit. Dorian hielt an der Tür ein paar Lappen und einen zweiten Eimer bereit. Er blickte eisern zu Boden, bis ihm Rose die Last abgenommen hatte und er die Tür von außen schließen konnte. Dann drehten mich die beiden Frauen auf die Seite und schoben mir ein kleines Kissen unter den Kopf, um die Atmung zu erleichtern. Schließlich wischten sie, so gut es ging, das Blut vom Boden auf.

Irgendwann während der Arbeit wechselten die beiden Frauen einen Blick. Pennys Dankbarkeit war unverkennbar. »Ich werde nie vergessen, was Ihr für mich getan habt«, versicherte sie der Adligen.

»Ihr seid ganz blutig.« Rose nahm ein Handtuch und tupfte Pennys Gesicht ab. »Braucht Ihr meine Hilfe, wenn Ihr ihn säubert?«

»Nein, danke, das schaffe ich schon«, antwortete Penny.

Sobald Rose gegangen war, nahm Penny den zweiten Eimer und die sauberen Lumpen und entfernte die Blutflecken von meiner Haut. Es dauerte eine Weile, und ich hielt die ganze Zeit über die Augen geschlossen, zumal ich ohnehin zu schwach war, um zu protestieren. Als sie mich so weit gesäubert hatte, wie es eben möglich war, trat sie vor den Spiegel und reinigte sich selbst, während ich in einen gnädigen Schlummer sank.

Ein paar Stunden später wachte ich auf. Ich lag auf dem kalten Boden und war mit einer dünnen Decke zugedeckt. Eigentlich hätte ich vor Kälte schaudern müssen, aber Penny hatte sich an meinen Rücken geschmiegt und vertrieb die Kälte mit ihrer eigenen Wärme. Wieder versuchte ich, mich aufzurichten, und auch jetzt drehte sich alles um mich. Abermals begann ich zu husten, doch dieses Mal erreichte ich rechtzeitig das Nachtgeschirr und verschmutzte den Raum nicht noch einmal.

Sie legte mir eine warme Hand auf den Arm. »Ich helfe dir ins Bett.« Ich dachte, ich könnte es allein schaffen, doch das erwies sich als falsch. Penny stützte mich und trug den größten Teil der Last, indem sie die Arme unter meine Achseln schob. Schmerzen durchzuckten mich, als die Rippen belastet wurden, was meinen Beinen jedoch neue Kraft verlieh, sodass ich ihr helfen konnte. Endlich lag ich im Bett, und sie deckte mich zu.

»Penny, du musst das nicht alles für mich tun«, sagte ich, als sie sich über mich beugte. Eine Flut dunkler Locken fiel ihr ins Gesicht. Mein wiedererwachtes Sprachvermögen versetzte mich sogar selbst in Erstaunen. Sie sah mich mit einem seltsamen Ausdruck an, die Augen weit geöffnet, das Gesicht dicht vor meinem. Die Zeit blieb einen Augenblick lang stehen, angehalten von einer Kraft, die ich nicht begreifen konnte, bis sie noch näher kam und mich zärtlich küsste.

»Ich werde tun, was ich will, Mordecai Eldridge, und weder der Tod noch Herzöge oder Doktoren können mich von dir trennen.« Ich hätte weinen mögen, war jedoch viel zu schwach, und mein Körper wirkte wie ausgetrocknet. Tausend Antworten schossen mir durch den Kopf, aber ich hatte weder die Zeit noch die Kraft, sie zu formulieren.

»Danke«, sagte ich nur und schloss wieder die Augen, während sie neben mir ins Bett schlüpfte. Ich wollte mit ihr reden und so viele Dinge erklären, doch ich schlief ein, geborgen in ihrer Umarmung.

Stunden später, kurz vor der Morgendämmerung, erwachte ich wieder. Irgendwie hatte ich es geschafft, mich auf die Seite zu drehen. So schmerzhaft es gewesen sein musste, ich hatte es anscheinend nicht bemerkt. Pennys leiser Atem strich mir über den Hals. *Nun ist eine meiner schönsten Phantasien Wirklichkeit geworden, und ich bin außerstande, die Situation zu meinem Vorteil zu nutzen,* dachte ich bei mir. Ich rückte eine Winzigkeit herum, gerade weit genug, um sie besser neben mir zu spüren. Ich gebe zu, selbst im Sterben bin ich noch ein Mann mit schmutzigen Gedanken.

Nach einer Weile wurde mir bewusst, dass sie mich anblickte. Sie war still aufgewacht und hatte sich nicht bewegt. *Wahrscheinlich denkt sie, ich schlafe noch.* »Ich lebe noch«, sagte ich.

»Ich weiß«, flüsterte sie mir ins Ohr. Halb tot, wie

ich war, jagte es mir dennoch einen prickelnden Schauer über die Wirbelsäule. Sie hielt mich in den Armen – ich konnte mir nichts Schöneres wünschen. Nach dreißig Minuten fand ich dennoch, dass ich den Moment zerstören musste.

»Penny …«

»Ja?«, antwortete sie.

»Ich muss Wasser trinken. Mein Hals ist so wund, dass ich kaum schlucken kann, und außerdem brauche ich einen kleinen Moment für mich.« Meine Blase machte sich trotz des Blutverlusts und der mangelnden Flüssigkeitszufuhr dringend bemerkbar. Sie holte mir Wasser, und ich trank vermutlich mehr, als es angesichts der Verfassung meines Magens ratsam gewesen wäre. Dann sah sie mich an.

»Wie wollen wir das jetzt anpacken?«, fragte sie.

Ich wusste, was sie meinte. »Wir? Ich bin vielleicht ein bisschen angeschlagen, aber verdammt will ich sein, ehe ich dich das machen lasse.« Das führte zu einem Streit, den ich verlor, aber immerhin fanden wir einen Kompromiss. Ich wickelte mich in ein Laken und stellte mich ans Fenster, wo ich mich an die Wand lehnen konnte. Sie blieb ein Stückchen hinter mir und war bereit, mich aufzufangen, falls ich stürzte.

Mehrere peinliche Minuten später war ich wieder im Bett. Ich dachte, sie werde sich jetzt gleich ankleiden und gehen. Schließlich hatte sie ja ihre Arbeitsstelle. Doch ich irrte mich. Wieder glitt sie neben mir unter die Decke. Ich dachte an den Kuss, den sie mir am vergangenen Abend gegeben hatte, und wünschte sehr, ich wäre bei besserer Gesundheit. Die Wunschfee erhörte mich jedoch nicht.

Wir schliefen nicht, sondern ruhten aus und blieben dabei hellwach. Na ja, ich jedenfalls. Ich bin nicht sicher, welchen Grund sie überhaupt noch hatte, im Bett zu bleiben. »Der Arzt hat gesagt, du würdest sterben«, gestand sie mir dann.

»Ich hoffe, er irrt sich noch öfter«, entgegnete ich. »Ich hätte durchaus sterben können, doch es ist mir in der letzten Nacht gelungen, einiges in Ordnung zu bringen.« Das machte sie neugierig, also musste ich ihr erklären, was ich in den vergangenen Stunden getan hatte. Nach einer Weile hatte dann auch ich eine Frage.

»Ich glaube, Rose hat dir ein Nachthemd gebracht. Ich habe es auf dem Tisch liegen sehen.« Es gefiel mir nicht, es erwähnen zu müssen.

»Ja, das hat sie getan.« Eine schlichte Aussage.

»Warum hast du es nicht angezogen?« Die Dummheit stirbt nie aus. Offensichtlich ging es mir viel besser, weil die meine schon wieder gut bei Kräften war.

»Fürchtest du, meinen Ruf noch weiter zu beschädigen?«, fragte sie.

Ich spannte mich an, doch sie nahm es offenbar gelassen. »Ja. Warte, nein, das ist nicht das, was ich meinte.« Das waren wieder die üblichen Schwierigkeiten, mich richtig auszudrücken, wann immer Penny in der Nähe war.

»Er mag mir die Unschuld genommen haben, aber ich werde diese Stunden hier nie vergessen, und sei es nur, weil du zu schwach warst, mir zu entkommen.« Zorn und Trauer schimmerten gleichberechtigt in ihren Worten durch.

»Nein, das hat er nicht getan, Penny. Das wollte ich dir schon seit Tagen erklären«, entgegnete ich.

»Was denn? Woher weißt du das?« Sie machte Anstalten, schon wieder wütend zu werden. Ich hatte Angst, der Streit des vergangenen Tages könnte sich wiederholen. *Wenn ich es ihr nur zeigen könnte, um all die Missverständnisse und Irrtümer aufzuklären.* Da fiel mir etwas ein. Hätte ich von den Gefahren gewusst, die so etwas mit sich bringt, ich hätte es, besonders im Lichte meiner mangelnden Erfahrung, gewiss nicht versucht.

»Lass es mich dir zeigen, Penny. Ich glaube, ich weiß, wie es geht. Vertraust du mir?« Eindringlich blickte ich sie an, weil ich nicht wusste, wie sie reagieren würde.

»Magie?«, fragte sie.

Ich nickte und fürchtete schon, sie werde sich weigern, doch das tat sie nicht.

»Na gut, was soll ich tun?«, antwortete sie. Darauf drehte ich mich herum, was mir am ganzen Körper Schmerzen bereitete, weil ich unbedingt ihr Gesicht sehen wollte. Als Novize im Bett hatte ich nicht bedacht, wie sich unsere Arme und Beine in dieser Situation verhalten würden. Einfältigerweise hatte ich angenommen, sie werde ein wenig abrücken, damit wir einander ansehen konnten, ohne uns zu berühren, so wie wir es in den unschuldigen Tagen unserer Kindheit getan hatten. Stattdessen schob sie aber ein Bein unter meines und legte den Arm um meine Taille. Glücklicherweise war die Bettdecke hochgezogen, denn so langsam fühlte ich mich gut genug, um auf die Nähe mit einer eindeutigen Regung zu reagieren.

Ich bemühte mich allerdings nach Kräften, derlei Anwandlungen zu unterdrücken, und holte tief Luft. Der Schmerz, den dies verursachte, trug ein Gutteil dazu bei, meine Aufmerksamkeit wieder auf mein Vorhaben zu lenken.

»Was jetzt?«, sagte sie.

»Ich muss einen Augenblick lang dein Gesicht berühren. Ich glaube, das wird ausreichen.« Nickend willigte sie ein. Bisher hatte ich nur ein lycianisches Wort gelernt, das sich auf den Geist bezog. Ich nahm an, es sei genug, um mir zu helfen, das zu tun, was ich tun wollte. »*Mirren.*« Gleichzeitig dehnte ich mein Bewusstsein aus, um ihres zu berühren. Ich hob die Hand, um sie auf ihr Gesicht zu legen, doch sie wartete nicht darauf, und als ich mich bewegte, beugte sie sich vor und küsste mich.

Die Welt verschwand. Das Gefühl war jenem ähnlich, das ich schon bei Marcs Pferd gehabt hatte, und zugleich doch anders. Es war kein plötzliches Hineinstürzen, und ich hatte auch nicht den Eindruck, meinen eigenen Körper zu verlassen. Vielmehr verschmolzen unsere Geister miteinander, während unsere Gedanken und Gefühle ineinanderströmten. Ihren Körper konnte ich ebenso wie meinen spüren, aber es blieb immer noch ihr eigener, und dies war ein Unterschied. In gewisser Weise war es weniger umfassend, aber doch unendlich sanfter.

Worte waren jetzt nutzlos. Für das Herz sind die Worte nur ein dünner Schleier, der sich über die Wahrheit der Erlebnisse legt. Noch einmal durchlebte ich jene Nacht, erinnerte mich an das, was ich getan und wie ich sie gefunden hatte, welche Gefühle mich durchflutet hatten. Sie dagegen zeigte mir ihre eigenen Erinnerungen davor und danach, sobald sie erwacht war. Die Qualen, die sie danach durchlitten hatte, beschämten mich, weil ich viel zu wenig getan hatte, um sie zu suchen und es zu erklären. Aber dann gab sie mir zu verstehen, ich solle loslassen und mir selbst verzeihen. Auf ihrer Seite wichen die Panik und der Schrecken einem warmen Verständnis für meinen Anteil. Ganz besonders kehrte sie immer wieder zu dem Moment zurück, als ich sie in jener Nacht behutsam ins Bett gebracht hatte. Sie schmeckte es, spürte den Gefühlen nach, die mich erfüllt hatten, als ich sie betrachtet hatte, wie sie da zerbrechlich und schön im Bett gelegen hatte.

Am Rande bemerkte ich, dass wir uns immer noch küssten. Während der ganzen Zeit hatten wir die Umarmung nicht unterbrochen und uns kaum bewegt, es sei denn, um Atem zu schöpfen. Ich spürte, wie sie sich der Situation bewusst wurde und wie ihr Herz nun schneller schlug. Die Erregung erwachte auch in mir, sodass ich beinahe die Verbindung verloren hätte. Aber ich stellte mich rasch darauf ein … ich wollte sie noch nicht verlieren. Die Veränderungen, die in ihr geschahen, konnte ich genau verfolgen, und sie wusste ebenso, was in mir vorging. Die Regungen, die ich schon vorher bemerkt hatte, wurden allmählich zu stark, um sie noch zu unterdrücken, doch sie schreckte nicht zurück.

Bei alledem waren die Schmerzen in meinem Körper mindestens so stark wie die angenehmeren Gefühle. Vorsichtig drehte sie mich auf den Rücken und legte sich auf mich. Die Dummheit dessen, was wir taten, ließ mich einen Augenblick zögern, doch dann spürte ich ihren klaren und entschlossenen Gedanken. *Ich brauche es, Mort. Ich muss die Angst auslöschen, die er in mir hinterlassen hat.* Zwar waren es keine Worte, aber das war die Absicht, die sie mir vermittelte.

Ich verwarf all meine Zweifel, und was darauf folgte, war schmerzhaft und wundervoll zugleich. Ironischerweise hatte ich sogar stärkere Schmerzen als sie, was Anlass zu einem schönen Scherz gegeben hätte, so wir es denn jemals jemandem hätten erzählen wollen. Ich bin sicher, dass wir beide die Stunde, die nun folgte, nie mehr vergessen werden. Wir blieben die ganze Zeit über in Gedanken verbunden, bis ich zu müde war und der Schlaf mich übermannte.

16

Die verschiedenen Herrscher der Menschen, die Könige und die Adligen, pflegten seit jeher unerquickliche Beziehungen zu Zauberern und Magiern. Eine Person, die solche Macht besitzt, können sie nicht so leicht ignorieren. Derart mächtige Menschen sind aber ein zweischneidiges Schwert, das ebenso die Hand des Lords zerschneiden kann, der es führt, wie es dessen Feinde zu vernichten vermag. Weise Herrscher sind sich dieser Gefahr stets bewusst, denn sie mögen nicht leichtfertig auf die Vorteile verzichten, die ihnen ein Zauberer bietet. Dennoch müssen sie immer misstrauisch gegenüber denjenigen sein, die mit einem einzigen Wort töten können.

Marcus der Ketzer,
Über das Wesen von Glaube und Magie

Die Sonne spähte durch die Wolken, als Timothy im Garten hinter der Küche Unkraut jätete. Es war nur eine kleine Parzelle, gewiss nicht groß genug, um alle Menschen zu speisen, die jeden Tag in der Burg aßen. Die meisten Lebensmittel wurden ohnehin mit Karren herbeigeschafft. Auf diesem kleinen Stück Land zog der Koch Kräuter, Gewürze und kleinere Zutaten, die am besten ganz frisch verarbeitet wurden. Diesen Auftrag bekam Timothy recht häufig, damit das Unkraut gar nicht erst hochwuchs, doch die Ernte erledigte der Koch selbst, wann immer er etwas brauchte.

Die meisten anderen Jungs, die auf der Burg von Lancaster und in der Umgebung lebten, mochten das Jäten nicht, aber Timothy machte es nichts aus. Er war Waise und hatte unter den Nachbarskindern nur wenige Freunde gefunden. Deshalb hatte er trotz der Aufgaben, die man ihm übertrug, häufig Zeit. Der Garten war voller sprießender Pflanzen und frischer Erde, ganz zu schweigen von den Insekten und anderen kleinen Geschöpfen wie etwa den Fröschen. Er mochte die Frösche. Da Eile nicht nottat, beklagte sich der Koch auch nicht, wenn der Junge mehrere Stunden für die Aufgabe brauchte, solange er nur die Pflanzen nicht beschädigte. So jätete Timothy, redete mit den Fröschen, jätete wieder ein wenig und beobachtete einen Grashüpfer. Kleine Jungen ließen sich schnell ablenken, und Timothy war keine Ausnahme.

Er hob den Kopf, als ein Schatten über ihn fiel. Vater Tonnsdale stand da und lächelte ihn an. »Da bist du ja! Ich hab dich überall gesucht, Timmy!«

»Ich war doch die ganze Zeit hier, Vater! Der Koch mag es, wenn ich das Unkraut jäte, und es macht ihm auch nichts aus, wenn es eine Weile dauert.« Dann strahlte er Vater Tonnsdale an.

Der alte Priester zauste ihm freundlich die Haare. »Schon gut, Junge. Du sollst auch nur etwas für mich aus der Stadt holen.«

»Gewiss, Vater. Ich kann die Arbeit hier später beenden.« Timothy klopfte sich den Staub ab.

Vater Tonnsdale beschrieb ihm ein Haus in der Stadt, wo das wartete, was Timmy abholen sollte. Es sei ein kleines, aber schweres Päckchen, das möglicherweise Krüge enthalte. Der Junge sollte sofort losgehen und es später in die Kapelle bringen.

»Was ist denn da drin?«, fragte Timmy neugierig.

Der alte Mann zwinkerte verschwörerisch. »Das ist ein Geheimnis. Eine Überraschung für Mordecai, sobald es ihm wieder besser geht. Etwas wie ein Erbstück. Er wird sich freuen, wenn er es bekommt. Aber vergiss nicht, red mit niemandem darüber, bis du es mir gebracht hast. Wir können es ihm morgen zusammen zeigen, wenn es ihm wieder besser geht.«

Aufgeregt rannte Timothy los, erfüllt von der unerschöpflichen Energie der Jugend. Er mochte Mordecai und hatte sich Sorgen gemacht, sein neuer Freund werde womöglich gar nicht mehr von dem Sturz genesen. Da er nun etwas für ihn tun konnte, fühlte er sich sofort besser.

Am Morgen nach dem Jagdausflug wartete Devon vor den Gemächern des Herzogs. Man hatte ihn bereits in der Morgendämmerung gerufen. Binnen einer Viertelstunde war er zur Stelle gewesen und hatte seitdem mindestens eine Stunde gewartet. Der gute Herzog brachte seine Missbilligung schon dadurch zum Ausdruck, dass er Devon lange hinhielt, was dieser auch ganz genau begriff.

Schließlich steckte ein Diener den Kopf zur Tür herein. »Der Herzog empfängt Euch jetzt.« Devon holte tief Luft und folgte ihm. Es war klar, dass es eine unangenehme Begegnung werden würde. Drinnen saß der Herzog an einem kleinen Tisch. Er hatte gerade sein Frühstück beendet. Andere Sitzgelegenheiten gab es nicht, obwohl Devon sicher war, am Vortag sogar mehrere gesehen zu haben. Ein weiterer dezenter Hinweis. Also musste er stehen.

»Ihr habt mich rufen lassen, Durchlaucht?«, begann er, da James keine Anstalten machte, das Gespräch aufzunehmen.

»Ich will mit dir über die Ereignisse des gestrigen Tages sprechen.« James war kein Mann, der lange um den heißen Brei herumredete, und jetzt wirkte er angespannt. Außerdem standen zwei bewaffnete Wächter in dem Zimmer bereit, was einer unverhohlenen Beleidigung äußerst nahekam. Der Herzog trug sich doch hoffentlich nicht mit der Absicht, Devon zu verhaften?

»Ah, damit habe ich schon gerechnet, Durchlaucht. Der junge Dorian schien ganz außer sich, als wir uns gestern begegnet sind.« Das war eine Untertreibung, aber Devon wollte dem Herzog nicht die Worte in den Mund legen.

»Wenn du damit meinst, dass er hier hereingestürmt kam und deine sofortige Verhaftung, Aburteilung und Hinrichtung verlangt hat, ja, dann war er sicherlich ganz außer sich.« Die Miene des Herzogs ließ keinen Zweifel daran, was er von der Angelegenheit hielt.

»Mir war gar nicht klar, dass er mir ernsthaft irgendeine Schuld zuweisen wollte. Ich hatte gehofft, er werde sich wieder abregen, nachdem er meine Erklärung gehört hatte.« Devon dachte natürlich nichts dergleichen, aber er wollte auch nicht die kleinste Andeutung machen, sich irgendwie falsch verhalten zu haben. Aus langer Erfahrung wusste er, dass die Schweißhunde immer nur noch mehr Blut verlangten, nachdem sie die ersten Tropfen gewittert hatten.

»Seiner Darstellung nach hätte er dir beinahe den Kopf abgeschlagen, ehe du dich überhaupt bemüht hast, Mordecai beizuspringen. Was ihm vorher zugestoßen ist und was du bis dahin getan hast, um ihm zu helfen, bleibt unklar. Das klingt nicht nach einem Mann, der bereit ist zu vergessen und zu vergeben.« Der Herzog sah Devon scharf an.

»Ganz ehrlich, Durchlaucht, ich hatte mit dem Unfall nichts zu tun und musste einfach nur angestrengt nachdenken, wie ich ihm helfen konnte, sobald ich ihn erreicht hatte. Er war gegen einen Baum geprallt und atmete nicht mehr. Dorian nahm ganz ohne Grund an, es sei meine Schuld. Wäre ich nicht bereit, auf seine Heißblütigkeit Rücksicht zu nehmen, so würde ich ihn vielleicht sogar wegen dieser Beleidigung zum Duell fordern.« In diesem Augenblick war er der Inbegriff selbstgerechter Empörung.

»Du wärst ein Narr, dies zu tun, denn er würde schon in der ersten Minute dein Gedärm auf dem Boden verteilen.« James hielt einen Augenblick inne. »Wenn du nicht dazu beigetragen hast, den Unfall zu verursachen, was hast du dann getan, um Mordecais Leben zu retten?«

»Wenn ich ganz offen sein darf, Durchlaucht, so muss ich zu meiner Schande gestehen, dass mir der junge Dorian zugesetzt hat, bis ich weder ein noch aus wusste. Er war drauf und dran, mir den Kopf abzuschlagen, und ich war ernstlich im Hintertreffen. Deshalb tat ich so, als wüsste ich einen Weg, Mordecai wieder zum Atmen zu bringen. Der Gnade der Götter ist es zu verdanken, dass er sich genau in diesem Augenblick erholt hat, denn sonst wäre ich jetzt nicht hier.« Nun strahlte Devon Verlegenheit aus.

»Anscheinend trifft es sich gut, dass niemand den Sturz beobachtet hat. Meine Männer berichten auch, dass sein Pferd, bevor es ihn abwarf, keinerlei Hinweise auf eine Verletzung gezeigt habe. Dorian hält dich für eine Art Zauberer.« James nahm an diesem Tag wirklich kein Blatt vor den Mund.

»Wenn ich das wäre, dann würde ich doch nicht zu einem so groben Mittel greifen. Um Eure Frage aber zu beantworten: Ich bin natürlich kein Zauberer. Meines Wissens gibt es niemanden mehr, der über nennenswerte Kräfte verfügt.« Die Halbwahrheiten kamen Devon so leicht über die Lippen, wie einem Fisch das Wasser durch die Kiemen strömt. Innerlich lächelte er.

»Dann gibt es also keinen Beweis für irgendwelche Verfehlungen.« Der Herzog seufzte, als wäre er enttäuscht. »Allerdings sind mir noch andere Dinge zu Ohren gekommen. Dinge, die Fragen über deinen Charakter aufwerfen, Devon Tremont.«

»Ich bin gern bereit, all Eure Fragen zu beantworten, Durchlaucht. Freilich ist es schwer, sich zu verteidigen, wenn die Ankläger nicht zugegen und sogar unbekannt sind«, erwiderte Devon.

Der Herzog stand auf, und nun bemerkte Devon, dass der Adlige ein Schwert trug, ein Umstand, der in seinen eigenen Gemächern als höchst ungewöhnlich gelten musste. Offensichtlich war der Herzog darauf vorbereitet, dass die Auseinandersetzung mit Devon eine unerfreuliche Wendung nehmen werde. »Man sagte mir, du hättest ein Dienstmädchen belästigt und ihm deinen Willen aufgezwungen.« Dabei blitzten James' Augen auf.

Devons Gedanken rasten. Was wusste der Herzog?

Was hatte man ihm erzählt? Und wer hatte es verraten? Das Vergehen selbst konnte keine schlimmeren Folgen als eine Geldstrafe haben, und vielleicht musste er lediglich packen und abreisen. Sein Stand schützte ihn vor schlimmeren Maßnahmen. Sogleich kam ihm der Gedanke, dass der Herzog die Sache nicht wirklich energisch verfolgen, sondern nur darauf abzielen werde, ihn in Verlegenheit zu bringen. »Wer hat so etwas behauptet, Durchlaucht? Es ist ungerecht, mich zu beschuldigen, nur weil jemand irgendwelche aus der Luft gegriffenen Gerüchte verbreitet.« Äußerlich ließ er sich nichts anmerken.

»Aus der Luft gegriffene Gerüchte?« James lachte, doch es war ganz und gar ernst. »Glaubst du wirklich, ich stelle dich wegen bloßer Gerüchte zur Rede? Es gibt mindestens drei Augenzeugen für deine Tat. Ob du Tremonts Sohn bist oder nicht, dein Wort allein reicht nicht aus, um diese Zeugen aufzuwiegen.« Tatsächlich hatte James Lancaster gar nicht drei Zeugen, sondern lediglich Dorians Wort, dass es drei Zeugen geben würde, sobald Mordecai erwachte und die Angelegenheit endgültig aufklärte.

»Ich weiß nicht einmal, wer die junge Dame sein soll, der ich mich angeblich genähert habe«, antwortete Devon.

Da lief das Gesicht des Herzogs rot an. Er biss die Zähne zusammen und ging auf Devon los. Fast schien es, als wollte er sogar das Schwert ziehen, doch er hielt inne und baute sich eine Handbreit vor dem jungen Lord auf. »Reize mich nicht, Tremont! Die Hand deines Vaters kann dich hier nicht beschützen, falls ich die Beherrschung verliere. Wenn du noch einmal meine

Dienstmädchen belästigst, darfst du nicht mit einer lächerlichen Geldstrafe rechnen, sondern ich werde deinen verlogenen Kopf an den Galgen hängen, und wenn es deshalb einen Krieg gibt!« Er spie diese Worte aus, als hätte er den Mund voller Nägel.

Devon wich zurück. Er wusste nicht, was er von dem Wutausbruch des Herzogs halten sollte, war aber keineswegs bereit, irgendwelche Zugeständnisse zu machen. »Ihr tätet gut daran, Euch an das Gebot der Höflichkeit zu halten, während ich unter Eurem Dach wohne. Wenn Ihr mich offen beschuldigen wollt, so tut es, denn sonst beschädigt Ihr Eure Ehre.«

James wurde kreidebleich und beugte sich vor. »Du wagst es, mir gegenüber von Gastfreundschaft zu sprechen? Du nötigst meine Untergebenen, du vergreifst dich an denen, die ich beschütze, und willst dennoch das Gastrecht für dich in Anspruch nehmen? Merk dir meine Worte: Wenn mir zu Ohren kommt, dass du in diesen Hallen noch einmal jemanden verletzt, dann lasse ich dich kastrieren, wie es schon dein Vater hätte tun sollen, bevor er sich zu deiner Mutter legte. Verschwinde aus meinem Angesicht! Du hast noch Zeit bis zum Ende der Woche, danach aber reist du ab. Hebe dir die Hurerei auf, bis du nach Tremont zurückkehrst!« Damit endete der Herzog und trat einen Schritt zur Seite, um mit dem Rücken zu Devon stehen zu bleiben, bis dieser den Raum verlassen hatte.

Sobald er draußen war, trat Genevieve ein, die das Gespräch belauscht hatte. »Bist du sicher, dass es klug ist, so mit ihm umzuspringen? Sein Vater könnte dich vor die Versammlung der Lords zitieren.«

»Er ist der vaterlose Sohn einer Hure!«, rief James

nun erheblich lauter, da Devon gegangen war. Es dauerte mehrere Minuten, bis er sich beruhigt hatte. Innerlich stimmte sie ihm aus ganzem Herzen zu. Ihr Gemahl fuhr selten aus der Haut, dann aber nie ohne guten Grund. Sie war stolz auf ihn, weil er lieber alles aufs Spiel setzte, als einen Übergriff gegen seine Untergebenen hinzunehmen.

Später an diesem Tag, noch vor der Stunde des Mittagsmahls, klopfte jemand an meine Tür. Ich hatte zuvor ein herzhaftes Frühstück zu mir genommen, und meine Kräfte schienen zwar zurückzukehren, aber ich fühlte mich noch nicht stark genug, um herumzulaufen und selbst zur Tür zu gehen. Glücklicherweise war Penny noch bei mir, inzwischen allerdings angekleidet. Sie hatte sich darüber ausgelassen, wie gut es wäre, mir einen Badezuber bringen zu lassen und mich wirklich gründlich zu reinigen. Ich war nicht sehr scharf darauf, aber sie schien regelrecht vernarrt in diese Idee. Nun stand sie auf und öffnete für mich die Tür.

Draußen stand Vater Tonnsdale. »Darf ich eintreten?«

Penny wollte ihn schon wegschicken, doch ich winkte ihr. Mir war durchaus nach etwas Gesellschaft zumute. Also kam er herein und zog sich einen Stuhl ans Bett. »Ich habe gestern vor deinem Unfall mit dem Herzog gesprochen. Er hat mir verraten, dass uns etwas verbindet.« Damit sah er mich vielsagend an und warf einen Blick zu Penny hinüber.

»Keine Sorge, Vater, sie ist im Bilde«, antwortete ich. Eine Folge unserer Verbindung war, dass Penny jetzt sehr viel mehr über mich wusste als zuvor. Zumeist betraf dies Ereignisse jüngeren Datums, unsere Gefühle und alles, was wir während dieser glückseligen Stunde miteinander geteilt hatten. Dagegen hätte ich beispielsweise den Geburtstag ihrer Mutter nicht nennen können. Was daran lag, dass wir diesen Punkt einfach nicht berührt hatten.

»Ah, dann ist es gut. Der Herzog dachte, du möchtest vielleicht etwas mehr über die Ereignisse jener schrecklichen Nacht erfahren.« Seine Miene verriet eine Mischung aus Trauer und Wehmut.

»Ja, was immer Ihr mir erzählen wollt. Ich war damals noch ein Säugling und freue mich also über alles, was mir hilft, es zu verstehen.« Ich war dankbar, mit jemandem sprechen zu können, der tatsächlich dabei gewesen war.

Die nächste Stunde verbrachte er damit, mir die Ereignisse dieser schrecklichen Nacht zu schildern, die aus seiner Sicht allerdings recht langweilig verlaufen war. Er hatte gefastet, um sich auf die Frühlingsandacht vorzubereiten, die am nächsten Morgen stattfinden sollte. Dies war ein Feiertag, den alle Anhänger des Abendsterns Millicenth begingen. Der Abendstern war in Lothion eine beliebte Göttin und wurde von den Camerons und den Lancasters verehrt.

Er hatte also den ganzen Abend fastend in der Kapelle verbracht und das Abendessen ausgelassen, was ihm letztlich das Leben gerettet hat. Als das Feuer auf der Burg ausbrach, kam er heraus, um nach dem Rechten zu sehen, doch sobald er die Fremden in der schwarzen Kluft bemerkte, wurde ihm klar, dass er sich besser versteckt halten sollte. Trotzdem schlugen sie die Tür der Kapelle ein, in der er sich eingeschlossen hatte. Den geheimen Lagerraum, in dem die Reliquien der Kirche über Nacht aufbewahrt wurden und in dem er sich versteckt hielt, fanden sie allerdings nicht. Er war in dieser Nacht einer von sehr wenigen Überlebenden. Die anderen starben am Gift, in den Flammen oder wurden niedergemacht, wo immer die Mörder sie aufgriffen.

Danach beschrieb er mir meine Eltern, auch wenn dies für mich nichts Neues mehr war. »Ich habe dann bei der Bestattung geholfen. Ein weiterer Priester kam hinzu, da es so viele Tote waren. Ich richtete die Camerons für die Beerdigung her. Der Leichnam deines Vaters wurde jedoch nie entdeckt, und deine Mutter war ebenfalls verschwunden. Dieser Anhänger hier gehörte deinem Großvater, dem Grafen di'Cameron. Ich bin sicher, er hätte gewollt, dass du ihn bekommst.«

Ich war, vorsichtig ausgedrückt, sehr gerührt, als ich das kleine Symbol an die Lippen hob, um es zu küssen und mir um den Hals zu legen. Ebenso wie der Anhänger des Priesters verströmte er einen zarten goldenen Schimmer, ein Zeichen für die Verbindung mit der Göttin selbst. Ich bedankte mich von Herzen, und bald darauf ging er wieder. Eine Weile starrte ich noch den silbernen Stern an, bis Penny sich neben mich setzte. »Macht es dich traurig, wenn du daran denkst?«

»Ein bisschen schon«, antwortete ich. »Meinen Großeltern bin ich nie begegnet. Über sie ist mir sogar noch weniger bekannt als über meine Eltern. Vor ein paar Tagen habe ich allerdings überhaupt noch nichts gewusst. Irgendwie kommt mir alles unwirklich vor. Innerlich fühle ich mich immer noch wie Mordecai Eldridge und empfinde Schuld, weil ich für diese Menschen, die gestorben sind, nicht viel empfinden kann.«

Penny verstand es, gut zuzuhören. Wir redeten eine Weile, bis es abermals an der Tür klopfte.

Ehe Penny die Tür erreichte, öffnete Dorian sie von außen. »Seine Durchlaucht, Herzog James von Lancaster.« Gleich darauf schritt der Hausherr ohne weitere Vorwarnung herein. Er schien bei bester Gesundheit, bewegte sich schnell, und sein Gesicht war leicht gerötet, als hätte er sich vor kurzer Zeit noch angestrengt. Ich wusste nicht, dass er kurz zuvor Devon Tremont zur Rede gestellt hatte, aber ich wäre gewiss froh gewesen, wenn er mir in aller Ausführlichkeit davon berichtet hätte.

Wie es aussah, war er voller Tatendrang. »Mordecai!«, begann er recht laut. »Ich bin froh, dich wach und gestärkt vorzufinden.« Statt sich den Stuhl zurechtzurücken, setzte er sich einfach auf die Bettkante.

»Die Nachrichten über mein Ableben waren voreilig, Durchlaucht«, antwortete ich lächelnd.

»Wie ich schon sagte, nenn mich bitte James, wenn wir allein sind«, erinnerte er mich. »Eigentlich wollte ich deine Einführungszeremonie für morgen ansetzen und dir heute Abend den Treueid abnehmen, aber wie es scheint, müssen wir dies doch noch um ein paar Tage verschieben. Immerhin kommst du wohl rasch wieder zu Kräften.«

»Das verdanke ich Penny, die sich wie ein rettender Engel für mich eingesetzt hat«, entgegnete ich lächelnd.

»Ja, auch mit Penny habe ich einige Dinge zu besprechen.« Grimmig sah er sie an.

»Ich kann dir gar nicht genug danken, dass du dich um meinen Neffen gekümmert hast«, sagte er. »Wie ich höre, bist du aber meine Gattin angegangen und hast darauf beharrt, dass Rose dir helfen solle, ihn zu finden.«

»Ja, Durchlaucht.« Sie schlug die Augen nieder.

»Weiter kam mir zu Ohren, dass du manchmal die Gabe der Prophetie besäßest. Egal. Gestern hast du dich jedenfalls durchgesetzt und mir unmissverständlich zu verstehen gegeben, du würdest, wenn ich dich aus dem Zimmer wiese ... warte, wie hattest du dich ausgedrückt?« Er suchte nach den richtigen Worten.

»Dann hättet Ihr einen Stummelfinger, Durchlaucht«, half sie ihm aus.

»Ja, genau. Und soweit ich weiß, hast du es durchaus ernst gemeint, meine Liebe.« Er lächelte wie ein Hund, der sich gerade die richtige Stelle für den Biss aussucht.

»Ja, Durchlaucht, und ich meine es immer noch ernst«, erwiderte sie höflich.

»Dir ist natürlich klar, dass eine so freche Respektlosigkeit deinem Herrn gegenüber höchst unerfreuliche Konsequenzen haben kann. Ich könnte dich in den Hof bringen und für deine Aufsässigkeit auspeitschen lassen.« Er sprach nicht mit besonderem Nachdruck, doch ich wollte schon aufbegehren und aus dem Bett steigen.

»Das könnt Ihr nicht tun!«, widersprach ich, doch er tat meinen Einwand mit einer Handbewegung ab.

»Ja, Durchlaucht, das trifft zu«, erwiderte sie.

»Obendrein hast du gestern ohne Erlaubnis deinen Arbeitsplatz verlassen und bist seitdem auch nicht wieder dort erschienen«, fuhr er fort. »Du hast die vergangene Nacht allein in diesem Raum mit meinem Neffen verbracht.«

»Ja, Durchlaucht. Ich wollte an seiner Seite wachen,

bis er tot wäre oder bis ich sicher sein konnte, dass er weiterlebe.« Die Antwort klang sogar ein wenig trotzig.

»Andere hätten sich ebenso gut um ihn kümmern können. Es entsprach wohl kaum der Schicklichkeit, dass eine junge Frau die ganze Nacht hier verbringt. Aber das ist dir anscheinend egal, Penelope. Oder?«

»Genau, Sir«, erwiderte sie. »Ich will lieber verdammt sein, als ihn der Obhut anderer zu überlassen.« Stolz erwiderte sie seinen Blick.

»Liebst du meinen Neffen, Penelope?«

»Ja, Durchlaucht.« Sie wollte es nicht zurückhalten.

»Dann lässt du mir keine andere Möglichkeit. Penelope Cooper, ich entlasse dich aus meinen Diensten. Eine so respektlose Hausangestellte kann ich nicht brauchen. Du wirst binnen einer Stunde deine Sachen aus dem Dienstbotenquartier holen.« Er klang jetzt todernst.

Mit dieser Reaktion hatte Penny nicht gerechnet. Irgendwie hatte sie wohl angenommen, ihre guten Taten könnten ihre Verfehlungen überwiegen. Sie stand einen Moment wie vor den Kopf gestoßen und mit halb geöffnetem Mund da. Ein paar Sekunden später quollen ihr die Tränen aus den Augen, und sie wandte sich ab, um ihre Sachen zu holen, ehe jemand sie weinen sah.

»Geht noch nicht weg, Miss Cooper. Ich habe auch Mordecai einige Dinge zu sagen, die Ihr als Erste hören sollt«, fügte James hinzu. »Mordecai, da du nicht ganz auf dem Damm bist, wirst du am Tanzvergnügen morgen Abend vermutlich nicht teilnehmen können. Dies ist aber unsere letzte Feier, ehe die Gäste nach Hause zurückkehren, daher wird es ein bedeutendes Ereignis. Genevieve hat viel Zeit mit der Planung verbracht.«

»Das habe ich schon gehört.« Ich war nicht sicher, worauf der Herzog hinauswollte.

»Genevieve bat mich, dir etwas auszurichten. Falls du eine Dame im Sinn hast, die du zu diesem Ball mitbringen wolltest, dann ist sie natürlich willkommen, auch wenn du nicht selbst anwesend sein kannst.« Er warf Penny einen Blick zu und lächelte boshaft. Danach griff er in die Jacke und zog eine Schriftrolle heraus, die er aufs Bett warf. »Der Treueid muss wie alles andere warten, aber das Land, der Titel und die Vorrechte gehören jetzt Euch, Graf di'Cameron.«

Ich starrte ihn offenen Mundes an. »Es ist mir eine Ehre. Ich …« Mir fiel nichts ein, was ich dazu sagen konnte.

»Als mein Gast und als ebenbürtiger Lord dürft Ihr innerhalb vernünftiger Grenzen natürlich ein eigenes Gefolge unterhalten. Falls Ihr eine Frau, eine Gefährtin oder auch nur eine Begleiterin habt, so darf sie selbstverständlich bei Euch bleiben. Es steht mir nicht zu, über einen adligen Grundbesitzer zu urteilen. Annäherungsversuche meinen Bediensteten gegenüber würden jedoch als schwere Verfehlung gelten. Ich vertraue darauf, dass Ihr mein Vertrauen nicht in dieser Weise missbraucht.« Dabei ließ er Penny keine Sekunde aus den Augen. »Verkauft Euch nicht zu billig, meine Liebe. Ihr seid Euer Gewicht in Gold wert, und wenn mein Neffe so vernünftig ist, dies zu erkennen, wird er ein wohlhabender Mann sein.« Ohne ein weiteres Wort drehte er sich um und ging.

Sobald sich die Tür geschlossen hatte, wechselten

Penny und ich einen Blick. »Was, zur Hölle, war das denn?«

»Er dachte wohl, er täte uns einen Gefallen ... oder so«, antwortete ich.

»Ich habe gerade meinen Lebensunterhalt verloren!« Sie war nicht sehr erbaut davon.

»Nun, ich bin bereit, dir eine neue Stellung anzubieten«, schlug ich vor.

»Als was denn? Als Oberkonkubine? Wenn du an so etwas denkst, dann solltest du schleunigst davon Abstand nehmen, denn in der letzten Nacht haben wir ... das war Magie, und ich bin nicht im Vollbesitz meiner Kräfte gewesen.« Sie war drauf und dran, sich in eine Rage hineinzusteigern. Natürlich hatte ich nichts Derartiges auch nur angedeutet.

Behutsam atmend schob ich mich aus dem Bett heraus und ging auf sie zu. »So etwas würde ich dir niemals vorschlagen, Penny. Der Herzog hat nur deutlich gemacht, dass wir zusammenbleiben können, was auch immer wir vorspiegeln oder wie wir die Beziehung auch nennen.«

»*Was wir vorspiegeln* – hörst du dich eigentlich selbst reden, Mort? Nur weil du jetzt der verdammte Graf di'Cameron bist, werde ich nicht fröhlich meine Sachen packen und als deine Dirne hier einziehen!« Ich hatte sie fast erreicht, doch nun wich sie zurück. Angesichts meiner angeschlagenen Verfassung war ich nicht in der Lage, sie durch das ganze Zimmer zu jagen. Also versuchte ich es mit einer anderen Taktik.

»Eine Gefährtin ist nicht zwingend eine Prostituierte, Penny. Wenn du einen schöneren Titel haben möchtest, kannst du auch meine Leibdienerin sein.« Nach diesem ausgesprochen raffinierten Schachzug setzte ich ein schiefes Grinsen auf. Es glückte. Sie lief rot an und ging mit gebleckten Zähnen und vorgestreckten Krallen auf mich los.

»Du eingebildeter Lackaffe!« Mit einem Kreischen, auf das jede Todesfee stolz gewesen wäre, stürzte sie sich auf mich. Ich packte jedoch ihre Handgelenke, um sie niederzuringen. Dummerweise beruhte die Kraft meines Oberkörpers zu einem großen Teil auf den Muskeln, die am Brustkorb ansetzten, und meine Rippen waren in einem erbärmlichen Zustand. Ich glaube, ich hatte bereits erwähnt, wie ungeheuer klug ich manchmal sein kann.

Die Schmerzen durchzuckten mich, als ich mit ihr rang, damit sie einen Augenblick lang den Mund hielt. Trotz der Pein gelang es mir, sie an mich zu ziehen und in die Arme zu nehmen, worauf sie mich biss. *Sie biss mich!* Ich hielt jedoch eisern fest, trat einen Schritt zurück und ließ mich auf das Bett fallen, ohne sie freizugeben. Als sie dann auf mich fiel, blühten neue Schmerzen auf. Ich drehte mich, legte mich auf sie und hielt sie fest. Hatte ich schon erwähnt, dass sie so stark wie eine Wildkatze war? Aber wenigstens hatte ich sie gefangen. »Ich begehe nicht noch einmal den gleichen Fehler wie bei unserem letzten Streit.« Mein Gesicht war nur noch eine Handbreit über dem ihren. »Du wirst nicht abhauen, solange ich rede.«

Sie funkelte mich mit gerötetem Gesicht an, entspannte sich aber ein wenig. »Dafür wirst du büßen, wenn ich wieder frei bin, und du hast doch sowieso nicht genug Kraft, um mich lange festzuhalten.«

»Ich brauche auch nicht lange, und so weit reicht

meine Kraft durchaus. Penelope Cooper, willst du mich heiraten?« Mein Plan war so genial, dass sie abrupt innehielt.

»Was?«, antwortete sie.

»Ich habe dich gefragt, ob du mich heiraten willst«, wiederholte ich langsam und deutlich – und so charmant, wie ich nur konnte.

»Ich bin von niedrigem Stand, du Idiot«, antwortete sie.

»Ich auch.«

»Nicht mehr. Du bist jetzt der verdammte vornehme Graf di'Cameron.« Es klang enttäuscht, und doch entdeckte ich in ihrer Miene einen Funken Hoffnung.

»Ich hätte dich vorher heiraten können, und niemanden hätte es gekümmert, und soweit ich weiß, gibt es kein Gesetz, das mir jetzt verbietet, zu heiraten, wen ich will.« Sie kämpfte nicht mehr, also ließ ich sie los.

»Ich will dich aber nicht heiraten«, protestierte sie. »Du siehst so komisch aus.« Ihre Augen waren feucht.

Ich beugte mich vor und küsste sie. Sie erwiderte den Kuss und knurrte dabei tief in der Kehle. Als ich Luft holte, sah sie mich an. »Das ist der dümmste Antrag, den jemals ein Mädchen bekommen hat.« Ich küsste sie wieder und gab mir nun Mühe. »Du hast nicht einmal einen Ring«, murmelte sie danach. Ich küsste sie ein weiteres Mal, und jetzt hörte sie auf, sich zu beklagen.

Eine Weile später lagen wir erschöpft auf dem Bett. Das heißt, ich war erschöpft. Trotz meiner Jugend war ich nicht in der Verfassung, mich auf Ringkämpfe und ... na ja, auch noch auf andere Dinge einzulassen.

Aber das war es wert. Schließlich fiel mir etwas ein. »War das jetzt ein Ja?«

Verschlagen sah sie mich an. »Ich habe mich noch nicht endgültig entschieden.«

Ich warf ein Kissen nach ihr. Damit begann ein Scharmützel, in dem sie sich schließlich geschlagen gab. »Gut, gut! Ja, ich heirate dich!« Dabei lachte sie.

Später lag ich da und dachte nach. Trotz des großen Glücks, das ich im Augenblick genoss, hatte ich noch immer ein recht großes Problem: Devon Tremont. Er hatte Penny schon einmal angegriffen und anschließend versucht, mich zu töten. Außerdem war ich mir ziemlich sicher, dass er den Lancasters jede Menge Ärger bereiten wollte. Leider hatte ich keine Ahnung, wie ich ihn an alledem hindern konnte. Dann klopfte es wieder einmal an der Tür.

Penny war schon nach unten gegangen, um ihre Sachen zu holen, deshalb öffnete ich unter Mühen selbst. Das Leben ist manchmal eine rechte Plackerei. Dorian und Marc standen draußen. »Du lebst ja wirklich noch!«, rief Marc. Ich machte Platz und ließ sie eintreten.

»Welchem Umstand verdanke ich die Ehre eures Besuchs?«, stichelte ich.

»Braucht ein Mann einen Grund, um seinen Vetter zu besuchen?«, antwortete Marc.

»Dann hat dich dein Vater also eingeweiht?«

»Allerdings! Er hat mir noch etwas für dich mitgegeben.« Damit warf er mir eine große Börse zu, die ich beinahe fallen gelassen hätte, denn sie war sehr schwer.

»Was ist das?«, fragte ich.

»Zweihundert Goldmark. Vater hat heute Morgen den größten Teil von Seiner Lordschaft bekommen und den Rest aus eigener Tasche beglichen. Die beiden hatten eine höchst erstaunliche Unterhaltung.« Er erzählte mir, was er gehört hatte.

»Ha!«, lachte ich, als er geendet hatte. »Das ist ein guter Anfang, aber der Teufel muss sich immer noch für einiges verantworten.« Da wir in dieser Hinsicht einer Meinung waren, verbrachten wir noch eine ganze Weile damit, die unangenehmen Dinge zu erörtern, die Lord Devon vor seiner Abreise zustoßen mochten.

Diese Unterhaltung führte jedoch zu nichts, und ich wechselte schließlich das Thema. »Übrigens, habe ich schon erwähnt, dass ich verlobt bin?« Daraufhin starrten sie mich an. Wir redeten abermals eine Weile, und jetzt schlug ich mich mit der Frage herum, wer denn wohl mein Trauzeuge sein sollte. Am Ende beschloss ich, das Problem vorläufig zu vertagen.

17

In der letzten Zeit sind Magier immer seltener geworden. Als es noch mehr von ihnen gab, wagte es kein Herrscher, ohne die Unterstützung der Magie zu regieren. Seit die meisten alten Geschlechter aber ausgestorben sind, brauchen jene, die politische Macht besitzen, die Zauberer nicht mehr ganz so dringend, denn auch die Feinde verfügen nun über keine Magie mehr, die sie einsetzen könnten. Infolgedessen wurden die letzten Familien größtenteils durch Meuchelmörder ausgelöscht, die oft sogar von jenen geschickt wurden, denen die Zauberkundigen dienten. Diejenigen Magier, die von Gemeinen abstammen, müssen mehr denn je um ihr Leben fürchten, denn sie haben niemanden, der sie schützt.

Marcus der Ketzer,
Über das Wesen von Glaube und Magie

Im Quartier der Dienstmägde holte Penny ihre Siebensachen ab. Es war keine umfangreiche Aufgabe, denn sie besaß ja nicht viel. Die beiden Uniformen, die sie noch hatte, waren vielleicht für Ihre Nachfolgerin nützlich, außerdem gehörten sie ihr ohnehin nicht. Im Grunde waren es nur ein paar Nachthemden, ein selbst genähtes Kleid und einige Kleinigkeiten. Als alles auf einem Haufen lag, schien es erbärmlich wenig zu sein. Bisher war ihr Leben ein langer, beschwerlicher Weg gewesen. Vielleicht wurde es jetzt besser. Ein letztes Mal setzte sie sich auf das Bett und sah sich um. Ihre Gedanken wanderten zu dem Tag zurück, an dem sie ihre Arbeit aufgenommen hatte.

Die Vision kam ohne jede Vorwarnung. Ein Mann ging einen Flur hinunter. Er trug eine braune Kutte und kam ihr irgendwie bekannt vor. In den Händen hielt er einen großen Tonkrug, und der Art und Weise, wie er sich bewegte, konnte man entnehmen, dass das Gefäß mit irgendetwas gefüllt war und äußerst schwer sein musste. Sie sah, wie er die Küche betrat. Diesen Raum, in dem sie oft zu tun gehabt hatte, erkannte sie sofort. Der Koch merkte auf, sah den Mann und machte sich wortlos wieder an die Arbeit, weil ihm der Besucher gut bekannt war. Die Küchenjungen deckten draußen die Tische, darum waren die beiden Männer allein.

Die Gestalt mit der Kapuze trat zum Koch hin und sagte etwas, das Penny nicht verstehen konnte. Der Koch nickte und ging zur Hintertür hinaus, um aus dem kleinen Garten etwas zu holen. Sobald er draußen war, warf der Mann die Kapuze zurück und öffnete den Krug. Nun erkannte sie ihn und fragte sich, was er dort zu suchen hatte. Er hob den Krug und goss den Inhalt in den großen Kessel, in dem die Suppe köchelte. Sie begriff sofort, dass in dem Behältnis gewiss keine gesunde Zutat war.

Nun verlagerte sich die Vision. Sie spürte, dass mehrere Stunden vergangen waren. Der Ball hatte begonnen, die Menschen tanzten, doch etwas stimmte nicht. Sie sah sich selbst in einem langen Gewand mit Lord Devon tanzen, der lachte, als hätte gerade jemand einen

Scherz gemacht. Rings um sie herum krümmten sich die Gäste und würgten. Blutlachen breiteten sich auf dem Boden aus, viele Menschen schrien vor Schmerzen. Devon beugte sich vor, um sie zu küssen ... und nun schrie auch sie.

Darauf kam sie, immer noch schreiend, wieder zu sich. Ihr Gesicht war feucht vor Schweiß. *Nicht noch einmal!*, dachte sie. *Das darf nicht geschehen.* Dann erinnerte sie sich an Vater Tonnsdales Geschichte über die Nacht, als auf der Burg Cameron alle Bewohner gestorben waren. Und nun wusste sie, was sie zu tun hatte. *Die Göttin möge mir verzeihen!*

Sie ließ die Sachen auf dem Bett liegen. Was sie in der Vision gesehen hatte, würde sich irgendwann in der nahen Zukunft abspielen. So huschte sie durch den Flur zum Quartier des Schurken.

Der Weg nahm nur wenige Minuten in Anspruch. *Eine kurze Spanne, wenn man weiß, dass sich das Leben für immer verändern wird.* Gerade eben war sie noch glücklich gewesen und hatte sich auf ein Leben gefreut, das sie sich in den kühnsten Träumen nicht erhofft hatte. Sie hätte gleich wissen sollen, dass es zu schön war, um wahr zu werden. Einen Moment lang spielte sie mit dem Gedanken, die anderen zu warnen, doch gewiss würde man ihr nicht glauben, und der Mörder würde sich einfach eine andere Gelegenheit für seine Missetaten suchen. Die Welt war ungerecht, so viel war ihr klar. *Diese Lektion haben viele Menschen schon vor sechzehn Jahren gelernt, doch der Mörder läuft noch immer frei herum.* Aber nicht mehr lange, dafür würde sie sorgen.

Als sie die Tür fast schon erreicht hatte, fiel ihr ein, dass sie eine Waffe brauchte. Der Mann, den sie töten wollte, war zu groß, als dass sie ihn unbewaffnet hätte angreifen können. Sie kehrte zur Haupthalle zurück und nahm ein eisernes Schüreisen an sich, das dazu diente, die großen Holzscheite im Kamin zu bewegen. Die lange schwarze Stange lag schwer in der Hand. Wenn sie den Übeltäter überraschen konnte, sollte das Eisen seinen Zweck erfüllen. Dann trat sie durch die gewaltige Flügeltür, die in die Kapelle führte. Sobald sie die Schwelle überschritten hatte, versteckte sie das Schüreisen hinter dem Rücken.

Die Kapelle war verlassen. Wahrscheinlich hielt er sich in den Räumen hinter dem Altar auf. Ihr Herz schlug wie wild, doch sie konzentrierte sich auf ihr Vorhaben. Tatsächlich entdeckte sie ihn in seinem Studierzimmer, wo er sich über den Schreibtisch beugte. Auf dem Tisch lag eine kleine erschaudernde Gestalt. Vor Schreck wäre sie fast geflohen, doch sie beherrschte sich und packte die Eisenstange fester.

»Still, Timothy, entspann dich! Es ist bald vorbei. Die Göttin braucht alles, was du geben kannst.« Vater Tonnsdale hatte dem Jungen die Hand auf die Stirn gelegt und hielt ihn nieder, während er seine Kräfte aus der Seele des Jungen stärkte. Timothy lag im Sterben, aber das war nötig, wenn er zu dem Werkzeug werden sollte, das Vater Tonnsdale benötigte. Ein kleines Geräusch erregte die Aufmerksamkeit des Geistlichen. Erschrocken drehte er sich um und bemerkte die junge Frau, die gerade eingetreten war.

»Penny!« Er bemühte sich, ganz ruhig zu sprechen. »Timothy ist gestürzt. Könntest du mir helfen, ihn zu halten? Ich glaube, er hat einen Anfall!« Das war eine erbärmliche Lüge, doch er war sicher, dass sie ihm glauben würde. Mindestens lange genug, um die Situation zu retten. Zwei Leichen waren schließlich fast so leicht zu verstecken wie eine.

Er wandte sich ab und sah Timothy an, weil er hoffte, auch ihre Aufmerksamkeit auf den Jungen lenken zu können, während er insgeheim den Dolch ins Auge fasste, der auf dem Schreibtisch lag.

»Gewiss, Vater. Ich helfe Euch gern.« Sie näherte sich ihm, und gerade als er nach dem Dolch griff, schlug sie ihm die Eisenstange auf den Hinterkopf. Er stürzte wie vom Blitz getroffen und sank hilflos zu Boden. Sein Hinterkopf war zertrümmert. Sie schlug noch einmal zu, um auch ganz sicher zu sein, dass er nie wieder aufstand. Dann ließ sie das Eisen fallen und sah nach Timothy.

Zu spät. Der Junge war tot, auch wenn er äußerlich noch unverletzt schien. Seine Haut war erschlafft und hing in Falten am Körper, als wäre ihm etwas entnommen worden und hätte lediglich eine leere Hülle zurückgelassen. Der Anblick des Jungen machte ihr zu schaffen. *Wenn ich doch nur früher hier gewesen wäre. Vielleicht hätte ich auch dies verhindern können*, dachte sie. Obwohl sie noch unter Schock stand und sich wie betäubt fühlte, ihre Gedanken waren doch klar.

Dafür werden sie mich hängen. Es war hoffnungslos, denn es gab keinen Beweis dafür, dass der gute Vater irgendetwas anderes war als der Mann, den alle kannten. Timothys Leichnam war kein Beweis, denn es gab keine äußeren Zeichen, dass man dem Jungen irgendetwas angetan hätte. Und selbst wenn, sie war die einzige Überlebende, und sie war diejenige, die gerade einen Priester erschlagen hatte. Noch einmal vergewisserte sie sich, dass der Mann wirklich tot war. Es wäre sinnlos, für ein Verbrechen zu hängen, das sie nicht vollendet hatte.

Niemand hat mich eintreten sehen. Ein vielversprechender Gedanke. Wenn sie den Toten verstecken konnte, gelang es ihr vielleicht sogar, den Zeitpunkt hinauszuzögern, an dem die Suche nach dem Mörder beginnen würde. Sie fasste den alten Mann bei den Beinen und wollte ihn wegzerren. »Was hast du bloß gegessen?«, sagte sie laut. Den fetten Hund konnte sie nicht sehr weit schleppen. Er wog sicherlich mehr als zweihundertfünfzig Pfund. Schließlich begnügte sie sich damit, den Toten hinter den Schreibtisch zu ziehen, wo er von der Tür aus nicht zu sehen war. Timothy legte sie neben ihn, auch wenn sie ein ungutes Gefühl hatte, ihn an der Seite der Leiche seines Mörders zurückzulassen.

Schließlich holte sie die Schlüssel aus der Tasche des Priesters und schloss die Tür des Arbeitszimmers hinter sich ab. Mit etwas Glück würde man die Toten erst mit einiger Verzögerung finden. In den nächsten drei Tagen waren keine Andachten geplant, daher schien denkbar, dass der Priester vorläufig nicht vermisst wurde. Jetzt musste sie nur noch hinaus, ohne gesehen zu werden. Aus irgendeinem Grund hatte sie immer noch das Schüreisen in der Hand. *Ich hätte es drinnen lassen sollen,* dachte sie. Egal, sie würde es einfach zurücklegen. So vertraute sie auf ihr Glück und trat durch die Flügeltür der Kapelle in die große Halle.

Doch das Glück ließ sie im Stich. Genevieve, die Herzogin von Lancaster, kam geradewegs auf sie zu. »Guten Abend, Durchlaucht.« Penny deutete einen Knicks an.

»Guten Abend, Penny. Wie geht es Mordecai?«, fragte die Herzogin.

»Sehr gut, vielen Dank.«

»Ist das nicht ein Schüreisen«, fragte Genevieve mit hochgezogener Augenbraue.

»Ja, Durchlaucht. Ich habe die Scheite im Kamin verschoben, und dann fiel mir ein, dass ich Vater Tonnsdale etwas fragen wollte. Ich habe vergessen, es wegzustellen. Das werde ich jetzt gleich tun.« *Dumm, dumm! Das war die schlechteste Lüge seit Anbeginn der Menschheit!*, dachte sie.

»Hast du ihn gefunden? Ich würde ihn auch gern sprechen«, fragte die ältere Frau.

»Nein, leider nicht. Ich weiß gar nicht, wo er ist. Ich werde ihn später noch einmal aufsuchen. Wenn ich ihn sehe, sage ich ihm, dass Ihr ihn ebenfalls sucht, Durchlaucht«, erwiderte sie.

»Das ist sehr freundlich. Nun, ich will dich nicht von dem abhalten, was du gerade tun wolltest.« Die Herzogin entfernte sich durch die große Halle.

Penny kehrte in das Dienstmädchenzimmer zurück, nachdem sie das Schüreisen in einem Vorratsschrank für Putzmittel verstaut hatte. Trotz ihrer äußerlichen Ruhe rasten ihre Gedanken. *Die Herzogin hat mich gesehen*, dachte sie. Wenn sie den Toten fanden, was hoffentlich erst in ein paar Tagen geschah, würde man Fragen stellen. Genevieve würde sich erinnern, Penny gesehen zu haben, und die Herzogin hatte nun auch das Schüreisen bemerkt. Der Verdacht würde sofort auf sie fallen, daran gab es keinen Zweifel mehr. *Sie werden mich hängen.* Diesen Gedanken konnte sie nicht mehr abschütteln. Es gab keine Erklärung, die sie irgendwie entlasten könnte. Sie hatte nicht einmal das Gift gefunden. *Ich habe vergessen, mich danach umzusehen.* Sie spielte mit dem Gedanken, noch einmal umzukehren und es zu suchen, verwarf die Idee aber sofort wieder. Es gab kein Zurück mehr.

Dann dachte sie an Flucht. Sie konnte fliehen, alles mitnehmen, was sie jetzt noch besaß, und einfach weglaufen. Aber sie hatte kein Geld, keine Verwandten, bei denen sie sich verstecken, keinen Ort, zu dem sie gehen konnte. Wenn sie es Mordecai erzählte, würde er ihr vielleicht helfen. Nein, das war nicht richtig, er würde ihr sogar ganz bestimmt helfen. Aber was konnte er schon tun? Wenn er mit ihr weglief, zerstörte er auch sein eigenes Leben. *Er ist jetzt der Graf di'Cameron, er könnte so viel verlieren. Ich bin gar nichts. Ich würde ihn nur mit in den Abgrund reißen.*

»Ich werde dafür sterben, das ist nicht mehr zu ändern. Nur darauf, wer mit mir untergeht, habe ich jetzt noch Einfluss.«, sagte sie sich laut. Den Konsequenzen ihrer Taten konnte sie nicht entgehen, aber sie konnte entscheiden, wen sie hineinzog. Wenn sie ihre Freunde um Hilfe bat, kämen diese ebenfalls in Bedrängnis. Die andere Möglichkeit bestand darin, die Gelegenheit zu ergreifen und den Rest ihres Lebens sinnvoll zu nutzen. Wenn es galt, einen anderen Menschen zu finden, für den sie ihr Leben verwirken wollte, dann war die Entscheidung nicht schwer. Sobald der Entschluss gefasst war, kam eine tiefe Ruhe über sie, und sie machte sich einen Plan.

Ich war noch mit Marc und Dorian in ein Gespräch vertieft, als Penny zurückkehrte. Ich freute mich, sie zu sehen. Dorian wollte mich unbedingt überzeugen, dass Bier meine Genesung stark beschleunigen werde, und Marc hatte angeboten, mehrere Krüge auf mein Zimmer schicken zu lassen. Wir waren jung und hatten nicht viel Erfahrung mit starken Gebräuen. Der Gedanke, so viel zu trinken, war eine neue und aufregende Idee. Allerdings wusste ich auch, dass ich jetzt nicht in der richtigen Verfassung dazu war. Zudem bereitete Pennys Erscheinen diesen Plänen ein jähes Ende.

»Ah, Penny, die frisch Verlobte!«, sagte Marc charmant wie immer.

»Siehst du einen Ring an meinem Finger, Marcus Lancaster?« Sie zeigte ihm die ungeschmückte Hand.

»Das nicht, aber du hast doch schon Ja gesagt. Ist das nicht ein Grund zum Feiern?« Er fasste sie bei den Händen und zog sie zu einigen übermütigen Tanzschritten hinter sich her. Sie lächelte.

»Marc, wage ja nicht, irgendjemandem davon zu erzählen. Du auch nicht, Dorian!«, rief sie über Marcs Schulter hinweg.

»Penny, meine Liebe! Ist es dir etwa peinlich, wenn die Leute erfahren, dass du diesen Lümmel hier heiraten willst? Dann solltest du es dir vielleicht doch noch mal überlegen. Schließlich gibt es hier noch andere willige Junggesellen.« Marc warf sich in die Brust und strich sich mit den Händen über die Jacke, wobei er boshaft grinste.

Dieser Wortwechsel weckte bei Penny eine gewisse Bestürzung, was ich ihr anmerkte, obwohl sie es zu verbergen suchte. Sie schlug die Augen nieder, als wäre sie auf einmal schüchtern. »Ehrlich, ich bin noch nicht bereit, es öffentlich zu verkünden. Erst einmal muss ich es meinem Vater erzählen, und ich möchte auf keinen Fall, dass alle schon darüber reden, wenn ich selbst noch gar nicht so weit bin.« Sofort hatte ich den Eindruck, die Erklärung sei nur vorgeschoben, während Marc und Dorian es ihr abkauften.

»Lass sie in Ruhe, Marc«, meinte Dorian. »Für ein Mädchen ist die Heirat sehr wichtig. Das sollten wir ihr nicht verderben.«

»Schon gut, ich hab doch nur Spaß gemacht«, lenkte Marc ein und blickte drein wie ein begossener Pudel. Seit unserer Kindheit war er der Possenreißer unter uns.

»Dorian«, sagte Penny, »könntest du mir einen Gefallen tun?«

»Aber sicher«, antwortete er.

»Ich muss mit Lady Rose über den morgigen Ball und … und auch noch über andere Dinge reden. Könntest du ihr etwas von mir ausrichten? Ich möchte wissen, ob sie heute Abend Zeit hat.« Sie lächelte ihn strahlend an. Ich wünschte, sie hätte mich viel öfter so angestrahlt.

Danach gingen Marc und Dorian, und ich machte mich über ein Tablett mit Essen her, das man mir eine Weile vorher geschickt hatte. Währenddessen überlegte ich, ob ich Penny auf ihr Täuschungsmanöver ansprechen sollte, denn ich war sicher, dass sie etwas verbarg. Allerdings erschien Rose, ehe ich sie fragen konnte.

»Ihr musstet doch nicht sofort zu mir kommen. Ich hätte Euch später noch aufgesucht«, sagte Penny.

»Unsinn, ich hatte sowieso gerade Langeweile«, wehrte Rose ab.

Sie sprachen ein paar Minuten miteinander. Penny erklärte ihr, was sie vorhatte. Anscheinend freute sie sich auf den Ballabend, den der Herzog angesetzt hatte. Damit hätte ich nie gerechnet. Sie bat Rose um Rat, was sie anziehen und wie sie sich zurechtmachen solle.

»Geht nicht als Mordecais Begleiterin, denn er wird nicht an dem Ball teilnehmen. Ihr könntet doch mich begleiten«, schlug Rose vor. »So erregt Ihr weniger Aufmerksamkeit, und da er noch nicht als Graf di'Cameron eingeführt ist, genießt Ihr als meine Freundin ein höheres Ansehen.«

»Das ist schön«, erwiderte Penny. »Eigentlich wäre mir das aber gar nicht so wichtig. Meine größte Sorge ist vielmehr, dass ich kein Kleid habe. Angesichts meiner Herkunft hätte ich nie damit gerechnet, zu einem solchen Fest eingeladen zu werden.«

Rose lächelte sie an. »Das ist überhaupt kein Problem, meine Liebe. Ich bin froh, dass Ihr zuerst mich gerufen habt, denn ich habe genau das Richtige für Euch. Ihr habt sowieso ungefähr meine Größe.« Rose Hightower mochte sicherlich die größte Frau auf der Burg Lancaster sein, aber Penny war bestimmt nicht viel kleiner als sie. »Mordecai«, wandte sie sich an mich, »Penny braucht ein paar gewisse Dinge, wenn Ihr sie behalten möchtet.«

Ich merkte auf. »Was braucht Ihr?«

Rose lächelte mich an. »Zehn Goldmark sollten reichen.« Ich wäre fast erstickt. Das war genug, um einen ganzen Bauernhof zu kaufen. Sogar zwei, wenn man hart verhandelte. Mein Vater verdiente in einem Jahr nicht mehr als zwei oder drei Goldmark, wenn die Geschäfte sehr gut gingen. Das Gesicht, das ich schnitt, entging ihr nicht. »Heraus damit, mein Lord. Euer altes Leben liegt hinter Euch, und wenn Ihr nicht an ihre Bedürfnisse denkt, wird Penny darunter leiden.«

Ich zählte das Geld ab und überreichte es ihr, woraufhin mir Rose auf die Schulter klopfte. »Guter Mann. Ihr werdet es nicht bereuen, wenn Ihr erst das Ergebnis seht. Seid nur froh, dass ich Euch meine Dienste nicht in Rechnung stelle.«

Dann gingen sie, Rose führte Penny am Arm. Ich bin sicher, dass sie kicherten, als sie den Korridor hinunterliefen.

Sobald sie in Rose' Gemächern angelangt waren, führte sie Penny eine Auswahl ihrer Kleider vor. Sie hatte vieles eingepackt, um auf alles vorbereitet zu sein.

Penny machte sich Sorgen. »Die sind viel zu schön für mich, Lady Rose.«

»Solange ihr nicht besser gekleidet seid als ich, ist für Euch nichts zu schön, meine Liebe.« Rose zwinkerte ihr zu. »Vielleicht müssen wir den Saum von der Schneiderin etwas kürzen lassen, ansonsten aber ist die Länge für Euch gut. Wir wollen allerdings ein wenig von Eurem Fußgelenk zeigen, um den richtigen Eindruck zu machen.«

»Wenn Ihr die Frage erlaubt, Lady Rose, wozu benötigen wir denn das Geld? Wenn Ihr mir ein Kleid leiht, dann brauchen wir doch gar nicht mehr«, wollte Penny wissen.

»Ich denke an die Zukunft, vor allem an Eure«, entgegnete Rose. Sie verschwendete keine Zeit und schickte eine Dienerin, die Schneiderin zu rufen. Sobald die Frau eingetroffen war, begann eine angeregte Diskussion über Stoffe und Bekleidungsmoden. So vergingen mehrere Stunden, in denen Rose eine verwirrende Vielzahl von Dingen bestellte – Blusen und Strumpfbänder, Nachtkleider und Röcke. Am Ende kam sie mit der Frau überein, ihr fast fünf Goldmark für eine beeindruckende Auswahl an Winter- und Sommerkleidern und sogar Ballkleidern zu geben.

»Ich brauche aber mehrere Wochen, um das alles zu schneidern, meine Lady«, warnte die Frau.

»Das ist schon in Ordnung. Aber schickt die Nachthemden und die Hauskleider zuerst, denn die wird sie schon bald brauchen.« Rose bezahlte die Frau und dachte offenbar keine Sekunde an die Möglichkeit, betrogen zu werden. Penny erkannte, dass dies auch nicht zu befürchten war. Adlige betrog man nicht, wenn man gute Geschäfte machen und auch weiterhin seinen Lebensunterhalt verdienen wollte.

»Wozu ist der Rest des Geldes gedacht?«, fragte Penny, worauf Rose verschlagen grinste und ihr das Geld in die Hand drückte.

»Ich kann das nicht annehmen! Es ist doch gar nicht mein eigenes Geld!«, protestierte sie.

»Ihr seid jetzt eine Lady, oder Ihr werdet es jedenfalls bald sein. Als Gräfin müsst Ihr wissen, wie man mit Geld umgeht. Noch wichtiger, man darf auf keinen Fall den Eindruck gewinnen, Ihr müsstet jeden Penny zweimal umdrehen. Benutzt es, verschwendet es und sorgt dafür, dass die Leute es sehen, aber erweckt nie den Eindruck, unter Geldnot zu leiden.« Rose sah sie ernst an. »Das ist kein Scherz. Eure Zukunft hängt davon ab, dass Ihr diese Dinge lernt. Sobald Ihr Euren Jungen geheiratet habt, müsst Ihr ihn bewegen, Euch eine Apanage zu gewähren. Wenn die Leute vermuten, er sei Euch gegenüber geizig, wird man annehmen, er sei pleite. Wenn man ihn aber für pleite hält, wird es schwierig für ihn. Lasst die Leute niemals Blut wittern.«

Penny sah ein, dass Rose recht hatte, kam sich aber trotzdem wie eine Betrügerin vor. Sie hatte ohnehin nicht mehr die Absicht, Mordecai zu heiraten, denn sie würde schon die nächste Woche nicht überleben, ganz zu schweigen davon, die Kleider in Empfang zu nehmen, die Rose für sie bestellt hatte. Dennoch musste sie auch weiterhin den Schein wahren. Wenn die Edelfrau von ihrem Plan Wind bekam, war alles vorbei.

Schließlich kamen sie wieder auf die Ballkleider zu sprechen. »Lady Rose, es mag seltsam klingen, aber ich fühle mich nicht sicher, wenn ich den Ball ohne Mordecai besuche. Glaubt Ihr nicht, es wäre besser, wenn ich … wenn ich irgendetwas bei mir hätte?« Unsicher suchte sie den Blick der Adligen.

Rose begriff es sofort. »Oje, eigentlich würde ich Euch gern sagen, dass Ihr nichts zu befürchten habt, aber ich weiß ja, warum Ihr so in Sorge seid.« Sie suchte etwas in ihrem Schrank und kehrte mit einem neuen Kleid zurück. Es hatte im Gegensatz zu den anderen, die enger saßen, weite und weich fallende Ärmel. »Dies hier müsste gehen, auch wenn es eine Schande ist. Ihr habt so schöne Arme.«

Auch Penny gefielen die anderen Kleider besser, aber auf dem Ball war die Sicherheit das Wichtigste für sie. »Wie sollen mir denn die Ärmel helfen?«, fragte sie.

Rose grinste sie boshaft an. »Ich vermute doch, Ihr wollt einen Dolch bei Euch tragen. Ist das richtig?«

Penny nickte.

»Und wenn man bedenkt, wie Eure Gefühle aussehen dürften, ist so etwas wie dies hier vermutlich nicht genug.« Sie zog ein kleines, schmales Messer aus dem Mieder.

»Habt Ihr das immer dabei?«, fragte Penny schockiert.

»Ein Mädchen muss jederzeit vorbereitet sein, auch wenn ich gerade sagte, dass Euch wohl nichts passieren wird. Aber wenn Ihr eine richtige Waffe tragen wollt«, sie trat an eine Kiste und kramte darin herum, »dann nehmt am besten das hier.« Sie hielt einen zweischneidigen Dolch mit einer sieben Zoll langen Klinge hoch. »Dafür braucht Ihr aber Ärmel, weite Ärmel. Kommt her, ich zeige es Euch.« Sie zog eine seltsame Scheide für den Dolch hervor, an der mehrere Bänder hingen.

»Wird das Ding an das Handgelenk geschnallt?« Penny wusste nicht, was sie von dieser Adligen halten sollte, die sich mit Klingen so gut auszukennen schien.

»Normalerweise schon, aber nicht auf einem Ball. Ihr werdet einen Arm heben und ihn dem Gentleman auf die Schulter legen. Dabei könnte der Ärmel zurückrutschen, und außerdem könnte er die Waffe spüren, wenn er Euer Handgelenk berührt. Deshalb ist der Unterarm heute ausgeschlossen.«

»Oh.«

»Eine Lady hat zwei Möglichkeiten, eine so große Waffe zu tragen. Man kann sie an die Wade schnallen, aber auch innen oder außen an den Oberschenkel. Die Wade ist unpraktisch, wenn Ihr die Waffe rasch ziehen wollt, und wenn man sich für die Außenseite des Oberschenkels entscheidet, zerstört man die Anmut mancher

Kleider. Ich ziehe die Innenseite des Oberschenkels vor, aber das ist manchmal unbequem, insbesondere beim Tanz. Außerdem muss das Kleid eigens dafür geschneidert sein, so wie dieses hier …« Sie schob die Hand zwischen die Falten ihres Rocks und zückte einen kleinen Dolch, der jenem, den sie Penny überlassen hatte, sehr ähnlich war. Offenbar gab es im Kleid einen verborgenen Schlitz, durch den sie die Waffe erreichen konnte.

»Guter Gott, Lady Rose, Ihr seid ja eine wandelnde Waffenkammer!«, rief Penny.

»Vergesst das nur nicht!« Rose zwinkerte ihr zu.

»Habt Ihr jemals eine Waffe benötigt? Musstet Ihr schon einmal eine Klinge einsetzen?«, fragte Penny neugierig.

»Noch nicht. Gewöhnlich kann man auch die schlimmsten Strolche entmutigen, ehe es so weit kommt, aber es zahlt sich immer aus, gut vorbereitet zu sein.« Voller Neid hörte Penny zu, wie Rose so keck über dieses Thema sprach.

»Aber wie soll ich nun das Messer tragen, wenn ich tanzen will?«, wollte Penny wissen.

»Hier.« Rose deutete auf die Innenseite ihres Oberarms. »Das ist zwar nicht sehr bequem, aber Euer Partner bemerkt es dort nicht, und wenn der Ärmel zurückrutscht, bleibt es verborgen. Zieht erst das Kleid an, dann zeig ich Euch, wie man damit umgeht.« Penny schlüpfte in das Kleid, was mehrere Minuten in Anspruch nahm. Es passte ihr recht gut. »Und jetzt schnallen wir das Messer mit dem Griff nach unten an die Innenseite Eures Oberarms. Die Scheide ist so konstruiert, dass sie das Messer auch in dieser Position festhält. Zeigt mir, wie Ihr es im Notfall zieht.«

Penny stieß die rechte Hand in den linken Ärmel und packte den Messergriff. »Nein, nein!«, protestierte Rose. »Wenn Ihr so vorgeht, dann ist er längst drei Schritte weit weg und ruft seine Mutter zu Hilfe.«

Penny lachte, als sie es sich bildlich vorstellte. »Kommt es nicht genau darauf an? Ihn öffentlich abzuwehren?«

Rose schüttelte den Kopf. »Nicht öffentlich. Damit verletzt Ihr seinen Stolz und handelt Euch selbst einen schlechten Ruf ein. Wenn Ihr das Messer wirklich braucht, müsst Ihr ihm die Schneide auf die Haut setzen, ehe er es überhaupt bemerkt, damit Ihr ihm in aller Stille verdeutlichen könnt, was Ihr von ihm haltet. Sobald er seine Niederlage eingestanden hat, steckt Ihr das Messer wieder weg – und niemand ist gedemütigt. Jedenfalls nicht öffentlich.«

Die Methode, die Rose ihr beschrieb, sagte Penny sehr zu, auch wenn sie nicht die Absicht hatte, die Klinge zur Selbstverteidigung einzusetzen.

Rose fuhr fort: »Als Frau dürft Ihr nie vergessen, dass Ihr Euren Vorteil größtenteils verspielt, wenn er Eure Absichten erkennt. Er ist größer, stärker und wahrscheinlich auch schneller als Ihr. Legt anmutig die Hände zusammen und schiebt sie zu den Ellenbogen hoch, als müsstet Ihr nachdenken oder als wäre Euch kalt. Von da aus könnt Ihr den Griff leicht erreichen.«

Penny fragte sich, wie sie das während des Tanzes tun konnte, wagte aber nicht zu fragen, weil sie kein Misstrauen wecken wollte. Es gab allerdings auch noch eine andere Frage. »Lady Rose, tragen etwa alle Edelfrauen Waffen?«

Rose schnaubte. »Nur die klugen.«

»Wer hat Euch all dies beigebracht?«, wollte Penny schließlich wissen.

»Meine Mutter.« Rose bereute ihre Antwort sofort, als sie Pennys Miene bemerkte. Sie hatte bereits von Pennys Verlust gehört. »Penny, das klingt jetzt vielleicht seltsam, aber wenn Ihr einverstanden seid, ich betrachte Euch schon jetzt als meine Schwester.«

Pennys Augen wurden feucht, und ohne weiter darüber nachzudenken, umarmte sie Rose. »Ich wollte immer eine Schwester haben.« Dabei bekam sie Gewissensbisse, weil der Verrat doch längst geplant war. Sie konnte nur hoffen, Rose möge ihr eines Tages, nachdem sie längst hingerichtet war, verzeihen.

18

Nur wenig ist über die Zeit vor dem großen Sturz bekannt, als Balinthor fast die Welt zerstörte. Die meisten Historiker stimmen darin überein, dass es damals weitaus mehr Magier gab, die zudem freier leben konnten, denn sie waren nicht an die Anath'Meridum gebunden. Die Götter der Menschen waren noch jung und zu schwach, um die Macht der Magier zu bedrohen. Die Nachtgötter waren zwar mächtig, aber niemand war so dumm, sich mit ihnen auf einen Handel einzulassen. Damals waren fast alle Könige auch selbst Zauberer – ob sie allerdings dumm oder klug waren, ist nicht überliefert. Aus der Dichtung erfahren wir, sie seien klug gewesen, aber die Geschichten sind wie Porträts, die den Abgebildeten im besten Licht darstellen sollen. Aller Wahrscheinlichkeit nach waren sie so kleinlich, einfältig und hin und wieder sogar so grausam wie die heutigen Herrscher.

Marcus der Ketzer,
Über das Wesen von Glaube und Magie

Als Penny zurückkehrte, saß ich aufrecht im Bett und las. Ich war dankbar für die Ablenkung. So interessant sie auch sein mochte, die *Lycianische Sprachlehre* war nicht geeignet, einen Menschen lange zu fesseln. Ich hatte das Buch durchgeblättert und mit einigen Wörtern, die ich gefunden hatte, herumexperimentiert, um meine Genesung zu beschleunigen. Eine Erforschung meines Körperinneren hatte ergeben, dass beide Lungenflügel wieder intakt waren, wenngleich sich um sie herum eine Menge Blut gesammelt hatte. Ich hatte eine beträchtliche Zeit damit verbracht, es aufzulösen, damit mein Körper es leichter abbauen konnte.

Dies stellte sich jedoch als schwierig heraus, und ich war keineswegs sicher, ob meine Bemühungen überhaupt Früchte trugen. Daher arbeitete ich zugleich an der Heilung meiner Rippen und der stützenden Muskeln. Ganz sicher war ich nicht, aber ich dachte, ich hätte sie recht gut hinbekommen. Sie saßen wieder ordentlich in einer Reihe, und ich hatte die Bruchstellen gründlich verschmolzen. Nach meinen Experimenten mit einigen Wörtern im Buch waren die Knochen nun vielleicht sogar stärker als gewöhnliche Rippen, doch es gab keine Möglichkeit, diese Theorie zu überprüfen.

Ich widerstand dem Drang, auch an meinem Gehirn zu arbeiten. Dort lauerte der Wahnsinn. Immerhin konnte ich feststellen, dass die Schwellung abgeklungen war, und im Schädelknochen war es möglich, einen kleinen Riss zu verschließen, was keine unvorhergesehenen Probleme nach sich ziehen sollte.

»Du kommst früh nach Hause«, sagte ich wie ein Mann, der seine Gattin begrüßte. Abgesehen von meiner Brillanz war ich manchmal auch ganz witzig. Jedenfalls sagte ich mir dies oft genug, um es selbst zu glauben.

»Hast du inzwischen ein Bad genommen?« Ab und zu konnte Penny richtig engstirnig sein.

»Habe ich schon erwähnt, wie schön du aussiehst?« In der letzten Zeit hatte sich meine Gewandtheit, was höfliches Geplauder anging, beträchtlich verbessert, und ich hoffte, sie damit von ihren Ideen abzubringen. Leider wusste Penny meine Gewitztheit nicht besonders zu schätzen.

Sie beugte sich vor, schnüffelte an mir und rümpfte die Nase. »Du stinkst.« Von da an ging es mit meiner Gesprächsführung bergab, und nicht lange danach ließ sie die Diener eine große kupferne Wanne und Eimer mit heißem Wasser hereinbringen. Da sie alle Angestellten kannte, fiel es ihr sehr leicht, im Handumdrehen genau die Richtigen für jede Aufgabe zu finden. Ihre Tatkraft hätte ich bewundern können, wäre ich ihr nicht selbst zum Opfer gefallen.

Sobald alle wieder gegangen waren – man glaubt gar nicht, wie viele Bedienstete nötig sind, um ein ordentliches Bad zu richten –, sah sie mich scharf an. »Ausziehen!«, verlangte sie. Es gelang ihr, das Wort ohne jede hintergründige Anspielung auszusprechen.

»Ja, Madam«, erwiderte ich und wackelte mit den Augenbrauen. Es kam ja überhaupt nicht infrage, dass sie die Einzige war, die Spaß hatte. Inzwischen fühlte ich mich schon erheblich besser und konnte mich ohne Hilfe entkleiden und in die Wanne steigen. Das Wasser war sehr warm und dampfte fast noch.

Ich musste zugeben, es war das schönste Bad, das ich je genommen hatte. Besonders wenn man berücksichtigt, dass mir eine hübsche Frau den Rücken abrieb. Sie wusch mir sogar die Haare. Ich hatte noch gar nicht gewusst, wie angenehm das sein konnte. Dabei schloss ich die Augen und entspannte mich, als schwebte ich im siebten Himmel. Auf einmal plätscherte es, und ich öffnete eines der Augen. Anscheinend war ein Engel gelandet und leistete mir im Bad Gesellschaft. Danach wurde es einigermaßen interessant.

Eine Weile später lagen wir zwischen den kühlen Bettdecken und erholten uns. Ich konnte gar nicht glauben, wie gut es Fortuna mit mir meinte. Zu diesem Zeitpunkt war ich viel zu glücklich und zufrieden, um mich daran zu erinnern, dass die Glücksgöttin auch ein gemeines Biest sein kann. Später sollte ich diese Vergesslichkeit bereuen.

Trotz der Decken war mir im Bett kalt. Ich zog die Decken weiter hoch, Penny schmiegte sich an mich. »Mort, du bist so heiß«, sagte sie.

»Das liegt doch nur an dir, mein kleines Luder.« Ich zog sie an mich und küsste sie. Der Raum drehte sich ein wenig um mich. »Aber mir ist tatsächlich etwas schwindlig«, fügte ich hinzu.

Ich hatte Fieber. Natürlich kann man nie ganz sicher sein, aber im Rückblick denke ich, dass es mit meinen Bemühungen zu tun hatte, meinen Körper zu bewegen und das restliche Blut aus meinem Oberkörper zu absorbieren. Manchmal war es wohl ein Fehler, Mutter Natur ins Handwerk zu pfuschen, und sie und die Glücksgöttin waren vermutlich gute Freundinnen. Penny verging fast vor Sorge und Mitgefühl. Sie zog die Laken zurück, damit mich die kalte Luft umfächeln konnte. Anscheinend hatte sie bei Mutter Natur und der Glücksgöttin gelauscht und machte nun gemeinsame Sache mit ihnen. Das war eine große Verschwörung der Frauenzimmer.

»Was? Nein, nein, mir ist kalt! Gib mir die Decke!« Wenn ich mich ins Zeug lege, bin ich in jeder Debatte eine Größe, mit der man rechnen muss.

»Du hast Fieber und musst dich abkühlen.« Sie ließ mich die Decke nicht über die Hüften hochziehen. Zweifellos tat sie dies nur, um meine wohlgeformten Muskeln zu bewundern.

»Ich möchte wetten, dass du das allen deinen Verlobten sagst.« Das fand ich zwar sinnvoll, aber offenbar war ich doch nicht ganz so klar im Kopf, wie ich angenommen hatte. Penny legte mir ein feuchtes Tuch auf die Stirn. Meine Versuche, witzig zu reagieren, beeindruckten sie wohl nicht sehr.

Nachdem sich Penny vergewissert hatte, dass vorerst noch nicht mit meinem vorzeitigen Ableben zu rechnen war, lagen wir aufgedeckt auf dem Bett. Sie wollte mir die Decke immer noch nicht zugestehen, erlaubte mir aber, ein wenig von ihrer Wärme zu stehlen. Ich mochte ihre Wärme. »Mort«, begann sie. »Ich muss dich was fragen.«

Trotz meines fiebrigen Zustands schlugen alle Alarmglocken an. »Was denn?«, antwortete ich vorsichtig.

»Wenn ich jemals etwas Schlimmes tue, etwas wirklich Schlimmes, für das mich alle anderen hassen werden, würdest du mich dann immer noch lieben?«

Was ist das denn für eine Frage?, dachte ich. Allerdings war ich klug genug, mir eine bessere Antwort zurechtzulegen. »Ich würde dich immer noch lieben. Ich kenne dich gut genug, um zu wissen, dass du gute Gründe hättest, selbst wenn alle anderen sie nicht gleich verstehen könnten. Worum geht es?«

»Ich denke nur darüber nach. In den letzten paar Tagen hat sich mein Leben so sehr verändert, dass ich wohl eine Rückversicherung brauche«, antwortete sie.

»Vor ein paar Tagen wusste ich noch nicht einmal, dass ich dich liebe, also ist es wohl etwas früh, um dir zu überlegen, wie du mich wieder loswirst.« Ich lächelte sie an. Dummheit stirbt nicht aus. Im Rückblick kann ich kaum glauben, wie einfältig ich zu jenem Zeitpunkt gewesen bin. Schließlich schlief ich ein, träumte von einem weiten Himmel und jagte eine verrückte Wildkatze von Mädchen durch die grünen Felder. Das war immer meine schönste Erinnerung an Penelope Cooper. Selbst jetzt, wenn ich daran denke, wird mir klar, dass ich sie in diesem Moment wirklich zu lieben begann. Irgendwo in meinem Herzen wird sie immer das alberne Mädchen mit dem Gras im Haar bleiben.

Wie gewohnt wachte Penelope früh auf. Mordecai schlief noch, hatte sich aber etwas abgekühlt. Sie deckte ihn mit einem dünnen Laken zu. Es war der Tag des Balls. Sie betrachtete das Kleid, das in einer Ecke hing, eine schöne Kombination aus blauem Samt und Spitze. Sie hatte es am Vortag bei Rose anprobiert und gestaunt, wie hübsch sie darin aussah, wenn sie sich im Spiegel betrachtete. Es brachte ihren Busen vortrefflich zur Geltung, ohne geschmacklos zu wirken, und der Stoff betonte ihre anmutige Figur und ließ eine Andeutung der Fesseln frei. Das Ironische an der Sache war nur, dass dies der einzige Tag werden sollte, an dem sie jemals ein solches Kleid trüge, und dass Mordecai nicht dabei wäre, um sie in dem Kleid zu bewundern.

Ich will ihn gar nicht dabeihaben, dachte sie. Nein, so sollte er sie nicht in Erinnerung behalten. Daraufhin fiel ihr ein, dass sie ihm vielleicht einen Brief schreiben sollte. Wirklich erklären konnte sie sich nicht, aber wenigstens wollte sie dafür sorgen, dass er sich keine Vorwürfe machte. Sie vergewisserte sich, dass er fest schlief, ehe sie sich an den Schreibtisch setzte.

Im Gegensatz zu einigen anderen Dienstmädchen auf der Burg Lancaster konnte Penny hervorragend lesen und schreiben. Zum Teil lag dies an Mordecai, größtenteils aber daran, dass sie schon immer sehr neugierig und wissbegierig gewesen war. Leider war ihre Schreibkunst nicht so gut entwickelt wie ihre Wortgewandtheit, aber es musste eben irgendwie gehen. Sie nahm den Stift und verfasste gewissenhaft einen langen Brief. Kleckse und Fehler zwangen sie, mehrmals von vorn anzufangen. Schließlich hielt sie ein Ergebnis in den Händen, das sie nicht als peinlich empfand. Abgesehen natürlich vom Inhalt, aber dagegen konnte sie nichts tun. Sie faltete das Blatt sorgfältig zusammen und steckte es weg, damit Mordecai es nicht zu früh fand.

Danach bürstete sich Penny die Haare. Das war gar nicht leicht, denn sie hatte in dem langen dunklen Haar viele Locken, die sich immer wieder ineinander verhedderten. Es dauerte eine Weile, bis sie mit dem Ergebnis zufrieden war.

Es war faszinierend, still zu liegen und sie zu beobachten, während sie mit der Bürste langsam durch die langen Strähnen strich. Ich hätte ihr den ganzen Tag zusehen können.

Sie bemerkte meinen Blick und lächelte mich im Spiegel an. »Geht es dir besser?«

Und ob! Wir frühstückten, und anschließend nahm ich wieder die Bücher zur Hand. Da ich schon einmal krank war, hatte ich viel Zeit zum Lesen. Es wäre eine Dummheit gewesen, diesen Freiraum nicht zu nutzen. Penny zog sich an und suchte Rose auf, um die Vorbereitungen für den Ball fortzusetzen. Es gefiel mir nicht, dass ich das Fest verpassen würde, aber wenigstens musste Penny nicht unter meinen mangelnden tänzerischen Fähigkeiten leiden. In der Zukunft würde es freilich noch mehr Bälle geben, und ich überlegte mir, Unterricht zu nehmen, ehe ich Penny mit meiner Unfähigkeit behelligte. Ariadne hatte mir schon einmal angeboten, mich zu unterweisen, und nun lag es nahe, ihr Angebot endlich anzunehmen. Das musste allerdings noch eine Weile warten.

Der Tag verging ohne besondere Ereignisse, aber nach dem Essen kehrte das Fieber zurück. Penny kam und vergewisserte sich, dass ich nicht zu dick eingepackt war. Offenbar hielt sie nichts davon, ein Fieber auszuschwitzen. Wenigstens ließ sie mich nicht zur Ader, also sollte ich mich wohl nicht darüber beklagen, dass mir ein wenig kalt war. Ein langer Schlummer bewirkte, dass mir der Nachmittag recht erträglich wurde.

Um sechs Uhr am Abend machte sich Penny zurecht. Sie war so freundlich, mich dabei zusehen zu lassen, und ich behielt meine lüsternen Phantasien für mich, während sie sich ankleidete. Das Kleid war geradezu atemberaubend und betonte ihre wundervolle Figur und die anmutige Haltung. Ich konnte nur staunen, wie es mir gelungen war, eine solche Schönheit in mein Schlafzimmer zu locken. Meinem aufmerksamen Blick entging auch nicht, dass sie sich etwas Seltsames an den linken Arm schnallte.

»Was ist das denn?«, fragte ich mit weit aufgerissenen Augen.

»Eine Dolchscheide«, antwortete sie, als wäre es das Selbstverständlichste von der Welt. Sie rückte die Riemen zurecht und schob sieben Zoll tödlichen Stahl in die Hülle.

»Rechnen wir mit Schwierigkeiten, oder muss ich mir Sorgen machen, wenn du später zurückkommst als erwartet?«, scherzte ich.

»Rose hat mich gelehrt, mich für alles zu wappnen. Nach den jüngsten Ereignissen bin ich nicht mehr so vertrauensselig wie früher. Außerdem habe ich einen hervorragenden Mann, für den ich meine Tugendhaftigkeit schützen will ...« Sie lächelte liebreizend und ließ die langen Wimpern flattern. Das hätte mich warnen sollen. In der letzten Zeit setzte sie immer öfter weibliche Reize ein, um mich von wichtigen Themen abzulenken.

»Ich dachte, ich hätte dich gestern Abend gründlich verdorben«, sagte ich mit einem anzüglichen Grinsen.

»Es gibt immer noch mehr zu verderben«, antwortete sie, beugte sich über mich und gab mir einen langen Kuss. »Ich muss jetzt gehen. Ich brauche Rose' Hilfe, um mich zu Ende zu frisieren.« An der Tür blieb sie noch einmal stehen und sah mich lange an. »Vergiss nicht, dass ich dich liebe.« Dann war sie fort. Ich hätte schwören können, dass in ihrem Auge eine Träne schimmerte.

Anschließend redete ich mir ein, ich hätte es mir nur eingebildet, aber es dauerte lange, bis ich weiterlesen konnte. Frauen sind nicht einfach. Ich dagegen bin so einfach, wie man es sich nur wünschen kann.

Penny traf Rose in deren Gemächern an, wo sie sich gerade selbst zurechtmachte. »Sollten wir uns nicht beeilen?«, fragte Penny.

»Es kann nicht schaden, sie ein paar Minuten warten zu lassen. Außerdem kommen die Hauptpersonen immer zuletzt«, lachte Rose. Inzwischen war sie fertig und kümmerte sich nun um Pennys Haare. Mit sicheren Händen flocht sie einen zierlichen Zopf, den sie oben auf Pennys Kopf befestigte, damit auch der anmutige Hals der jüngeren Frau zur Geltung käme. »Damit werdet Ihr heute eine Menge bewundernde Blicke einfangen.«

»Nicht, dass ich darauf brenne, aber ein wenig Aufmerksamkeit wäre nicht schlecht«, antwortete Penny.

»Genießt es, solange Ihr könnt, denn wir werden älter und bleiben nicht ewig jung«, bemerkte Rose.

Für dich mag das gelten, aber ich werde gewiss nicht viel älter, dachte Penny bei sich. Die Frauen erhoben sich und gingen nach unten. Der Ball hatte bereits begonnen.

19

Heute existieren nur noch wenige magische Objekte. Sie sind so selten geworden wie die Menschen, die sie erschaffen können. In meinen Forschungen habe ich festgestellt, dass der Vorgang dem Verfahren ähnlich ist, mit dem die Zauberer ihre Sprüche wirken. Das Aythar wird manipuliert, doch anstelle der Worte spielen Symbole und die geschriebene Sprache die wichtigere Rolle. Die meisten Menschen, die mit magischen Fähigkeiten zur Welt kommen, versuchen früher oder später, das Aythar an ein Objekt zu binden, doch nur wenige haben damit auch Erfolg. Die Kunst, die Kraft so zu versiegeln, dass sie immer gebunden bleibt, ist verloren gegangen. Aus diesem Grund sind heute Schutzsprüche die einzigen magischen Objekte, die man noch finden kann. Diese Symbole werden mithilfe des Aythar gezeichnet und dienen bestimmten Zwecken. Doch sie verlieren im Verlauf einiger Jahrzehnte ihre Kraft, wenn sie nicht regelmäßig erneuert werden.

Marcus der Ketzer,
Über das Wesen von Glaube und Magie

Der große Saal war völlig verwandelt. Die auf kräftigen Böcken ruhenden Tische waren entfernt und langen Tafeln an den Wänden gewichen, wo Erfrischungen serviert wurden. Kleinere Tische mit Stühlen boten den Tänzern eine Möglichkeit zum Ausruhen, doch es waren nicht viele, denn die Gäste sollten dort nicht zu viel Zeit verbringen. Immerhin war es ein Tanzabend, den man nicht vertrödeln durfte, indem man die ganze Zeit nur herumsaß. Die Musiker des Herzogs hatten sich an einem Ende des Saals aufgestellt und spielten ohne Unterlass die Musik, die man für einen gelungenen Ball nun einmal brauchte.

Penny und Rose wurden angekündigt, als sie eintraten: »Lady Rose Hightower und ihre Begleiterin Penelope Cooper.« Das trug Penny einige erstaunte Blicke ein, ganz besonders vonseiten der Diener. Die meisten Dienstboten kannten sie zwar und wussten, dass sie sich mit Mordecai eingelassen hatte, doch niemand konnte einschätzen, wie sich dies auf ihre gesellschaftliche Stellung auswirkte. Da sie nun mit Rose eintrat, war klar, dass sie die Leiter ein gutes Stück emporgestiegen war.

Marcus bemerkte sie und kam herbei. Er ging langsam, um seine Schwester Ariadne nicht abzuhängen. An diesem Abend trat er als ihr Begleiter auf, obwohl sie beide schon sehr bald mit anderen Partnern tanzen würden. Seine Schwester bot mit ihrem wundervollen rosafarbenen Kleid einen reizenden Anblick. Sie war erst vierzehn und füllte es noch nicht ganz aus, aber Penny war sicher, dass aus dem Mädchen eines Tages eine strahlende Schönheit werden würde.

»Penny! Wie ich sehe, hast du den ungeschickten Trottel weggejagt und dir eine besser aussehende Gesellschaft gesucht.« Er deutete eine Verbeugung an, die an Rose gerichtet war.

Rose stieß ein perlendes Lachen aus. »Ja, sie hielt es tatsächlich für nötig, sich heute Abend eine bessere Gesellschaft zu suchen.« Penny staunte, wie Rose dies alles gelang. Sogar das Lachen war vollendet. Marcus bat Rose um einen Tanz, und gleich darauf waren sie schon zur Tanzfläche unterwegs und ließen Penny und Ariadne zurück.

»Marcus ist ja wirklich ein großer Schmeichler«, meinte Penny. »Aber wo ist dein jüngerer Bruder Roland?«

»Roland ist noch zu klein und interessiert sich nicht für solche Ereignisse. Mutter sagt, Marcus könnte einer Katze das Fell abschwatzen, aber ich kenne auch seine grobe Seite«, erwiderte Ariadne. »Trotzdem, für einen Bruder ist er gar nicht so übel.« Sie plauderten noch einige Minuten, bis Marc und Rose zurückkehrten. Dann führte er Penny zum Tanz.

»Wie geht es Mort?«, fragte er, als sie über die Tanzfläche schwebten.

»Er erholt sich gut. Heute hatte er Fieber, aber sonst verläuft seine Genesung überraschend schnell. Die Rippen tun ihm überhaupt nicht mehr weh«, erklärte sie.

Marc zog eine Augenbraue hoch. »Schon wieder Magie?«

Penny seufzte. »Ja, er probiert verschiedene Dinge aus, und bisher hat es ihm wohl eher genützt als geschadet.«

»Verrat es ihm nicht, aber ich halte ihn sogar für brillant. Das war schon immer so. Wenn irgendjemand ohne einen richtigen Lehrer herausfinden kann, wie man diese Gabe einsetzt, dann ist er es. Besonders, wenn er jemanden wie dich hat, der sich um ihn kümmert.« Er lächelte sie an.

»Er braucht eine Menge Kümmern«, lachte sie und

wünschte, ebenso bezaubernd plaudern zu können wie Rose. Dann dachte sie an den Grund, warum sie überhaupt hergekommen war, und wurde ernst.

»Geht es dir nicht gut?« Marc konnte auf seine Weise durchaus aufmerksam sein.

»Nur ein dunkler Gedanke. Ist Lord Devon schon eingetroffen?« Sie hatte ihn noch nicht gesehen.

»Nein, er hat sich noch nicht blicken lassen. Nur die Ruhe, Penny, ich lasse nicht zu, dass er dich belästigt.« Penny machte sich freilich keine Sorgen, der junge Lord könnte sie behelligen, sondern fürchtete vielmehr, er werde womöglich gar nicht auftauchen. Nach dem Tanz kehrte sie zu Rose zurück, die sich unterdessen freundlich mit Ariadne unterhalten hatte. Marc entdeckte Elizabeth Balistair und führte auch sie auf die Tanzfläche. Im Laufe des Abends würde er nacheinander mit jeder einzelnen Lady tanzen, ganz so, wie es seinen Pflichten als Stammhalter des Hauses entsprach.

Nicht lange danach bat Stephen Airedale sie um einen Tanz. Penny war zwar eine Gemeine, aber die Schönheit galt, zumindest auf einem Ball, offenbar mehr als der Stand. Als sie auf dem Tanzboden waren, hörte Penny die Ankündigung, dass Lord Devon eingetroffen sei. Sie rückte näher an den Tanzpartner heran und spähte über seine Schultern hinweg in den Saal, um ihren Peiniger auszumachen. Sie entdeckte ihn zwar nicht, sah dafür aber Dorian, der abseits stand und mit Gregory Pern sprach. *Er ist zu schüchtern zum Tanzen und redet lieber mit dem Sohn des Admirals über Geschichte. Wie typisch!*, dachte sie.

Nachdem ihr Partner sie zu Rose und Ariadne zurückgebracht hatte, suchte sie einen Vorwand, um ihnen für einen Augenblick zu entfliehen. »Ich hole mir etwas zu trinken, bin gleich zurück.« Ohne auf eine Antwort zu warten, ging sie zu dem Tisch, an dem die Erfrischungen serviert wurden. Rose beobachtete sie mit zusammengekniffenen Augen.

Penny war froh, als sie hinter dem Tisch ein Dienstmädchen entdeckte, das sie recht gut kannte. Laura würde sich bestimmt nicht weigern, wenn Penny sie um einen letzten Gefallen bat. Sie entschied sich für Rotwein und hielt Lauras Hand fest, als diese ihr das Glas reichen wollte. »Laura, könntest du so gut sein und eine Botschaft für mich überbringen?« Penny tat so, als wäre nichts weiter dabei.

Laura erschrak ein wenig. »Gewiss, Penny, aber das muss bis nach dem Ball warten, weil ich sonst Schwierigkeiten bekomme.« Das passte ausgezeichnet, also nickte Penny und gab dem anderen Mädchen den Brief. Darauf stand nur der Name »Mordecai«.

»Bring ihm einfach den Brief, wenn du hier fertig bist. Er wird sich freuen, ihn zu bekommen.« Sie bedankte sich bei Laura und kehrte zu den anderen Damen zurück. Die blauen Augen, die sie auf Schritt und Tritt verfolgten, bemerkte sie nicht.

Als sie wieder bei Ariadne und Rose stand, verspürte sie ein nervöses Flattern im Bauch. Bisher hatte ihr die Entschlossenheit auch die nötige Ruhe geschenkt, aber nachdem sie den Brief übergeben hatte, wurde sie ängstlich. Sie heftete den Blick auf das Gedränge und sah sich nach Devon um. »Penny«, unterbrach Rose ihre Gedanken, »habt Ihr Dorian gesehen? Ich will unbedingt mit diesem Mann tanzen, und wenn ich ihn mit Gewalt auf die Tanzfläche zerren muss.«

Penny hatte gerade Devon ausgemacht, also war dies die geeignete Gelegenheit, die aufmerksame Rose abzuschütteln. »Er steht da drüben und redet mit Gregory Pern.« Sie deutete in die entsprechende Richtung. »Ich bin sicher, dass der arme Gregory nur zu gern errettet werden würde. Ihr wisst ja, wie Dorian ist, wenn er erst einmal anfängt über die Geschichte und lange vergangene Kriege zu erzählen.«

»So gut kenne ich ihn noch gar nicht«, antwortete Rose, »auch wenn ich hoffe, dass sich dies eines Tages ändern wird.« Sie zwinkerte und entfernte sich. Anmutig schlenderte sie in die Richtung, die Penny ihr gezeigt hatte. Dabei näherte sie sich Dorian, sprach ihn aber nicht an, sondern ging langsam weiter. Sein Blick irrte von Gregory ab, bis er sie anstarrte. Rose schwebte vorbei und drehte kurz den Kopf herum, um ihn voll anzublicken, ein kleines Funkeln in den Augen und ein Lächeln auf den Lippen. Sie bewegte sich in Richtung der Erfrischungen, ohne ihn aus den Augen zu lassen.

Nicht einmal Dorian Thornbear, der im Umgang mit Frauen sonst recht schüchtern war, konnte diese Einladung übersehen. Er entschuldigte sich bei Gregory Pern und folgte Rose zum Tisch. Als er dort ankam, hatte sie das Mädchen, das dort bediente, bereits in ein Gespräch verwickelt.

»Ihr müsst mir geben, was Miss Cooper Euch ausgehändigt hat, meine Liebe.« Rose hielt zwei Silbermünzen in der Hand, obwohl die Getränke kostenlos ausgegeben wurden.

»Es tut mir leid, Mylady, aber ich weiß nicht, was Ihr meint.« Natürlich wollte Laura zu ihrer Freundin Penny halten, aber als sie es mit der überwältigenden Rose Hightower zu tun bekam, wurde sie nervös.

Rose beugte sich vor. »Wir können dies auf zwei Arten erledigen. Eine läuft darauf hinaus, dass Ihr Schwierigkeiten bekommt und womöglich gezüchtigt werdet. Die andere verschafft Euch zwei Silbermünzen, und Ihr tut Eurer Freundin obendrein noch einen großen Gefallen.« Sie richtete sich auf und lächelte das Mädchen an. Dorian konnte den Wortwechsel zwar nicht verfolgen, bemerkte aber die Miene der Dienerin und bedauerte das Mädchen sehr. Gleich darauf durfte er Rose zu einem kleinen Tisch begleiten, wo sie den Brief untersuchen konnte.

Er war mit einem roten Klecks Wachs versiegelt und trug die Aufschrift »Mordecai«. Rose überlegte, ob sie ihn öffnen sollte, doch das wollte sie Penny nicht antun. Sie dachte rasch nach, und auf einmal fügten sich alle Hinweise zusammen, die sie in den letzten Tagen bekommen hatte. Pennys plötzliches Interesse am Ball, die seltsamen Fragen und ihre gelegentlich düstere Stimmung. Sie war immer noch nicht sicher, was Penny plante, doch es musste etwas Ernstes sein, und es würde hier auf dem Ball geschehen. Der Brief war vermutlich das letzte Mosaiksteinchen.

»Dorian«, sagte sie. Endlich schenkte sie ihm ihre ganze Aufmerksamkeit. »Ihr müsst etwas für mich tun, das Euch vielleicht ein wenig seltsam vorkommt.«

»Gewiss, Lady Rose.« Er schenkte ihr einen liebevollen Blick.

»Nennt mich doch einfach Rose. Es ist ja albern, wenn Ihr mich immer so förmlich anredet. Wir haben zusammen genug erlebt, um ein wenig vertrauter miteinander umzugehen.« Sie beugte sich vor und legte ihre kleine Hand auf seine kräftige. Dorian riss die Augen weit auf. Nun bewegte er sich auf höchst unsicherem Gelände. »Verzeiht mir, Dorian. Eigentlich wollte ich mit Euch tanzen, aber dies hier ist wahrscheinlich sehr wichtig. Könntet Ihr Mordecai diesen Brief zukommen lassen? Er muss ihn auf der Stelle lesen, wenn Ihr ihn überbracht habt. Ich möchte Euch sogar drängen zu rennen, wenn Ihr ihm wirklich helfen wollt.«

Das Erstaunlichste an Dorian Thornbear war seine unerschütterliche Loyalität. Wo viele andere Männer Fragen gestellt und es hinausgezögert hätten, nahm er nur den Brief und stand auf. »Spart Euch den Tanz für mich auf, Lady Rose.« Er drängte sich rasch durch die Menge und verschwand mit raschen Schritten, um sich draußen sogar im Dauerlauf zu bewegen. Rose blickte ihm nach, ehe sie aufstand und Penny suchte.

Ich las gerade wieder, als sich die Tür öffnete. »Du könntest ruhig anklopfen«, beklagte ich mich, als Dorian schwer atmend hereinkam. Anscheinend war er die Treppe heraufgerannt.

Er ignorierte meine Vorhaltungen. »Hier«, sagte er. »Lies das und beeil dich. Rose scheint es für äußerst dringend zu halten.« Er war nicht in der Stimmung, sich auf Tändeleien einzulassen. So nahm ich den Brief entgegen, der – zweifellos in Pennys Handschrift – meinen Namen trug.

Ich öffnete und überflog ihn, dann las ich ihn noch einmal langsamer, um sicherzugehen, dass ich nichts übersehen hatte.

Lieber Mordecai,
voller Angst schreibe ich dies auf, aber nicht wegen der Dinge, die ich tun muss, sondern vielmehr, weil es unmöglich ist, alle Gedanken und Gefühle in etwas so Beschränktes wie einen schlichten Brief einfließen zu lassen. Du sollst wissen, dass Du immer mein Freund warst, und dafür bin ich dankbar. Du sollst auch wissen, dass Du an den Ereignissen, die sich nun aus meinen Handlungen ergeben, keine Schuld trägst. Ich bin fest davon überzeugt, dass jeder für sein eigenes Handeln verantwortlich ist, weil man sich sonst als Opfer in die Hände des Schicksals begeben würde, und ich will kein Opfer sein.

Marcus hat mir Dein Verhältnis zu Devon Tremont ausführlich erklärt. Daher sollst Du wissen, dass ich nicht deinetwegen handle. Wie Du weißt, habe ich gute Gründe, dieses unvergleichliche Scheusal zu hassen. Ginge es nach mir, dann hätte er nie geboren werden dürfen. Die Tatsache, dass seine Beseitigung Dir und den Lancasters helfen wird, ist mir ein großer Trost, aber es ist nicht der Grund für meine Taten. Bitte mach Dir keine Vorwürfe. Ich habe mich frei entschieden.

Die Gründe behalte ich für mich, weil sie Dich nur noch mehr verletzen würden, und das hast Du nicht verdient, denn Du bist immer eine sanfte Seele gewesen. Ich will nur so viel sagen, dass sich das Schicksal gegen mich verschworen hat. Ich habe etwas getan, das sich nicht rückgängig machen lässt, und nun bleiben mir nicht mehr viele Möglichkeiten. Statt als Gefangene des Schicksals zu existieren, beschließe ich zu handeln und wende damit hoffentlich großen Schaden von allen anderen ab. Ich glaube, für Devon Tremont gibt es keine

Erlösung, so wenig wie für mich. Aber wenigstens werden meine Taten etwas Gutes nach sich ziehen, während er nichts als Gemeinheit verbreitet hat.

Schließlich – und jetzt kommt der schwierigste Teil, weil ich fürchte, Dir wehzutun – möchte ich meine Gefühle für Dich beschreiben. Meine Liebe zu Dir ist nichts Neues, keine plötzliche Laune. In unseren Kinderspielen warst Du immer mein edler Ritter in der glänzenden Rüstung, auch wenn Du dies wohl nicht bemerkt hast. Dein freundliches Herz und Deine albernen Einfälle haben in den endlosen Sommertagen unserer Kindheit mein Herz erobert. Ich liebe Dich, und ich werde Dich immer lieben, solange ich überhaupt noch lebe. Ganz gleich, was man nach diesem Tag über mich erzählen wird, vergiss das nicht. Es gibt aber auch andere, die Dich lieben, und das darfst Du ebenso wenig vergessen. Wenn ich fort bin, soll Dich die Verzweiflung nicht zu dummen Entscheidungen verleiten, denn Du bist vielen Menschen, unter denen ich der unwichtigste bin, sehr wichtig.

Für immer
Deine Penny

»Verdammt!«, fluchte ich. »Dorian, woher hast du diesen Brief?«

»Rose hat ihn von einer Bedienung bekommen«, antwortete er.

Ich war schon dabei, mich anzukleiden. Für Wams und gute Hose hätte ich aber viel zu lange gebraucht, also stieg ich in die schlichten Hosen und streifte das Hemd über, in dem ich gekommen war. Nach kurzem Nachdenken warf ich mir noch den Übermantel meiner Mutter über die Schultern und gürtete das Schwert, das mir mein Vater gegeben hatte. Dorian riss überrascht die Augen auf. »Du kannst doch beim Ball kein Schwert tragen.«

»Verdammt will ich sein, wenn ich darauf verzichte, und du solltest dein Schwert ebenfalls holen. Wir werden es vielleicht brauchen.« Ich zog die Stiefel an. Das Fieber war abgeklungen, und ich fühlte mich viel besser, auch wenn mir etwas schwindlig war. Bevor ich zur Tür hinausstürmte, hielt ich noch einmal inne. Ein paar rasche Worte, und ich hatte mich abgeschirmt. Ich wusste nicht, was mir bevorstand, wollte mich aber gegen alle Gefahren wappnen.

Wir liefen so rasch, wie es mir möglich war. Trotz der Schmerzen im Rücken bewegte ich mich fast im Laufschritt. Die Rippen taten nicht mehr weh, aber wegen der gerade abheilenden Lunge war ich etwas kurzatmig. Im Erdgeschoss verließ mich Dorian, um sein Schwert zu holen.

Penny tanzte auf dem Ball. Rose hatte sich als Störenfried erwiesen und ihr eine ganze Reihe von Tanzpartnern zugeschanzt, sodass sie Mühe hatte, sich den Mann herauszupicken, auf den es ihr ankam. Lord Devon war jedoch bereit, das Problem für sie zu lösen. Sie hatte ihn beim Tanzen mit den anderen Partnern ständig im Auge behalten, und er hatte ihre Blicke bemerkt. Nach der Runde mit Gregory Pern kam er neugierig auf sie zu.

Rose trat ihm anmutig in den Weg, um ihn abzulenken, da ihr sein Interesse an Penny nicht entgangen war. »Lord Devon, was für eine angenehme Überraschung, Euch heute Abend hier zu sehen! Ich dachte schon, Ihr hättet damit zu tun, Euren verletzten Stolz zu hätscheln«, stichelte Rose, weil sie hoffte, seinen Zorn zu erregen.

»Verzeiht mir, Lady Rose, aber ich glaube, diese Dame möchte mit mir tanzen«, antwortete er höhnisch und schob sich an ihr vorbei.

»Sehr aufmerksam von Euch, Lord Devon«, erwiderte Penny mit einem listigen Lächeln. »Ich hatte beinahe befürchtet, Ihr nehmt mich überhaupt nicht zur Kenntnis.« Sie legte die Hände zusammen und schob sie in die Ärmel, bis sie die Ellenbogen berührten.

»Würdet Ihr mit mir tanzen?« Devon deutete zur überfüllten Tanzfläche hinüber.

»Gewiss, wenn Euch mein Mangel an Anmut nicht abschreckt.« Penny zog die Arme wieder auseinander, und Rose war erleichtert, dass die Hände leer waren. Devon nahm ihre Hand und legte ihr die freie Hand an die Hüfte – ein wenig niedriger, als es schicklich gewesen wäre, doch sie beklagte sich nicht. Penny legte ihm ihre freie Hand auf die Schulter. Dies alles hatte sie genau geplant und eingeübt. Der Knauf des Dolchs lag nun in ihrer Handfläche, und die Klinge schmiegte sich an den Unterarm, wobei die Finger ihn an Ort und Stelle hielten. In dieser Haltung blieb ihr Handgelenk gerade, und die Hand war steif, was wegen des Ärmels jedoch niemand sehen konnte. Sobald sie ihm die Hand auf die Schulter gelegt hatte, konnte auch er die seltsame Stellung nicht mehr bemerken.

»Ich wundere mich, was Euch bewegt, ausgerechnet mit mir zu tanzen«, sagte Devon.

»Ich hatte inzwischen Zeit, über unsere kürzliche Begegnung nachzudenken.« Sie schenkte ihm einen leidenschaftlichen Blick.

»Eine kleine Verbrennung reicht in den meisten Fällen aus, um das Feuer zu meiden, damit man sich nicht noch einmal verletzt«, erwiderte er.

»Manche Frauen finden die Gefahr sehr anregend, sobald sie die anfänglichen Ängste überwunden haben.« Penny näherte sich ihm und legte ihm die Wange an den Hals.

Devon hatte alle möglichen Arten von Frauen kennengelernt und wusste durchaus, dass einige ziemlich verdreht sein konnten, aber diese hier, so dachte er, spielte ihm gewiss einen üblen Streich. »Was ist denn mit Eurem Schmied?«

Sie nahm den Kopf zurück und erwiderte seinen Blick. »Er ist heute Abend nicht hier. Ihr dagegen, mein Lord, seid zugegen, und ...« Ihr Mund suchte seine Lippen. Eine kleine Ablenkung reichte ihr schon aus, um die Hand zu heben, den Ärmel fallen zu lassen und mit der Klinge zum tödlichen Stoß auszuholen. Devon riss erschrocken die Augen auf, doch die Ablenkung wirkte, da er die erhobene Hand nicht bemerkte.

Penny zielte mit der langen Klinge kurz unter dem Hals genau zwischen die Schulterblätter. Gewiss würde sie nur diese eine Gelegenheit bekommen. *Verzeih mir, Mort*, dachte sie und holte aus. Auf der anderen Seite des Raumes schrie in diesem Augenblick jemand auf. »Penny, nicht!« Es war Rose Hightower, deren Warnruf ihren Plan zunichtemachte.

Devon entzog sich ihr, sah die Klinge und packte ihr Handgelenk, um ihr den Arm auf den Rücken zu drehen. Die Klinge fiel herunter, als ein stechender Schmerz durch ihren Arm fuhr. »Du dummes Mädchen!«, rief er und warf sie auf den steinernen Boden. Als sie sich aufrichten wollte, hatte er ihr schon den Stiefel auf den Bauch gestellt. Mit einem lauten Schnaufen fuhr die Luft aus ihren Lungen. Würgend und keuchend lag sie da.

»Verdammte Hure! Dachtest du etwa, du könntest mich töten? Schau mich an, du dumme Schlampe!«, schrie er sie an. Penny blickte hoch, und sein zweiter Tritt traf ihr Gesicht und warf sie flach auf den Boden. Als sie sich aufrichten wollte, knickten ihr die Arme weg. Die verletzte Nase tat weh, die Schmerzen machten sie fast blind. Inzwischen stießen auch einige andere Gäste Rufe aus, die sie jedoch nicht verstehen konnte.

Devon Tremont lachte und bückte sich, um Pennys Haare am Hinterkopf zu packen. Er riss ihren Kopf hoch, entzückt über die Blutspuren in ihrem Gesicht. Eines ihrer Augen war angeschwollen und die Nase schief, als wäre sie gebrochen. »Dafür wirst du hängen, du Miststück!«, rief er und holte mit der geballten Faust aus.

Ich hatte ihn schon fast erreicht, als er Penny den Kopf zurückzog. Der Anblick ihres ramponierten Gesichts trieb mir auf der Stelle jegliche Vernunft aus. Ich hielt seine Faust fest, riss ihn zu mir herum und drosch ihm die rechte Hand in das erstaunte Gesicht. Der Schlag ließ ihn taumeln, er torkelte rückwärts und stürzte. Ich rückte sofort nach, um zu Ende zu bringen, was ich begonnen hatte, doch eine Wache schlug mich von hinten, sodass ich nun selbst ins Taumeln geriet.

Ich drehte mich um und sah den Mann, der seinen zerbrochenen Knüppel verwundert anstarrte. Die schwere Holzwaffe war zerbrochen, als sie meinen Kopf getroffen hatte. Ein Glück, dass ich mich vorher abgeschirmt hatte. »Mach das noch einmal, und du wirst es bereuen«, knurrte ich und wandte mich wieder an Devon.

Der junge Lord war längst wieder auf den Beinen, und meine besondere Wahrnehmung verriet mir, dass auch er sich mit einem Schild geschützt hatte. Vorsichtig umkreiste er mich. »Ich brauche ein Schwert!«, rief er. Der Wächter hinter mir warf ihm sein eigenes zu.

Ich funkelte den Wächter an. »Das werde ich mir merken.« Ich zog das Schwert meines Vaters und griff Devon an. So begann unser tödlicher Tanz. Ich nenne es zwar einen Tanz, aber, um ehrlich zu sein, ich war gar kein Schwertkämpfer, sondern schlug wie ein wütender Bauernjunge mit einem Prügel auf ihn ein. Er führte das Schwert dagegen viel schneller, als ich es mit den Augen verfolgen konnte. Deshalb ignorierte ich seine Waffe und hämmerte auf ihn ein, als wäre er ein Stück Fleisch, das für den Markt zurechtgehackt werden musste.

Allein der Schild, den ich um mich gewirkt hatte, rettete mich. Ich ging Devon hart an und warf ihn mit mächtigen Hieben aus dem Gleichgewicht, doch sein Schwert drang immer wieder durch meine Deckung und traf mich. Ich hätte längst aus einem Dutzend Wunden geblutet, wenn mich die Hiebe tatsächlich erreicht hätten. Schließlich lösten wir uns voneinander und verschnauften.

Ich keuchte stark, denn ich war völlig außer Atem.

Ich war doch überhaupt noch nicht genesen, und es würde nicht mehr lange dauern, bis auch meine Wut nicht mehr ausreichte, um mich im Kampf bestehen zu lassen. Das Schlimmste war, dass Devon aussah, als hätte ihn das Geplänkel ganz und gar nicht angestrengt. Er hielt das Schwert vor sich und fuhr mit dem Finger an der Klinge entlang. »*Thylen*«, sagte er, und schon schimmerte die Schneide.

Diesen Trick hatte ich noch nicht gelernt, und entsprechend groß waren meine Sorgen. Aus dem Augenwinkel bemerkte ich Rose, die Penny zur Seite zog. Die Wächter hatten mich umstellt, und Sir Kelton rief, ich solle das Schwert wegstecken. Wahrscheinlich wären sie sogar über mich hergefallen und hätten mich niedergerungen, wenn Devon nicht eingegriffen hätte.

»Zurück!«, donnerte er und drang in den Kreis ein. Er hatte jetzt das Schwert erhoben und starrte, die dunklen Augenbrauen zusammengekniffen, die Männer an. »Der Erste, der mich hier stört, findet sein Gedärm auf dem Boden wieder!«, rief er. Und ging auf mich los.

Wir wechselten einige rasche Hiebe, wobei er mich mühelos in die Defensive drängte. Ich wich zurück, während er den Vorteil zu nutzen suchte. Schon kratzte seine Schwertspitze über meine Wange. Trotz meines Schilds war sie mühelos durchgedrungen. *Verdammt!* Jetzt geriet ich in Verzweiflung, da er mich so leicht verletzen konnte, und selbst wenn ich umgekehrt auch seine Abwehr durchschlug, konnte meine Klinge seinen Schild doch nicht überwinden.

Da fiel mir etwas ein. Ich wich eilig zurück und sagte: »*Shelu Nian Trethis*«. Schon herrschte tiefste Stille um mich. Ich hatte mir die Ohren mit einem besonderen Schild zugestopft, um keine Geräusche mehr durchzulassen. Manchmal staune ich über meine eigene Genialität. Ich konnte sehen, wie Devon die Lippen bewegte, aber seine Worte nicht mehr verstehen. Hätte ich raten sollen, so hätte ich vermutet, dass er etwas wie »elender Dummkopf« von sich gab.

Er griff erneut an, doch ich schloss die Augen. »*Lyet ni Bierek!*«, sagte ich nun und legte meine ganze Kraft in den Spruch. Das Resultat war erstaunlich. Das Licht war so grell, dass alle, die zusahen, sofort geblendet waren, was hoffentlich Lord Devon mit einschloss. Der Blitzknall war lediglich Licht und Lärm und besaß keine echte Kraft, die etwas zerstören konnte. Davor konnte ihn sein Schild, der ganz anders ausgerichtet war, auch nicht schützen. Tatsächlich schien ihn sein Schutzwall aber immer noch zu umgeben. *Höchst unerfreulich*, dachte ich.

Ich schlug mit der Klinge nach ihm, konnte aber nicht mehr ausrichten, als ihn zur Seite zu drängen. Ich brauchte jetzt etwas Großes und Schweres und sah mich nach einer besseren Waffe um. Mein Blick fiel auf den Kamin an der Ostwand. Sofort schritt ich hinüber, doch irgendjemand hatte das Schüreisen entwendet. Also suchte ich in dem Brennholz neben dem Kamin weiter. Die Haupthalle besaß zwei riesige Kamine, und die eigens für sie geschnittenen Scheite waren jeweils länger als mein Arm. Ich suchte ein kräftiges, fast eine Handspanne dickes Scheit aus und hob es mit beiden Händen. Es schien mir gut geeignet.

Dann kehrte ich zu Devon zurück. Er war bereits aufgestanden, aber offenbar noch geblendet. Freilich brauchte er nicht die Augen, um mich wahrzunehmen. Mithilfe seines Magierblicks zielte er auf mich und sagte etwas, das ich nicht verstand. Rings um mich loderten tödliche weiße Flammen empor, die mein Schild zum größten Teil jedoch abhalten konnte. So groß war die Hitze, dass meine Kleidung zu rauchen begann und teilweise sogar verkohlte. Ich achtete jedoch nicht darauf und marschierte auf ihn los. »*Lyet ni Bierek*«, sagte ich noch einmal. Ein gewaltiger Knall warf ihn zu Boden.

Der Blitz hatte auch mich selbst halb geblendet, aber ich benötigte das Augenlicht ebenso wenig wie er. In einem großen Bogen schwang ich das Scheit und drosch es ihm ins Gesicht. Die Wucht trieb ihn mehr als einen Schritt vor mir her, bis er vor der Wand gegen einen Stuhl prallte. Noch einmal schlug ich zu, sehr erfreut darüber, dass er noch bei Bewusstsein war. Unablässig prasselten die Hiebe meines Holzscheits auf ihn nieder. Er versuchte, das Schwert zu heben, doch ich fegte den Arm zur Seite. Ich war sogar der Ansicht, der Knochen wäre gebrochen, was mir ein Lächeln entlockte, während ich ihn prügelte – wie die Puppen, mit denen die Wächter übten –, bis er das Bewusstsein verlor.

Endlich brach er zusammen und blieb reglos liegen. Als er ohnmächtig wurde, erlosch auch sein Schild. Ich musste grinsen. Noch einmal holte ich mit der primitiven Keule weit aus. Dann berührte mich jemand am Arm. Beinahe hätte ich ihn geschlagen, doch noch rechtzeitig bemerkte ich, dass es Marc war. Er rief etwas, das ich nicht verstehen konnte. Ich entfernte den vor Schall schützenden Zauber aus meinen Ohren.

»… klagen sie dich wegen Mordes an, wenn du ihn jetzt tötest!«, rief er gerade.

Benommen sah ich ihn an. »Ja? Und?«

»Dann hängen sie dich!«, schrie er.

Ich dachte darüber nach. »Wenn ich ihn nicht töte, lässt er Penny anklagen, und dann wird sie gehängt.«

Marc war einen Moment ratlos. »Du hast recht. Töte ihn!« In diesem Augenblick erschien Dorian, der nach meinem vorherigen Spruch immer noch blinzelte.

»Lasst mich es tun.« Er deutete mit dem Schwert auf Devon.

Wir stritten und überlegten noch, wer von uns ihn erledigen sollte, als James Lancaster zu uns kam. »Leg das Feuerholz weg, Mordecai! Dorian, steck das Schwert ein!« Sein Tonfall duldete keine Widerrede. Ich betrachtete das Holzstück, das ich in den Händen hielt. Es brannte, nachdem Devon seinen Feuerzauber gegen mich eingesetzt hatte. Ich trat zum Kamin und warf es hinein.

In dem großen Saal kamen die Leute allmählich wieder zu sich. Einige Männer trampelten ein Feuer aus, das dort entstanden war, wo Devon mich zu rösten versucht hatte. Ein großer Wandteppich stand in Flammen, doch das Feuer würde sich wohl nicht weiter ausbreiten. Ich kehrte zum Herzog zurück, der sich gerade mit seinem Sohn stritt und Marc schließlich sogar niederbrüllte. »Ich hänge niemanden auf! Nicht dich, nicht Penelope, nicht einmal dieses verdammte Schandbild eines Lords hier! Seid still und lasst mich nachdenken!« Ich war zwar ziemlich sicher, dass er mit dem Schandbild eines Lords Devon meinte, konnte aber nicht ganz ausschließen, dass die Bemerkung auf mich gemünzt war.

Allerdings beschloss ich, mich nicht weiter darum zu kümmern und mich lieber nach Penny umzusehen. Sie saß mit Rose seitlich an einem kleinen Tisch im Kreis einer ganzen Reihe von Gästen, die mich beobachteten, als ich mich ihnen näherte. Ich bleckte die Zähne und knurrte: »Macht Platz!«, worauf sie schleunigst das Weite suchten. Einige rannten sogar.

Penny saß aufrecht, obwohl ihr Gesicht böse entstellt war. Ein Auge war angeschwollen und geschlossen, die Nase erinnerte an einen Klecks unschön geformten Brotteigs. »O Mort! Deine Wange!«, rief sie. Es klang seltsam, so als kniffe sie sich beim Sprechen die Nase zu.

»Halt den Mund, du dumme Frau«, sagte ich sanft, setzte mich neben sie und berührte mit dem Geist ihr Gesicht. Tatsächlich, das Nasenbein war gebrochen und stand schief. Aus den Experimenten mit meinen eigenen Knochen hatte ich einige Dinge gelernt. Also sprach ich zuerst ein leises Wort, um ihrem Gesicht das Gefühl zu nehmen. Dann richtete ich den Knochen und verband die Bruchstücke wieder miteinander. Mein Versuch, dabei ihre Schmerzen zu unterdrücken, war jedoch nicht ganz erfolgreich verlaufen, denn sie stieß einen erstickten Schrei aus, als sich die Knochen zusammenfügten. Gegen die Schwellung konnte ich nichts tun, aber wenigstens würde sie nicht mehr so auffallen, wenn die Verletzung abheilte.

Ich wollte sie küssen, was jedoch nicht recht gelingen wollte. Ihre Nase war zu empfindlich, und sie regte sich immer noch über mein Gesicht auf. Schließlich zerrte mich Rose zu einem Wandspiegel, vor dem ich entsetzt verharrte. Auf der rechten Wange hatte ich eine klaffende Wunde, aus der die Zähne hervorschauten, während das Blut bis zum Hals hinunterlief. So seltsam es auch war, ich spürte es kaum. Ich schob den Hautlappen hoch, hielt ihn mit dem Finger fest und versiegelte die Wunde mit einem Gedanken, bis nur noch eine rote Linie zu sehen war. Später sollte ich bereuen, dass ich so überstürzt eingegriffen hatte. Bis heute habe ich dort eine hässliche Narbe.

In diesem Augenblick setzten die Schreie und Rufe wieder ein. Am Eingang der großen Halle standen nur noch zwei Wächter, während die meisten anderen in dem Raum unterwegs waren, um die Gäste zu beruhigen. Die beiden an der Tür beobachteten die Vorgänge im Inneren und bemerkten nicht die dunkel gekleideten Männer, die sich von hinten anschlichen. Blitzschnell starben die Wächter, einer konnte noch einen Schrei ausstoßen, ehe ihm die Kehle aufgeschlitzt wurde. In heller Aufregung flohen die Gäste vor den Eindringlingen.

Alle Angreifer, die nun in den Saal strömten, waren ähnlich gerüstet. Sie trugen schwarzes Leder und hatten sich Masken vor die Gesichter gebunden, die bis auf die Augen alles verdeckten. Bewaffnet waren sie mit scharfen Messern und langen Krummsäbeln. Ich war ziemlich sicher, dass sie nicht an dem Tanzvergnügen teilnehmen wollten, zumal sie ganz unpassende Schuhe trugen. Sie schwärmten aus und begannen methodisch, die Gäste niederzumachen. In ihrem Bemühen, Abstand zu gewinnen, stolperten die Leute übereinander, sodass die Angreifer sie umso leichter erreichen konnten.

Der Herzog von Lancaster hatte sie noch gar nicht

bemerkt und drängte sich gerade durch die Menge. »Was, zum Teufel, ist hier los?«, brüllte er, als ihm die panischen Menschen entgegenkamen. Dann bemerkte auch er die Eindringlinge. Da er noch unbewaffnet war, wurde er beinahe niedergemacht. Zwei Männer trieben ihn hinter einem umgestürzten Tisch in die Enge, doch Lord Thornbear griff von der Seite an und brüllte wie ein wütender Bär. Zwar hatte auch er kein Schwert zur Hand, war aber immerhin mit einem Stuhl bewaffnet, mit dem er einen Angreifer niederschlug. Den anderen trieb er zurück, indem er den Stuhl vor sich hielt – wie ein Löwenbändiger aus dem Osten.

Mindestens dreißig Feinde waren bereits in den Saal eingedrungen, verteilten sich und töteten jeden, den sie fanden. Viele weitere folgten ihnen durch die Haupttür. »*Lyet ni Bierek*«, sagte ich, worauf die Angreifer an der Tür erschrocken und betäubt zurücktaumelten. Das verschaffte uns immerhin eine kleine Verschnaufpause, die Sir Kelton und die Wächter im Saal nutzten, um zwischen den verbliebenen Gästen und den Angreifern eine Verteidigungslinie einzurichten.

Der Herzog und Thornbear waren von uns abgeschnitten und mittlerweile von einem Dutzend Gegnern umringt. Die Mörder waren noch verwirrt, während Thornbear wie ein wütender Stier kämpfte, den Stuhl hin und her schwenkte und ihnen die Schädel zertrümmerte. Dennoch hätten die beiden Verteidiger beinahe das Nachsehen gehabt, wäre Dorian seinem Vater nicht beigesprungen. Gemeinsam mit Sir Kelton griff er an und hackte sich durch die Reihen der Feinde, um seinen Vater zu erreichen.

So hatte ich Dorian noch nie kämpfen sehen, und ich

hoffe auch, ihn niemals wieder so zu sehen. Er war ein Dämon mit einem Schwert in jeder Hand und schlachtete die Gegner im Handumdrehen ab. Ich fragte mich, wie er an die zweite Klinge gekommen sein mochte. Erst später erfuhr ich, dass er Devons Schwert aufgehoben hatte. Auf diese Weise stürmte Dorian mitten durch die Angreifer, und wo er vorbeikam, wichen sie zurück, ließen die Waffen fallen und klagten schreiend über die Verletzungen, die er ihnen zugefügt hatte. Wie eine Sichel, die durch reifes Korn fährt, mähte er sie um.

Sobald er den Herzog und seinen Vater erreicht hatte, hielt er inne und warf Lord Thornbear ein Schwert hinüber, der es geschickt auffing. Dann kämpften sie zu beiden Seiten des Herzogs und arbeiteten sich stetig zu Sir Kelton und dessen Männern zurück.

Währenddessen war ich bei den Wächtern geblieben, die immer noch ihre Verteidigung einzurichten suchten. Marc befand sich rechts neben mir und schwang mit tödlicher Geschicklichkeit ein Schwert. Ich versuchte seinem Beispiel zu folgen, war aber lange nicht so geschickt wie er. Hätte ich meinen magischen Schild nicht gehabt, ich wäre mehrmals gefallen. Wir bemühten uns, sie zurückzutreiben, doch es waren zu viele. Im Kampf Mann gegen Mann waren die Wächter des Herzogs die besseren Kämpfer, aber die Mörder waren uns mehrfach überlegen. So drängten sie uns Schritt für Schritt zurück, bis sie mehr als die Hälfte des großen Saals besetzt hatten und wir weiter denn je von den beiden Thornbears und dem Herzog entfernt waren, die ums nackte Überleben kämpften.

Schon fielen die ersten Wächter, und uns blieben weniger als dreißig Mann, also kaum genug, um quer durch den Raum eine Linie zu bilden. Noch ein paar Ausfälle, und die Feinde hätten uns überrannt. »Dorian!«, rief ich. »Lauf!« Er erwiderte kurz meinen Blick, und ich hoffte, er habe es verstanden. Jedenfalls sagte er etwas zu seinem Vater und zum Herzog, worauf sie den Männern vor ihnen den Rücken zukehrten und jene angriffen, die zwischen ihnen und unserer Linie standen.

»*Lyet ni Bierek*«, rief ich und richtete das Zentrum des Ausbruchs auf einen Punkt hinter ihnen. Der Lärm raubte ihnen vermutlich das Gehör, doch wenigstens waren sie vor dem Blitz geschützt, während die Männer hinter und vor ihnen geblendet wurden. Der Lärm störte sogar unsere eigenen Angreifer, und wir konnten ein paar Schritte wettmachen, als einige von ihnen fielen.

Lord Thornbear und sein Sohn hackten sich weiter durch die betäubten Gegner hindurch, während der Herzog mit einem langen Dolch, den er gefunden hatte, diejenigen bekämpfte, die er erreichen konnte. Fast schien es, als könnten sie unversehrt zu uns stoßen. Fünf Schritte, dann zehn, und nun waren sie schon beinahe bei uns. In diesem Augenblick griffen jedoch zwei Feinde gleichzeitig Lord Thornbear an. Eine Klinge konnte er abwehren und der zweiten beinahe ausweichen, doch das Alter forderte seinen Tribut. Er war zu langsam, und das Schwert bohrte sich direkt unter dem Brustbein in seinen Bauch.

Dorian schüttelte noch den Schock ab, da schnitt der ältere Thornbear eine schmerzvolle Grimasse, packte den Mann, der ihn tödlich getroffen hatte, zog ihn eng an sich und rammte ihm das eigene Schwert in den Leib, damit der Angreifer zusammen mit ihm unterging. Als sein Vater fiel, stieß Dorian einen Schrei aus, wie ich ihn noch nie gehört hatte, doch es war nicht mehr zu ändern. Lord Thornbear war tot.

Dorian tötete den zweiten Meuchelmörder und hätte sich wohl gleich wieder ins Getümmel gestürzt, wenn ihm der Herzog nicht eine Hand auf die Schulter gelegt und ihn aufgehalten hätte. Sie sprangen über den letzten Gefallenen hinweg und erreichten unsere Linie. Ich sah das Gesicht meines Freundes, als er vorbeikam, bespritzt mit Blut und nass vor Tränen, die ihm aus den Augen rannen. Gern hätte ich mit ihm gesprochen, aber mir fehlten die Worte, und die Feinde griffen stürmischer an als zuvor.

Der Herzog bewaffnete sich, und da nun auch er und Dorian in unserer Linie standen, schöpften wir neuen Mut, obwohl wir nur wenig mehr als dreißig Männer waren. Mehr als hundert schwarz gekleidete Meuchelmörder, also ein Vielfaches unserer Zahl, griffen uns in der Halle an. Als wir kämpften, sah ich, wie auch einige Frauen und Edelfrauen den Toten die Schwerter abnahmen und unsere Reihen verstärkten. Rose und Penny waren unter ihnen. Sogar Ariadne bewaffnete sich, auch wenn sie nicht versuchte, ins Kampfgeschehen einzugreifen.

Genevieve Lancaster stand jetzt hinter uns und feuerte diejenigen an, die unfähig oder nicht willens waren zu kämpfen, um mit ihnen eine Barrikade aus Tischen und zerbrochenen Möbelstücken zu bauen. Als ich dies sah, kam mir eine Idee, die uns entweder retten oder mich töten würde. Seitdem habe ich gelernt, dass meine Ideen manchmal ein zweifelhafter Segen sein können.

20

Gewöhnlich sagt man Zauberern keine großen Heilfähigkeiten nach. Der Grund dafür liegt in der Vielschichtigkeit der Aufgabe. Nur wenige Magier lernen, den Blick nach innen zu richten, um die inneren Vorgänge des Körpers wahrzunehmen und zu verstehen. Wer es tut, stellt fest, dass ein Eingriff in die körperlichen Prozesse oft mehr schadet als nützt. Die Mittler verlassen sich dagegen nicht nur auf ihre Kräfte und ihre Intuition, sondern greifen auch auf die Macht ihres jeweiligen Gottes zurück. Daher werden die meisten magischen Heilungen den Heiligen und den religiösen Wundertätern zugeschrieben. Dies soll allerdings nicht heißen, Zauberer könnten überhaupt nicht heilen. Im Laufe der Zeit gab es durchaus einige hervorragende Magier, die auch als Heiler bekannt wurden, doch sie sind eher als Ausnahmen zu betrachten. Die meisten vermögen nicht mehr zu tun, als oberflächliche Schnittwunden zu verschließen. Manchen gelingt es auch, Knochenbrüche einzurichten, aber nur wenige erwerben die nötige Geschicklichkeit, um schwierigere Heilungen durchzuführen.

Marcus der Ketzer,
Über das Wesen von Glaube und Magie

Wir zogen uns hinter eine improvisierte Barrikade aus umgestürzten Tischen und zerbrochenen Stühlen zurück. Eigentlich war es stark übertrieben, dies als Barrikade zu bezeichnen, aber immerhin verschafften wir uns auf diese Weise einen kleinen Vorteil, denn die Angreifer sahen sich behindert, und es fiel uns etwas leichter, sie zu töten oder wenigstens zu verletzen, während sie über die Möbel klettern wollten. Sie zogen sich kurz zurück, um ihren letzten Ansturm zu planen, und so trat eine kurze Kampfpause ein.

»Lady Genevieve!«, rief ich der Herzogin zu. »Ich brauche Eure Hilfe, ich habe eine Idee.« Sie nickte und kam rasch zu mir. Sie hatte genug gesehen, um zu erkennen, dass alles, was mir einfallen mochte, immer noch besser war, als uns einfach überrennen zu lassen.

»Was können wir tun?«, fragte sie.

»Holt die abgebrannten Scheite aus dem Kamin. Ich brauche eine Linie, so gerade wie möglich, von einer bis zur anderen Seite des Raumes!«, sagte ich. Dann erklärte ich mein Vorhaben noch einmal etwas ausführlicher, und schließlich verstand sie, was ich vorhatte, und teilte die Leute ein, die gleich darauf eilig hin und her rannten, um das verkohlte Holz zu holen und die Linie auf den Boden zu zeichnen.

In Vestrius' Tagebuch hatte ich Hinweise auf große Magier der Vergangenheit gefunden, die in Kriegszeiten mit ihrer Kraft gewaltige Schilde aufgebaut und damit Gebäude oder Einwohner geschützt hatten. Oft waren sie durch die Anstrengung umgekommen, und dies besonders dann, wenn sie sich unzulänglich vorbereitet hatten. Meine eigenen Experimente hatten mir bereits gezeigt, wie viel mehr Kraft man aufwenden musste, wenn man wortlos arbeitete und keinen Spruch aufsagte. Die nötigen Worte, um einen Schild außerhalb meines Körpers zu errichten, kannte ich allerdings schon, und es gab sogar noch einen weiteren Weg, die Wirkung zu verstärken. Man konnte zusätzlich Symbole oder sichtbare Linien zeichnen, die einem ähnlichen Zweck wie ein Beschwörungskreis dienten. Zwar war ich nicht sicher, inwiefern ein einfacher Strich helfen würde, aber schaden konnte er auch nicht.

Ich hatte Genevieve eingeschärft, dass die Linie so gerade wie irgend möglich sein musste. Einer ihrer Helfer – er war Zimmermann – schnappte sich ein Brett, das von einem zerbrochenen Tisch stammte, und zeichnete eine schnurgerade Linie quer durch die Halle. Ich war froh, dass er daran gedacht hatte, denn so fiel das Ergebnis viel besser aus, als ich es für möglich gehalten hätte.

In der Gruppe der Angreifer, die vor unserer Barrikade zögerten, ergriff jemand das Wort. »Ich verspreche Euch, wenn Ihr Euch jetzt ergebt, werden wir die Frauen nicht töten.« Devon Tremont war hinter seinen Meuchelmördern auf einen Stuhl gestiegen, damit er uns über ihre Köpfe hinweg beobachten konnte. »Meine Männer dürfen für ihre Bemühungen schließlich auch eine Belohnung erwarten.«

Ich wechselte einen Blick mit Marc. »Das nächste Mal bringe ich ihn sofort um, und wir besprechen erst hinterher, ob es richtig war.«

Er stimmte mir gern zu. Dann rief James Lancaster: »Ich würde lieber sterben, als dir meine Leute auszuliefern!« Sein Gesicht war rot vor Wut.

»Das kann ich gern für Euch einrichten, mein lieber

Herzog.« Devon schloss die Augen, und rings um ihn entstand ein dunkelrotes Glühen. Er strahlte jetzt eine ungeheure Macht aus, viel stärker, als man es einem Menschen jemals zutrauen würde. Selbst die anderen Anwesenden konnten es zu diesem Zeitpunkt erkennen. In den Reihen der Verteidiger griff die Angst um sich. Unterdessen lief ich zwischen den Männern und Frauen entlang, überprüfte die Barrikade und gab leise Anweisungen. Äußerlich blieb ich gefasst, doch die Macht, die uns nun gegenüberstand, erschien mir so gewaltig, dass ich das Selbstvertrauen, das ich zeigte, keineswegs innerlich empfand. »Mal'goroth, komm und benutze mich! Zeig mir deinen Zorn und richte ihn auf alle, die dir trotzen!«, rief Devon.

Ich warf einen Blick zu Genevieve hinüber. »Sind wir bereit?«

»Gleich, wir sind hier fast fertig«, rief sie zurück.

Mein Herz verzagte, als ich Devon beobachtete. Ich hatte genug gelernt, um zu erkennen, was er tat. Er hatte die wichtigste Regel gebrochen, die für alle Magier galt, denn er hatte seinen Geist einem Nachtgott geöffnet und sich ihm überantwortet. Die Macht der bösen Gottheit durchströmte ihn jetzt, und sein Körper schien sogar anzuschwellen. Wenn wir ihn nicht töteten, würde er die ganze Welt in den Abgrund reißen. Mal'goroth würde Devons Kräfte nutzen, um eine Brücke zu schlagen, die stark genug wäre, damit der Nachtgott in unsere Welt überwechseln konnte.

Dann sprach in meinem Kopf eine Stimme zu mir. Sie kam aus meinem Inneren, und zugleich spürte ich, dass sie von dem silbernen Stern in meiner Tasche ausging, von dem Symbol des Abendsterns Millicenth.

Lass mich dir helfen. Zusammen können wir ihn aufhalten, ehe alles zu spät ist. Vor meinem inneren Auge sah ich die strahlende Lady zu mir sprechen und wusste sofort, dass sie die reine Wahrheit sagte. Ohne nachzudenken, holte ich das heilige Symbol hervor und hielt es vor mir in die Höhe. Fast hätte ich ihr Angebot angenommen, doch als ich noch schwankte, kam Penny zu mir und schlug mir den Anhänger aus der Hand.

Fragend sah ich sie an. »Vater Tonnsdale hat deine Familie vergiftet und wollte auch alle anderen hier umbringen!«, schrie sie mich an. Ich nickte. Ihre Worte warfen zwar eine Anzahl von Fragen auf, aber dafür war in diesem Moment keine Zeit. Als ich mich umdrehte, gingen die Feinde schon wieder auf die Barrikade los.

»Für Lancaster!«, schrie ich aus Leibeskräften, und alle Männer und Frauen stimmten ein. Dann drehten sie sich ohne Vorwarnung um, duckten sich und hielten sich die Ohren zu. »*Lyet ni Bierek*«, sprach ich und wiederholte es immer und immer wieder. Der Lärm war ohrenbetäubend, und es fühlte sich an, als werde die Burg mit Kanonen bombardiert. Der feindliche Angriff kam zum Erliegen, weil die Mörder kreischend hinstürzten und sich die Hände vor die Augen pressten. Einige bluteten sogar aus den Ohren. Die Männer und Frauen von Lancaster wichen einige Schritte zurück und überschritten die Linie, die Genevieve und der Zimmermann gezeichnet hatten.

Ich richtete den Blick auf die Tür auf der anderen Seite, weit hinter den Männern, die uns angriffen, und sprach die entsprechenden Worte, um dort einen Schild zu erzeugen, durch den nicht einmal die Luft dringen konnte. Dann konzentrierte ich mich auf die Linie vor mir. Penny beobachtete mich, und ich fragte mich, ob ich wohl sterben würde. Das wäre wirklich eine Schande gewesen. Sie wollte sich mir nähern, doch ich hob die Hand, denn jetzt durfte ich mich nicht ablenken lassen.

Entschlossen forschte ich tief in mir nach der Kraft und ließ sie über meine Lippen und durch den Arm strömen, während ich auf die Linie vor mir deutete. Die Magie erfüllte den Strich auf dem Boden. Schließlich hob ich beide Hände, und ein flimmernder Vorhang aus Licht stieg vom Boden bis zur Decke auf, nahtlos und vollkommen. Einige Feinde hatten schon mit dem Angriff begonnen. Wer die Linie gerade überschritt, wurde sauber in zwei Teile zerschnitten. Gliedmaßen und Körperteile fielen zu beiden Seiten auf den Boden. Wer von hinten nachrückte, prallte gegen die Luft, die auf einmal so fest wie Stein geworden war. Ich spürte die Erschütterungen, als sie gegen den Schild anstürmten.

Lachend stand Devon hinter ihnen. Purpurne Flammen züngelten über seinen Körper. »Narr! Du kannst den Schild nicht lange erhalten! Du wirst an der Anstrengung sterben, und ich töte deine Freunde, ehe dein Leichnam erkaltet ist!«

Durch den Schutzschirm, der uns trennte, sah ich ihn an. »Du siehst nicht so gut aus, Devon. Hat dir jemand das Gesicht neu eingerichtet, oder bist du schon immer so hässlich gewesen?« Und wenn er noch so viel Macht aufgeboten hatte, sein Gesicht blieb noch immer geschwollen von den Prügeln, die ich ihm vorher verabreicht hatte. »Oh, richtig, ich hab dich ja mit dem Holzscheit verhauen. Vielleicht sollte ich da weitermachen. Deinem Aussehen kann es ja sowieso nicht mehr schaden.«

Da knurrte er böse, und ich spürte eine dunkle Macht gegen meinen Schild anbranden, die ihn aufreißen wollte. Das machte mir Sorgen. Um einen Schutzschirm zu erhalten, brauchte man mehr Kraft als zu dessen Zerstörung. Wenn Devon so weitermachte, würden meine Kräfte rasch schwinden. Doch ich ließ den Blick bereits durch den Raum wandern und sprach jene Worte aus, die ich mir zurechtgelegt hatte, Worte von Feuer und Macht.

Nichts geschah. Ich wurde schwächer und erkannte, dass ich mich überanstrengt hatte. Ich hatte jetzt nicht mehr genug Kraft in mir, um mein Ziel zu erreichen. Wir würden alle sterben. Devon stemmte sich unterdessen weiter gegen meinen Schild, und ich taumelte und sank auf die Knie. In wenigen Sekunden wären meine Kräfte erschöpft. Ich ließ das Schwert fallen, das neben mir auf den Boden stürzte. Am Ansatz der Klinge prangte das Zeichen des Schmieds, das Abzeichen von Royce Eldridge. Mir fielen seine Worte ein, als er mir das Schwert übergeben hatte: *»Ich habe es nicht geschmiedet, damit du dich rächst. Ich habe es getan, um dir zu zeigen, dass selbst aus der Asche von Verworfenheit und Verlust etwas Schönes entstehen kann. Ich habe es gefertigt, weil ich für dich das Gleiche erhoffe. Nutze es für dich und um die zu verteidigen, die sich nicht selbst schützen können, ebenso wie es dein leiblicher Vater getan hätte. Mach uns allen keine Schande.«*

Eine neue Entschlossenheit trieb mich nun an. Ich richtete mich auf. »*Pyrren nian Aeltos, Pyrren strictos Kaerek!*« Dabei öffnete ich mein Herz und warf mein ganzes Leben in die Waagschale. Die Worte bedeuteten ungefähr so viel wie »Die Luft soll brennen, dass sie alle zu Asche werden«, und damit meinte ich es völlig ernst. Hinter meinem Schirm loderten grelle weiße Flammen empor. Ich hatte den Spruch allerdings nicht auf die Männer, sondern auf die Luft gerichtet.

Nur Sekunden später erloschen die Flammen schon wieder, und ich spürte ein Ziehen an meinem Schild. Nachdem die Luft im Innern verbraucht war, entstand dort ein Unterdruck, der an der Barriere zerrte. Die Feinde waren größtenteils tot, und wer noch lebte, war dem Ersticken nahe. Devon stand noch, da ihn sein eigener Schild geschützt hatte, aber seine Augen traten schon hervor. Keuchend schnappte er nach Luft. Doch da war nichts mehr, was er atmen konnte, nichts außer Rauch und Asche.

Mit seinem Geist ging er auf meinen Schild los, setzte seine Kräfte wie einen Rammbock ein und verzichtete dabei sogar auf magische Worte. Er konnte ohnehin nicht sprechen. Als er so ungestüm angriff, wurde es dunkel um mich, und mein Blickfeld verengte sich, als stünde ich in einem Tunnel. Ich hielt den Schild noch eine Minute lang, bis er endlich zusammenbrach, und selbst jetzt ließ ich noch nicht los. Ich musste sicher sein, dass Devon ein für alle Mal erledigt war.

Die Leute riefen, jemand schüttelte mich, aber ich wollte nichts davon wissen. Ich wollte erst lockerlassen, als Devon Tremont ohne jeden Zweifel tot war. Penny stand vor mir und schrie mich an, doch ich konnte nicht verstehen, was sie sagte. Schließlich versetzte sie mir eine Ohrfeige, und dann brach der Schild zusammen. Rauch und Ascheflocken erfüllten die Luft, die Leute husteten.

Ich sah sie an. »Warum hast du das getan?«

»Weil du drauf und dran warst, dich selbst umzubringen, du Idiot!«, antwortete sie, während ich schon niederstürzte. Sie versuchte mich zu halten, konnte aber nicht mehr ausrichten, als meinen Sturz zu lindern. Ich blickte zu ihr hoch. Noch nie war sie mir so schön erschienen.

»Deine Nase sieht wie eine Kartoffel aus«, sagte ich lachend und wurde ohnmächtig. Dummheit stirbt nicht aus. Ich stürzte in die Finsternis.

21

Der wichtigste Faktor, der das Heilen so schwierig macht, sobald es um mehr geht als um oberflächliche Wunden, ist das Problem der Wahrnehmung. Manchen Zauberern gelingt es, in ihrem eigenen Körper komplizierte Verletzungen zu heilen, während sie bei vergleichbaren Gebrechen anderer Menschen scheitern. Die Gefühle und Wahrnehmungen ihres eigenen Körpers hindern sie, das Innere eines fremden Körpers zu erkennen. Die wenigen großen Heiler, die zugleich auch Zauberer waren, fanden einen Weg, dieses Problem zu lösen, und konnten auf diese Weise Wunder wirken, die manch einer nur von Göttern erwartet hätte. Es ist eine große Tragödie, dass dieses Wissen heute verloren ist.

Marcus der Ketzer,
Über das Wesen von Glaube und Magie

Ich erwachte in einem dunklen Raum. Lange harrte ich reglos aus und überlegte, wie ich dorthin gekommen sein mochte. Mit der Zeit fiel mir auf, dass noch jemand neben mir lag, und gleich darauf erkannte ich Penny. Das Schnarchen war ein todsicherer Hinweis darauf, dass sie es sein musste, und dank der verletzten Nase klang es schlimmer denn je. Ich tastete nach ihr und spürte ihr Nachthemd. Wie enttäuschend! Sie regte sich, das Schnarchen hörte auf, und nun sah sie mich an, obwohl sie mich natürlich nicht wirklich sehen konnte, da es in dem Zimmer stockfinster war.

»Bist du wach?«, fragte sie leise.

»Ich bin nicht sicher. Es könnte auch der Himmel sein.« Ich streichelte ihre Schulter. »Nein, ich muss wach sein, denn im Himmel sind alle Mädchen nackt.«

»Du Idiot, wir dachten, du stirbst«, schimpfte sie. »Ich hatte Angst, dich zu verlieren.«

»Ich hätte dir vorher einen Brief schreiben sollen, dann würdest du dich jetzt besser fühlen«, antwortete ich sarkastisch. Habe ich schon erwähnt, wie geschickt ich manchmal war, wenn es darum ging, mit Frauen zu sprechen?

Ausnahmsweise wurde sie nicht sogleich ärgerlich. »Ich konnte es doch nicht tun, ohne dir etwas zu hinterlassen und es zu erklären.« Die belegte Stimme gefiel mir nicht. Es klang, als wäre sie dem Weinen nahe.

So beschloss ich, sie abzulenken. »Warum hast du eigentlich versucht, Devon zu töten? Warst du so scharf darauf, gehängt zu werden?«

Da erzählte sie mir alles, was geschehen war: erst von ihrer Vision, dann, wie sie Vater Tonnsdale getötet hatte, ihre Entschlossenheit, das Beste aus der Situation zu machen, indem sie auch noch Devon Tremont beseitigte. Ich lauschte stumm und staunte über ihre Kaltblütigkeit. Diese hübsche Frau hatte den Verräter getötet und es mir einfach verschwiegen. Dann hatte sie einen weiteren Mord geplant und es mir ebenfalls verschwiegen. Ich hätte Angst haben müssen, sie in mein Bett zu lassen, wenn ich nicht absolut sicher gewesen wäre, dass wir auf der gleichen Seite standen.

»Wenigstens hatte ich gute Gründe für alles, was ich

getan habe. Im Gegensatz zu dir … du hast am Ende, als sie alle schon tot waren, auch noch versucht, dich selbst umzubringen«, schloss sie.

»Das ist nicht wahr. Ich wollte nur sicher sein, dass sie auch wirklich tot sind«, verteidigte ich mich.

»Du bist ein Idiot«, antwortete sie.

»Du bist ein doppelter Idiot, Kartoffelnase«, antwortete ich geistreich. Glücklicherweise begriff sie, dass es nur ein Scherz war, und kicherte. Ich stimmte in ihr Lachen ein. Die Müdigkeit schwappte jedoch in großen Wellen über mich, und ich war der Ansicht, noch etwas Schlaf zu brauchen. Ehe ich einnickte, bemerkte ich, dass ich sie mit meiner Wahrnehmung nicht spüren konnte. Ich spürte überhaupt nichts mehr und fühlte mich blind, aber es waren nicht die Augen, die mir den Dienst verweigerten.

Früh am nächsten Morgen wachte ich auf und staunte, wie gut ich mich fühlte. Eigentlich hätte ich doch tot sein müssen, aber ich war hungrig und ungeheuer durstig. Penny war nicht bei mir, deshalb rief ich nach einem Diener. »He, ist da jemand? Ich weiß, dass ihr da draußen seid, ihr Geier. Ich bin nicht tot! Ich will essen und etwas trinken!« Natürlich hatte ich keine Ahnung, ob wirklich jemand vor der Tür wachte, denn ich nahm nur das wahr, was die Augen mir zeigten. Aber ich bin nicht auf den Kopf gefallen und wusste, dass die Dorfbewohner immer vor der Tür warteten, um dem Helden, nachdem er den Drachen getötet hatte, Essen und Trinken zu bringen. Normalerweise waren auch dankbare Jungfern zur Stelle, aber Penny hätte es wohl nicht gefallen, wenn ich entsprechende Erkundigungen eingezogen hätte.

Tatsächlich steckte Benchley den Kopf zur Tür herein. »Ihr habt gerufen, Sir?«

»Ja, danke, Benchley. Komm doch herein.« Mit gewohnter Gelassenheit trat er ein. Seine makellosen Manieren waren mir jedoch einerlei, denn ich wollte meine Verpflegung bestellen. »Du musst eine Kuh für mich erlegen. Keine kleine, sondern eine große und dicke. Lass sie braten und gleich heraufbringen.«

Er zog eine Augenbraue hoch. »Gewiss, Sir.«

»Warte, vergiss das. Braten dauert zu lange. Töte sie einfach und bringe sie herauf, ich esse sie roh.«

Er nickte und ging wortlos hinaus, der aalglatte Bastard. Irgendwie keimte der Verdacht in mir, dass er mich nicht ernst genommen hatte. Natürlich hätte ich auch hinuntergehen und mir das Essen selbst holen können. Körperlich fühlte ich mich ausgesprochen gesund, aber das musste ich ja nicht gleich allen Leuten verraten.

Da ich allein war, ergriff ich die Gelegenheit, um mich zu erleichtern. Genau genommen ist das Nachtgeschirr, wie der Name schon sagt, für die Benutzung in der Nacht vorgesehen, damit man sich den langen Weg zum Abort erspart, aber darüber sah ich großzügig hinweg. Anschließend untersuchte ich im Spiegel mein Gesicht.

Au! Ich sah aus, als litte ich unter einem schlimmen Kater. Nur schade, dass ich gar nichts getrunken hatte. Die Narbe auf der Wange war hässlich und rot, und die Haut wirkte, als wäre sie unordentlich zusammengefügt worden. *Ich kann den Damen ja erzählen, die Narbe rühre von einem Duell her*, dachte ich. Dann erinnerte ich mich, dass sie tatsächlich von einer Schwertklinge stammte. Die Ereignisse des vergangenen Tages kamen mir beinahe unwirklich vor.

Als es klopfte, sprang ich rasch wieder ins Bett. Wie gesagt, ich wollte nicht gleich kundtun, wie gesund ich mich tatsächlich fühlte. »Herein!«

Benchley trat ein und servierte mir wie erwartet keineswegs die Kuh, die ich bestellt hatte. Vielmehr hatte er ein großes Tablett mit gebratenem Fleisch und verschiedenen Obst- und Gemüsesorten dabei. »Wo ist die Kuh?«, beschwerte ich mich.

»Ich fürchte, die Kuh war zu schnell für mich, Sir. Ich konnte aber diesen Teil abhacken, ehe sie entkommen ist. Ich hoffe, das reicht fürs Erste«, antwortete er mit unbewegter Miene. *Verdammt will ich sein, der Kerl hat Humor*, dachte ich. Deshalb verzieh ich ihm auch, dass er das Fleisch gebraten hatte, statt es roh zu servieren.

Benchley ging, und kurz darauf kam Marc. »Na, spielst du immer noch den Todkranken?«, neckte er mich.

Er kannte mich einfach zu gut. »Nach dem gestrigen Tag war ich der Ansicht, etwas Ruhe zu brauchen«, antwortete ich.

»Gestern? Du warst fast zwei Tage weggetreten. Der Angriff ereignete sich schon vor drei Tagen«, klärte er mich auf.

»Oh«, antwortete ich etwas einfältig.

Als er meine Verwirrung bemerkte, erzählte er mir, was sich nach meinem Zusammenbruch ereignet hatte. Sobald die Feinde durch Hitze und Luftentzug zugrunde gegangen waren, hatten die Verteidiger die Toten durchsucht. Dorian hatte zusätzlich eine außergewöhnliche Vorsichtsmaßnahme ergriffen und Lord

Devon den Kopf abgehackt. Offenbar war ich nicht der Einzige, der unter Verfolgungswahn litt. Sie hatten ihn danach sogar noch verbrannt. Beide Stücke.

Der Herzog hatte die Garnison alarmiert und vom Dach bis zum Keller die ganze Burg durchkämmt, um auch die restlichen Meuchelmörder zu besiegen. Tatsächlich hatten sie im Burgfried noch einmal vierzig Feinde gefunden, mit denen sie sich lange, blutige Kämpfe geliefert haben mussten. Am Ende hatten die Männer von Lancaster jedoch den Sieg davongetragen. Dorian hatte sich eifrig beteiligt und sich einen guten Ruf als Schwertkämpfer erstritten. Einige Männer nannten ihn jetzt den »Dämon von Lancaster«. Er war alles andere als gnädig mit den Feinden umgegangen und dabei selbst verletzt worden.

Zwar war es nur eine Fleischwunde, ein Dolchstoß in den Schenkel, aber Rose hatte ihn sogleich in ihre Obhut genommen und ging keinerlei Risiko ein. Anscheinend suchte sie ihn ebenso nachdrücklich zu schützen, wie Penny es bei mir getan hatte. Der Leibarzt hockte vermutlich irgendwo abseits und schmollte.

Vater Tonnsdale wurde tot in seinem Studierzimmer aufgefunden, und es hieß allgemein, die Mörder hätten zuerst ihn getötet. Genevieve erwähnte nicht, dass sie Penny mit dem Schüreisen gesehen hatte, und ich bin mir nicht einmal sicher, ob sie es nur vergessen hatte oder ob sie und Penny irgendeine Übereinkunft erzielt hatten. Ich fand Frauen mitunter beängstigend und war durchaus damit einverstanden, über manche Dinge nicht so genau im Bilde zu sein. Timothys Leichnam wurde nicht gefunden, und da ich Pennys Geschichte kannte, machte ich mir deshalb zwar Sorgen, hatte aber keine Ahnung, was ich in dieser Hinsicht unternehmen konnte.

Den Teleportkreis, den Devon erschaffen hatte, fand man ebenfalls, während man auf der Suche nach den Angreifern war. Leider wurde er zerstört, bevor ich die Gelegenheit bekam, ihn zu untersuchen. Ich hätte viel darum gegeben, zu erfahren, wie er konstruiert war. Andererseits hatte ich Hoffnung, dergleichen Dinge noch in Vestrius' Tagebuch zu entdecken.

Alles in allem hatten siebenunddreißig Männer und Frauen des Hauses Lancaster das Leben verloren, und eine ganze Reihe weiterer Menschen waren verletzt worden. Doch es hätte noch viel schlimmer kommen können. Fast zweihundert Angreifer waren umgekommen, und wenn Vater Tonnsdales Plan Erfolg gehabt hätte, dann hätten sich die Einwohner von Lancaster nicht einmal verteidigen können. Es wäre eine Wiederholung des Gemetzels auf der Burg Cameron gewesen, sechzehn Jahre zuvor.

Zwei Edelleute, die auf Lancaster zu Gast gewesen waren, hatten den Tod gefunden. Stephen Airedale war bei der Verteidigung der großen Halle gefallen, der andere Tote war natürlich Devon Tremont. Selbstverständlich würden seine Taten und sein Tod Folgen haben, aber es war ganz und gar nicht sicher, wie diese aussähen.

Gregory Pern war in die Fußstapfen seines militärisch erfolgreichen Vaters getreten und hatte bei der Verteidigung der Halle und der Säuberungsaktion nach Devons Tod eine bewundernswerte Tapferkeit an den Tag gelegt. James Lancaster schrieb Admiral Pern einen langen Brief und äußerte sich lobend über die Beherztheit des Sohnes.

Einige Gäste blieben nach der Katastrophe noch eine Woche, um zu helfen, so gut sie konnten, und um an der Beerdigung teilzunehmen. Rose Hightower verweilte sogar einen ganzen Monat und weigerte sich aufzubrechen, solange Dorian noch nicht vollends genesen war. Als sie abreiste, konnte er schon fast wieder rennen, aber wir wussten ja, dass sie ganz andere Gründe als seine Verletzung hatte, möglichst lange zu bleiben.

Die toten Feinde wurden außerhalb der Burgmauern auf einen Haufen geworfen und verbrannt. Nur die Gefallenen von Lancaster bekamen zwei Tage nach der Schlacht ein ordentliches Begräbnis. Die Andacht für die Toten fand dagegen erst eine Woche später statt. Es dauerte seine Zeit, die Burg wieder in Ordnung zu bringen, und obendrein mussten zahlreiche Verwundete gepflegt werden. Die Totenfeier fand auf einem kleinen, mit Gras bewachsenen Hügel in der Nähe des Friedhofs statt. Wer gehen oder humpeln konnte, nahm daran teil. James Lancaster hielt die Trauerrede, und da so viele gefallen waren, dauerte sie fast zwei Stunden. Er ließ es sich nicht nehmen, über jeden Verstorbenen mehrere Minuten zu sprechen. Offen gesagt staunte ich, dass er über all diese Menschen so vieles wusste.

Der gute Herzog legte allerdings Wert darauf, bis zum einfachsten Handlanger jeden zu kennen, der für ihn arbeitete, und hatte offenbar viele Stunden an seiner Rede gefeilt. Noch ehe sie zur Hälfte vorbei war, hatten die meisten Zuhörer feuchte Augen bekommen, sofern sie nicht ohnehin schon ungehemmt weinten. Lord Thornbear hob er sich bis zuletzt auf.

»Gram Thornbear will ich erst ganz zum Abschluss nennen, denn ich war mir keinesfalls sicher, ob ich hätte zu Ende sprechen können, hätte ich ihn zuerst erwähnt. Er zählte zu meinen engsten Freunden, wir kannten uns von Kindesbeinen an, er war mein Vertrauter bei den Abenteuern der Jugend. Später achtete ich ihn als getreuen Weggefährten und weisen Ratgeber. Seinen Tod betrauere ich tief, denn er hat mir und vielen, die hier stehen, das Leben gerettet. Seine Taten im Zusammenhang mit der tapferen Verteidigung der großen Halle waren nur der letzte Akt im verdienstvollen Leben eines Ehrenmannes. Gram Thornbears letzte Augenblicke sind nicht nur etwas ganz Besonderes, sondern sollen auch als Beispiel für sein ganzes Leben dienen. Stark und ungebeugt ging er durch alle Beschwernisse und Prüfungen, die schwächere Männer hätten straucheln lassen. Er war mein erster und bester Freund, und ich glaube nicht, dass ich jemals wieder einen wie ihn kennen werde. Wir vermissen ihn alle.« James Lancaster senkte den Kopf, als er geendet hatte, und ich bin sicher, dass auch er weinte.

Es berührte mich sehr, ihn so in Trauer zu sehen, denn ich hatte noch nie beobachtet, dass er sich über irgendetwas beklagt oder Kummer gezeigt hätte. Auch mir liefen die Tränen über das Gesicht, als ich Pennys Hand hielt. Ich wagte es nicht, sie anzublicken, und schwor mir, mein Leben so gut zu leben, wie ich nur konnte. Ich wollte den Beispielen folgen, die sie mir gegeben hatten: Lord Thornbear, James Lancaster, Royce Eldridge und mein leiblicher Vater, den ich nie gekannt hatte. Die Zeit wird offenbaren, ob ich damit Erfolg habe oder nicht.

Epilog

Zwei Wochen waren seit jenem dunklen Tag auf der Burg Lancaster verstrichen, und das Leben ging allmählich wieder seinen gewohnten Gang, wie es eben immer geschieht. Ich hatte einen Teil meines Vermögens eingesetzt, um insgeheim einen Verlobungsring für Penny in Auftrag zu geben. Penny selbst hatte mir erklärt, dies sei nicht wichtig, aber Rose hatte mir mit allem Nachdruck versichert, sie werde dafür sorgen, dass ich die schmerzlichsten Konsequenzen zu erleiden hätte, wenn ich keinen Ring besorgte. Für diesen Rat war ich dankbar und werde die ganze Geschichte immer wieder gern erzählen, bis ich eines Tages ins Grab sinke.

Wir hatten uns in der Kapelle versammelt. Ich hatte zwar ein ungutes Gefühl, weil Vater Tonnsdale an dem Verrat beteiligt gewesen war, dem wir beinahe alle zum Opfer gefallen wären, aber der neue Priester vertrat gegenüber jedem, der zuhören wollte, die Ansicht, der Mann habe aufgrund eigener böser Antriebe und nicht infolge einer dunklen Absicht des Abendsterns gehandelt. Ich schwieg mich dazu lieber aus, denn die Bücher, die ich studierte, gaben recht eindeutige Antworten auf die Frage, wie weit man den Göttern trauen konnte. Jedenfalls schien der junge Vater Terragant ein ernsthafter, aufrichtiger Mann zu sein.

Nun befand ich mich also ganz vorn in der Kirche, direkt am Altar. Da es keine religiöse Feier war, stand der Herzog Lancaster vor mir und blickte auf mich herab. Wie es dem alten Brauch entsprach, kniete ich mit zusammengelegten Händen vor ihm, als wollte ich beten. Dies war die überlieferte Geste der Huldigung, die man dem Lehnsherren erwies. James Lancaster nahm meine Hände zwischen die seinen, und ich wiederholte den Eid, den ich zuvor sorgfältig auswendig gelernt hatte: »Ich schwöre bei meiner Ehre, dass ich von nun an James, dem Herzog von Lancaster, treu dienen und ihm niemals Schaden zufügen werde. Ich werde meine Pflichten ihm gegenüber in gutem Glauben, ohne Falsch und allen Widrigkeiten zum Trotz erfüllen.«

James antwortete darauf: »Es ist Recht, dass alle, die uns die unverbrüchliche Treue schwören, durch uns geschützt werden. Und da Ihr ein treuer Gefolgsmann seid und uns Euer Vertrauen und Eure Treue mit einem Schwur zum Geschenk macht, beschließen und verkünden wir, dass Ihr in Zeiten der Not von uns geschützt werdet und Linderung erfahren sollt.« An diesem Punkt war meine Einsetzung eigentlich beendet, aber der Anlass verlangte natürlich ein wenig Pomp und Aufwand, den zu schildern ich mir an dieser Stelle schenke. Ich hatte schon vorher mit Genevieve gesprochen, und sie und James hatten eingewilligt, mich am Ende, als alle noch versammelt waren, abermals zu Wort kommen zu lassen. Als der richtige Augenblick da war, stand ich auf und wandte mich an die Zuschauerschar. »Da Ihr hier schon einmal alle versammelt seid, will ich Euch an einem wichtigen Ereignis teilhaben lassen.«

Einige Zuschauer wechselten neugierige Blicke, da sie nicht eingeweiht waren. Marc und Dorian nickten dagegen wissend. Ich trat vom Podium herunter und ging zu Penelope, die in der ersten Reihe saß. Die Lancasters hatten sie wohlweislich dort platziert, obwohl sie keine Adlige war.

Sie sah mich fragend an und machte sich offenbar Sorgen, ich könnte vor all den versammelten Menschen etwas Dummes tun. Doch ich achtete gar nicht darauf. Vielmehr fasste ich sie bei den Händen und zog sie hoch, dann kniete ich vor ihr nieder. »Penelope Cooper, ich habe noch nie zuvor eine so edelmütige, liebliche und freundliche Frau wie dich gesehen. Willst du mich heiraten?«

Sie errötete tiefer, als ich es je bei ihr gesehen hatte. »Ja. Ja, ich will dich heiraten, Mordecai.« Darauf stießen die Zuschauer Jubelrufe aus und applaudierten. Inmitten des Lärms flüsterte sie allerdings noch: »Du Dummkopf, du hast doch gar keinen Ring.« Da traten ihr die Tränen in die Augen, und ihr Lächeln hätte sogar noch mitten in der Nacht den Raum erhellt.

Als ich sie ansah, schien sie zu glühen, und mir wurde bewusst, dass mein Magierblick wieder erwacht war. Das feine Strahlen, das sie umgab, konnte nichts anderes als das reine Glück sein.

Eine winzige Gestalt schlich draußen durch den Garten. Äußerlich glich sie einem kleinen Jungen, doch ein Beobachter hätte bemerkt, dass sie sich seltsam verhielt. Manche Bewegungen waren zu schnell, andere linkisch, als wäre sie viel zu stark für ihren Körper und noch nicht ganz an ihn gewöhnt. Der Vollmond warf sein Licht auf das Land, und als sich die Gestalt umdrehte, war das Gesicht zu erkennen. Timothy begrüßte lächelnd die Nacht und ging weiter, um etwas zu suchen, das ihn zufriedenstellte. Er spürte das Leben in der Nacht, die kleinen huschenden Tiere. Es waren nicht viele, aber sie reichten aus … für den Augenblick.